Diogenes Taschenbuch 22033

de
te
be

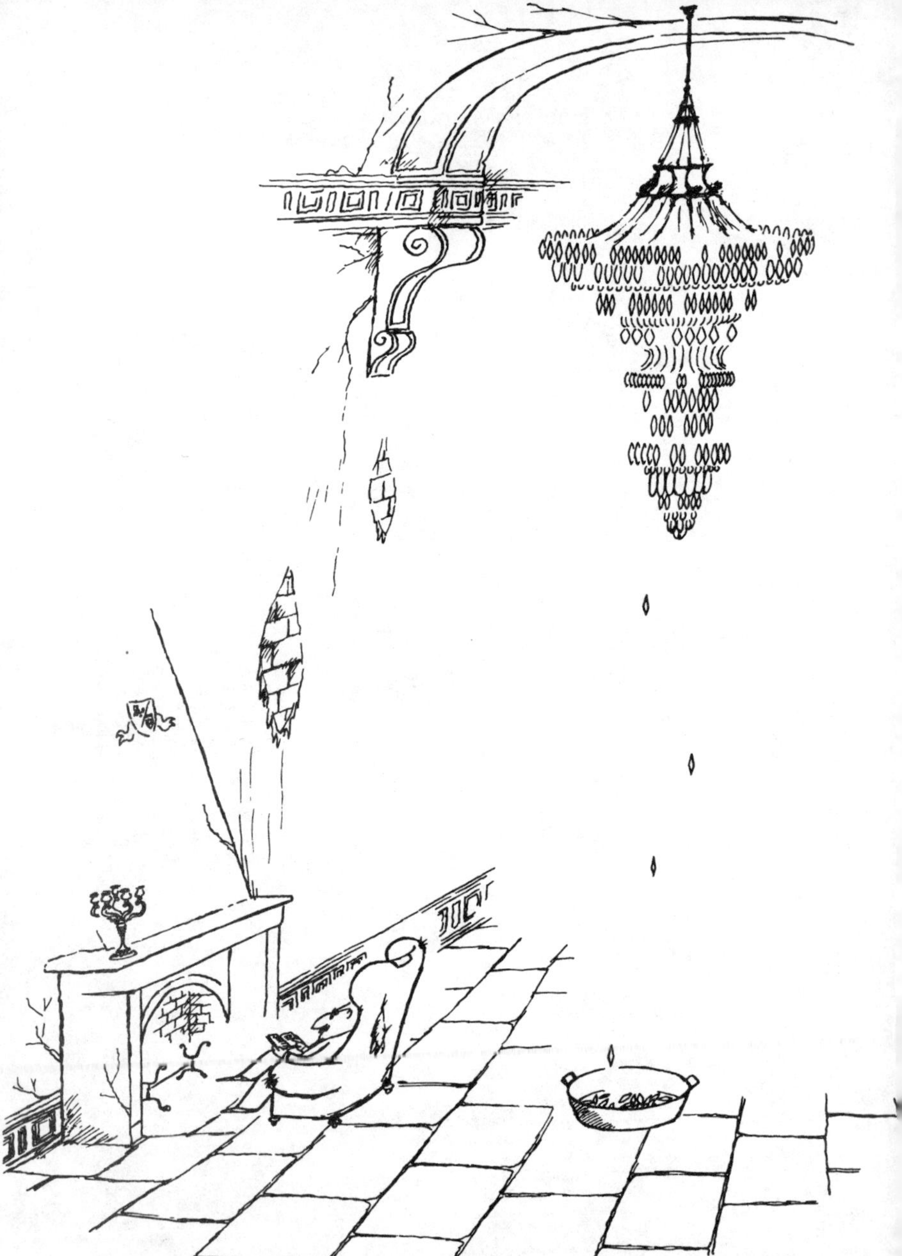

Tintenfass

Das Magazin
für den überforderten
Intellektuellen

Nummer 33

Diogenes

Das *Tintenfass*
erscheint einmal jährlich zur
Frankfurter Buchmesse
Impressum, Nach- und Hinweise
am Schluss des Bandes

Umschlagzeichnung von Chaval,
Frontispizzeichnung von Jean-Jacques Sempé,
Zeichnung auf der Mottoseite von Tomi Ungerer,
Zeichnung neben dem Inhaltsverzeichnis
von Chaval

Originalausgabe

www.diogenes.ch
80/09/36/1
ISBN 978 3 257 22033 9

»In der Politik sind die Nullen
gefährlich, die vorne stehen –
in der Wirtschaft die Nullen,
die hinten stehen.«

Ronald Searle

Inhalt

Friedrich Dürrenmatt

Prolog

Leider habt ihr stets vernommen
Dass die Welt nicht nach dem Wunsch der
  Frommen
Dass die Reichen reich und die Armen arm
Und Gott erbarm
In Bälde sich unserer Kälte.

Doch nun lasst den romantischen Quark
Der Mensch ist nicht frei, er lebt im Geschäft
Von Wölfen umstellt, von Hunden umkläfft
Im Kollektiv gefangen
Vom Nächsten beschattet, den er selber bewacht
Mit allen gehangen
Wird er über Nacht
Um seine Menschlichkeit gebracht.

Seid daher stark
Seht teils als Tragödie, teils als Schwank
Die Komödie einer Privatbank
Die Geschichte des Fünften Frank
Personen: Die ganze Bande

Vom Stift bis zum Prokurist
Ja, selbst den Direktor und dessen Frau
Seht ihr leiden in dieser Schau
Sowie einige Kunden, doch die nur am Rande.

Der Grund?
Kommt man euch mit Bettlern, heult jeder Hund
Nur vor unsresgleichen seid ihr objektiv
Mitleid verzerrt und Tränendunst
Armut macht schief
Erst von einer Million aufwärts gibt es klassische
Kunst.

Erfahre denn, o Christenheit
Was wir hoffen und lieben
Vernimm, wie wir morden, schau, wie wir
schieben
Und zieh den Hut ab, wenn wir fallen
Ehre sei uns allen.

Nicht nur Könige haben's arg getrieben
Nicht nur Minister, nicht nur Generale
Wateten durch Blut, stanken Skandale
Ich bin der Personalchef, ich muss es ja wissen
Es saust mit uns die Welt des Schwindelns und
der Wucherzinsen
Unaufhaltsam in die Binsen
Wir sind die letzten Schurken weit und breit
Nach uns nur böse, öde Ehrlichkeit.

Drum
O Publikum
Freu dich noch ob uns auf Erden
Was jetzt nur schändlich ist, wird unerträglich
werden.

Wag dich selbst zu sehn in unserem Handeln
Die wir wie du hienieden wandeln
Verstrickt in Börsenstrategie
Angepöbelt wie noch nie
Von jedem sozialen Wicht
Stehn wir fürchterlich vor dir
Henker zwar, doch Götter schier
Minder groß und blutig nicht
Als die Helden von Shakespeare.

Paul Flora

Friedrich Dürrenmatt

Frank der Fünfte

Komödie einer Privatbank, uraufgeführt 1959 in Zürich. Ottilie ist die Frau des Privatbankiers Frank des Fünften, der seinen eigenen Tod fingiert hat, da seine Bank pleite ist. Frieda, Richard Egli, Böckmann, Häberlin, Kappeler und Schmalz sind langjährige Mitarbeiter der Bank.

ALLE So sinken Dynastien,
Verstummen, die da schrien
So narrte sie das Licht.
O Fünfter Frank, wie mächtig
War dein Geschlecht, wie prächtig
Du letzter all der Großen
Bist nun ins Grab gestoßen
Und eine Rückkehr gibt es nicht.

(Von links kommt Päuli Neukomm mit einem Köfferchen.)

PÄULI Kondoliere, Frau Direktor, von ganzem Herzen.

OTTILIE Du willst schon gehen, Päuli Neukomm?

PÄULI Habe dem Herrn Personalchef gekündigt, Frau Direktor.

OTTILIE Nach drei Tagen.

FRIEDA Sieh mal an.

PÄULI Möchte nach Amseldingen zurück.

BÖCKMANN Möchtest?

PÄULI Mein Vater betreibt dort die Käserei.

HÄBERLIN Ein ehrliches Handwerk.

PÄULI Ich mache mir bloß Sorgen um meinen Freund Heini Zurmühl.

KAPPELER Wir vermissen ihn auch beim Totenmahl.

OTTILIE Informieren wir die Polizei.

PÄULI Ich verstehe nicht, Frau Direktor.

EGLI Dein Freund Heini Zurmühl war bloß ein ehemaliger Herrenschneiderlehrling.

PÄULI Was hat das mit mir zu tun, Herr Personalchef?

FRIEDA Dein Vater besitzt in Amseldingen eine Schlosserei, ich komme auch aus der Gegend.

PÄULI Spielt doch keine Rolle, Fräulein Frieda.

HÄBERLIN Meinst du?

KAPPELER Vielleicht spielt es doch eine Rolle.

SCHMALZ Du bist nämlich auch Schlosser, mein Junge.

OTTILIE Päuli Neukomm, greif mal in deine rechte Seitentasche und übergib mir den Tresorschlüssel. Er ist zwar nicht das Original, sondern nach einem Abdruck hergestellt, doch da du ein tüchtiger Schlosser bist, auch so ganz brauchbar.

PÄULI Bitte, Frau Direktor.

(Gibt den Schlüssel.)

BÖCKMANN Den Zahlenkode zum Tresor ließ ich gestern absichtlich auf dem Schreibtisch liegen.

PÄULI Ich habe ihn abgeschrieben, Herr Prokurist.

EGLI Du wolltest dich heute in unserer Bank einschließen lassen, deinem Freund Heini nachts die Tür öffnen und dich mit ihm und den Millionen aus dem Staube machen. Stimmt's?

PÄULI Stimmt, Herr Personalchef.

OTTILIE Das Verschwinden Heini Zurmühls machte dir einen Strich durch die Rechnung.

PÄULI Ich gebe alles zu, Frau Direktor. *(Setzt sich gebrochen auf sein Köfferchen.)* Ich habe versagt, rufen Sie die Polizei.

(Alle außer Päuli Neukomm erheben sich.)

OTTILIE Päuli Neukomm. Du bist definitiv in unserer Bank aufgenommen. Dein Einbruchsversuch war lobenswert, wenn auch dilettantisch geplant, der Tresorschlüssel tadellose Arbeit.

(Sie setzen sich wieder, gleichzeitig springt Päuli Neukomm hoch.)

PÄULI Ihr seid eine Gangsterbank.

EGLI Natürlich sind wir eine Gangsterbank.

PÄULI Mein Gott, in welchen Sumpf bin ich geraten!

OTTILIE Von uns wurde noch nie ein ehrliches Geschäft abgewickelt.

BÖCKMANN Wir arbeiten in einem Staat, dessen Bürgerfleiß sprichwörtlich geworden ist.

HÄBERLIN Die Polizei ist vorbildlich organisiert.

FRIEDA Besonders die Sittenpolizei.

PÄULI Und zu Hause betet eine Mutter für mich.

KAPPELER Die Mühe kann sie sich sparen.

PÄULI Wo ist mein Freund?

SCHMALZ In unseren Kreisen gibt es keine Freunde.

PÄULI Mein Freund Heini Zurmühl?

EGLI Geht dich nichts an.

Paul Flora

Bankrotter Großfürst

PÄULI — Es geht mich was an. Ich bin ein vollwertiges Mitglied eurer verfluchten Bande und will die Wahrheit wissen.

OTTILIE — Gottfried, komm raus.

(Aus dem Hintergrund kommt Frank V. als Priester verkleidet, grüßt.)

PÄULI — Frank, der Menschenfreund.

FRANK V. — Ich bin's.

PÄULI — Heini? Was habt ihr mit meinem Freund Heini Zurmühl gemacht?

FRANK V. — Wir brauchten dringend eine männliche Leiche, mein Sohn. Unsere Geschäftsmethoden lassen sich nicht mehr länger verheimlichen, die staatlichen Kontrollen sind strenger, die Computer unfehlbar; irren sie, meistens zugunsten der Kunden: Wir beschlossen daher, die Bank zu liquidieren. In wenigen Wochen feiert unsere Firma das zweihundertjährige Bestehen. Kurz darauf wird auch meine liebe Gattin sterben. Wie ich. An einem Herzinfarkt. Nach ihrer Beerdigung verbringen wir den Lebensabend gemeinsam unter einem anderen Namen in einem humaneren Klima.

EGLI — Auch das Personal wird verschwinden. Der Staat übernimmt die Schulden, wir haben unsere Ersparnisse in Sicherheit gebracht, und es kommt alles in Ordnung.

FRANK V. — Bis dahin will ich ein rein geistiges Dasein führen. Ich bin ein durch und durch religiöser Mensch.

OTTILIE Quatsch nicht, Gottfried. Päuli Neukomm, du hast Glück gehabt.

FRIEDA Eigentlich hatten wir dich dazu ausersehen, im Sarge zu liegen.

HÄBERLIN Doch Heini Zurmühl wollte uns erpressen.

KAPPELER Wir mussten ihn umlegen.

SCHMALZ Ich. Im Keller.

PÄULI Mörder.

FRANK V. Geschäftsleute in Bedrängnis, mein Sohn.

OTTILIE Und du, Päuli, kommst in die große Lehre.

EGLI Im Innendienst.

BÖCKMANN Marsch, deine Laufbahn beginnt.

PÄULI Das ist ungerecht! Ich wollte nur mit einem großen Dreh reich werden wie ihr, ein einziges Mal, und dann anständig bleiben.

OTTILIE Neukomm, welch geschwollner Ton!

FRANK V. Fälsche erst mal einen Check

BÖCKMANN Bring ein Defizit mir weg

EGLI Stiehl die Aktien von Herrn Kohn

HÄBERLIN Geh erst brav den krummen Pfad

KAPPELER Tausche erst mal falsches Geld

SCHMALZ Schaff 'ne Leiche in die Welt

FRIEDA Armut scheint dir dann als Gnad

PÄULI Welcher Hohn!

FRANK V. Duck dich, Sohn!

OTTILIE Eines musst du endlich wissen

PÄULI Was muss ich denn endlich wissen?

DIE EINEN Was wir schieben und erraffen

DIE ANDEREN Was erpressen wir und schaffen

DIE EINEN Morden, prellen und betrügen

DIE ANDEREN Wuchern, stehlen, hehlen, lügen

ALLE Tun wir nur, weil wir es müssen
Möchten Gutes tun.
Doch eben
Wollen wir im Wohlstand leben
Müssen wir Geschäfte machen
Und in dieser rohen Welt
Hat der Arme nur zu lachen
Für sein Geld.

PÄULI Ach, in dieser rohen Welt
Hat der Arme nur zu lachen.

ALLE Für sein Geld.

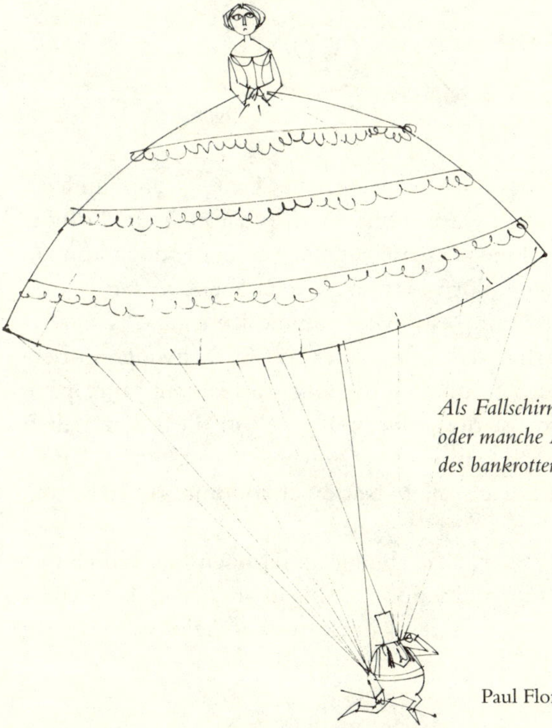

Als Fallschirm missbrauchte Dame
oder manche Mitgift mildert den Fall
des bankrotten Bankiers

Paul Flora

Kurt Tucholsky

Kurzer Abriss der Nationalökonomie

Eine Glosse aus dem Jahre 1931

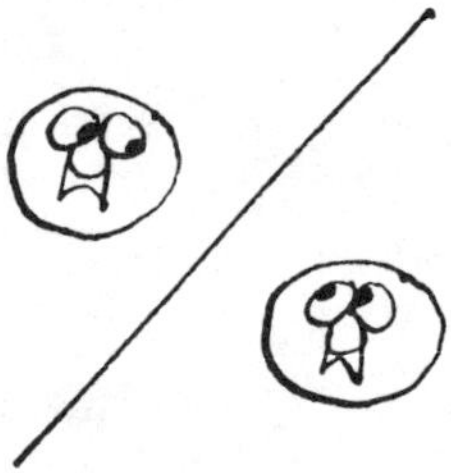

Paul Flora

Nationalökonomie ist, wenn die Leute sich wundern, warum sie kein Geld haben. Das hat mehrere Gründe, die feinsten sind die wissenschaftlichen Gründe, doch können solche durch eine Notverordnung aufgehoben werden.

Über die ältere Nationalökonomie kann man ja nur lachen, und dürfen wir selbe daher mit Stillschweigen übergehn. Sie regierte von 715 vor Christo bis zum Jahre nach Marx. Seitdem ist die Frage völlig gelöst: die Leute haben zwar immer noch kein Geld, wissen aber wenigstens, warum.

Die Grundlage aller Nationalökonomie ist das sog. ›Geld‹.

Geld ist weder ein Zahlungsmittel noch ein Tauschmittel, auch ist es keine Fiktion, vor allem aber ist es kein Geld. Für Geld kann man Waren kaufen, weil es Geld ist, und es ist

Geld, weil man dafür Waren kaufen kann. Doch ist diese Theorie inzwischen fallengelassen worden. Woher das Geld kommt, ist unbekannt. Es ist eben da bzw. nicht da – meist nicht da. Das im Umlauf befindliche Papiergeld ist durch den Staat garantiert; dieses vollzieht sich derart, dass jeder Papiergeldbesitzer zur Reichsbank gehn und dort für sein Papier Gold einfordern kann. Das kann er. Die obern Staatsbankbeamten sind gesetzlich verpflichtet, Goldplomben zu tragen, die für das Papiergeld haften. Dieses nennt man Golddeckung.

Der Wohlstand eines Landes beruht auf seiner aktiven und passiven Handelsbilanz, auf seinen innern und äußern Anleihen sowie auf dem Unterschied zwischen dem Giro des Wechselagios und dem Zinsfuß der Lombardkredite; bei Regenwetter ist das umgekehrt. Jeden Morgen wird in den Staatsbanken der sog. ›Diskont‹ ausgewürfelt; es ist den Deutschen neulich gelungen, mit drei Würfeln 20 zu trudeln.

Was die Weltwirtschaft angeht, so ist sie verflochten.

Wenn die Ware den Unternehmer durch Verkauf verlassen hat, so ist sie nichts mehr wert, sondern ein Pofel, dafür hat aber der Unternehmer das Geld, welches Mehrwert genannt wird, obgleich es immer weniger wert ist. Wenn ein Unternehmer sich langweilt, dann ruft er die andern und dann bilden sie einen Trust, das heißt, sie verpflichten sich, keinesfalls mehr zu produzieren, als sie produzieren können, sowie ihre Waren nicht unter Selbstkostenverdienst abzugeben. Dass der Arbeiter für seine Arbeit auch einen Lohn haben muss, ist eine Theorie, die heute allgemein fallengelassen worden ist.

Eine wichtige Rolle im Handel spielt der Export, Export ist, wenn die andern kaufen sollen, was wir nicht kaufen können; auch ist es unpatriotisch, fremde Waren zu kaufen, daher muss das Ausland einheimische, also deutsche Waren konsumieren, weil wir sonst nicht konkurrenzfähig sind. Wenn der Export andersrum geht, heißt er Import, welches im Plural eine Zigarre ist. Weil billiger Weizen ungesund und lange nicht so bekömmlich ist wie teurer Roggen, haben wir den Schutzzoll, der den Zoll schützt sowie auch die deutsche Landwirtschaft. Die deutsche Landwirtschaft wohnt seit fünfundzwanzig Jahren am Rande des Abgrunds und fühlt sich dort ziemlich wohl. Sie ist verschuldet, weil die Schwerindustrie ihr nichts übrig lässt, und die Schwerindustrie ist nicht auf der Höhe, weil die Landwirtschaft ihr zu viel fortnimmt. Dieses nennt man den Ausgleich der Interessen. Von beiden Institutionen werden hohe Steuern gefordert, und muss der Konsument sie auch bezahlen.

Jede Wirtschaft beruht auf dem Kreditsystem, das heißt auf der irrtümlichen Annahme, der andre werde gepumptes Geld zurückzahlen. Tut er das nicht, so erfolgt eine sog. ›Stützungsaktion‹, bei der alle, bis auf den Staat, gut verdienen. Solche Pleite erkennt man daran, dass die Bevölkerung aufgefordert wird, Vertrauen zu haben. Weiter hat sie ja dann auch meist nichts mehr.

Wenn die Unternehmer alles Geld im Ausland untergebracht haben, nennt man dieses den Ernst der Lage. Geordnete Staatswesen werden mit einer solchen Lage leicht fertig; das ist bei ihnen nicht so wie in den kleinen Raubstaaten, wo Scharen von Briganten die notleidende Bevölkerung aussaugen. Auch die Aktiengesellschaften sind ein wichtiger Bestandteil der Nationalökonomie. Der Aktionär hat zweierlei wichtige Rechte: er ist der, wo das Geld gibt, und er darf bei der Generalversammlung in die Opposition gehn und etwas zu Protokoll geben, woraus sich der Vorstand einen sog. Sonnabend macht. Die Aktiengesellschaften sind für das Wirtschaftsleben unerlässlich: stellen sie doch die Vorzugsaktien und die Aufsichtsratsstellen her. Denn jede Aktiengesellschaft hat einen Aufsichtsrat, der rät, was er eigentlich beaufsichtigen soll. Die Aktiengesellschaft haftet dem Aufsichtsrat für pünktliche Zahlung der Tantiemen. Diejenigen Ausreden, in denen gesagt ist, warum die A.-G. keine Steuern bezahlen kann, werden in einer sogenannten ›Bilanz‹ zusammengestellt.

Die Wirtschaft wäre keine Wirtschaft, wenn wir die Börse nicht hätten. Die Börse dient dazu, einer Reihe aufgeregter Herren den Spielklub und das Restaurant zu ersetzen; die frommen gehn außerdem noch in die Synagoge. Die Börse sieht jeden Mittag die Weltlage an: dies richtet sich nach dem Weitblick der Bankdirektoren, welche jedoch meist nur bis zu ihrer Nasenspitze sehn, was allerdings mitunter ein weiter Weg ist. Schreien die Leute auf der Börse außergewöhnlich viel, so nennt man das: die Börse ist fest. In diesem Fall kommt – am nächsten Tage – das Publikum gelaufen und engagiert sich, nachdem bereits das Beste wegverdient ist. Ist die Börse schwach, so ist das Publikum allemal dabei. Dieses nennt man Dienst am Kunden. Die Börse erfüllt eine wirtschaftliche Funktion: ohne sie verbreiteten sich neue Witze wesentlich langsamer.

In der Wirtschaft gibt es auch noch kleinere Angestellte und Arbeiter, doch sind solche von der neuen Theorie längst fallengelassen worden.

Zusammenfassend kann gesagt werden: die Nationalökonomie ist die Metaphysik des Pokerspielers.

Erich Kästner

Auf einer kleinen Bank vor einer großen Bank

Worauf mag die Gabe des Fleißes,
die der Deutsche besitzt, beruhn?
Deutsch sein heißt (der Deutsche weiß es)
Dinge um ihrer selbst willen tun.

Wenn er spart, dann nicht deswegen,
dass er später davon was hat.
Nein, ach nein! Geld hinterlegen
findet ohne Absicht statt.

Uns erfreut das bloße Sparen.
Geld persönlich macht nicht froh.
Regelmäßig nach paar Jahren
klaut ihr's uns ja sowieso.

Nehmt denn hin, was wir ersparten!
Und verludert's dann und wann!
Und erfindet noch paar Arten,
wie man pleite gehen kann!

Wie ist es euch gelungen,
Wieder sind wir auf dem Hund.
Unser Geld hat ausgerungen.
Ihr seid hoffentlich gesund.

Heute stehn wir vor den Banken.
Armut ist der Mühe Lohn.
Bitte, bitte, nichts zu danken!
Keine Angst, wir gehen schon.

Und empfindet keine Reue!
Leider wurdet ihr ertappt.
Doch wir halten euch die Treue.
Und dann sparen wir aufs Neue,
bis es wieder mal so klappt.

Anmerkung: Das Gedicht bezieht sich auf den großen Bankkrach im Sommer 1931. Das soll aber beileibe nicht heißen, dass es veraltet ist.

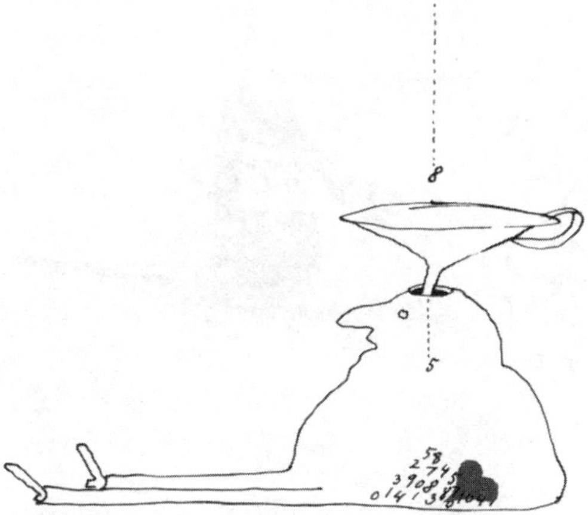

Tomi Ungerer

Jean-Jacques Sempé

Arnon Grünberg

Hedgefonds

Was genau ist eigentlich ein Hedgefonds?« Eben hatte der Wirtschaftskundelehrer noch jovial und einladend gelacht. Alles darf man ihn fragen. Dazu ist er da. Um Antworten zu geben, auch auf unmögliche Fragen. Doch das hier hat er offenbar nicht erwartet.

»Ein Hedgefonds?«

»Ein Hedgefonds«, wiederholt Hofmeester. Hätte er gefragt: »Wie verhält es sich eigentlich mit dem Sexualleben des Krokodils?«, hätte die Stille nicht lastender sein können.

»Ja, wie soll ich das erklären?«, sagt der Wirtschaftskundelehrer nach einigen Augenblicken. »Es ist eine spezielle Art Anlagefonds. Ein Fonds, der auch Gewinne macht – oder machen kann –, wenn die Kurse nicht steigen. Meistens sind die Hedgefonds nicht öffentlich notiert.« Er will noch etwas sagen, doch ihm fällt nichts mehr ein. Er lächelt, zum ersten Mal jetzt auch selbst ein wenig hilflos. Verheddert in ein Gespräch, das er an einem freien Abend nie hatte führen wollen.

Vor circa fünf Jahren, als Hofmeester mit sieben Monaten Miete in der Tasche mal wieder ins Ausland gefahren war, hatte die Bankberaterin mit ihm über Hedgefonds gesprochen. Nein, er war mit dem Thema gekommen. Hedgefonds waren der Knüller.

Er hatte etwas darüber gelesen, hatte davon gehört.

Überall raunte man von Hedgefonds, wie von einem großen, erregenden Geheimnis.

Ihre Erläuterungen waren nicht ganz bei ihm angekommen, doch in diesen Dingen musste man auf seine Intuition vertrauen. Seine Intuition hatte ihn noch nie getrogen, jedenfalls nicht in geldlichen Dingen.

»Ein Investment in einen Hedgefonds beginnt bei einer Million«, sagte die Bankberaterin.

Eine Million, das war ungefähr alles, was Hofmeester zu dem Zeitpunkt besaß. Oh, er hatte eifrig gespart, hatte mehr als nur die allmonatliche Miete auf sein Konto geschaufelt. Eine Erbschaft hier, Verkaufserlös eines Segelboots da, und regelmäßig sein Urlaubsgeld. Alles ging auf das Anlagekonto, um seinen Töchtern Zugang zu Welten zu verschaffen, die er selbst nie betreten hatte. »Sind Sie sicher, dass Sie Ihre Anlagen nicht ein wenig streuen wollen?«, hatte die Beraterin noch gefragt. Eine junge Frau in engem, schwarzem Kostüm. Üppiges, blondes Haar. Sie war neu. Zuvor hatte er einen Mann gehabt. Der Mann hatte ihm Anlagevorschläge gemacht. Er hatte braunes Haar. Soweit es noch da war. Überall lichtete es sich. Hofmeester sah viel, und je mehr er sah, desto weniger traute er sich zu sagen, desto mehr Gedanken sprudelten in ihm empor, die er mit niemandem teilen durfte. »Mit Blindheit geschlagen« wäre ihm darum nicht mal als Fluch vorgekommen.

»Man muss Vertrauen haben«, sagte Hofmeester. »Ein bisschen Risiko gehört dazu.« Der Gedanke an die näher rückende finanzielle Unabhängigkeit, die dafür sorgen würde, dass seine Kinder einmal nicht schikaniert würden, sowie das enge, schwarze Kostüm der Beraterin stimmten Hofmeester optimistisch. Bis zum Übermut. Oh, es gab Hoffnung, man musste nur die Augen offenhalten. Die Renditen des Hedgefonds in der Vergangenheit waren spektakulär. Man konnte es nicht anders sagen. Das war bei ihm hängengeblieben. Spektakulär. Ein Wort wie ein Trompetenstoß. Ein Wort, das ihn irgendwie an Sex erinnerte, verbotenen Sex im Fahrstuhl oder auf einer Toilette.

»Ich muss Sie warnen, die Gebühren sind hoch.«

»Aber die Renditen sind spektakulär!?«

»Die Renditen sind spektakulär«, bestätigte die Frau von der Bank. Sie sprach das Wort »spektakulär« aus wie eine seltene Delikatesse. »Es ist ein besonders populärer Hedgefonds.«

Sie sah ihn, wie ihm schien, strahlend an.

»Dann machen wir das«, sagte Hofmeester mit trockenem Mund, »ich will diesen Hedgefonds.«

Er starrte sie an, als sei sie der Hedgefonds persönlich. Wie sie da vor ihm saß – ein Mannequin –, war einen Moment kein Zweifel möglich: Die Frau von der Bank, sie war ein Hedgefonds in Menschengestalt.

»Ja, wollen wir das machen?«, fragte sie, als zögere sie noch, doch, soviel war klar, nur rein pro forma. »Alles?«

»Alles«, sagte Hofmeester.

Der Name des Fonds, in den er sein Vermögen steckte, klang exotisch und doch vertraut, als habe es ihn schon immer gegeben, als habe er nur jahrzehntelang im Verborgenen existiert. Und dieses betörende Ding offenbarte sich ihm jetzt, wie ein Gott, der ihn zuletzt doch noch für würdig befand, ihn über seine Existenz aufzuklären.

Sie füllte ein Formular aus, das Hofmeester jovial, als tue er ihr einen Gefallen, mit dem eigenen Füller unterschrieb, dann fragte sie: »Noch einen Kaffee?«

»Gern.«

»Ein paar Kekse?«

Es ist so schön, dass einem eigentlich
nur ein Gedanke kommen kann: Geld.

sempé

»Lecker«, sagte Hofmeester.

Als die Kekse kamen, nahm er einen vom Teller, doch mit so viel Schwung, dass er ihm unter den Händen zerbröselte. Er betrachtete erst die Krümel, dann die junge Frau.

Doch die Bankberaterin merkte es nicht, und er blieb, wer er war: der Mann, der die Miete einzahlte. Nicht für sich selbst, für seine Töchter. Für ihre Zukunft. Eine bessere Zukunft. Bezahlbares Glück.

Im März des darauffolgenden Jahres war er wieder zur Bank gegangen, die Miete der vergangenen Monate im Handgepäck. Der Hedgefonds blühte und gedieh. Spektakulär, das war das Wort. Ja, die finanzielle Unabhängigkeit war in greifbare Nähe gerückt.

Ein Jahr später, Ende März, fuhr er wieder zur Bank. Alles dasselbe, alles wie immer, gleiche Zugfahrt, dasselbe Büro, derselbe Computer, dieselbe Beraterin, nur trug sie jetzt kein enges, schwarzes Kostüm, sondern grauen Rock und weiße Bluse. Alles vorhanden, inklusive des blonden, wallenden Haars, auch die Angestellte mit Kaffee und Keksen, alles genau wie beim ersten Mal. Nur der Hedgefonds war nicht mehr da. Verschwunden. Hatte sich in Luft aufgelöst. War futsch.

»Wie kann das sein?«, fragte Hofmeester.

Es folgte eine lange technische Erklärung, die er nicht verstand, weil er nicht richtig zuhörte. Er konnte sich nicht konzentrieren. An seiner feuchten Handfläche klebten zahllose Krümel.

Er konnte nur denken: Ich bin geschlagen. Doch er wusste nicht, wer oder was ihn besiegt hatte. Nicht die junge Frau auf der anderen Seite des Tisches, mit den roten Lippen und der weißen Bluse. Eine Frau, die er gern geküsst hätte, doch diese Lust hatte er unter Kontrolle. Seine Lust war ein dressiertes Schaf, das seine Kunststücke vor einem kleinen, ergebenen Publikum machte. Nicht die Mieter, die hatten pünktlich gezahlt, nicht die Bank, die konnte auch nichts dafür, soviel war ihm aus den Worten der freundlich lächelnden Beraterin klargeworden. Sie fand es wirklich schade, fast glaubte er ihr sogar. Sie war genauso traurig wie er, und immer wieder fiel das Wort »Weltwirtschaft«. Es klang wie Weltjudentum, nur unschuldiger und darum nur umso grausamer.

Der Jörgen Hofmeester, der Finanzamt und Mietern ein Schnippchen geschlagen, gespart hatte, um seinen Töchtern ein Maß an finanzieller Unabhängigkeit zu verschaffen, von dem viele andere nur träumen konnten, er, der in der Überzeugung gearbeitet hatte, dass nur Arbeit vor Kummer und Elend bewahrt, ihn hatte die Weltwirtschaft besiegt. Besiegt und geschlagen. Darauf lief es hinaus. Die Weltwirtschaft hatte ihn in die Knie gezwungen. In der Weltwirtschaft hatte er ein Gegenüber gefunden, das zu stark für ihn war, stärker als das Raubtier. Endlich ein echter Gegner. Doch es war ein Feind ohne Gesicht und Namen. Einer, der sich nicht in Regress nehmen ließ. Die Weltwirtschaft war ein Feind, der das Schweigen nicht brechen, sich ihm nicht zum Kampf stellen würde. Die Weltwirtschaft konnte er nicht umarmen, um ihr sanft die Kehle durchzubeißen. Die Weltwirtschaft hatte kein Gesicht.

»Wir hatten eine stürmische Zeit«, sagte die junge Frau mit dem traurigen Blick, der trotzdem anzusehen war, dass sie nicht wirklich traurig war, eher froh und glücklich. »Erst die Internetblase, dann der elfte September. Schwere Schläge, und einige Spieler am Markt haben sich davon nicht erholt.«

»Der elfte September, was hat der damit zu tun?«

Er erinnerte sich an den Tag wie an den, als die Mauer fiel. Er hatte zu seiner Tochter gesagt: »Schau genau hin, das ist ein historischer Moment.« Und so hatte er auch alles betrachtet: als ferne Geschichte.

»Ach«, sagte sie, »Herr Hofmeester, heutzutage hat doch alles mit allem zu tun. Sie kennen doch den Spruch: Wenn wer im einen Kontinent hustet, ist wer im anderen erkältet. Aber wie geht's Ihren Töchtern? Sie haben doch zwei Töchter?«

Mit einem Mal kippte die Geschichte ins Persönliche. Die anonyme Weltwirtschaft bekam ein Gesicht, einen Körper, einen Namen: Mohammed Atta – er hatte Hofmeester sein Geld abgenommen, die finanzielle Unabhängigkeit, die Freiheit seiner Kinder, die so nah gewesen war, so fürchterlich nah. Mohammed Atta steckte dahinter, Atta hatte Hofmeesters Hedgefonds enthauptet.

»Was haben Sie gefragt?«

»Wie es Ihren beiden Töchtern geht.«

»Wunderbar«, sagte er. »Aber warum haben Sie mich nicht angerufen?«

»Wir konnten Sie nicht erreichen.«

Langsam näherte sich das Gespräch seinem Ende. Auf dem Konto blieb nur ein kümmerlicher Rest, ungefähr zwei Monatsmieten, und er zahlte die acht Monate aus seiner Aktentasche ebenfalls ein.

Die Frau von der Bank fragte noch: »Möchten Sie es anlegen?«

Doch er sagte nur: »Lassen Sie's einfach auf dem Sparkonto.«

Sie gaben sich die Hand. »Bis in einem Jahr dann«, sagte sie.

Dann stand er vor der Tür. Frühling. Sonne. Menschen, die zum ersten Mal ohne Jacke auf die Straße gingen. Die damit verbundene Freude. So endet also die finanzielle Unabhängigkeit, dachte er. Wie alles andere. In einer Stunde ist alles vorbei. Man bekommt noch einen Keks. Einen mitleidigen Blick. Mitgefühl, das in zehn Minuten erledigt sein muss, denn die Lohnkosten sind hoch.

Er ging durch eine Einkaufsstraße, betrachtete die Gesichter der Leute und fragte sich, ob sie auch von der Weltwirtschaft geschlagen worden waren. Oder von Mohammed Atta. Oder von beiden zugleich. Konnten sie sich untereinander erkennen, die Geschlagenen? Oder blieben sie für immer anonym? Die Gewinner und die Verlierer, brüderlich nebeneinander, zusammen durch eine teure Einkaufsstraße flanierend. In ewigem Schaufensterbummel. Niemand wusste, wo die Spreu sich vom Weizen trennte.

Zuerst erschienen 2006

Paul Flora

Martin Suter

Börsenkunde

»Vanessa muss Fabian verkaufen.«

»Wer ist Vanessa, Schätzchen?«

»Meine beste Freundin.«

»Und wer ist Fabian?«

»Vanessas Pony.«

»Weshalb muss sie es verkaufen?«

»Wegen der Börse.«

»Wegen der Börse?«

»Ihr Papi hat an der Börse ganz viel Geld verloren.«

»Da ist er nicht der Einzige.«

»Hast du dort auch Geld verloren?«

»Ja, leider.«

»Hast du überall gesucht?«

»Nicht so verloren wie du deinen Gameboy, Celine. Ich habe etwas gekauft, und jetzt ist es nichts mehr wert.«

»Aber du hast es noch?«

»Ja, aber ich kann es nicht mehr verkaufen.«

»Ich meinen Gameboy auch nicht mehr.«

»Aber wenn du ihn fändest, könntest du es.«

»Dann würde ich ihn behalten.«

»Siehst du, das ist der Unterschied zwischen einem Gameboy und einer Aktie.«

»Was ist eine Aktie?«

»Eben das, was ich und Vanessas Papi gekauft haben. Ein Wertpapier.«

»Wie Silberpapier?«

»Nein. Es ist nicht aus wertvollem Material. Es ist wertvoll wegen dem, was es bedeutet.«

»Wie ein Gutschein?«

»Genau! Bravo! Wie ein Gutschein.«

»Was bekommt man dafür?«

»Ein Stücklein von einer Firma.«

»Und was macht man damit?«

»Man bekommt jedes Jahr ein wenig von dem Geld, das die Firma verdient.«

»Und warum haben du und Vanessas Papi dann Geld verloren?«

»Weil die Firma, von der wir ein Stücklein besitzen, kein Geld verdient.«

»Warum habt ihr denn ein Stücklein von dieser Firma gekauft?«

»Weil ihre Chefs gesagt haben, sie werden ganz viel Geld verdienen.«

»Dann haben sie gelogen.«

»Sie haben die Lage falsch eingeschätzt.«

»Gelogen. Wenn sie geglaubt hätten, dass ihre Firma ganz viel Geld verdienen wird, weshalb hätten sie dann dir und Vanessas Papi ein Stücklein davon verkauft?«

»Weil die Firma dringend Geld brauchte. – Alles klar jetzt?«

»Ja.«

…

»Papi?«

»Ja, Schätzlein?«

»Warum will jemand ein Stücklein von einer Firma kaufen, die dringend Geld braucht?«

Zuerst erschienen 2005

Sempé

Oma, hol die Louisdor aus dem Versteck unterm Feigenbaum. – Ach, Oma, ich weiß doch schon ewig, dass sie da liegen! 18 Stück. Trag sie zur Bank und sag Monsieur Leleu, er soll japanische Yen dafür kaufen – so nennen sie die Francs in Japan. Morgen muss er diese Yen gegen Dollar wechseln und übermorgen wieder Louisdor kaufen. Dann kriegt er ganze 21. – Der wird staunen! – Schenk seiner Tochter Francine einen Louisdor und sag ihr, ich hab sie nicht vergessen. Ich hätte nichts dagegen, Leleus Posten zu übernehmen, wenn er in Rente geht. In Paris ist die Luft verpestet, und die Sonne sieht man fast nie.

Joseph Roth

Hausse und Baisse

Ein Kommentar aus dem Jahre 1919

In einem Wiener Staatsgymnasium taten sich die Schüler einer Klasse zusammen und bildeten ein Konsortium. Ein Handelskonsortium. Sie spielten auf der Börse, gewannen, verloren. Sie sprachen von Aktien, gingen des Vormittags nicht in die Schule, sondern auf den Schottenring. Fünfzehnjährige Börsianer.

In einem Wiener Büro machte der Chef eines Tages die Entdeckung, dass seine Tippmamsells vorzügliche Kenntnis und Gewandtheit in fachlichen Börseredewendungen hatten. Er forschte nach, und es erwies sich, dass die Tippmamsells Effekten besaßen. Börsen-Effekten. Zwischen elf und ein Uhr mittags ist das Vestibül der Börse voll von Mittelschülern aller Kategorien und Altersstufen. Sie haben die Beschäftigung mit antiken Versfüßen aufgegeben, Homer wird in Zinsfüßen skandiert. Die ganze höhere Mathematik schrumpft zusammen auf das Kapitel von Zinsen- und Prozentrechnung. Die Lehre von der Wärme wird am Sinken und Steigen der Kurse studiert. Es gibt keine Umsetzung der Energie mehr, sondern einen Umsatz der Papiere. Die Notenskala ist um neue Bezeichnungen bereichert. Kein »Sehr gut«, sondern »lebhaft«, kein »Ungenügend«, sondern »flau«. Der Papa ist ein Fixbesoldeter, ein Staatsbeamter, gewendet und zergrämt. Der Sohn Börsianer, Kapitalist, Grandspekulant.

So ist die Welt.

Es ist eine große Hausse in Schiebungen und eine Baisse in Moral. Es ist eine Umwertung aller Werte in – Börsenwerte.

Jeder Krieg hat seine speziellen Abenteurer. Man kann heute nicht mehr mit Schwert und Spieß Schlösser, Frauen, Herzogtümer gewinnen. Man kann Kaufleute im Expresszug nicht mehr recht ausplündern. Man kann sie nur »hineinlegen«. Durch Geschäfte, Handel, Spekulationen.

Im Grunde ist es dieselbe Abenteurerlust, die Tannhäuser auf den Venusberg, Siegfried zum Nibelungenschatz, Parzival zum Gral brachte. Man bedarf nur heute keiner Rüstung mehr, um diese Ziele zu erreichen. Das Graltum ist eine Schiebung, der Nibelungenschatz liegt auf dem Bakkarattisch, der Venusberg heißt »Nachtfalter«. Alles ist mit Geld bequem zu erringen. Geld gewinnt man leicht und mühelos auf der Börse. Und selbst das Prickeln des Abenteurertums, der Kitzel des Sensatiönchens ist auch dabei. Also spielt man auf der Börse.

Börsenagenturen entstehen an allen Straßenecken. Alle Banken vermitteln Börsengeschäfte. Die ganze Schöpfung ist die verfehlte Börsenspekulation eines Gottes, der pleite gegangen ist.

Allmählich wandelt sich das Aussehen der Welt. Schieben die Wolken nicht? Sind sie »Kulissen«? Gewitter sind Geldkrisen, Blitze erleuchtende Spekulationseinfälle. Und ein Donner, nun, das ist natürlich ein »Krach«.

Die Winde, kommen sie noch aus Aeolus' Höhle? – Sie blasen aus hohlen Kassenschränken.

Regnet es, schneit es noch? – Ich glaube, erbitterte Kaufleute spucken aus.

Die Menschen vermehren sich nicht mehr durch Geschlechtskopulation, sondern durch Aktiengewinnverdoppelung.

Die Meere sind vielleicht riesengroße, quadrierte Aktienpapiere.

Und selbst die Nummern der Meridiane und Parallelkreise sind zu gewinnen und zu verlieren.

Zwischen Hausse und Baisse – Nordpol und Südpol – dreht sich die Erde um ihre eigene Profitachse.

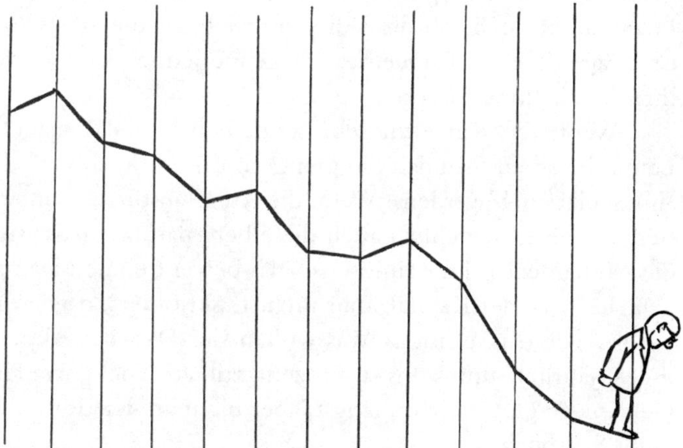

Chaval

André Comte-Sponville

Ist Börsenspekulation unmoralisch?

Ich frage mich, ob »Börsenspekulation« nicht ein Pleonasmus ist ... Manche Leute investieren langfristig, andere verfolgen eine fast tägliche Rein-raus-Strategie ... Doch schließlich geht es immer darum, auf die Hausse (oder gelegentlich auch Baisse) einer bestimmten Aktie zu spekulieren! Natürlich ist das amoralisch. Aber warum sollte es unmoralisch sein? Es ist eine Geldanlage wie jede andere, nur riskanter und rentabler als die Mehrzahl der anderen Anlageformen (im Prinzip und auf die Dauer)... Die eigentliche Frage lautet doch, ob die Börse nützlich für die Wirtschaft ist. Fragen Sie die Fachleute. Ich kenne jedoch keinen, der ihre Abschaffung fordert...

Wenn die Kurse zu sehr steigen, halten das manche Leute für einen Skandal: Sie prangern die Aktionäre an, die »im Schlaf reich werden«. Wenn die Kurse abstürzen, lamentieren andere, manchmal auch dieselben, darüber, dass »sich die Milliarden in Luft auflösen«; »das beweist eindeutig«, sagen sie, »dass der Kapitalismus nicht funktioniert, dass er irrational, destruktiv ist...« Was wollen sie? Dass der Aktienindex jährlich um 2 bis 4 Prozent zulegt? Die Form der Geldanlage gibt es schon längst, aber nicht an der Börse: Sie heißt Sparbuch.

Aber im Ernst. Die Aufgabe der Börse besteht in der Kapitalakkumulation. Jede kapitalistische Wirtschaft braucht sie. Das ändert nichts an der Unbeständigkeit, dem »irrationalen Überschwang der Märkte«, den Crashs, den unberechenbaren Kursentwicklungen und auch nichts an den gelegentlichen Insidergeschäften oder Skandalen. Das ändert nichts, und das ist weit schwerwiegender, an dem häufig unerträglichen Druck, dem die Unternehmen ausgesetzt sind, einem Druck, der gelegentlich katastrophale soziale Folgen hat, ohne immer wirtschaftlich gerechtfertigt zu sein. Gewiss, alle diese Dinge gibt es, und sie verlangen unsere Wachsamkeit. Aber wenn wir die Börse abschaffen, wo finden wir dann das notwendige Kapital für Investitionen und damit für Wachstum?

Oft wird die Börse für irrational gehalten. Das ist ein Irrtum. An der Börse wie anderswo ist alles rational – was beileibe nicht bedeutet, dass alles vernünftig wäre! Die Psychologie, die Schimären, die Gerüchte, die Panikattacken, all das ist nicht weniger rational als der Rest. Es ist nur schwieriger vorherzusehen und zu kontrollieren. Die Börse ist wie die Wettervorhersage. Dort ist alles rational und nichts vorhersehbar (von sehr kurzfristigen Prognosen abgesehen). Dort lässt sich alles erklären, aber erst hinterher. Das macht die Sache (in jeder Hinsicht) so reizvoll und riskant... Es ist ein chaotisches System in der physikalischen Bedeutung des Wortes, was nichts an seiner Effizienz ändert.

Zuerst erschienen 2004

SAVING ∝ INVESTMENT

BANK
Floren

Lukas Hartmann

Über die Geheimloge der Banker

Warum äußern sich die Intellektuellen nicht zur Finanzkrise? Weil sie befürchten, dass ihre Meinung als inkompetent gilt? Oder weil ökonomische Zusammenhänge jenseits ihres Interessenhorizonts liegen?

Ich habe mich lange selbst nicht getraut, hier mitzureden. Immer wieder strengte ich mich im Lauf der Jahre an, mir das ökonomische Grundwissen anzueignen, und kam, alles in allem, über die Anfängerstufe nicht hinaus. Ich empfand es als Mangel, so wenig von wirtschaftlichen Zusammenhängen zu verstehen. Natürlich las ich die Zeitungen und bekam mit, was für unwahrscheinliche Gewinne am Finanzmarkt gemacht wurden. Manchmal schalt ich mich einen Narren, dass ich nicht selber irgendwelche gewinnversprechenden Derivate erwarb. Aber die Vorsicht überwog; ich verstand einfach zu wenig, worum es da konkret ging und was mit meinem Geld geschehen würde.

Nun aber, seit dem Fast-Kollaps des ganzen Systems, habe ich begriffen, dass auch die Sachverständigen, die den unaufhaltsamen Gewinnzuwachs predigten, letztlich nicht verstanden, was sie taten. Und es wird immer klarer, dass sie noch heute nicht verstehen wollen, was ihr Handeln oder ihr Wegschauen bewirkte. Mir scheint, nicht nur hier – aber auch hier – kann der Blick von außen erfassen, was Insider ausblenden oder verdrängen, und ich greife darum drei Punkte auf, die nach meiner Meinung in der ganzen Diskussion zu kurz gekommen sind.

Das System in Frage stellen

Das geltende Finanzsystem als Ganzes wurde bisher kaum ernsthaft in Frage gestellt. Es geht offensichtlich bloß um seine Reparatur und darum, möglichst rasch wieder möglichst viel Geld verdienen zu können. Ich meine hier keineswegs, dass der Slogan von der »Überwindung des Kapitalismus« aus der marxistischen Mottenkiste hervorgeholt werden soll. Aber es wäre dringend nötig, die Anreize und die Wirkungsweise der heutigen Zinswirtschaft genau zu analysieren und nach Alternativen zu fragen.

Der Zins, von vielen mit der Rendite gleichgesetzt, ist eine der Antriebskräfte im real existierenden Kapitalismus. Es sind die völlig unrealistischen Renditeversprechen, die das Kredit- und Investitionssystem unmäßig aufgebläht haben. Wenn Berater und Kunden sich in gemeinsamer Gewinngier verbünden, dann wird offensichtlich der Verstand ausgeschaltet. Nach aller Erfahrung – und einem Blick auf die Wirtschaftsgeschichte – wissen wir, dass ein Renditeziel, das über fünf Prozent hinausgeht, auf längere Sicht hoch riskant ist. Dennoch will bei uns niemand darüber nachdenken, was es zum Beispiel bedeuten würde, hier prozentuale Obergrenzen – oder zumindest Bandbreiten – vorzuschreiben.

Einer der bedeutenden Ökonomen des 20. Jahrhunderts, Silvio Gesell, hat über solche Zusammenhänge gründlich geforscht. Er sah das Geld als Tausch- und nicht als Hortungsmittel, er forderte die Einführung von »Freigeld« und glaubte, dadurch Konjunkturausschläge verhindern zu können. Gesell wurde zu seiner Zeit von links und von rechts verlacht. John Maynard Keynes allerdings, der große Theoretiker der Nachfragepolitik, der heute wieder viel zitiert wird, forderte 1944 für das Bretton-Woods-Abkommen, ganz im Sinne Gesells, eine »umlaufgesicherte« internationale Währung. Das Horten, das spekulative Zurückhalten von Geld sollte mit einer Nutzungsgebühr belegt werden, der Zins bis auf null sinken.

So würde »neutrales« Geld entstehen; und weil dadurch der Geldbesitz nicht mehr im gleichen Maß belohnt würde, hätte dies positive Auswirkungen auf den Geldumlauf. Diese »Umlaufsicherung« würde den ungerechten Vorteil des Geldes gegenüber verderblichen Sachgütern und dem Gut der Arbeitskraft vermindern. Keynes nannte seine Weltwährung »Bancor«; er fand dafür keine Mehrheit. Im Licht der neusten Entwicklungen wäre es an der Zeit, wieder ernsthaft über seine Vorschläge zu diskutieren.

Die Psychologie der Banker

Zu wenig nachgedacht wurde bis heute auch über die kollektiven Denk- und Verhaltensweisen der Investmentbanker. Zwar brachte der *Spiegel* eine Titelgeschichte über ihre Schamlosigkeit; er begnügte sich aber damit, Beispiele individueller Maßlosigkeit aufzuzählen und damit die allgemeine Empörung zu schüren, und er versäumte es, die sozialpsychologischen Gründe dafür zu durchleuchten. Ich fände es erhellend, die obersten Schichten der Bankenwelt mit Geheimlogen zu vergleichen, die untereinander in komplizierten Codes kommunizieren und gegen außen das, worum es ihnen wirklich geht, systematisch vertuschen und abstreiten.

Ein solches Verhalten führt, sobald es genügend verinnerlicht ist, früher oder später zu einer Art Autismus, der bewirkt, dass die Außenwelt nur noch verzerrt oder gar nicht mehr wahrgenommen wird. Was Logenbrüder für richtig halten, wie sie leben, was sie für sich anhäufen, wird zum alleinigen Maßstab. Was tut jemand mit zehn, zwanzig, vierzig Millionen Franken, die er pro Jahr erhält? Diese Frage stellt sich gar nicht, solange solche Einkünfte, innerhalb des geschlossenen Zirkels, als normal gelten.

Um die Logenbrüder (auf den Führungsetagen fehlen die Frauen völlig) mit der Realität zu konfrontieren, gibt es nur ein Mittel: Transparenz. Sie müssen, ganz ohne Floskeln und Verschwommenheiten, den »Normalbürgern« erklären, was sie tun und wie sie es tun, sie müssen deutsch und deutlich erklären, wohin das Geld fließt, das ihnen anvertraut wird, sie müssen nachweisen, woher ihr Lohn kommt und wie sie ihn begründen.

Verständlichkeit fordern

Das ist ja, drittens, mein eigenes Bedürfnis: Ich will verstehen, ich fordere Verständlichkeit auf jeder Ebene; und das sollte auch die Politik tun, wenn die Banker nicht fähig sind, ihre Sprache – und damit ihr Verhalten – zu ändern. Verstehen setzt voraus, dass Wörter und Sätze wirklich meinen, was sie bedeuten; Verstehen heißt: Sachverhalte und Zusammenhänge eindeutig erfassen. Verträge und Geschäftsbedingungen, in denen Begriffe wie Credit Default Swaps und Forward Rate Agreement unerklärt bleiben, gehören in den Papierkorb. Auch gegen dieses Bankenkauderwelsch, das zum Jargon der Begehrlichkeit geworden ist, müsste die Finanzmarktaufsicht eigentlich einschreiten. Sie wird es nicht tun; ihre Mitglieder sind Gefangene der Bankeninnensicht und ebenso wenig in der Lage, den Entrüstungssturm über Boni zu begreifen, wie die Führungsgremien der Großbanken.

Meine Hoffnung, dass unbequeme Ideen von außen etwas bewirken, ist offen gestanden gering. Je verständlicher und einleuchtender sie sind, desto heftiger werden die Insider sie als »unqualifiziert« und »naiv« abtun. Es braucht einen noch größeren Leidensdruck, bis der Kulturwandel, nach dem jetzt viele rufen, tatsächlich einsetzt.

Die Mitschuldigen werden sich eine Zeitlang hinter rhetorischen Abwehrmauern ducken. Wenn ihre PR-Berater ihnen raten, Zerknirschung zu zeigen, werden sie es tun und allenfalls Sündenböcke opfern, nie aber die Grundlagen eines mit falschen Anreizen gestützten Systems in Frage stellen. Die bankennahen Politiker – es sind viel zu viele – werden in die alten ideologischen Gräben zurückkehren und griffige Maßnahmen verhindern, die in ihrer Sprachregelung »den Finanzplatz Schweiz gefährden«. Sobald der nächste Boom an den Börsen einsetzt, wird alles vergessen und verziehen sein; die nächste Spekulationsblase wird in zehn oder fünfzehn Jahren platzen, mit möglicherweise noch schlimmeren Folgen als heute. C'est ça. Auch darum wohl ziehen die Intellektuellen es vor zu schweigen. Die »durchschlagende Wirkungslosigkeit« ihrer Interventionen ist ihnen allzu bewusst.

Paul Flora

Fernando Pessoa

Der anarchistische Bankier

Wir hatten das Abendessen beendet. Mir gegenüber saß mein Freund, der Bankier, ein großer Händler und namhafter Schieber; er rauchte wie einer, der nicht denkt. Die Unterhaltung war allmählich ins Stocken geraten und erstarb schließlich ganz. Ich versuchte auf gut Glück, sie wieder in Gang zu bringen, und bediente mich dabei der erstbesten Idee, die mir durch den Kopf ging. Lächelnd wandte ich mich ihm zu:

»Richtig! Mir wurde erzählt, Sie seien früher Anarchist gewesen.«

»Ich bin es nicht nur gewesen, ich bin es noch immer. In dieser Hinsicht habe ich mich nicht geändert. Ich bin Anarchist.«

»Was Sie nicht sagen! Sie und Anarchist? Und wieso wären Sie Anarchist? … Sie verstehen das Wort vielleicht anders …«

»Anders als im gewöhnlichen Sinn? Nein, keineswegs. Ich gebrauche es im ganz gewöhnlichen Sinn.«

»Sie wollen also sagen, Sie seien Anarchist im selben Sinne wie diese Typen von den Arbeiterorganisationen? Es gäbe also keinen Unterschied zwischen Ihnen und diesen Bombenlegern und Gewerkschaftstypen?«

»Doch, doch, es gibt einen Unterschied … Natürlich

gibt es einen Unterschied. Es ist aber nicht der, an den Sie denken. Sie glauben vielleicht, ich hätte andere Gesellschaftstheorien als sie?«

»Ach so, ich verstehe! Sie sind Anarchist in der Theorie, aber in der Praxis sind Sie …«

»Ich bin in der Praxis ebenso sehr Anarchist wie in der Theorie. Und das sogar noch mehr, viel mehr als jene Typen, von denen Sie sprachen. Mein Leben ist der Beweis dafür.«

»Wie bitte?«

»Mein Leben ist der Beweis dafür, jawohl, mein Lieber. Sie haben offenbar diesen Dingen nie besondere Aufmerksamkeit geschenkt. Deshalb glauben Sie, ich würde dummes Zeug reden oder mich über Sie lustig machen.«

»Jetzt verstehe ich gar nichts mehr! Es sei denn … es sei denn, Sie gehen davon aus, das Leben, das Sie führen, sei zersetzend und asozial; nun, wenn Sie Anarchismus so verstehen …«

»Ich habe Ihnen schon gesagt: nein! Ich habe Ihnen schon gesagt, dass ich dem Wort Anarchismus keinen anderen als den gewöhnlichen Sinn unterlege.«

»Gut! … Aber ich verstehe immer noch nicht … Wollen Sie mir erzählen, es gäbe keinen Unterschied zwischen Ihren wahrhaft anarchistischen Ideen und Ihrer Lebenspraxis? – Ich meine: Ihrer jetzigen Lebenspraxis? Wollen Sie mir denn weismachen, Ihr Leben stimme in allen Punkten mit dem der gewöhnlichen Anarchisten überein?«

»Nein! Nein, das ist es nicht. Was ich sagen will, ist, dass meine Theorien in keiner Weise von meiner Lebenspraxis abweichen; ganz im Gegenteil, beide stimmen absolut überein. Dass ich nicht das Leben der Bombenleger und Gewerkschaftstypen führe, stimmt. Doch deren Leben spielt sich jenseits des Anarchismus, jenseits ihrer Ideale ab. Meines nicht.

In mir – jawohl, in mir, dem Bankier, dem großen Händler und Schieber, wenn Sie es so hören wollen – in mir vereinigen sich beide, Theorie und Praxis des Anarchismus, aufs Genaueste. Sie haben mich mit diesen Idioten von Bombenlegern, mit denen von der Gewerkschaft verglichen, um zu beweisen, ich sei anders als sie. Das bin ich auch, nur ist der Unterschied folgender: die da (jawohl, die da, nicht ich) sind nur in der Theorie Anarchisten, ich bin es in der Theorie und in der Praxis. Die da sind Anarchisten und Dummköpfe, ich bin Anarchist und gescheit. Darum, mein Guter, bin ich der wahre Anarchist. Die von den Gewerkschaften und die Bombenleger (ich war ja auch einer von ihnen und habe sie gerade um des wahren Anarchismus willen verlassen) – sie stellen ja nur den Abfall des Anarchismus dar, sie sind die Drohnen der großen anarchistischen Lehre.«

»Nicht einmal der Teufel würde seinen Ohren trauen! Das ist einfach umwerfend! Und wie bringen Sie Ihr Leben – ich meine Ihr Leben als Bankier und Händler – und die Theorie des Anarchismus auf einen Nenner? Wie bringen Sie beide auf einen Nenner, wenn Sie sagen, Sie verstünden unter anarchistischer Theorie dasselbe wie die gewöhnlichen Anarchisten? Und noch dazu möchten Sie mir weismachen, Sie unterschieden sich von ihnen dadurch, dass Sie mehr Anarchist sind als jene – ist dem nicht so?«

»In der Tat.«

»Jetzt verstehe ich überhaupt nichts mehr!«

»Liegt Ihnen denn daran zu verstehen?«

»Unbedingt!«

»Die gewichtigste Fiktion in unserer Zeit ist nun einmal das Geld. Wie aber das Geld bezwingen oder – genauer gesagt – wie die Macht beziehungsweise die Tyrannei des Geldes bezwingen? Indem ich mich von seinem Einfluss, seiner Macht befreien würde, seinen Einfluss also besiegen und es, jedenfalls auf meine Person bezogen, zur Wirkungslosigkeit verdammen würde. Auf meine Person bezogen, verstehen Sie? Weil ich es war, der es bekämpfte; hätte ich es zur Wirkungslosigkeit im Hinblick auf alle anderen verdammt, hätte ich es nicht nur bezwungen, sondern schon vernichtet, denn ich hätte dann ja mit der Fiktion Geld überhaupt Schluss gemacht. Nun habe ich Ihnen aber schon nachgewiesen, dass eine gesellschaftliche Fiktion nur durch eine gesellschaftliche Revolution ›vernichtet‹ werden könnte, in deren Verlauf diese Fiktion mitsamt den anderen in den Sog der einstürzenden bürgerlichen Gesellschaft geraten würde.

Wie sollte ich nun die Macht des Geldes besiegen? Die einfachste Methode wäre gewesen, mich aus seiner Einflusssphäre, das heißt aus der Zivilisation, zurückzuziehen; ich hätte aufs Land gehen können, Wurzeln essen und Wasser aus den Quellen trinken, nackt herumlaufen, wie ein Tier leben können. Doch selbst wenn mir das keine Schwierigkeiten bereitet hätte, hätte ich damit keine gesellschaftliche Fiktion bekämpft; ich hätte überhaupt nicht gekämpft, ich wäre geflohen. Natürlich: wer sich vor einer Schlacht drückt, kann in ihr nicht geschlagen werden. Doch moralisch ist er geschlagen, weil er nicht gekämpft hat. Ich musste also anders vorgehen – was ich brauchte, war eine Kampf- und keine Fluchtmethode. Wie das Geld bekämpfen und es dabei noch bezwingen? Wie sich seinem Einfluss und seiner Tyrannei entziehen, ohne ihm aus dem Weg zu gehen? Die einzige Methode war – es zu erwerben, es in so großer Menge zu erwerben, dass sein Einfluss nicht mehr spürbar werden konnte; und je größer die erworbene Menge wäre, desto freier würde ich von seinem Einfluss. Als mir das mit der ganzen Kraft meiner anarchistischen Überzeugung und der Logik meines

Scharfsinns vor Augen stand, trat ich, lieber Freund, in die jetzige Phase – in die Kommerz- und Bankphase meines Anarchismus ein.«

Er schwieg einen Augenblick und suchte der Erregung Herr zu werden, in die ihn die Begeisterung für seine Darlegungen hatte zunehmend geraten lassen. Dann fuhr er, immer noch lebhaft, in seiner Erzählung fort.

»Erinnern Sie sich jetzt bitte: ich hatte Ihnen von den zwei logischen Schwierigkeiten erzählt, die sich mir zu Beginn meiner Karriere als bewusstem Anarchisten in den Weg gestellt hatten… Und erinnern Sie sich auch, dass ich Ihnen sagte, ich hätte sie zu jenem Zeitpunkt künstlich, nämlich gefühlsmäßig und nicht logisch gelöst! Sie selbst hatten ja ganz zu Recht angemerkt, ich hätte sie nicht logisch gelöst…«

»Jawohl, ich erinnere mich.«

»Und erinnern Sie sich auch, dass ich Ihnen sagte, ich habe sie später, nachdem ich die wahre anarchistische Methode endlich herausgefunden hatte, mit einem Schlag gelöst, und zwar logisch?«

»Ja.«

»Passen Sie auf, das geschah so!… Die Schwierigkeiten waren damals folgende: es sei nicht natürlich, für etwas zu arbeiten, was es auch sei, ohne dafür eine natürliche, d. h. eine eigennützige Entschädigung zu erhalten; und es ist natürlich, seine Kräfte für irgendein Ziel zu verausgaben, ohne als Entschädigung dafür zu wissen, dass dieses Ziel erreichbar ist. So weit die beiden Schwierigkeiten; jetzt schauen Sie einmal, wie ich sie mit Hilfe einer anarchistischen Arbeitsmethode gelöst habe, auf die mich meine Überlegungen gebracht hatten und die ich als die einzig wahre erkannt habe… Die Methode führt zu meiner Bereicherung, folglich zu einer eigennützigen Entschädigung. Die Methode zielt darauf ab, Freiheit zu erringen; in dem Maße nun, wie ich die Macht des Geldes besiege, d. h. mich von ihm befreie, erringe ich Freiheit. Selbstverständlich erringe ich diese Freiheit nur für mich; doch wie ich schon nachgewiesen habe, kann Freiheit für alle nur durch Vernichtung der gesellschaftlichen Fiktionen erreicht werden, durch eine gesellschaftliche Revolution, und ich allein kann keine gesellschaftliche Revolution machen. Lassen Sie es mich konkret sagen: ich ziele auf Freiheit ab und erringe Freiheit; ich erringe die Freiheit, die ich erringen kann, denn ich kann ja nicht erringen, was ich nicht erringen kann … Und schauen Sie: einmal abgesehen von den Überlegungen, die diese anarchistische Methode als die einzig wahre festsetzen, Tatsache ist, dass sie automatisch die logischen Schwierigkeiten löste, die sich einem anarchistischen Vorgehen in den Weg stellen konnten, und das beweist noch mehr, dass sie die richtige ist.

Also verfolgte ich diese Methode. Ich machte mich daran, die Fiktion Geld zu bezwingen, indem ich mich bereicherte. Und ich schaffte es. Es brauchte eine gewisse Zeit, weil der Kampf hart war, aber ich schaffte es. Ich verschone Sie mit einem Bericht über mein vergangenes und gegenwärtiges Leben im Handel und im Bankgeschäft. Er könnte zwar interessant sein, ich denke da an bestimmte Punkte, aber er tut nichts zur Sache. Ich habe gearbeitet, gekämpft, Geld gewonnen, habe noch mehr gearbeitet, habe noch mehr gekämpft, noch mehr Geld gewonnen; ich gewann schließlich viel Geld. In den Methoden war ich nicht wählerisch – ich gestehe ganz offen, mein Lieber, dass ich in den Methoden nicht wählerisch war, ich habe mich aller Mittel bedient, – wucherischen Aufkaufs, finanzieller Tricks, selbst unlauterer Konkurrenz. Ja und? Ich bekämpfte schließlich die gesellschaftlichen, unmoralischen und par excellence unnatürlichen Fiktionen, und da sollte ich auf die Methoden achten? Ich arbeitete für Freiheit, und da sollte ich auf die Waffen achten, mit denen ich die Tyrannei bekämpfte? Der dumme Anarchist, der Bomben wirft und Schüsse abgibt, weiß genau, dass er tötet, und weiß ebenso gut, dass seine Lehre die Todesstrafe ausschließt. Etwas Unmoralisches greift er mit einem Verbrechen an, weil er meint, dass die Vernichtung des Unmoralischen ein Verbrechen wert ist. Eine idiotische Methode, weil die Methode selbst, wie ich gezeigt habe, irrig ist und das Gegenteil von dem bewirkt, was anarchistisches Vorgehen bezweckt; moralisch gesehen mag sie intelligent sein. Ich hatte eine sichere Methode, und als Anarchist bediente ich mich rechtmäßig aller Mittel, um mich zu bereichern. Heute habe ich den genau umschriebenen Traum eines praktischen und verständigen Anarchisten verwirklicht. Ich bin frei. Ich mache, natürlich nur im Rahmen des Möglichen, das, was ich will. Meine Devise als Anarchist war die Freiheit; gut, jetzt habe ich Freiheit, die Freiheit, die man vorderhand in unserer unvollkommenen Gesellschaft haben kann. Ich wollte die gesellschaftlichen Fiktionen bekämpfen, und ich habe sie bekämpft, mehr noch, ich habe sie besiegt.«

Erich Kästner

Hymnus auf die Bankiers

Der kann sich freuen, der die nicht kennt!
Ihr fragt noch immer: Wen?
Sie borgen sich Geld für fünf Prozent
und leihen es weiter zu zehn.

Sie haben noch nie mit der Wimper gezuckt.
Ihr Herz stand noch niemals still.
Die Differenzen sind ihr Produkt.
(Das kann man verstehn, wie man will.)

Ihr Appetit ist bodenlos.
Sie fressen Gott und die Welt.
Sie säen nicht. Sie ernten bloß.
Sie schwängern ihr eignes Geld.

Sie sind die Hexer in Person
und zaubern aus hohler Hand.
Sie machen Geld am Telefon
und Petroleum aus Sand.

Das Geld wird flüssig. Das Geld wird knapp.
Sie machen das ganz nach Bedarf.
Und schneiden den anderen die Hälse ab.
Papier ist manchmal scharf.

Sie glauben den Regeln der Regeldetri
und glauben nicht recht an Gott.
Sie haben nur eine Sympathie.
Sie lieben das Geld. Und das Geld liebt sie.
(Doch einmal macht jeder Bankrott!)

Zuerst erschienen 1929

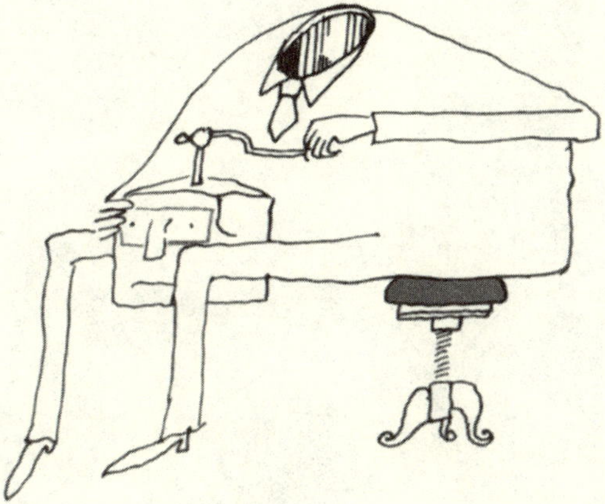

Tomi Ungerer

Les Etablissements CHAPOLUX
vous souhaitent une
HEUREUSE RETRAITE
Mr. BRIVOT

Sempé

Jaroslav Hašek

Ein reelles Unternehmen

Ich saß mit dem seligen Mestek auf einer Bank des Parks auf dem Karlsplatz.

Mestek, der Besitzer eines Flohzirkus, war in sehr gedrückter Stimmung, da er zu der Überzeugung gelangt war, dass sich Flöhe nicht dressieren lassen. Vor kurzem hatte seinen Flohzirkus nämlich eine Katastrophe heimgesucht. Irgendein betrunkener Herr, der von der fixen Idee beherrscht war, dass das Ganze ein Schwindel sei, drang in die Bude und schlug, um sich zu überzeugen, mit seinem Stock die Schachtel und den Zirkus in Stücke. Die dressierten Flöhe waren erlöst und befreit von der Pflicht, die kleinen, mikroskopischen Papierwägelchen zu ziehen. Vernichtet war auch der Operngucker mit der Vergrößerungslinse. Auf dem Grund der Schachtel blieb die zerquetschte Leiche eines Flohmännchens, eines erstklassigen Künstlers, liegen, der die Seele des Zirkus gewesen war. Mestek hatte ihn zärtlich ›Franzel‹ genannt. Die Leiche des Künstlers wurde unter dem Vergrößerungsglas identifiziert und am Fehlen eines Fußes erkannt, was übrigens zu den Zirkusgeheimnissen gehört.

Bei der Leiche des Künstlers blieb nur ein Floh mit gebrochenen Beinen und umgeworfenem Wägelchen zurück, vor das er gespannt war.

»Ich hab gedacht«, seufzte Mestek, »dass ich sie kurieren werde, aber es hat zu nichts geführt. Pepina welkte dahin. So hab ich sie zum Schluss zerdrückt.«

Mestek sprach eine Weile von der Liebe zwischen Pepina und Franz, wie die Bewunderung der kleinen Pepina stets dem Flohmännchen gefolgt war, wenn es tanzte.

»Nie mehr im Leben«, sagte Mestek, »werde ich einem so intelligenten Geschöpf begegnen. Die heutige Generation ist degeneriert. Die Flöhe sind verblödet. Sie sind begriffsstutzig geworden. Mag sein, dass bei uns eine neue Flohrasse aufgetaucht ist. Ich habe neulich von einem Diener im Altstädter Asyl eine Flasche Flöhe gekauft, aber nicht ein einziger war was wert. Ich hab Flöhe aus der Polizeidirektion gehabt, aus einigen Waisenhäusern, aus dem Pensionat ›Ein glückliches Heim‹, aus der Korrektionsanstalt, aus einigen Kasernen, Flöhe aus Versatzämtern, Flöhe aus Hotels, aus dem Karolinum und Klementinum, Flöhe aus der höheren Töchterschule, aus dem Frauenerwerbverein und aus dem Kloster Emaus, und alle waren unfähige Geschöpfe. Es ist wahr, ich hab zwei, drei gefunden, die man hätte begabt nennen können. Aber sie waren Schlampen. Die Karriere hat sie nicht gelockt. Sie sind weggelaufen, ohne daran zu denken, dass ein lichter und großer Ruhm auf sie wartete.

Die neue, jüngere Flohgeneration wird sich niemals eines Franz oder einer Pepina rühmen können. Ihren Wert kann man nicht mit kurzen Worten beschreiben –«

Wir verfielen abermals in Melancholie, und vor unseren Blicken tauchte der Triumphzug des Flohzirkus durch Böhmen und Mähren mit einem kurzen Abstecher nach Ungarn auf, wo uns magyarische Gendarmen zur Grenze geführt hatten, weil sie in dem Flohzirkus eine versteckte panslawistische Propaganda sahen.

An manchen Orten Mährens hatte uns die Geistlichkeit Schwierigkeiten bereitet.

Der Pfarrer in Holstein sagte mir, als ich ihn zur Vorstellung unseres Flohzirkus einladen wollte: »Ich könnte meinen Gläubigen Ihr Unternehmen nicht empfehlen, das Euch nicht Gottes Segen bringen kann, denn dressierte Flöhe sind gegen die menschliche Natürlichkeit. In den Klöstern des Mittelalters haben die Flöhe, wie Abt Anselmus schreibt, dadurch, dass sie die Mönche in der Nacht zwickten und nicht schlafen ließen, darauf aufmerksam gemacht, dass die Mönche nicht schlafen, sondern Gott Tag und Nacht preisen sollen.«

»Sie halten also Flöhe für heilige Tiere?«, sagte ich. »Dann kann ich Sie versichern, dass wir in unserem Zirkus Nachkommen jener Flöhe haben, die das Christkind im Stall zu Bethlehem zwickten.«

Damals hab ich mich mit ihm geprügelt, hab ihn zusammengeboxt, aber zum Schluss mussten wir mit dem Flohzirkus in die Berge gehen, weil der Pfarrer die ganze Gegend bis zur Walachei gegen uns aufgehetzt hat.

Mestek unterbrach einige Augenblicke stiller Erinnerungen:

»Wenn man geduldig und unternehmungslustig ist, muss man über die menschliche Dummheit siegen. Man muss es nur verstehen, alles klug in die Hand zu nehmen. Es kommt nicht drauf an, ob man eine Ente aufmalt, aber es kommt drauf an, die Leute, die sich sie anschauen, davon zu überzeugen, dass es keine Ente ist, sondern ein Jaguar. Wenn ein Unternehmen misslingt, muss das zweite, dritte gelingen.«

»Die Menschen sind Ochsen«, fuhr er in seiner Philosophie fort. »Je dümmer oder blöder etwas ist, desto mehr

Menschen greifen in die Tasche, damit sie sich's auch anschauen können. Die Menschen brauchen neue Überraschungen. Was halten Sie davon?«

»Ich denke«, sagte ich, »dass sehr wenige Menschen in ihrem Urteil selbständig sind. Wer seine bestimmte eigene Anschauung hat, schaut sich so etwas gewöhnlich nicht an. Unsere Unternehmungen hat ein Publikum gefüllt, das geglaubt hat, dass es alles zu sehen bekommen wird, was wir ihm versprochen haben. Erinnern Sie sich an unsere Fledermaus, die wir auf einem Berg bei Melnik erwischten und für ein fliegendes Eichhörnchen aus Australien ausgaben? Und jeder hat uns einen Sechser gegeben, um es zu sehen. Oder erinnern Sie sich, wie sich die Leute vor unserer Bude um Karten rauften, um die junge Riesenschlange zu sehen, die den englischen Vizekönig in Indien erwürgt hatte? Und es war eine ganz junge Ringelnatter. Und erinnern Sie sich, wie viele Leute kamen, wie uns der Pepi Reisner aus Koschirsch einen Orang-Utan von der Insel Borneo gespielt hat?«

»Das war ein Gauner«, bemerkte Mestek, »wie sollte ich mich nicht erinnern! Vor der vorletzten Vorstellung wollte er von uns zwanzig Kronen haben, er werde nicht für fünfzehn Kronen samt Kost einen Orang-Utan spielen. Und der Kerl hat doch ganz hübsch an dem Obst und Zuckerwerk verdient, das ihm die Leute in den Käfig geworfen haben. Er hat sich's immer in einem Winkel aufgehoben und dann, wenn wir die Bude abends gesperrt haben, hat er's der Höcklerin gegenüber verkauft. Deshalb wollt ich ihm nicht zugeben. Er hat Wut gekriegt und mitten in der Vorstellung hat er als Orang-Utan angefangen *Auf der Radlitzer Straße* zu singen. Das war eine Panik! Damals hat man uns aus Tabor ausgewiesen. Besser ist's uns mit der Mumie des englischen

Ich habe bei der SFAT angefangen, die mit der SPOFI fusioniert hat und zur STOCAFIT wurde. Dort haben sie mir die Leitung einer Filiale übertragen, der SUFITA, die expandiert hat und aus der die POFITEF geworden ist. Ein schöner Erfolg, alles in allem. Aber manchmal denke ich mir: – PFFT!

Königs Richard III. gelungen, und es war doch nur eine zusammengerollte Hammelhaut. Auf die ist man uns erst nach einem halben Jahr gekommen. Sie haben fabelhaft von dieser Schöpsenhaut gesprochen: ›Hier sehen Sie einen Repräsentanten der größten und entsetzlichsten Missgeburten, die je ein königlicher Thron getragen hat. Dieser Schurke von einem König, dessen Missgestalt ihn zu einem Unhold und Ungetüm machte, das im Blute zahlloser Verbrechen watete und selbst Shakespeare durch seine ränkevolle Blutdürstigkeit überraschte, dieses königliche Ungeheuer ist getrocknet worden, und wir gestatten uns, es dem P.T. Publikum in Gestalt einer Mumie, Konserve –«

»Dann«, sagte ich, »hat uns ein Bezirkshauptmann Richard III. konfisziert.«

»Daran kann man aber sehen«, fuhr Mestek zu philosophieren fort, »dass auf der Welt alles möglich ist. Ich möchte wetten, dass mehr als die Hälfte der Bewohner der Erdkugel von Betrügereien aller Arten lebt. Es kommt jetzt nur darauf an, sich etwas Neues auszudenken, was wir dem Publikum zeigen können. Ihm eine kleine Überraschung zu bereiten. Das Ganze so verrückt zu machen, dass uns jeder einzelne selbst Reklame machen würde. Ihm etwas zu zeigen –«

»Wozu: etwas zeigen«, sagte ich, während ich mit dem Stock im Sand zeichnete, »wozu dieses ›etwas‹. Gehen wir weiter. Sie verstehen mich. Dem Publikum wird nichts gezeigt.«

»Wenigstens ein Steinchen«, rief Mestek bittend aus, »ich hab immer was gezeigt.«

»Nicht einmal ein Steinchen«, sagte ich mit entschiedener Stimme, »das ist Unsinn. Alte Schule. Ich sag Ihnen, dass wir dem Publikum überhaupt nichts zeigen werden. Und das ist gerade die Überraschung. Sie sagen: ›Wenigstens ein

Steinchen‹, wie man dies zu tun pflegte. Man sagte: ›Dieser Stein kommt vom Mars.‹ Das Publikum ging mit dem Eindruck fort, dass es etwas gesehen hatte, und war nicht überrascht. Wenn es aber überhaupt nichts sehen wird, wird es überrascht sein. Schauen Sie.«

Ich zeichnete mit dem Stock in den Sand: »Unsere Bude wird rund, geräumig sein. Ohne Fenster, ohne Öffnung im Dach. Sie muss vollkommen finster sein. Sie hat zwei Eingänge, von einer Portiere verdeckt. Einen vorn, wo das Publikum hineingeht, und der zweite dient als Ausgang. Der ist hinten. Ungeheure Aufschriften: ›Die größte Überraschung der Welt! Eine Überraschung, die Sie nie vergessen werden! Eintritt nur für erwachsene Männer! Damen und Kinder haben keinen Zutritt! Militär zahlt die Hälfte!‹ Das Publikum wird einzeln in kurzen Zwischenräumen eingelassen. Ich bin draußen und rufe aus, mache den Kassier. Sie sind innen in der Bude im Finstern, und wie sich jemand zeigt, packen Sie ihn an der Hose und am Kragen und werfen ihn ohne ein Wort zur Hintertür hinaus. Ein kleines, mäßiges Eintrittsgeld, und Sie werden sehen, dass es keiner bedauern wird. Ich garantiere Ihnen dafür, dass die Menschen einer dem andern alles Böse wünschen. Sie werden noch Reklame machen und die andern auffordern, sie sollen sich auch die ›ungeheure Überraschung anschaun, die eine fabelhafte Sache ist‹. Unser Unternehmen wird auf psychologischer Grundlage aufgebaut sein.«

Mestek zögerte eine Weile, keineswegs vielleicht wegen des Prinzips des neuen Vergnügungsetablissements, sondern weil er es vervollkommnen wollte.

»Wär es nicht gut«, sagte er nach kurzer Überlegung, »wenn man dabei jedem eins mit dem Staberl übern Rücken streichen würde? Das wär noch eine größere Überraschung.«

Immer, wenn der Tag zu Ende geht, überfällt mich eine seltsame Melancholie, wenn nicht gar Mutlosigkeit. Die untergehende Sonne verlängert die Schatten, vor allem meinen. Er bewegt sich langsam, aber sicher auf das jetzt leere Büro unseres Direktors zu, der immer noch krank ist. Bei diesem Anblick schöpfe ich allerdings wieder Mut.

Dagegen war ich entschieden. »Damit würden wir uns nur aufhalten. Die ganze Prozedur muss sehr schnell gehen. Man tritt in die Finsternis und ist schon wieder draußen, ohne dass man Zeit hat, überhaupt zu Besinnung zu kommen. Darin gerade liegt die Überraschung, die ganz echt ist. Das Unternehmen ist vollkommen reell! Wir versprechen niemandem etwas, was wir ihm nicht bieten können. Wir versprechen eine Überraschung und halten auch unser Wort. Niemand darf uns sagen, dass wir Schwindler seien.«

Unser reelles Unternehmen erfreute sich allseitiger Beachtung. Wir schlugen unsere Zelte zuerst in Beneschau auf, wo alle Bedingungen vorhanden waren. Militär, neugierige Einwohner. Ich ließ Plakate drucken, die den Aufschriften auf unserer Bude entsprachen:

PIKANT!
!NUR FÜR ERWACHSENE MÄNNER!
SIE WERDEN IHR LEBEN LANG NICHT
AN UNSER UNTERNEHMEN VERGESSEN!
KEIN HUMBUG!
FÜR REELLITÄT WIRD GARANTIERT!

Das volkstümliche Eintrittsgeld von zwanzig Hellern, die Plakate, das Rätsel der geheimnisvollen Überraschung für erwachsene Männer lockte eine ungeheure Masse von erwachsenen Männern, Zivilisten und Soldaten vor unsere Bude. In der Menge konnte man sechzehnjährige Halbwüchsige sehen, die entschlossen waren, auf meine Frage, wie alt sie seien, vierzig oder fünfzig zu antworten, nur um auch hineinzukommen.

Wir begannen um sechs Uhr. Der erste war ein dicker Herr, der schon seit fünf Uhr wartete, um blitzschnell durch unsere Bude zu gehen und sich gleich wieder auf der andern Seite an der guten Luft zu befinden.

Ich hörte, wie er zum Publikum sagte: »Das ist fabelhaft, schaut's euch auch an.«

Ich hatte mich in der Psychologie der Masse nicht getäuscht. Die Hinausgeworfenen machten eine ungeheure Reklame. Durch die muskulösen Arme Mesteks gingen binnen anderthalb Stunden einige hundert erwachsene Männer. Manche ließen sich sogar zweimal und dreimal hinauswerfen, kehrten wieder in die Bude zurück und gerieten in die muskulösen Arme Mesteks. Auf allen Gesichtern spiegelte sich Freude, Zufriedenheit. Ich beobachtete, dass viele Bekannte mitbrachten, denen sie aufrichtigen Herzens die ›ungeheure Überraschung‹ wünschten. Wohin der Teufel nicht kommen kann, dorthin steckt er den Bezirkshauptmann: er kam nach halb acht. »Haben Sie eine Bewilligung?«, fragte er mich beim Eingang. »Bitte, treten Sie ein«, sagte ich. Im Dunkel der Bude spielte sich zwischen dem Bezirkshauptmann und Mestek ein kurzer Kampf ab. Der Bezirkshauptmann, seiner amtlichen Wichtigkeit bewusst, wehrte sich verzweifelt gegen die ungeheure Überraschung, aber zum Schluss flog er doch durch den rückwärtigen Ausgang mitten in die jubelnde Menge.

Dann kam Gendarmerie, versiegelte uns die Bude und brachte uns wegen Beleidigung einer Amtsperson und des Verbrechens öffentlicher Gewalttätigkeit vor Gericht.

»Mein Leben lang werde ich kein reelles Unternehmen mehr gründen«, sagte mir Mestek, als wir uns bequem auf die Pritsche gesetzt hatten: »Von heute an werde ich mich nur noch mit Schwindeleien ernähren.«

Sempé

Sempé

Ich rufe Sie gleich noch mal an, Herr Doktor, ich muss dringend zu Ihnen kommen: Seit meiner Beförderung habe ich den Eindruck, dass die Leute, die sich meinem Schreibtisch nähern, kleiner werden, immer kleiner und kleiner…

Martin Suter

Das Bonus-Geheimnis

Kälin hat einen Bonus von – er kann es nicht einmal laut denken – (sechshundertvierzigtausend) bekommen. Das muss man sich mal auf der Zunge zergehen lassen: (sechs-hun-dert-vier-zig-tau-send). Hey! Nicht einfach theoretisch! Wenn er übers Internet in sein Gehaltskonto geht, steht dort: »Gutschrift: 640 000.00.« Eigentlich sollte er die Zahl längst portioniert und auf andere Konten, Wertschriftendepots etc. verteilt haben. Aber er lässt sie noch ein wenig dort stehen. Aus ästhetischen Gründen. Und weil er so manchmal in sein Gehaltskonto gehen und sich an ihr weiden kann.

Darüber sprechen kann er nämlich mit niemandem. Das hat er unterschrieben. Ausnahme: Lebenspartnerin. Wenn er jetzt verheiratet wäre oder in einer festen Beziehung lebte, dürfte er zum Beispiel nach Hause kommen und schon in der Diele rufen: »Hallo, Schatz, rat mal, wie hoch mein Bonus ist.«

Aber Kälin ist Single. Bewusst. Er ist vierunddreißig (und sechshundertvierzigtausend Bonus!) und lässt sich noch ein wenig Zeit mit einer festen Bindung. Der Bonus ist der erste Anlass, an der Richtigkeit dieser Entscheidung zu zweifeln.

Ein fetter Bonus ist ja nicht nur ein Dank für geleistete Dienste und eine Motivation für kommende. Ein fetter Bonus ist auch ein Statussymbol. Nur: Was nützt ein Statussymbol, wenn man es geheim halten muss?

Am Anfang begnügt er sich damit, ab und zu vor einen der Spiegel in seinem Loft zu stehen und sich zuzuraunen: »Sechshundertfuckingvierzigfuckingtausend.«

Aber der Mensch ist ein kommunikatives Wesen, vor allem der beraterisch tätige. Und es gibt ja auch die nonverbale Kommunikation. Zum Beispiel wäre ein Porsche 911 Carrera Coupé in Arktissilbermetallic mit Carbon-Interieur, 19-Zoll Sportdesign Rad, Bi-Xenon-Scheinwerfern und ohne Modellbezeichnung eine recht beredte Art auszudrücken: Der Mann hinter diesem Steuer hat sich einen hochanständigen Bonus verdient. Aber das Statement ist etwas ungenau. Wie kommuniziert Kälin, dass der 911er Carrera Coupé nur ungefähr ein Fünftel der Extrawertschätzung durch seinen Arbeitgeber repräsentiert?

Oder soll er es unter dem Siegel der Verschwiegenheit Carl, seinem besten Freund, verraten? Auf Carl kann er sich verlassen. Carl würde es für sich behalten. Aber besitzt er auch die innere Größe, sich über die Nachricht, dass Kälin einen Bonus von schätzungsweise fünf von Carls Jahresgehältern kassiert hat, aufrichtig zu freuen? Wäre es nicht eher eine Belastung für ihre Freundschaft? Würde Carl nicht anfangen, ihn anzupumpen?

Beneiden würde er ihn bestimmt. Und beneidet zu werden ist kein unwichtiges Motiv, seinen Bonus bekanntgeben zu wollen. Nur hat man den Neid lieber von seinen Feinden als von seinen Freunden.

Zum Beispiel von Jenni. Wie gerne würde er Jenni sagen: »Übrigens, mein Bonus war dieses Jahr ziemlich okay – sechshundertvierzigtausend.« Und dann zuschauen, wie er erstickt.

Der Gedanke lässt Kälin nicht mehr los, und als er, wie jeden Mittwochmorgen, mit Jenni durch den Wald joggt (in Kälins Kreisen joggt man mit seinen Feinden) und dieser wieder so betont unangestrengt mit gezogener Handbremse neben ihm hertrabt, kann er sich nicht zurückhalten. Er stoppt Jenni und macht ihm Zeichen, dass er etwas sagen will.

Und während er noch um Atem ringt, platzt Jenni heraus: »Übrigens, mein Bonus war dieses Jahr ziemlich okay – neunhundertfuckingsiebzigfuckingtausend!«

Zuerst erschienen 2009

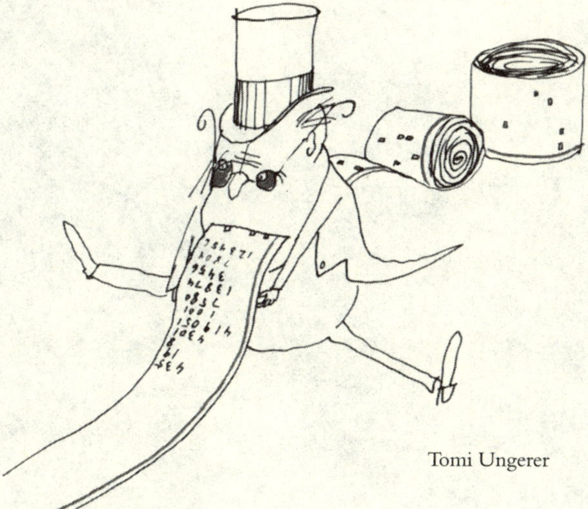

Tomi Ungerer

André Comte-Sponville

Ist der Kapitalismus unmoralisch?

Wir sehen uns alle (wenn wir die mögliche fünfte Ordnung dem Glauben oder Unglauben derer, die es angeht, überlassen) diesen vier gemeinsamen Ordnungen gegenüber, die ich noch einmal zusammenfasse: der technowissenschaftlichen (oder wirtschaftlich-technowissenschaftlichen) Ordnung, die ihre innere Struktur aus dem Gegensatz zwischen dem Möglichen und dem Unmöglichen gewinnt, aber unfähig ist, sich selbst zu begrenzen; daher wird sie von außen durch eine zweite Ordnung begrenzt, die rechtlich-politische Ordnung, die ihre innere Struktur aus dem Gegensatz zwischen dem Legalen und dem Illegalen gewinnt, aber genauso unfähig ist wie die vorherige Ordnung, sich selbst zu begrenzen; also wird sie ihrerseits von außen durch eine dritte Ordnung begrenzt, die Ordnung der Moral (der Pflicht, des Verbots), die ergänzt, »von oben geöffnet«, wird zu einer vierten Ordnung, der ethischen Ordnung, der Ordnung der Liebe.

Moral und Wirtschaft

Inwiefern erlaubt mir diese Unterscheidung der Ordnungen, die ich soeben vor Ihnen entfaltet habe, auf die Titelfrage »Ist der Kapitalismus moralisch?« zu antworten.

Sie erlaubt mir folgende Antwort: Vorzugeben, dass der Kapitalismus moralisch wäre, oder sogar zu wollen, dass er es sei, das hieße vorzugeben, dass die Ordnung Nr. 1 (die wirtschaftlich-technowissenschaftliche) Ordnung ihrer Natur nach der Ordnung Nr. 3 (der Ordnung der Moral) unterworfen wäre, was mir wegen der Art ihrer jeweiligen inneren Struktur ausgeschlossen erscheint. Das Mögliche und Unmögliche, das möglicherweise Wahre und zweifelsfrei Falsche haben nichts mit dem Guten und Bösen zu tun.

Das macht den Szientismus, und damit auch den Ökonomismus, so beängstigend, vor allem angesichts der rasanten Fortschritte in Wissenschaft und Technik. »Denn die Wahrheit ohne die christliche Liebe ist nicht Gott«, sagt Pascal. Sie ist deshalb nicht weniger wahr, aber weniger menschlich: Es ist immer legitim, sie zu suchen, aber nie akzeptabel, sich mit ihr zufriedenzugeben. Seit Rabelais wissen wir: »Wissenschaft ohne Gewissen zerstört die Seele.« Im Übrigen sind die Wissenschaften nicht die Wahrheit (sie sind nur das, stets partielle und relative, Wissen, das wir von ihr haben), und Szientismus ist nicht Wissenschaft: Er ist lediglich eine Ideologie (und als solche nicht wissenschaftlich), die möchte, dass die Wissenschaften allen Ansprüchen genügen und insbesondere an die Stelle der Moral treten. Den Szientismus abzulehnen, heißt nicht, die Wissenschaften abzulehnen; wir lehnen damit lediglich ab, uns in Hinblick auf die Wissenschaften etwas vorzumachen. Die Technokratie abzulehnen, heißt nicht, die Technik abzulehnen; wir lehnen damit lediglich ab, uns ihr auszuliefern.

Das gilt in besonderem Maße für die Wirtschaft. Die Wissenschaften haben keine Moral; die Technik genauso wenig. Warum sollte die Wirtschaft, die Wissenschaft und Technik zugleich ist, eine Moral haben?

Einige Beispiele, um diesen Punkt zu verdeutlichen.

Ein Buchhalter erinnert seinen Kunden daran, dass zwei plus zwei gleich vier ist… Stellen Sie sich das Gesicht des Buchhalters vor, wenn der Kunde erwidert: »Ja, ja, das mag ja sein; aber ist das alles auch moralisch?« So schwierig, wie das Leben ist, wäre es sicherlich für alle vorteilhafter, wenn zwei plus zwei zumindest in bestimmten Fällen gleich fünf wäre… Der Buchhalter würde das sicherlich anders sehen. Er würde so etwas antworten wie: »Hören Sie auf, Sie machen mir Angst! Ich rede im Augenblick nicht von Moral, sondern vom Rechnen: Das Rechnen kennt keine Moral.« Der große Logiker Carnap sagte zu Anfang des 20. Jahrhunderts: »In der Logik gibt es keine Moral.« Er hatte recht. Im Rechnen auch nicht.

Sie laden einen Physiker zu einer Podiumsdiskussion ein. Er erklärt Ihnen die berühmte Einstein-Gleichung $E=mc^2$ – Energie gleich Masse mal Lichtgeschwindigkeit zum Quadrat… Stellen Sie sich sein Gesicht vor, wenn einer von Ihnen einwenden würde: »Ja, ja, das mag ja sein; aber ist das eigentlich alles auch moralisch, wenn Sie bedenken, dass das zur Entwicklung der Atombombe führte?« Der Physiker würde Ihnen antworten: »Wir sprechen von völlig verschiedenen Dingen! Ich rede im Augenblick nicht von der Moral, ich rede von der Physik. In der Physik gibt es keine Moral!«

Eines Abends schauen Sie sich den Wetterbericht im Fernsehen an. Nehmen wir an, es regnet seit sechs Wochen. Und da verkündet der Wetterfrosch Ihnen munter: »Morgen, Freunde, wird schönes Wetter sein. Es muss schönes Wetter sein«, fügt er hinzu, »weil es seit sechs Wochen regnet. Würde es morgen auch noch regnen, wäre das einfach zu unmoralisch!« Sie werden sagen: »Dieses Mal war er ja wohl völlig durchgeknallt!« Denn Sie wissen natürlich, dass es in der Meteorologie keine Moral gibt.

Es gibt keine Moral im Rechnen, keine in der Physik, keine in der Meteorologie… Warum sollte es sie in der Wirtschaft geben?

Ich weiß schon, warum es alle gern hätten… Das hat mir eine brave Frau vor einigen Jahren nach einem meiner Vorträge zu dem Thema in scharfem Ton entgegengehalten. Es war im belgischen Namur, einige Monate nach der Schließung des Renault-Werks in Vilvoorde. Unsere belgischen Freunde waren außerordentlich aufgebracht gegen den Kapitalismus im Allgemeinen und den französischen im Besonderen… Ich hatte für meine Darlegung die eben erwähnten drei Beispiele gewählt. In der Debatte ergriff eine Frau das Mikrophon und fuhr mich wütend an: »Was Sie da gesagt haben, ist ein Skandal. Sie werfen Dinge in einen Topf, die nichts miteinander zu tun haben!« Um dann zu erläutern: »Rechnen hat mit Zahlen zu tun, Physik mit Teilchen, Meteorologie mit Luftmassen und Druckverhältnissen, aber die Wirtschaft hat mit Männern und Frauen zu tun. Das ist etwas ganz anderes.«

Ich habe ihr geantwortet: »Gut, einverstanden, nehmen wir ein anderes Beispiel. Stellen Sie sich den Chef eines Unternehmens etwa der Nahrungsmittelbranche vor, sagen wir einer Großbäckerei, der über eine Investition für sein Unternehmen nachdenkt… Um seine Entscheidung abzusichern, lässt er einen Prognostiker kommen und erläutert ihm: ›Ich denke an eine Investition, die zwar eine Belastung für mein Unternehmen ist, aber nach meiner Einschätzung in den kommenden zehn Jahren von entscheidender Bedeutung sein könnte. Warum ich Sie hergebeten habe? Weil ich, um meine Entscheidung treffen, insbesondere, um Amorti-

Wir werden ganz sanft vorgehen.

sation und Rentabilität berechnen zu können, wissen muss, wie sich die Kakaonotierungen in diesen zehn Jahren entwickeln werden.‹ Stellen Sie sich das Gesicht des Unternehmenschefs vor, wenn der Prognostiker ihm antwortet:

›Da können Sie ganz beruhigt sein, Herr Generaldirektor, kein Problem! Die Kakaonotierung wird auf jeden Fall steigen.‹

›Ah, ja? Warum das? Was macht Sie da so sicher?‹

›Ganz einfach‹, antwortet der Prognostiker, ›die Notierung ist schon so lange im Keller, dass es zu unmoralisch wäre, wenn sie nicht wieder stiege!‹«

Der Progonostiker würde, sofern angestellt, auf der Stelle entlassen oder, viel wahrscheinlicher, in einen langen Genesungsurlaub geschickt ... Weil jedem klar wäre, dass er verrückt geworden wäre. Weil wir im Grunde alle wissen, dass die Moral die Notierung des Kakaos oder irgendeiner anderen Ware noch nie um einen Cent pro Tonne hat steigen oder fallen lassen. Und dass auch die Wirtschaft in diesem Sinne keine Moral hat.

Es stimmt schon, die Wirtschaft, das sind letztlich Männer und Frauen; aber sie richtet sich nach keinem von ihnen, noch nicht einmal nach ihrer Gesamtheit. Auch wenn sich alle Wachstum wünschen, wird dadurch keine Rezession verhindert. Auch wenn sich alle Wohlstand wünschen, wird dadurch keine Armut verhindert. Wie könnte denn die Wirtschaft moralisch sein, wo sie doch ohne Willen und Gewissen ist? Es gibt die »unsichtbare Hand« des Marktes nicht (die bei Adam Smith natürlich nur eine Metapher war), und noch viel weniger einen verborgenen Willen, sondern nur, wie Althusser sagt, »Prozesse ohne Subjekt und Zweck(e)«. Die Formel wird häufig missverstanden: Es heißt, sie verkenne die Rolle des Individuums. Das ist ein Irrtum.

Sie besagt lediglich, dass die Geschichte keine Person ist, dass sie keinen Willen besitzt und keinen Zweck verfolgt. Sie ist kein Grund für den Einzelnen, mit dem Wollen oder Handeln aufzuhören! Gleiches gilt für die Wirtschaft. Sie ist keine Person, die einen Willen hat, Vorlieben, Ziele. Wie sollte sie dann eine Moral haben? Es ist an uns, die wir zweifellos Subjekte sind, hier und jetzt moralisch zu sein, ohne davon zu träumen, dass die Wirtschaft in ihrer Eigenschaft als Prozess es werden könnte!

Man könnte mir entgegenhalten, die Wirtschaft postuliere, dass die Individuen sich rational verhalten: dass jedes nach einer Maximierung seines Nutzens strebe. Ist das nicht schon ein moralischer Ansatz? Keineswegs. Zunächst einmal, weil es sich um Eigennutz handelt und nicht um Pflicht; sodann, weil das, was rational ist, nicht immer vernünftig ist; schließlich und vor allem, weil rationales Verhalten noch lange nicht tugendhaft sein muss. Ein Mörder kann durchaus rational handeln (danach streben, seinen Nutzen zu mehren); deswegen ist er nicht weniger schuldig.

Ich könnte die Beispiele beliebig fortsetzen. Warum haben wir in den achtziger Jahren die Inflation überwunden? Die Wirtschaftswissenschaftler streiten sich darüber; sie schlagen mehrere mögliche Erklärungen vor, die einander eher ergänzen als widersprechen. Doch gibt es eine, die bisher noch kein Wirtschaftswissenschaftler vorgeschlagen hat und nie einer vorschlagen wird: dass wir die Inflation in den achtziger Jahren aus moralischen Gründen überwunden haben. Und doch haben wir – das interessiert mich an diesem letzten Beispiel am meisten – ausgezeichnete moralische Gründe für den Wunsch, die Inflation zu überwinden. Ganz gewiss. Aber wir wissen alle, dass wir ihre Überwindung nicht moralischen Gründen zu verdanken haben.

Folglich ist meine These radikal: In dieser ersten Ordnung (der wirtschaftlich-technowissenschaftlichen Ordnung) ist nichts moralisch. Und gleichzeitig ist dort, streng betrachtet, nichts jemals unmoralisch. Um unmoralisch sein zu können, müssen wir moralisch sein können. Sie und ich, wir können unmoralisch sein, weil wir moralisch sein können. Der Regen, der vom Himmel fällt, ist niemals moralisch oder unmoralisch. Nur sehr kleine Kinder glauben, der Regen sei freundlich, weil er Blumen und Gemüse wachsen lässt, und böse, weil er Überschwemmungen verursacht oder sie am Fußballspielen hindert... wir Großen wissen sehr gut, dass er niemals freundlich oder böse, moralisch oder unmoralisch ist: Er ist Gesetzen unterworfen, Ursachen, einer immanenten Rationalität, die nichts mit unseren Werturteilen zu tun hat. Gleiches gilt natürlich für die Notierungen des Erdöls oder den Eurokurs: Sie hängen nicht im Mindesten von der Moral ab, sondern von der allgemeinen Wirtschaftsentwicklung, den globalen Kräfteverhältnissen (auch den politischen Verhältnissen: Die amerikanische Macht ist beispielsweise auch ein Faktor der Ordnung Nr. 1), schließlich dem Gesetz von Angebot und Nachfrage. Sie haben keine Pflicht; sie begnügen sich mit ihrem Job, wenn ich so sagen darf, auf dem Rohstoff- oder Geldmarkt.

Woraus nicht folgt, dass psychologische Faktoren in der Wirtschaft keine Rolle spielen können (sie schlagen zwangsläufig zu Buche). Beispielsweise braucht jeder Markt Vertrauen. Doch Vertrauen ist ein psychologisches und soziologisches Phänomen, das in dieser Eigenschaft in die Ordnung Nr. 1 fällt (als ein möglicher Gegenstand der Humanwissenschaften, und kein moralisches Phänomen). Im Übrigen betrifft es weniger die Individuen als den Markt selbst. Wenn ich ein Kleidungsstück oder ein Auto kaufe, muss ich den

Fabrikanten oder Verkäufer nicht kennen und noch weniger in der Lage sein (wer wäre das schon?), ihr moralisches Verhalten zu beurteilen. Der Zustand des Marktes (einschließlich seiner rechtlichen Dimension, die ihn von außen begrenzt) flößt mir hinreichendes Vertrauen ein, um mir meinen Kauf zu erlauben. Ist dieser Händler ein böser Mensch? Ich weiß es nicht. Ich muss es nicht wissen. Das hindert mich nicht daran, mit ihm höchst redliche Geschäfte zu machen. Ist er ein Heiliger? Ich weiß es ebenso wenig, und das hindert mich nicht daran, mit ihm gegebenenfalls unvernünftige Geschäfte zu machen. Dass wir nicht bei ausgewiesenen Schwindlern kaufen, ist selbstverständlich. Doch die Selbstverständlichkeit ist wirtschaftlicher und nicht moralischer Art (ich folge da nur meinem Eigennutz), was im Übrigen erklärt, warum die meisten Schwindler schon vom Markt selbst ausgeschaltet wurden. Der Markt braucht Vertrauen; er bestraft diejenigen, die es missbrauchen. Doch dieses Vertrauen und diese Bestrafung sorgen für die Effizienz und unterliegen nicht der Zuständigkeit der Moral, sondern der des Marktes (oder, wenn der Markt nicht ausreicht, der des Rechts). So ist das nun mal. Wenn wir immer in der Lage sein müssten, den menschlichen Wert eines jeden Kaufmanns zu beurteilen, bevor wir unsere Einkäufe machen, wo bliebe dann der Handel?

In dieser ersten Ordnung ist nichts je moralisch, nichts je unmoralisch, weil alles amoralisch ist – wobei das Präfix a- nur seinen rein verneinenden Sinn besitzt. Die Wissenschaft hat keine Moral, habe ich gesagt. Der Gegenstand, dem sie sich widmet, ebenso wenig. Was, nebenbei bemerkt, auch für die Moral selbst gilt, begreift man sie als Erkenntnisgegenstand. Eine Wissenschaft der Sittlichkeit wäre selbstverständlich möglich und würde die wissenschaftliche (soziologische, psychologische, historische...) Analyse moralischer Vorstellungen umfassen. Doch diese Wissenschaft würde die Moral als Gegebenheit ansehen, die sie (ursächlich) erklären, aber nicht (wertbezogen) beurteilen könnte. So hat das auch Wittgenstein in seinem Vortrag über Ethik gesehen. Ein Buch umfasste, wenn es unendlich wäre und die vollständige Beschreibung der Welt enthielte, mithin auch die Gesamtheit aller wahren Aussagen, auch alle unsere Werturteile. Aber es würde sie nicht beurteilen. »Dort wären nur Tatsachen – Tatsachen, aber keine Moral.« Wissen heißt nicht, zu urteilen: Die Moral ist nicht zuständig für die Beschreibung oder Erklärung irgendwelcher Prozesse in der ersten Ordnung.

Das gilt in besonderem Maße für die Wirtschaft, als Teil dieser ersten Ordnung, folglich auch für den Kapitalismus.

Was ist die Wirtschaft? Sie ist zugleich eine Wissenschaft (Ökonomik) und der Gegenstand, den sie untersucht (Ökonomie): Sie umfasst alles, was mit dem Austausch von materiellen Gütern – Waren oder Dienstleistungen – zu tun hat, sowohl auf der individuellen und unternehmerischen Ebene (Mikroökonomie) als auch auf der der Gesellschaft oder der Weltwirtschaft (Makroökonomie). Die Marktwirtschaft ist nur ein Sonderfall. Der Markt ist die Begegnung von Angebot und Nachfrage. Die Marktwirtschaft unterwirft sich (bei Zwischenschaltung des Geldes und vorbehaltlich der Konkurrenz) freiwillig dieser Begegnung und damit dem Gesetz von Angebot und Nachfrage. Was konkret bedeutet, dass jede Ware einen – natürlich Schwankungen unterworfenen – Preis hat, der, wirtschaftlich gesehen, ausreicht, um ihren Wert zu bestimmen. Daraus resultiert, dass alles, was nicht zu verkaufen ist – alles, was keinen Preis hat –, sich der Wirtschaft entzieht und sich dummerweise von ihr auch nicht beherrschen lässt. Die Kakaonotierung, um bei diesem Beispiel zu bleiben, ist dem Gesetz von Angebot und Nachfrage unterworfen. Dort kommt die Moral zu kurz. Nicht anders ergeht es der Wirtschaft bei der Moral. Dass jeder Mensch, moralisch betrachtet, das Recht hat, sich satt zu essen, sagt nichts über die wirtschaftlichen Maßnahmen aus, die dazu führen.

Unterscheidung der Ordnungen. Nicht die Moral bestimmt die Preise, sondern das Gesetz von Angebot und Nachfrage. Nicht die Tugend ist wertschöpfend, sondern die Arbeit. Nicht die Pflicht regiert die Wirtschaft, sondern der Markt. Der Kapitalismus macht da, um es vorsichtig auszudrücken, keine Ausnahme. Die Antwort auf meine Titelfrage »Ist der Kapitalismus moralisch?« lautet also: Nein. Aber sie muss natürlich präzisiert werden: Der Kapitalismus ist nicht moralisch; er ist auch nicht unmoralisch; er ist – aber das total, radikal, definitiv - amoralisch.

Daraus ziehe ich eine erste Schlussfolgerung, die mir wichtig erscheint: Wenn wir wollen, dass die Moral in einer kapitalistischen Gesellschaft ist (und sie muss unbedingt auch in einer kapitalistischen Gesellschaft sein), dann muss diese Moral ihren Ursprung, wie in jeder Gesellschaft, außerhalb der Wirtschaft haben. Hoffen Sie nicht darauf, dass der Markt an Ihrer Stelle moralisch sein könnte!

Marx' Irrtum

Diese fundamentale Amoralität des Kapitalismus reicht nicht aus, um ihn zu verurteilen. Zunächst einmal, weil sie generell der Wirtschaft eigen ist, auf die wir wohl kaum verzichten können. Sodann weil wir meines Wissens keine glaubhafte Alternative zum Kapitalismus haben. Und schließlich weil, wie sich in der Rückschau viel deutlicher zeigt, diese Amoralität zum Teil die Stärke des Kapitalismus in der Rivalität mit dem marxistischen Sozialismus ausmachte, der sich, anfangs wenigstens, in seinen moralischen Anspruch verstrickte. So ist festzustellen, dass die immanente und amoralische Rationalität des Kapitalismus den Sieg über die angeblich vernünftige und transzendente (weil aus einer anderen Ordnung, nämlich der politischen, stammende) Moral des sogenannten wissenschaftlichen Sozialismus davongetragen hat.

Im Grunde wollte Marx die Wirtschaft moralisieren. Er hatte die Absicht, die Ordnung Nr. 1 endlich der Ordnung Nr. 3 zu unterwerfen. Diese Funktion haben in seinem Werk die Begriffe »Entfremdung« und »Ausbeutung«. Sie sind an der Grenze zwischen Wirtschaft und Moral angesiedelt; sie sorgen für den Übergang von der einen zur anderen Ordnung. Marx wollte die Ungerechtigkeit abschaffen – nicht durch eine einfache Politik der Umverteilung, deren Grenzen er sehr wohl erkannte, noch weniger durch das Vertrauen auf das moralische Gewissen des Einzelnen, an das er nicht recht glaubte, sondern durch Erfindung eines anderen Wirtschaftssystems, das zuletzt die wirtschaftliche Gleichheit unter den Menschen herstellen sollte. Moralisch ist nichts dagegen einzuwenden. Aber wie sollte das wirtschaftlich gehen? Marx' Schwäche liegt darin, dass er nicht die anthropologischen Mittel für seine Politik hat. Doch seine Anthropologie ist richtig. Als guter Materialist glaubt er, dass das Handeln der Menschen bestimmt werde durch ihr Interesse oder durch das, was sie dafür halten. Marx geht sogar weiter, als ich persönlich gehen würde: Die Individuen suchen »*nur* ihr besondres, für sie nicht mit ihrem gemeinschaftlichen Interesse zusammenfallendes«. Aber warum unterwerfen sie sich dann diesem? Und wenn sie es nicht tun, was bleibt dann vom Kommunismus? Hier kommen wir mit der utopischen Dimension des Marxismus in Berührung. Der Kommunismus hat, so wie ihn Marx versteht, nur dann Aussicht auf Erfolg, wenn zumindest eines geschieht: dass die Menschen aufhören, egoistisch zu sein, und endlich das gemeinschaftliche Interesse über ihr besonderes Interesse stellen. Wenn es dazu käme, hätte der Kommunismus eine Erfolgschance. Andernfalls nicht. So musste er zwangsläufig scheitern (das lässt sich im Nachhinein leicht sagen, zugegeben, aber warum sollen wir nicht davon profitieren, dass wir es im Nachhinein betrachten ...), weil die Menschen nun einmal egoistisch sind und in ihrer großen Mehrheit ihr besonderes Interesse über ihr gemeinschaftliches stellen. So war es dann auch fast unvermeidlich, dass der Kommunismus totalitär wurde, musste er doch durch Zwang verordnen, was die Moral, wie sich sehr rasch zeigte, nicht erreichen konnte. Auf diese Weise vollzog sich der Übergang von der schönen marxistischen Utopie des 19. Jahrhunderts zum sattsam bekannten totalitären Schrecken des 20. Jahrhunderts. Es galt, sich von dem Traum zu verabschieden oder die Menschen zu verändern. Also wurde die Veränderung in Angriff genommen (Propaganda, Indoktrination, Umerziehungslager, psychiatrische Kliniken ...), mit dem blutigen Fiasko, das wir alle kennen.

Der Geniestreich des Kapitalismus dagegen, oder vielmehr (da ihn niemand erfunden hat) seine besondere Logik, seine wirkliche und wirksame Natur oder, wie Spinoza sagen würde, seine ihm innewohnende Kraft (sein *conatus*), besteht darin, dass er, um einigermaßen zu funktionieren, von den Individuen nur verlangt, genau das zu sein, was sie sind: »Seid egoistisch, kümmert euch, wenn möglich auf intelligente Weise, um euer Interesse, und alles wird, wenn auch nicht zum Besten in der besten aller Welten, denn das ist nur ein Traum, so doch fast fehlerlos bestellt sein in der effizientesten aller real existierenden Wirtschaftswelten, dem Markt also.« Das erinnert an das berüchtigte Credo von Guizot, das man ihm oft und törichterweise vorgeworfen hat: »Bereichert euch!« Ein unsympathisches Credo, das ist mir durchaus klar, auch wenn man es vollständig zitiert, das aber vielleicht nur um so wahrer ist oder vielmehr (da ein Befehl weder wahr noch falsch ist) den Geist des Kapitalismus umso besser zum Ausdruck bringt, als es nicht sympathisch zu sein braucht, um seine Existenz zu rechtfertigen oder gar Erfolg zu haben.

Der sympathische, aber verhängnisvolle Fehler Marxens dagegen bestand trotz seiner positivistischen und szientistischen Leugnung im Grunde darin, dass er die Moral in der Wirtschaft etablieren wollte. Machen wir Schluss mit der Ausbeutung des Menschen durch den Menschen, mit der Entfremdung, mit der Not, mit den gesellschaftlichen Klassen, dem Staat selbst, verschaffen wir jedem Individuum, unabhängig von seinen Fähigkeiten und seinem Beruf, die vollständige Befriedigung seiner Bedürfnisse (das ist die berühmte Formel aus der *Kritik des Gothaer Programms:* »Jeder nach seinen Fähigkeiten, jedem nach seinen Bedürfnissen!« – und nicht wie im Sozialismus »jedem nach seiner Arbeit«), sorgen wir bis dahin dafür, dass der Reichtum vor allem denen zugute kommt, die arbeiten, und nicht denen, die besitzen, denen, die nichts haben (den Proletariern), nicht, wie im Kapitalismus, denen, die schon reich sind, und verhelfen wir schon jetzt und in immer stärkerem Maße der Gerechtigkeit und Gleichheit zur Herrschaft … Moralisch betrachtet, können wir nicht schöner träumen. Aber durch welches

Sempé

Verbinden Sie mich mit der nach mir wichtigsten Person!

Wunder sollte die Wirtschaft es erreichen können? Das wäre das Ideal. Ein Grund mehr, sagt der scharfsinnige Verstand, nicht daran zu glauben.

Das Goldene Kalb

Das ist kein Grund, um Marx auf den Müll zu werfen. Seine Vision des Kommunismus ist überholt. Seine Analyse des Kapitalismus bleibt in vielerlei Hinsicht eine der aufschlussreichsten Untersuchungen.

Ein Grund weniger, um den Kapitalismus anzubeten. Besser ist es, ihn sich so zu denken, wie er ist – was im Übrigen genügt, um nicht mehr an ihn zu glauben (in der quasireligiösen Bedeutung des Wortes).

Was ist der Kapitalismus? Ich werde Ihnen zwei Definitionen vorschlagen, beide triftig und komplementär.

Die erste, sehr klassische, ist eher deskriptiv oder strukturell: Sie sagt, wie der Kapitalismus beschaffen ist. Das ist die Definition von Marx, die allerdings nur die der klassischen englischen Volkswirtschaftslehre wiederaufnimmt oder erweitert. Aus deskriptiver oder struktureller Sicht würde man sagen, dass der Kapitalismus ein Wirtschafssystem ist, das sich auf den Besitz der Produktions- und Tauschmittel, auf die Freiheit des Marktes und auf die Lohnarbeit gründet (wobei das letzte Merkmal nur die Anwendung der beiden ersten auf den Arbeitsmarkt ist: insofern ist der Kapitalismus der Triumph der Marktwirtschaft). Diejenigen, die das Unternehmen besitzen (die Aktionäre), lassen also diejenigen, die es nicht besitzen (die Lohnarbeiter) – auf der Grundlage eines freiwilligen Vertrags und im Tausch gegen einen Lohn – für sich arbeiten. Die Aktionäre haben daran nur Interesse, weil die Arbeiter mehr Wert schaffen, als sie (in Form des

Lohns) bekommen: Das nennt Marx Mehrwert. Das gilt übrigens auch in einem sozialistischen Land: Die Arbeitenden müssen mehr Wert produzieren, als sie verbrauchen, weil nicht alle produzieren, wohl aber alle (darunter auch Kinder, Rentner, Kranke…) konsumieren, weil investiert und weil ertragloser Sozialaufwand (etwa für die Rechtsprechung oder die Verteidigung) getrieben werden muss. Das Besondere am Kapitalismus ist nicht die Schaffung eines Mehrwerts durch die Arbeitenden, sondern dessen zumindest partielle Abschöpfung durch die Besitzer der Produktionsmittel. Das hindert die Kapitalisten nicht daran, nach Belieben ebenfalls zu arbeiten (was beispielsweise Firmenchefs tun, die zugleich Eigentümer sind); aber sie sind nicht dazu gezwungen. Das hindert die Lohnarbeiter nicht, auch Aktien ihres Unternehmens zu besitzen, wenn sie es können; deswegen bleiben sie doch Lohnarbeiter. Der Gegensatz von Kapital und Arbeit, egal, wie es um sie bestellt ist (ob der Chef Eigentümer ist oder nicht, ob es eine Belegschaftsbeteiligung gibt oder nicht), bleibt also wirksam: Er gehört zum Wesen des Kapitalismus.

Praktische Konsequenz? Für das Problem, das uns beschäftigt, nimmt sie zunächst die Form einer Tautologie an: Das Unternehmen gehört dem oder denen, der oder die es besitzen. Aber es gibt gefährliche Tautologien. Wenn das Unternehmen denen gehört, die es besitzen (den Aktionären), steht es ihnen folglich von Rechts wegen zu Diensten: Eigentum berechtigt zur Nutznießung. Da können uns Unternehmerverband und Jungunternehmer sonst was erzählen, wenn sie uns einreden wollen, das Unternehmen diene seinen Kunden oder Mitarbeitern; das kann einfach nicht stimmen, denn das Unternehmen dient seinen Aktionären!

Ich übertreibe ein wenig, um mich verständlich zu machen, und weil ich von der *social correctness* genug habe. Natürlich dient das Unternehmen auch seinen Kunden! Aber warum? Weil sich der Aktionär natürlich nur dann zufriedenstellen lässt, wenn der Kunde zufriedengestellt wird! Doch soweit ich weiß, will man in einem kapitalistischen Land den Aktionär nicht zufriedenstellen, um den Kunden zufriedenzustellen. Selbstverständlich verhält es sich umgekehrt: Um den Aktionär zufriedenzustellen, möchte man den Kunden zufriedenstellen (auch indem man diesem, wenn er daran Vergnügen findet, Produkte verkauft, die ihm schaden: Tabak, Alkohol, verblödende Fernsehsendungen ...). Selbstverständlich dient das Unternehmen auch, zumindest teilweise, seinen Lohnarbeitern! Aber warum? Weil die einzige Möglichkeit, den Kunden – und damit den Aktionär – dauerhaft zufriedenzustellen, darin besteht, die Lohnarbeiter zumindest teilweise zufriedenzustellen! Aber ich bitte Sie, versuchen Sie doch nicht, uns einzureden, dass wir es hier mit einer neuen »heiligen Dreieinigkeit« zu tun haben, wo die drei »Personen« einander gleichgestellt wären! Das ist nicht wahr, das war nie wahr und wird nie wahr sein: In einem kapitalistischen Land dienen die Lohnarbeiter den Kunden, die ihrerseits den Aktionären dienen. Das nennen wir Handel. Wenn es Ihnen nicht gefällt, machen Sie es den anderen nicht auch noch madig.

Im Übrigen bewährt sich das System schon so lange, dass es nicht mehr auf falsche moralische Rechtfertigungen angewiesen ist. Ein Wirtschaftssystem ist dazu da, um Reichtum zu schaffen – wenn möglich zu minimalen sozialen, politischen und ökologischen Kosten. Unter diesen drei Gesichtspunkten war der Kapitalismus – trotz seiner Schwächen und gelegentlich dank ihrer – bei weitem erfolgreicher als der Kollektivismus. Das ist sattsam bekundet. Ein Irrtum wäre es aber zu glauben, Reichtum genüge, um eine menschlich erträgliche Zivilisation oder auch nur Gesellschaft zu schaffen. Deshalb brauchen wir auch das Recht und die Politik. Und da Politik und Recht auch nicht ausreichen, brauchen wir noch Moral, Liebe, Spiritualität ... verlangen wir doch nicht von der Wirtschaft, sie zu ersetzen!

Doch damit komme ich zu meiner zweiten Definition. Sie ist nicht mehr deskriptiv, sondern funktional: Sie sagt nicht, wie der Kapitalismus beschaffen ist, sondern wozu er dient. Aus funktionaler Sicht schlage ich Ihnen die folgende Definition vor: Der Kapitalismus ist ein Wirtschaftssystem, das dazu dient, mit Reichtum weiteren Reichtum zu produzieren. Damit nehme ich nur eine der gängigen Definitionen des Kapitals auf: Reichtum zur Schaffung von Reichtum. Wenn Sie eine Million Euro in Goldbarren oder Banknoten in Ihrem Keller versteckt haben, sind Sie deshalb noch lange kein Kapitalist. Sie sind reich. Sie sind unvorsichtig. Sie sind dumm. Aber Sie sind kein Kapitalist: Ihr Reichtum schafft keinen Reichtum. Wenn Sie hingegen tausend Euro in Aktien auf Ihrer Bank haben, sind Sie in Ihrem bescheidenen Rahmen ein Kapitalist: Reichtum schafft Reichtum (oder hat zumindest die Chance, welchen zu schaffen: keine kapitalistische Investition ohne Risiko).

Welche praktische Konsequenz hat das Problem, das uns beschäftigt? Sie ist sehr aufschlussreich: Aus Gründen, die mit der Natur des Systems zu tun haben (Reichtum in eine Quelle der Bereicherung zu verwandeln), kommt in einem kapitalistischen Land Geld zu Geld, mit anderen Worten, nicht zu denen, die es am meisten benötigen (den Ärmsten), sondern zu denen, die es, zumindest objektiv betrachtet, am wenigsten brauchen, weil sie davon schon am meisten haben. So gesehen, müssen wir zugeben, dass, wenn wir denn

Mich beunruhigt, dass mir nach all den Befreiungen
eine neue Blockierung droht: die meines Kontos …

dem Kapitalismus unbedingt eines der beiden Adjektive »moralisch« oder unmoralisch zuweisen müssten, das zweite weitaus passender wäre! Doch das wäre nach meiner Meinung eine Dummheit (weil die grundsätzliche Amoralität des Kapitalismus ausschließt, dass er unmoralisch sein könnte), wenn auch eine geringere, als ihn moralisch zu finden! Einige bereichern sich, ohne zu arbeiten, andere rackern sich ab und bleiben arm. Finden Sie das moralisch? Sie werden mir entgegenhalten, dass ein Reicher pleite gehen und ein Armer ein Vermögen machen kann... Klar, das passiert manchmal. Doch im großen Maßstab gibt's kein Vertun, wie man heute sagt. Der sicherste Weg, reich zu sterben, ist in einem kapitalistischen Land (war es aber wohl auch, und möglicherweise noch mehr, in einem Feudalstaat), reich geboren zu werden. Wenn Ihnen eine Milliarde Euro in die Wiege gelegt wird, müssten Sie schon verrückt sein oder einen absolut unfähigen Bankier haben, um nicht mit weit mehr als einer Milliarde Euro in Ihrem Sarg oder vielmehr in Ihrem Nachlass zu sterben. Geld kommt zu Geld. Der beste Weg, in einem kapitalistischen Land reicher zu werden, ist, reich zu sein. Das hat Marx schockiert, und mit ihm alle Sozialutopisten des 19. Jahrhunderts. Sie waren zu Recht schockiert; sie haben sich nur in den Mitteln zur Bekämpfung dieses Missstands geirrt.

Marxens Irrtum, sagte ich, war der Wunsch, die Wirtschaft der Moral zu unterwerfen, nicht von außen (als ob die Wirtschaft sich dem moralischen Gewissen der Individuen unterordnen könnte und sollte, so naiv war Marx nicht), sondern von innen, indem er ein Wirtschaftssystem erfand, das seinem Wesen nach gerecht war, weil von der Ausbeutung des Menschen durch den Menschen befreit (Kommunismus). Das hieß, die Moral in der Wirtschaft etablieren zu wollen. Achtung, verfallen Sie jetzt, da der Kommunismus tot ist, nicht in den entgegengesetzten Fehler: Hüten Sie sich, die Wirtschaft in der Moral zu etablieren! Der Kapitalismus, sagen manche, sei Leben und Freiheit: Er belohnt Arbeit und Sparen, Risikobereitschaft, unternehmerischen Geist, Erfindungsvermögen, Kreativität … Pech für die Armen, wenn sie zu blöd sind, um das zu kapieren oder mitzumischen! Und den Börsenkursen Folge leisten, wie andere sich an die Gesetzestafeln halten … das ist eine andere Fehldeutung, oder vielmehr die gleiche (Verwechslung der Moral mit der Wirtschaft), aber umgekehrt – dieses Mal zugunsten der Wirtschaft. Auch das Leben ist nicht moralisch, die Biologie beweist es zu Genüge. Warum sollte es dann die Wirtschaft sein? Das Leben verschlingt, das Leben tötet. Soll das unseren Gesellschaften als Vorbild dienen? Dass manche Leute bei ihren Gesellschaftsentwürfen Marx durch Darwin ersetzen möchten, kann ich aus ihrer Sicht durchaus verstehen. Das heißt, sich gegen die Schwächeren auf die Seite der Stärkeren zu schlagen. Das steht ihnen frei. Aber sie mögen bitte nicht von uns verlangen, darin etwa Moralisches zu sehen! Der Kapitalismus ist dazu da, Reichtum zu schaffen. Das gelingt ihm viel zu gut, als dass es nötig wäre, sich in seiner Hinsicht etwas vorzumachen. Ihn akzeptieren? Scheint mir vernünftig, solange wir ihn durch nichts Besseres ersetzen können. Was jedoch kein Grund ist, um vor ihm auf die Knie zu fallen.

Aus dem Kapitalismus eine Moral machen zu wollen, das hieße, aus dem Markt eine Religion zu machen und aus dem Unternehmen einen Götzen. Genau das gilt es zu verhindern. Würde der Markt eine Religion, wäre es die schlimmste überhaupt, die des Goldenen Kalbes. Und die lächerlichste aller Tyranneien, die des Reichtums.

Zuerst erschienen 2004

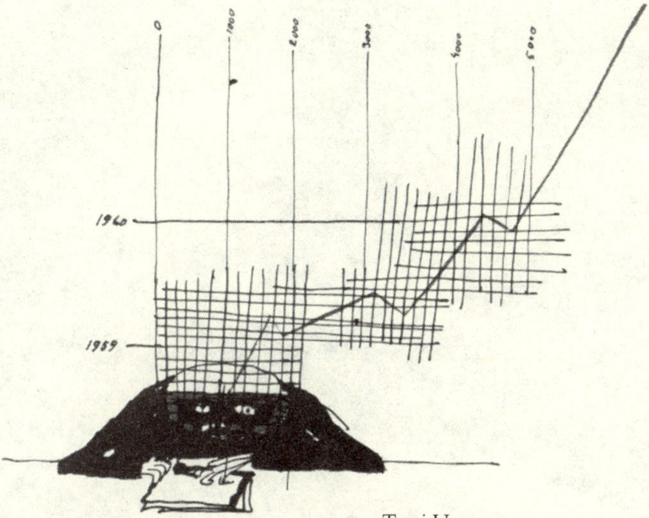

Tomi Ungerer

Martin Suter

Mich faszinieren die Männer und ihre Machtkämpfe

Ein Gespräch mit Tim Höfinghoff

Herr Suter, Sie haben 750 Kolumnen über Manager geschrieben. Kennen Sie also jede Manager-Marotte?
Meine Kolumnen basierten auf der Theorie, dass das Wohlergehen der Unternehmen nur das Abfallprodukt der Karrierebestrebungen der Manager sei. Also habe ich die Mechanismen dieser Bestrebungen zum Hauptthema gemacht.

Und welche sind das?
Unzählige. Einer ist die Kunst der Anpassung an den Vorgesetzten. Man muss es sehr dosiert machen und im richtigen Moment auch Widerspruchsgeist markieren. Denn richtige Manager wollen keine Jasager. Sie suchen den differenzierten Jasager, den angeblich kritischen Geist. Aber wehe, der sagt mal nein, wenn er ja sagen sollte.

Das klingt, als ob Manager nur das Eigenwohl im Sinn haben.
Natürlich sind nicht alle Manager Pfeifen und haben zudem noch einen schlechten Charakter. Aber Manager, die tüchtig und gut handeln, haben in satirischen Texten nichts verloren. Wenn ich darüber geschrieben hätte, wie gut Manager sind, hätten sich meine Leser zu Tode gelangweilt. Aber es steckt schon einige Wahrheit in diesen Texten. Manchmal, wenn ich bei Veranstaltungen vor Publikum gelesen hatte, dann sagten hinterher die Frauen zu ihren Ehemännern im Publikum: »Lach nicht! Du bist gemeint.«

Ihr neues Buch heißt ›Das Bonus-Geheimnis‹. Es wird das letzte Werk in Ihrer Manager-Kolumnen-Serie sein. Warum?
Jetzt schreiben doch alle über Wirtschaft. Ich habe meine ›Business Class‹-Kolumnen 15 Jahre lang geschrieben und will mich nicht wiederholen. Und aufhören, bevor die ersten Tomaten fliegen.

Die Finanzkrise bietet doch viel Stoff zurzeit.
Das mag sein. Vieles, das ich mir in meinen Kolumnen ausgedacht habe, ist nun sogar viel, viel krasser Wirklichkeit geworden.

Zum Beispiel?
Schauen Sie sich nur in meiner Schweizer Heimat die UBS-Bank an, eine der größten Banken der Welt: Sie rettet sich in die Arme des Staates, aber der Staat traut sich nicht, diese Hilfe an Bedingungen zu knüpfen. Zum Beispiel, was das Bonussystem angeht.

Die Boni der Banker zu geißeln ist in Mode.
Ja, alle sagen, die absurden Einkommen auf dem Finanzmarkt hätten mit Gier zu tun. Ich glaube eher, es lag an einer Umdrehung des Wertesystems. Viel verdienen war zur Qualifikation geworden. Nicht, wer gut ist, verdient viel. Wer viel verdient, ist gut. Und, auf die Unternehmen bezogen: Wer sich teure Manager leisten konnte, war ein gutes Unternehmen.

Gute Manager kosten eben mehr.
Mit diesem Argument haben zum Beispiel die Banken ihre Phantasielöhne gerechtfertigt. Ohne diese seien sie nicht konkurrenzfähig und bekämen keine guten Leute mehr. Wie gut die meisten dieser guten Leute waren, die sie dann bekommen haben, lesen wir jetzt aus dem gigantischen Scherbenhaufen, der vor uns liegt. Allerdings: Wenn ein Manager einen guten Job macht, das Interesse des Unternehmens über das der Anteilseigner stellt, nicht Gewinnmaximierer, sondern auch Arbeitsplatzmaximierer ist, wenn er trotzdem Gewinn macht und reinvestiert, dann kann er so viel verdienen, wie er will. Da bin ich nicht prüde.

Sie schreiben seit 15 Jahren über Manager. Was reizt Sie an dieser Welt?
Mich fasziniert, wie die Menschen agieren, vor allem die Männer, und ihre Machtkämpfe, ihre Abhängigkeit von der Karriere. Ich hätte das auch in anderen Berufen ansiedeln können. Aber früher habe ich das ja alles selbst erlebt. Ich habe immer wieder als Werber gearbeitet und immer wieder Zugang zu den Chefetagen gehabt. Und ich habe auch in einer großen Werbeagentur gearbeitet, die sich selbst für einen Weltkonzern hielt. Das hat mir viele Einsichten gewährt.

Das heißt, in Ihnen steckt ein Manager?
Nein, dann wäre ich wirtschaftlich erfolgreicher gewesen. Ich habe die Werbung immer als Zwischenstation betrachtet. Schon im Alter von 22 Jahren bin ich aus dieser Werbewelt ausgerissen und mit einem alten Landrover durch Afrika gefahren.

Klingt mehr nach Hippie als nach Manager.
Ich hatte mal eine Phase, in der ich ein bisschen wie ein Hippie aussah.

Sempé

Ich bin auf der Suche nach Leuten, von denen eine gewisse Performance in Sachen Dankbarkeit zu erwarten ist, damit ich sie von meinem tiefen Bedürfnis, Gutes zu tun, profitieren lassen könnte.

Aber an Flower Power habe ich nie geglaubt. Ich trug schon immer gerne Anzüge und Krawatten. Ich bin im Herzen zwar kein Wirtschaftsmann, aber alles andere als ein Hippie. Sie müssen wissen, dass ich 1968 mit 19 Jahren in der Schweiz in der Rekrutenschule war und schon mit 20 Jahren in der Werbung gearbeitet habe. Ein echter Hippie macht so etwas bestimmt nicht.

Nach Ihrem Afrika-Trip haben Sie eine steile Werber-Karriere hingelegt.
Ich war damals so etwas wie ein Kinderstar der Werbung. Ich habe für große Kunden gearbeitet wie die Swissair, IBM. Mit 33 Jahren habe ich dann eine eigene Agentur gegründet und sie später in eine große Fusion eingebracht. Doch die Firma war geschäftlich überhaupt nicht erfolgreich. Es sollte das Ende meiner Werbekarriere werden.

Ein persönliches Desaster?
Nein, im Gegenteil. Ich wollte ja immer schon lieber Romane schreiben. Ich habe immer vom Schreiben gelebt, Drehbücher, Songtexte, Fernsehserien, Geo-Artikel. Aber am leichtesten ging das damals mit Werbung. Immer wenn mir das Geld ausging, habe ich Werbetexte geschrieben. Als ich dann über 40 Jahre alt war und die Agentur am Ende, da habe ich mir gesagt: Wenn du jetzt nicht endlich Romanautor wirst, dann nie.

Früher haben Sie Werbetexte geschrieben, um Geld zu verdienen. Spüren Sie diesen Druck noch als Romanautor?
Ich habe nie Romane geschrieben, um Geld zu verdienen, dafür hatte ich die Werbung. Dass ich jetzt trotzdem von den Romanen gut leben kann, betrachte ich als wirklichen Glücksfall. Lange Zeit war das aber nicht so. Es waren die ›Business Class‹-Kolumnen, die es mir erlaubten, mit der Werbung aufzuhören und trotzdem Romane schreiben zu können. Sie waren sehr gut bezahlt. Ich fand, das Thema berechtige zu einem anständigen Honorar. Mittlerweile sind die Romane die Haupteinnahmequelle.

Sie leben und arbeiten auf Ibiza und in Guatemala. Warum haben Sie die Schweiz verlassen?
Die Schweiz ist ein kleines Land, sie zu verlassen etwas sehr Schweizerisches. Ich habe 20 Jahre in Basel gelebt. Wenn man dort im Tram einnickt, wacht man in Frankreich oder Deutschland auf. Dass wir momentan nicht in der Schweiz wohnen, hat damit zu tun, dass mein Beruf dies erlaubt. Es ist aber keine Flucht aus der Schweiz. Ich bin immer gerne dort, besonders, wenn viel Schnee liegt oder wenn es im Sommer in Ibiza wegen der Hitze und der vielen Touristen unerträglich wird.

Im Herzen sind Sie noch Schweizer?
Ja, natürlich.

Und sein Konto, das hat der Schweizer natürlich auch noch in der Schweiz, oder?
Aber sicher. Doch der Schweizer, der in Guatemala und Spanien lebt, hat auch dort ein Konto.

Wie ist Ihr Verhältnis zu Geld?
Ehrlich gesagt: Es ist nichts, was ich sammle. Geld bedeutet mir Lebensqualität. Ich gebe es gerne aus. Ich war nie wirklich ein sparsamer Mensch und hatte immer eine Vorliebe für das gute Leben. Auch deshalb war ich ja immer wieder in der Werbung tätig. Ich habe viele Jahre lang mehr gebraucht, als ich mit meinen Jobs als Autor verdienen konnte.

Wofür geben Sie viel Geld aus?
Wir haben in Guatemala und auf Ibiza schöne große Häuser. Dort lebe ich mit meiner Frau und unseren zwei Kindern. Diese Häuser muss man unterhalten. Mein Geld gebe ich also für die Häuser aus und die Leute, die nach ihnen schauen. Deshalb habe ich noch nie eine Aktie besessen oder einen Fondsanteil. Und dann ernähren wir uns gesund, und ich stehe schon lange auf dem Standpunkt, dass mir meine Leber zu kostbar ist, um billige Weine zu trinken. Wir produzieren in Spanien etwas Wein und Olivenöl, das alles kostet mehr, als es einbringt. Dazu kommt, dass ich meine Anzüge nicht bei C&A kaufe.

Bosc

Sempé

Martin Suter

Vorbild Burgener

Genau so hat es sich Burgener vorgestellt. Ganz zum Schluss der Sparsitzung SLIM, wenn alle schon dabei sind, ihre Unterlagen zu bündeln, und Frau Ebner das Fenster aufreißt, sagt er: »Ach, und übrigens, ich verzichte ab sofort auf zehn Prozent.«

»Zehn Prozent wovon?«, fragt Bräm.

Burgener steht jetzt auf und schiebt seinen Sessel an die Tischkante. »Meines Gehalts, natürlich. Danke, meine Herren.« Er verlässt mit elastischen Schritten das Sitzungszimmer, ist eine Minute später im Büro und wartet auf den ersten Anruf.

Der lässt über zwanzig Minuten auf sich warten. Und – zweite Überraschung – ist nicht von Bräm, sondern von Griesser. »Ist das Teil von SLIM?«, erkundigt der sich. Er klingt besorgt.

»Nicht offiziell«, beruhigt ihn Burgener, »es ist mehr ein freiwilliger Beitrag. Als Beweis dafür, dass ich nicht nur Opfer verlange, sondern auch bereit bin, selber welche zu erbringen.«

»Chapeau!«

»Aber bitte: nicht an die große Glocke, ja?«

Der Erste, der persönlich bei ihm vorspricht, ist Hegner, dieser Schleimer. Er habe übers Wochenende die Sache mit Anni besprochen, und sie seien zum Schluss gekommen:

Doch, ja, selbst bei allen Belastungen durch den Hausbau und die schulischen Probleme des Mittleren – zehn Prozent, das müsse irgendwie zu schaffen sein. Sie hätten in ihrem Haushaltsbudget ein paar Streichpositionen gefunden, vornehmlich im Freizeit- und Ferienbereich.

Burgener nimmt das Opfer unter Protest an und dankt Hegner im Namen des Gesamtunternehmens und der Aktionäre.

Am nächsten Tag stürmt unangemeldet Locher in Burgeners Büro. Er kommt sofort zum Punkt: Er finde Burgeners Geste bewundernswürdig, sehe sich aber außerstande nachzuziehen und bitte dafür um Verständnis.

Burgener wehrt ab. Auf keinen Fall habe er mit seinem Lohnverzicht Druck auf das Management machen wollen. Es sei auch nicht so aufgenommen worden – außer Hegner sei bisher niemand seinem Beispiel gefolgt.

Es dauert keine Stunde, bis Knabenhans auftaucht. Knabenhans ist Hegners heißester Konkurrent im Rennen um die Nachfolge von Bräm (falls das Gerücht stimmt, dass dieser an die Zentrale versetzt wird). Locher muss ihm brühwarm von Hegners Lohnverzicht erzählt haben. Er bietet Burgener zwölf Prozent an. Burgener begnügt sich mit zehn.

Am gleichen Nachmittag wird er von Bräm auf dem Korridor gefragt, ob er heute Zeit für einen Aperitif habe. Sie verabreden sich im ›Red Horse‹. Dort erklärt ihm Bräm bei einem Campari, weshalb er mit diesem Lohnverzicht ein falsches Zeichen setze. Beim dritten Campari verzichtet er dann seinerseits auf zehn Prozent.

Von jetzt an geht es schnell. Noch ehe die Woche um ist, hat Burgener das Management (minus Locher), die erweiterte Geschäftsleitung und die Abteilungsleiterkonferenz im Boot. In der folgenden Woche melden sich die ersten Freiwilligen aus der Prokuristenebene. Diesem Druck hält auch Locher nicht stand und schließt sich – ausdrücklich auf ein Jahr beschränkt – der Bewegung an.

Bei Monatsende ist Burgeners Lohnverzicht von 63 000 brutto auf eine Personalkosteneinsparung von 930 000 plus Lohnnebenkosten angewachsen. Das Filetstück von SLIM.

Eine Performance, die Burgener von der Konzernleitung mit einem Zusatzbonus von 250 000 honoriert wird.

Zuerst erschienen 2009

Sempé

André Comte-Sponville

Ist Arbeitsplätze schaffen moralisch?

Auf jeden Fall finde ich es nicht unmoralisch! Es fragt sich allerdings, warum Sie Leute einstellen … Aus Menschenfreundlichkeit? Um den Arbeitslosen zu helfen? Das kann ich nicht so recht glauben. Nicht weil ich an Ihrer Menschlichkeit zweifle, die kann ich nicht beurteilen, sondern weil Sie Unternehmenschef sind und nicht der Präsident einer Wohltätigkeitsorganisation. Glauben Sie mir, ich werfe Ihnen das nicht vor: Wir brauchen leistungsfähige Unternehmen noch dringender als Wohltätigkeitsorganisationen, mögen sie auch noch so bewundernswert sein!

Die Wohltätigkeit ist für die Armen da; das Unternehmen ist dazu da, Reichtum zu schaffen. Und wer würde nicht den Reichtum vorziehen? Wer nicht den Wohlstand der Abhängigkeit? Die Wohltätigkeit ist, moralisch betrachtet, bewundernswerter; das Unternehmen ist, wirtschaftlich und gesellschaftlich gesehen, sehr viel wichtiger. Wer würde nicht Abbé Pierre höher einschätzen als den tüchtigsten Unternehmenschef? Doch wer würde seinen Lebensunterhalt nicht lieber in einem Unternehmen verdienen, als von Wohltätigkeitsorganisationen abhängig zu sein? Primat der Moral, Priorität der Wirtschaft. Das Geld, das die Wohlfahrtsverbände verteilen, muss erst einmal verdient werden. Und wo soll das geschehen, wenn nicht in den Unternehmen?

Aber gehen wir der Sache auf den Grund. Wenn Sie Leute aus moralischen Gründen einstellen, kommen Sie damit nie zu einem Ende, selbst dann nicht, wenn es zu Lasten Ihres Unternehmens geht. Ich bezweifle, dass es lange überleben würde... Lassen Sie mich eine Anekdote erzählen. Bei einem meiner ersten Auftritte vor Unternehmenschefs habe

ich in der anschließenden Diskussion zusammenfassend gesagt: »Mit einem Wort, der Gesellschaftskörper erwartet von Ihnen als Unternehmenschefs nicht, dass Sie voller Liebe und Großzügigkeit sind (wenn Sie es sind, um so besser, aber das ist eher Ihr Problem als das unsere). Von Ihnen wird erwartet, dass Sie Arbeitsplätze schaffen.« Einer der anwesenden Unternehmenschefs schüttelte heftig den Kopf und sagte: »Da verlangen Sie zu viel von uns. Ein Unternehmen ist nicht dazu da, um Arbeitsplätze zu schaffen, es ist dazu da, um Gewinne zu machen.« Er hatte natürlich recht: Er war klüger als ich. Doch verkündete er im Grunde nicht nur das, was Marx schon gesagt hatte? Ein Unternehmen hat in einem kapitalistischen Land nicht den Zweck, die Arbeitslosigkeit zu bekämpfen, sondern Gewinn zu erzielen: Man stellt nur Leute ein, wenn dadurch nicht die Rentabilität beeinträchtigt wird – und man entlässt Leute, wenn das die einzige Möglichkeit ist, die Rentabilität zu erhalten oder zu steigern. Das System mag amoralisch, gelegentlich sogar grausam sein, hat sich aber – wirtschaftlich und gesell-

schaftlich – (auch für die Lohnarbeiter) als leistungsfähiger erwiesen denn jedes andere System, dass die Menschheit jemals ausprobiert hat. Die DDR-Bürger wussten das nur allzu gut. Der Reichtum der Bundesrepublik hat mindestens so viel zum Fall der Mauer beigetragen wie die Freiheitsliebe… Noch eine Anekdote. Es war zu der Zeit, als Alain Juppé Premierminister war. Der Arbeitgeberbeitrag war gesenkt worden, angeblich, um Arbeitsplätze zu schaffen. Ein Unternehmenschef sagte zu mir: »Mein Beitrag wird gesenkt, damit ich Leute einstelle. Was mache ich? Ich senke meine Preise, und stelle niemanden ein – um mehr Marktanteile zu gewinnen. Wenn ich eines Tages, um neue Marktanteile zu erringen, Leute einstellen muss, tue ich das natürlich mit Vergnügen (jeder Unternehmenschef, der nicht abartig ist, stellt lieber ein als zu entlassen)! Aber verlangen Sie nicht von mir, Leute einzustellen, wenn es nicht im Interesse meines Unternehmens liegt, denn dann würden Sie von mir verlangen, meine Aufgabe zu verkennen: Da mache ich nicht mit!« Solche Äußerungen mögen zynisch erscheinen. Was

Bosc

aber nur daran liegt, dass Zynismus die nackte Wahrheit ist, wenn sie aufhört, sich hinter der Moral zu verstecken.

In einem kapitalistischen Land ist es nicht Zweck eines Unternehmens, Arbeitsplätze zu schaffen, sondern Gewinn zu erwirtschaften. Es ist an uns Bürgern, uns zu fragen, wie wir dafür sorgen können, dass ein Unternehmen, um Gewinn zu machen, häufiger daran Interesse hat, Leute einzustellen, als welche zu entlassen oder die Produktion ins Ausland zu verlagern. Eine politische Frage von zweifellos entscheidender Bedeutung. Doch auf das moralische oder patriotische Gewissen der Unternehmenschefs zu bauen, um die Arbeitslosigkeit oder die Produktionsverlagerung zu bekämpfen, das hieße sicherlich, sich etwas vorzumachen!

Anthony McCarten

Wettbewerb

Am Morgen vor dem Wettbewerb sah Tom Shrift von seinem Fenster im ersten Stock aus zu, wie sein Nachbar seinen kleinen Rasen mähte. Hin und her zog er seine Bahnen, bis er sechs exakt parallele Streifen hatte, hellgrün, dunkelgrün, hellgrün, dunkelgrün; und ebenso wechselten in Toms Bauch die Gefühle – Neid, Wut, Neid, Wut.

Und schritten sie in alter Zeit
Auf Englands grünen Hügeln …

Wo waren Toms grüne Hügel? Wo konnten seine Füße frei dahinschreiten? Er lebte praktisch eingesperrt in dieser Wohnung im ersten Stock, auch das winzigste Stück Raum im Freien blieb ihm versagt (er hatte einen kleinen Balkon anbauen wollen, wie der, auf dem Julia ihrem Romeo lauscht, doch der Nachbar hatte erfolgreich beim Bauamt protestiert). Wehmütig betrachtete Tom diesen Rasen, der nicht seiner war, dann öffnete er einen kleinen Spaltbreit sein Fenster, und der Duft von frisch gemähtem Gras wehte herein.

Tom spürte diesen Mangel sehr. Es fehlte einfach etwas. Der eine mäht sein Gras, der andere sieht sehnsüchtig zu – wobei die Sehnsucht sehr viel leidenschaftlicher ausfällt als die stillvergnügte Freude am Besitz. Es wurmt einen, wenn man etwas nicht hat, gerade wenn man jemand ist, dem dieses Etwas zusteht – jawohl, *zusteht*.

Tom wandte sich ab. Drei Uhren mahnten ihn, dass er sich beeilen musste, dass er jetzt schon spät dran war.

Er durfte sich von dem Kleinkrieg, der zwischen ihm und seinem Nachbarn tobte, heute nicht aufhalten lassen. Er hatte ein Vorstellungsgespräch in der Stadt. Eilig, aber sorgfältig zog er sich an. Er wählte eine auffällige Seidenkrawatte zum weißen Hemd. Er war ein Mann, der in den Kampf zog, und das schlug sich in seinem Fahrstil nieder; er fuhr mit genau jenem Grad von Aggressivität, den man brauchte, um im mörderischen Londoner Verkehr durchzukommen.

Eilig parkte er den Wagen. Fand das Hochhaus, das er suchte, und fuhr hinauf, hinauf, hinauf in einem gläsernen Aufzug, der außen an dem Gebäude entlangglitt. Gleich darauf saß er, prefekt gestylt, vor einem Angestellten der Personalabteilung einer großen Firma – Toms Todfeind, eine Art ferngesteuertes Hindernis zwischen ihm und dem Leben, das er verdiente.

Eine Transkription des Vorstellungsgespräches sähe so aus:

ANGESTELLTER DER PERSONALABTEILUNG: Sie waren bisher hauptsächlich selbständig tätig.

TOM: Mhm.

ANGESTELLTER: Das ist Ihnen lieber so? Gut. Wieso sind Sie dann hier?

TOM: Eine Pechsträhne.

ANGESTELLTER: Sie haben ... Geburtstagskarten verkauft, sehe ich hier ... Das ist ja süß.

TOM: Ich war Eigentümer und Geschäftsführer einer äußerst erfolgreichen Glückwunschkartenfirma mit Geschäftsbeziehungen in vier Ländern. Unsere Spezialität waren hochwertige Reproduktionen von Kunstwerken. Dazu muss man eine Menge über Kunst wissen, und das tue ich.

ANGESTELLTER: Die Firma ist eingegangen?

TOM: Ich habe viel Geld in Lizenzen der Eremitage von Sankt Petersburg investiert. Man hat mich reingelegt.

ANGESTELLTER: Andere Gründe für den Bankrott? Persönliches Verschulden Ihrerseits?

TOM: Man hat mich belogen. Mir etwas vorgemacht.

ANGESTELLTER: Und sonst wäre die Firma noch im Geschäft? Gut. Okay.

TOM: Hören Sie, was soll das. Ich habe eine Menge Geld verloren. Vielleicht war ich …

ANGESTELLTER: Sie …?

TOM: Vielleicht war ich ein bisschen zu ehrgeizig. Das ist alles.

ANGESTELLTER: Sie wollen die Welt im Sturm erobern.

TOM: Ich will, dass die Welt weiß, dass ich gelebt habe, ja.

ANGESTELLTER: Ist das ein Zitat?

TOM: Schon gut.

ANGESTELLTER: Wir können also festhalten, Sie sind nicht allzu gut beim Kleingedruckten. Haben Sie noch Schulden von der Sache?

TOM: Sagen wir doch einfach, es ist der Grund dafür, dass ich mich für Ihre Art von Arbeit bewerbe.

ANGESTELLTER: Man könnte also sagen, Sie sind es eher gewohnt, auf meiner Seite des Tisches zu sitzen?

TOM: Na… das haben Sie gesagt, nicht ich. Ich sollte es …ich sollte es eigentlich nicht nötig haben, so hier zu sitzen.

ANGESTELLTER: Nicht nötig…gut…dann lassen Sie uns mal sehen. Unverheiratet. Arbeitslos. Okay. Kinder?

TOM: Nein.

ANGESTELLTER: Keine Kinder ... okay.

Tom merkte, wie sich ihm die Nackenhaare aufstellten. Später würde er sich darüber aufregen, dass der Kerl nur immer das Negative herausgestrichen hatte. *Sag mal was Gutes, du Wichser,* flehte er innerlich. *Warum liest du nicht »Mitglied von Mensa« in meinem Lebenslauf? Sag mal was Gutes! Wie viele Bewerber hast du denn in letzter Zeit gesehen, die auf den Gedanken gekommen sind, aus russischem Museumskrempel etwas Hübsches und Praktisches zu machen? Wie viele, du Scheißer?*

ANGESTELLTER: Zweiundvierzig Jahre alt – Sie sehen nicht aus wie zweiundvierzig. Was ist Ihr Geheimnis? Liegt's daran, dass Sie Single sind?

TOM: Das ist ein Geheimnis.

ANGESTELLTER: Viele in dem Team, für das Sie sich bewerben, sind erheblich jünger als Sie. Es ist ein sehr anstrengender Job, mit hohen Anforderungen.

TOM: Für mich ist Jugend nicht automatisch ein Vorzug. Ich bin zweiundvierzig. Ich bringe eine Menge Erfahrung mit. Mein Lebenslauf spricht für sich. Kommen wir zur Sache.

ANGESTELLTER: Würden Sie ... würden Sie sagen, Sie sind ein Teamplayer, Tom?

TOM: Ein Teamplayer? Nein, ich würde nicht sagen, dass ich ein Teamplayer bin. Darf ich Sie mal was fragen – haben Sie überhaupt schon mal ein Bewerbungsgespräch geführt? Ehrlich. Nur eine Frage. Denn wenn ich mir ansehe, was Ihr »Team« in den letzten zwei Jahren so geleistet hat, dann würde ich sagen, das *Letzte,* was Sie hier brauchen, ist einen »Teamplayer«.

Er hatte es versaut. Das war der Punkt, an dem der Mann ihm erklärte, Tom habe »einen aggressiven Charakter«, und dann war das Vorstellungsgespräch beendet. Und schon stand Tom wieder unten auf der Straße, atmete Kohlenmonoxid und schlug sich von neuem durch die Menschenmassen. Als sein Auto in Sicht kam – er hatte es kurzerhand in einer privaten Parkbucht hinter dem Odeon-Kino gelassen –, sah er zu seinem Entsetzen eine Politesse daneben stehen.

Er rannte los. *O nein, bitte nicht.* Nicht auch das noch. Er rannte, rang die Hände, flehte die kleine, weiße, uniformierte Engländerin mit dem kleinen bleichen Kindergesicht um Mitleid an.

»He, hallo … warten Sie. Hier bin ich!«, rief er, hielt die Hände in die Höhe, eine Geste der Unterwerfung. »Alles in Ordnung. Das ist ein kostenloser Parkplatz. Hier steht nirgends, dass man bezahlen muss. Ich parke immer hier. Ha-ha-halt! Lassen Sie's gut sein! Ich bin doch schon so gut wie weg.«

Ohne ihn anzusehen, antwortete die Politesse: »Das ist kein öffentlicher Parkplatz, Sir.«

»Wer sagt das? Wo steht das? Hier steht nirgends ›Parken verboten‹. Oder sehen Sie etwas? Sagen Sie es mir. Zeigen Sie es mir.«

»Das ist kein öffentlicher Parkplatz, Sir. Es ist …«

»Och, nun seien Sie doch nicht so!«

»Das ist ein privater – «

»Wo steht hier *privat*? Wo steht, dass er privat ist?«

»Er befindet sich auf dem Gelände des Odeon-Kinos, Sir, und ist reserviert für die Angestellten.«

»Seit wann denn das?«

»Es ist ein Privatgrundstück, und ich nehme an, Sir, Sie sind hierhergekommen, indem Sie in der High Street über den Bordstein gefahren sind. Das wäre eine zweite Ordnungswidrigkeit.«

Paul Flora

»So sieht also Ihre Rechtsprechung aus! Und Sie, dürfen Sie ein Privatgelände betreten und übereifrig Strafmandate verteilen, nur weil Sie einen Bonus dafür kriegen? Mann, Leute wie Sie. Das hält einer im Kopf nicht aus. Ich kann mir das nicht leisten, verstehen Sie? Wollen Sie die Wahrheit wissen? Dann hören Sie zu. Ich habe nicht das Geld, um das zu bezahlen. Bitte.« Er breitete die Arme weit, wie ein Gekreuzigter: der Christus von Kensington. »Ich meine das ernst. Haben Sie doch ein bisschen Mitleid. Ich ... mir geht es gerade... « Er wusste nicht mehr weiter. »Ist das denn zu glauben ... so eine blöde Kuh.«

Schweigen vonseiten der Politesse. Das gehörte zu den Anforderungen ihres Berufes.

»Sie machen Witze, oder?«

Die Frau tippte weiter ihre Daten ein.

»Sie stellen mir wirklich einen Strafzettel aus? Sie stellen mir... Ich fass es nicht – Das kann doch nicht... Leute wie Sie, das ist wirklich zu viel ... beschissene Blutsauger wie Sie. Scheißvampire. Wisst ihr eigentlich, was ihr seid? Konkubinen des Satans!« Daraufhin blickte sie auf – immerhin, er hatte endlich einen Kontakt hergestellt. Diesen Moment der Schwäche machte er sich sofort zunutze. »Schämen solltet ihr euch. Wie Leute wie Sie es mit sich *selbst* aushalten, ist mir ein Rätsel. Also, was... was kostet das? Das Strafmandat? Wie hoch ist es?«

Mit ungerührter Stimme. »Hundert Pfund. Weniger, wenn Sie binnen vierzehn Tagen zahlen.«

»Und was ist Ihr Anteil? Wie viel stauben Sie ab? Fünfzig Prozent? Hab ich mir doch gedacht. Kein Wunder, dass ihr keinen davonkommen lasst. Scheißnutte. Ihr seid wirklich der Abschaum der Menschheit.«

Kaum hörbar entgegnete die Frau: »Wenn Sie meinen, Sir.«

Dann gab die Maschine an ihrem Gürtel eine Reihe von Surr- und Klicklauten von sich, und Toms Strafzettel kam heraus. Als er sich weigerte, ihn zu nehmen, steckte die Frau ihn in einen Plastikumschlag und klemmte ihn unter den Scheibenwischer. Und dann war sie auch schon weg.

Sofort änderte Tom seine Strategie – in der Großstadt muss man schnell reagieren – und fuhr zu einem Gartencenter bei sich in der Nähe. Das Blut kochte ihm noch in den Adern, als er durch die Gänge hastete, bis er fand, was er suchte: Unkrautvernichter. Auf dem Etikett, mit Totenkopfsymbol, der Aufdruck »Extra stark«. Ja, er war gern bereit, die unverschämten vierzig Pfund, die sie für dieses Gift verlangten, zu bezahlen. Es war ein geringer Preis, wenn man dafür einen Streit beilegen konnte, ein für allemal.

Obwohl er längst im Bett sein sollte, um sich vor dem Wettbewerb auszuruhen, blieb er bis nach Mitternacht noch wach und wartete, dass alle Geräusche in der Wohnung seines Nachbarn verstummten. Er war zur Tat entschlossen (und es war eine ungeheure Tat).

Um viertel nach zwölf klingelte sein Handy. Das Display verriet ihm, dass seine Mutter anrief. Dankbar für die Segnungen der modernen Technik schaltete er den Apparat aus, und die alte Dame konnte sehen, wo sie blieb. Das war kein Abend, an dem er sich noch einmal ihre sämtlichen Leidensgeschichten anhören wollte – ihr Versagen als Mutter, Toms Versagen als Sohn und so weiter und so fort. Erst um halb zwei wagte er sich die Treppe hinunter und öffnete, so leise er konnte, das Dreifachschloss der Haustür – *klack, klack, klack* – und schlich hinaus in die Nacht.

London bei Nacht. Ein Schimmer von elektrischem Licht, reflektiert von einer undurchdringlichen Dunstglocke aus Kohlenmonoxid. Hinunter auf den Rasen. Grünes Gras. Das Feld seines Feindes. Und Tom würde es vernichten.

Und schritten sie in alter Zeit
Auf Englands grünen Hügeln...

Seine Fußsohlen kribbelten auf den taufeuchten Halmen, und er kam sich mehr denn je wie ein Verbrecher vor. Sollte er seinen Plan noch einmal überdenken? Zu welchem weiteren Wahnsinn würde er das Tor aufstoßen? Er blickte hinüber zum finsteren Fenster der Nachbarswohnung und hoffte, dass der Geist alter Feindschaft, der ihn hierhergeführt hatte, wiederbelebt würde – das ewige Wie-du-mir-so-ich-dir, das sie sich nun schon seit zwei Jahren lieferten. Er hoffte, dass er noch einmal das perverse Gesicht seines Plagegeistes sähe, wie es zwischen den vergilbten Vorhängen hervorlugte, dieses dummdreiste Bauerngesicht, das böse Funkeln in den Augen. Doch im Fenster sah er nur sein eigenes Spiegelbild – nichts als Tom Shrift, Dieb in der Nacht, Gießkanne in der Hand, zweiundvierzig, unrasiert, ein Gespenst im Mondschein. Nur das Gewicht der Gießkanne erinnerte ihn wieder an seine Mission, und halbherzig goss er das Gift aus wie geplant. Grasmord. Ein ruchloses Verbrechen. Die Tat eines Irrsinnigen. Hierhin und dorthin schwenkte er die Kanne, gleichmäßig floss das Gebräu, bis kein einziger Tropfen mehr kam. Jetzt, dachte er, als er mit pochendem Herzen wieder ins Haus schlüpfte und die Tür vor seinen Taten und der Großstadt verschloss, in der er gefangen war, jetzt konnte er endlich mit seinem Leben weitermachen, seinem richtigen Leben.

Schon zwei Stunden vor dem offiziellen Start fanden sich die ersten Teilnehmer auf dem Hof des Autohändlers ein. Zu den allerersten gehörte ein Landstreicher, gerade erst unter seiner Brücke aufgestanden, dessen pure Gegenwart inmitten dieser Zigtausende von Pfund teuren Fahrzeugflotte schon als Akt der Provokation wirkte, als schierer Vandalismus.

Aus der entgegengesetzten Richtung kam ein dicker Mann und schob einen ganzen Einkaufswagen mit Ausrüstung vor sich her: Kleidung, Kissen, Proviant und viele, viele Dosen Bier – alles, was er brauchte (nach seiner Vorstellung), um aus diesem Wettbewerb als Sieger hervorzugehen.

Ein Dritter kam, ein Vierter. Bald waren es zehn, dann zwanzig, es wurden dreißig, vierzig. Um halb neun waren es über achtzig. Selbst Wohlhabende kamen und stellten wieder einmal unter Beweis, dass man nie genug haben kann. Als es neun Uhr wurde, drängten sich gut 120 Menschen zwischen all den unverkauften Wagen, über denen ein Ballon mit der Aufschrift IHR GEWINN: EIN NEUES AUTO schwebte und sanft an seinem Drahtseil zog. Zehn Minuten später waren es schon 150, dann noch mehr, die den metallicblau schimmernden, ultra-begehrenswerten Land-Rover umkreisten wie Spülwasser, bevor es im Abflussloch verschwindet.

Eigentümer des Land-Rovers war Terry »Hatch« Back von Back-To-Back (Olympia) Ltd., Neuwagenhandel. Er hatte sich unter die Teilnehmer gemischt, klopfte Wildfremden auf die Schulter, begrüßte sie begeistert mit »Hallo! Danke, dass Sie gekommen sind!« oder »Gleich geben wir die Regeln bekannt« oder »Hallo! Herzlich willkommen! Tolles Wetter haben Sie mitgebracht!« Dann kehrte er zu seinem Assistenten Vince zurück, der sich abmühte, die Anwesenden zu zählen.

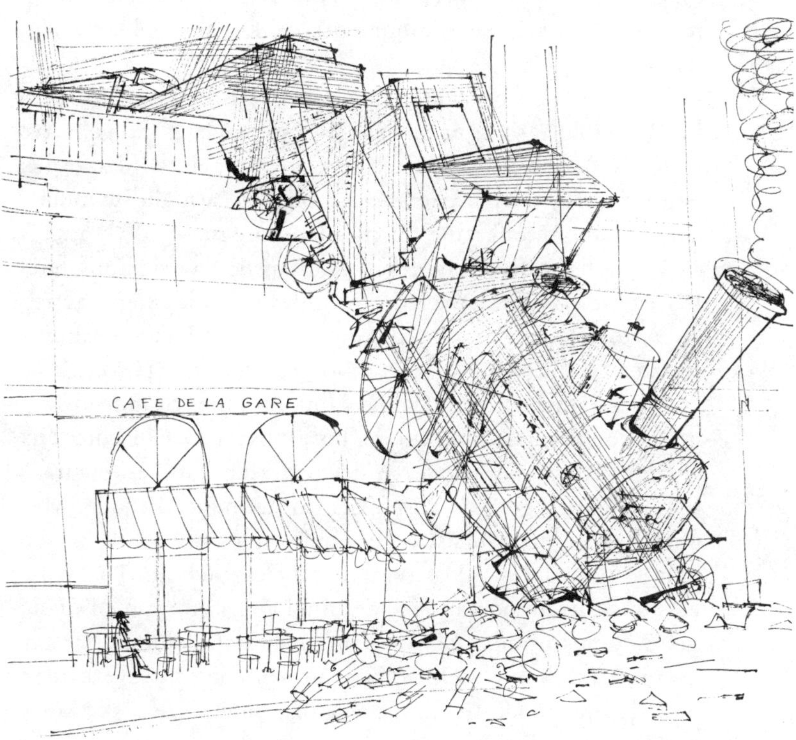

Paul Flora

»Na, wie viele sind es? Ungefähr.«

Vince: »Zu viele.« Er schüttelte den Kopf. »Und es kommen immer noch neue dazu. Was sollen wir denn … Ich meine, was wollen Sie jetzt machen? So geht das doch nicht.«

Hatchs Antwort half nicht viel weiter. »Da gibt es was umsonst. Unglaublich. Sag ihnen, es gibt was umsonst, und die Leute drehen durch.« Bedächtig fuhr er sich mit dem Finger über seinen Haaransatz mit den Geheimratsecken, mit denen er wie ein Vampir wirkte. »Drehen vollkommen durch.«

Vince blieb bei seinen Bedenken. Als er Hatch zurück ins Büro folgte, sagte er noch drei weitere Male: »So geht das nicht.« Doch alles, was Hatch sah, wenn er durch das große Fenster auf die Menschenmenge blickte, war die wunderbare Lösung für all seine finanziellen Sorgen.

»Ich hab's dir doch gesagt! Ich wusste, dass sie kommen. Ich *wusste* es!« Immer wieder ballte er seine kleinen Fäuste, zwei zusätzliche Pumpen, die die Arbeit des Herzens unterstützten. »Und wenn es jetzt schon so voll ist, wie soll es da erst in …« Er blickte auf seine Uhr, »in einer Stunde aussehen? Noch eine ganze Stunde, bis es losgeht.« Er lachte, ein einziger, kurzer, erleichterter Lacher. »Ich habe es gewusst! Ich hab's euch gesagt!« Was für ein Aufatmen! Mit jeder Minute ließ er die Durststrecke der letzten zwei Jahre weiter hinter sich zurück. »Das wird … seht es euch an. Das wird RIESIG. Seht es euch an! So viel Publicity könnte man nicht für Geld bekommen. So was kann man nicht kaufen. Nie im Leben.« Er drehte sich wieder zu seinem Juniorverkäufer um. »Ich jedenfalls nicht. Coca-Cola, Shell, Tesco, die können so was vielleicht, aber …«

»Aber Sie *kaufen* sie doch«, wandte Vince ein. »Genau

das machen Sie. Sie bezahlen sie mit dem Auto. Die ganzen Leute da draußen, die kaufen Sie.«

Hatch ging nicht darauf ein; er hatte keine Lust, sich die gute Laune verderben zu lassen. »Wenn das so weitergeht, kommen wir noch in die Nachrichten. Was meinst du?«

Doch bevor Vince etwas antworten konnte, kam der dritte Verkäufer, Dan, herein und sah noch verdatterter aus als sonst. Dan, ein schwerfälliger Mann, Mitte dreißig, war das muskulöse, bedächtige Gegenstück zu dem nervösen, drahtigen Vince. (Hatch wusste, dass seine Angestellten beide keine großen Lichter waren, und wenn er ihnen eine Frage stellte, rechnete er nicht mit einer brauchbaren Antwort.)

»Dan, gut. Mach die … Mach die. Gut. Jetzt hört zu. Es geht um die Presse. Hört zu. Wenn die Leute von der Presse kommen, wenn sie da sind und euch was fragen, nach eurer Meinung oder sonst was, dann schickt ihr sie zu mir, klar? Schickt sie immer zu mir. Ich kümmere mich um –«

Vince nahm noch einmal Anlauf. »Aber was machen wir mit –«

»Alles was mit … mit Publicity zu tun hat. Direkt zu mir.« Hatch tippte sich auf die Brust. »Habt ihr das verstanden?«

»Aber wir müssen irgendwie die Zahl beschränken, Hatch. So funktioniert das nicht.«

»Gut. Darum kümmerst du dich.« Hatch warf einen weiteren Blick auf sein Handy. Keine Nachrichten. »Aber die Journalisten immer direkt zu mir. Was hier zählt, das sind drei Dinge: Publicity, Publicity, Publicity.«

»Ich habe eine Idee«, fuhr Vince fort. »Wir losen die Teilnehmer aus. Damit wir auf eine vernünftige Zahl kommen.«

»Ja doch.« Dann kehrte das Lächeln zurück. »Wir müssen ein paar fortschicken, aber nicht zu viele. Es soll schließlich nach was aussehen.«

Vince hielt ein Post-it-Blöckchen in die Höhe. »Wir machen Lose. Vierzig, sagen wir mal. So stelle ich mir das vor. Jeder bekommt eine Nummer –«

Doch Hatch hatte sich bereits wieder umgedreht und blickte hinaus zu der Menge, seiner großen, landroververrückten Menge. »Da gibt es was umsonst. Ha! So sieht das dann aus.«

Vince: »Und wir müssen die Straße freihalten, sonst haben wir gleich die Polizei am Hals.«

»Schön. Gut. Kümmer dich drum. Und jetzt los. Das wird ein Knüller.«

Die beiden Verkäufer gingen wieder nach draußen. Hatch blieb am Fenster stehen. »Großartig«, murmelte er vor sich hin, »kommt her, meine Hübschen«, und schließlich »seht sie euch an! Da gibt's was umsonst, und seht euch an, was passiert!«

Als er sah, wie seine Frau Jennifer und die vier kleinen Kinder sich einen Weg durch die Menge bahnten, drehte er sich um, setzte sich an seinen Schreibtisch und wartete auf sie. Er stieß sich das Knie an dem Weltkriegs-Armeerevolver, den er mit Klebeband unter der Tischplatte befestigt hatte. Er hatte noch nie Gebrauch davon gemacht, aber wenn es so weiterging mit dem Vandalismus, würde er nicht zögern, jemandem einen Schrecken damit einzujagen. Er würde damit herumfuchteln und den Kleinkriminellen des Viertels zu verstehen geben, dass er bereit war, sein Eigentum notfalls auch mit der Waffe zu verteidigen.

Während er wartete, zog er das nagelneue Megaphon zu sich heran, das mit dem Schalltrichter nach unten auf seinem Schreibtisch stand: breit an der Basis, rot geringelt wie ein Leuchtturm; am anderen Ende ein Mikrophon, das auf seine ersten Anweisungen für die Teilnehmer draußen wartete. Er packte die Flüstertüte und schaltete sie ein. Ein elektrischer Aufschrei, und er hielt sie auf Armeslänge, bis das Pfeifen der Rückkoppelung nachließ, erst dann sprach er versuchsweise, mit leiser, belegter Stimme: *Auf die Plätze – fertig – los.*

Tom Shrift nahm den Fuß vom Gas und betrachtete das Tohuwabohu auf dem Hof des Autohändlers aus der Ferne. Was für ein Witz! *Wie unglaublich jämmerlich die aussehen, wie traurig, wie verzweifelt, ja wie tragisch,* dachte er einen Moment lang, doch dann fiel ihm wieder ein, dass er selbst einer von ihnen werden wollte.

Er hatte sich früh auf den Weg gemacht, damit er Vorsprung vor den Mitbewerbern hatte. Er war fest entschlossen, dieses Auto zu gewinnen, aber *das* hatte er nun doch nicht erwartet. Wer hätte das gedacht? So viele verlorene Seelen. *Meine Güte, das sieht aus, als wären sämtliche Mühseligen und Beladenen von ganz London hier zusammengekommen.* Prolls im Trainingsanzug. Unrasierte Männer. Unansehnliche Frauen. Zu kurz Gekommene. Muskelmänner in den Vierzigern, Bierbauch, Badelatschen an den Füßen. Kampferprobte Mütter im schrillen Sportdress, Wasserflaschen an die Brust gedrückt, zu allem bereit. Alte. Junge. Jede Art von Opfer der harten Realität des Lebens. Und jetzt auch noch er, Thomas H. (für Horatio) Shrift, im Begriff, sich einzureihen, einer von ihnen zu werden, zu kämpfen, wie sie kämpften, Mann gegen Mann. Ihm wurde schlecht bei dem Gedanken. Er packte das Lenkrad seines tuckernden Fiat Punto (den geliebten Volvo mit seinem seidenweichen Schnurren hatte

Paul Flora

er vor kurzem verkaufen müssen) und starrte diesen Pöbel an: Desperados, einer wie der andere! Was für eine Demütigung, dachte er, wenn man über Nacht zum Nichts wurde, zu einem, *der nichts hatte*, wo das Haben doch für ihn immer eine Selbstverständlichkeit gewesen war.

Doch Tom war überzeugt, dass er ein Mensch war, der es *verdiente* zu haben. Und wenn er erst einmal dieses Auto ergattert hatte – im Grunde war er sich ja sicher, dass er die Kraft hatte, in diesem Wettstreit zu triumphieren –, dann würde er sich auf der Stelle daranmachen, verlorenes Terrain zurückzuerobern. Er kam schon wieder auf die Beine. Er war bisher noch jedes Mal wieder auf die Beine gekommen.

Er stellte das Autoradio ab und drehte den Innenspiegel so, dass er sich betrachten konnte. Er wollte wissen, ob er immer noch aussah wie jemand, der in der Lage war, 150 andere zu schlagen. Doch, fand er, im Großen und Ganzen sah er nach wie vor so aus. Die buschigen Augenbrauen konnten ein wenig Aufmerksamkeit vertragen, wo das eine oder andere Haar sich kräuselte, aber sonst sah er einen gepflegten Mann, einen Mann, der etwas vorstellte – oder es zumindest bald tun würde. Einen besonderen Menschen. Jemanden, der Ehrgeiz im Leib hatte. Anders als die anderen also. Einen Mann von Begabung. Auch jetzt, schon in den Vierzigern, hatte Tom Shrift noch etwas Gewinnendes – das sah er im Spiegel. Wache Augen, ein freundliches Lächeln, energisches Kinn, darunter ein frisch gebügeltes Hemd, reine Baumwolle; breite Schultern, die Schultern eines kräftigen Mannes ... ja, er war nach wie vor der Typ, bei dem ein Fremder denken würde: »Auf den setze ich mein Geld.«

Mit dem angefeuchteten Zeigefinger strich er die Augenbrauen glatt. Wenn man allein lebte, hatte man oft keinen Blick für solche Details. Keiner machte einen Junggesellen darauf aufmerksam, dass sein Atem unangenehm war, dass seine Achselhöhlen stanken. Tom wusste, wie man solche Fallen umging, wie man zum Beispiel in die hohle Hand atmete und den Atem prüfte. In letzter Zeit schwitzte er heftig, zeigte schon jetzt Anzeichen der Wechseljahre, vielleicht wusch er sich zu oft, nahm zu viel Rasierwasser, mühte sich zu sehr, immer wie jemand auszusehen, der geliebt wird. Ein frisches Hemd jeden Tag. Er war nicht kleinlich. Kragen wurden mit Stäbchen verstärkt. Man durfte sich nicht gehenlassen. Unter den nun gezähmten Brauen und getrennt durch die charakteristische lange Nase der Shrifts saßen zwei braune Augen, haselnussbraun genauer gesagt – die Augen seiner Mutter. Ob er zurückrufen sollte, weil er am Vorabend nicht abgenommen hatte? Jeden Tag dasselbe. Nein, zum Teufel mit seinen Eltern. Sein Vater hatte seine Mutter sitzenlassen, als Tom noch nicht einmal einen Monat alt gewesen war. Und Tom hatte nie eine Chance gehabt, mit ihm zu reden. Später hatte er diese Leerstelle in seinem Leben immer »das Nichts« genannt. Seine Mutter, die ihn jetzt vom Altersheim aus anrief und ihm Vernachlässigung vorwarf, war eine widerwillige Mutter gewesen, eine selbstsüchtige Frau, seine ganze Jugend hindurch. Erst jetzt, wo sie alt und einsam war, ließ sie von sich hören. Tag für Tag rief sie ihn an, und mittlerweile nahm er die Gespräche die meiste Zeit überhaupt nicht mehr an. Sein ganzes Leben lang hatte sie nur das Allernötigste als Mutter getan. Jetzt tat er nur das Allernötigste als Sohn.

Genau wie er aus seinem Telefon die Meldungen und Erinnerungen löschte, so befreite er nun auch seinen Kopf von überflüssigen Gedanken. Der Innenspiegel des Autos hatte ihm manch Positives zu erzählen. Was das Äußere anging, da hatte er alles, was er brauchte, um im Leben voranzukommen.

Wenn etwas an ihm nicht in Ordnung war – und er gab zu, dass es schon ein oder zwei Probleme gab –, dann zeigte sich das, wenn er den Mund aufmachte. Jedes Mal flog etwas heraus, was andere ärgerte. Er war schnell und schlagfertig, er sprach zu unverblümt, er konnte sich nicht zurückhalten. Vielleicht wusste er einfach zu viel. War das überhaupt möglich? Er las gern: Seine kleine, doch makellose Junggesellenbude war vollgestopft mit Büchern; die Fernsehantenne stand auf einem Stapel Taschenbücher, schwere Nachschlagewerke streckten ihre Rücken aus den Regalen hervor, die Ecke des Sofas, der das Bein fehlte, ruhte auf Churchills *Gesammelten Werken*. Er las gern und hielt mit seinem Wissen nicht hinterm Berg zurück – warum sollte er auch? Warum den Mund halten, wenn ein Faktum falsch ist, ein Gedanke nicht logisch, ein Zitat falsch zugeschrieben? Wer hat denn etwas davon, wenn man den Dummköpfen freie Bahn lässt?

Also machte er den Mund auf. Das, was Tom in seinem Datenbankhirn hatte, wollte heraus. Sein Kopf war mit Superbenzin gefüllt, er brauchte nur einmal aufs Gas zu drücken, und ab ging die Post: Namen, Fakten, Zitate. Er konnte einfach nicht anders, er musste die Leute korrigieren, musste ihnen helfen, einen Irrtum loszuwerden, den sie ihr Leben lang mit sich herumgeschleppt hatten. Ein solches Verhalten war schon im normalen Alltagsbetrieb nicht förderlich, doch besonders unglücklich war es, wenn das andere Geschlecht ins Spiel kam. Welche Frau lässt sich schon gern Vorträge halten? Welche Frau will hören, dass sie im Unrecht ist, eine Sache falsch sieht, und das von einem Mann, der sich seiner selbst so sicher ist? Ja, sein Mundwerk hatte ihn schon mehr Stunden im Bett gekostet als dieses Mundwerk warme Mahlzeiten zu sich genommen hatte, aber was sollte er tun? Sollte er sich dumm stellen, nur damit er eine Frau ins Bett bekam? Wenn das der Weg zum Ziel war, dann war ihm sein Hirn zu schade dafür. Solche faulen Kompromisse würde er nicht machen.

Als Zwanzigjähriger hatte Tom einmal an einem Intelligenztest teilgenommen und seine Kräfte mit Genies gemessen. Der Test bestätigte, dass er kein Dummkopf war. Das Ergebnis wies ihm einen Platz in den obersten 1% der Menschheit zu – der Elite! Wie war es da möglich, dass – und hier stellte sich die alte Frage wieder neu, als er nun den Blick hob und von seinem Punto auf- und hinüber zu der Menschenmenge im Hof des Autohändlers blickte, zu der immer weitere hinzuströmten – dass ein intelligenter Mann wie er, ein wahrer Gehirnathlet, sich dermaßen abstrampeln musste, um einfach nur zu überleben? Und gezwungen war, zu Maßnahmen wie dieser zu greifen?

Kurz: Wie hatte er so tief sinken können, dass er jetzt einen Fiat Punto fuhr?

Die Russen. Klarer Fall. Er war gerade erst aus Sankt Petersburg zurück, ein Riesengeschäft war ihm durch die Lappen gegangen, und daran waren die Russen schuld. Mit großen Hoffnungen war Tom gen Osten geflogen und wollte Lizenzen für Bilder aus der Eremitage erwerben, für seine Glückwunschkartenfirma – *Masterpiece Cards*, ein junges, doch gesundes Unternehmen (er verstand auch eine Menge von Kunst) –, aber er hatte die Apparatschiks nicht zur Vergabe der Abdruckrechte bewegen können, nicht »an einen Unbekannten«. Die Russkis hatten ihn angeschmiert. Erst hatten sie so getan, als sei es alles kein Problem, hatten sich immer einladen lassen, und dann hatten sie ihn fallenlassen wie eine heiße Kartoffel. Jetzt schuldete er Banken und Kreditkartenfirmen 67 000 Pfund – und täglich kamen weitere Schulden hinzu. Die Hartherzigkeit der Geschäftswelt – es war unglaublich! – selbst für einen von Natur aus pessimistischen Menschen wie ihn. Er hatte sich für einen guten Geschäftsmann gehalten, doch sein Intelligenzquotient hatte ihn nicht vor Lügen, Gaunereien, gemeiner Gerissenheit gerettet, und wer wusste schon, was sie in den Samowar getan hatten?

Er ließ den Wagen wieder an. Er ignorierte die Verkehrsposten, die Neuankömmlinge weiterwinkten, und arbeitete sich im Schritttempo weiter vor und fand schließlich einen großartigen Anwohnerparkplatz, für den er die richtige Plakette hatte. Doch als er die Hand ausstreckte, um die Tür zu öffnen, zögerte er. War das nicht schrecklich, wenn man so tief sank, dass man an einem Durchhaltewettbewerb teilnahm? Vielleicht konnte er stattdessen diesen alten Fiat Punto verkaufen? Nein. Dessen Wert lag im negativen Bereich. Er würde noch für die Verschrottung zahlen müssen. Was hatte er sonst noch zu verkaufen? Seine Ideen? Ein Witz! – wer würde ihm die schon abnehmen? Wie stand es dann mit seiner großen Bibliothek? Verkaufen? Aussichtslos. So gut wie nichts wert – wer wollte heutzutage schon die gesammelten Schriften von Winston Churchill, gerade wenn sie auch noch mit Randbemerkungen des Lesers wie »Bravo!« oder »schwerer Fehler!« versehen waren? Und wenn er sich Arbeit suchte? Sich einfach nach einer festen Anstellung umsah? Ebenfalls Fehlanzeige. Das Vorstellungsgespräch am Vortag hatte ihm wieder einmal deutlich vor Augen geführt, dass er nur als Selbständiger eine Chance hatte. Was blieb denn noch? Was nur? Sein Blut verkaufen? In Großbritannien verboten. Und da Sir Bob Geldof wohl kaum ein Benefizkonzert für ihn veranstalten würde, blieb ihm also nur noch diese eine Wahl – diese billige, entwürdigende Wahl, bei der jedoch ein wertvoller Preis winkte.

Widerstrebend hob er den Blick zum Himmel, wo hoch über dem Hof des Händlers der Reklameballon schwebte, und die Worte tanzten vor seinen Augen: Ihr Gewinn: ein neues Auto. Ja, genau das. Ein Auto gewinnen und es gleich wieder verkaufen; zwanzig-, dreißigtausend würde ihm das einbringen. Er senkte den Blick wieder, schätzte ab, wie viele es sein mochten, die sich da in dem Hof drängten (ungefähr hundert), und beschloss, dass jemand sich dieser Herausforderung stellen musste. Und wer? *Er selbst.* Allein gegen alle, das Übliche.

Und so holte er aus dem Kofferraum, was er für den Feldzug brauchte, Proviant, Hilfsmittel – Kleidung, Lektüre, ein paar Medikamente und persönliche Gegenstände, alles mit viel Bedacht ausgesucht und genau geprüft: armeetauglich und für den Straßenkampf geeignet. Na, Tom war bereit. Er schulterte sein Marschgepäck und ging hinüber zu dem Autoladen. Amüsiert schüttelte er den Kopf über die schiere Größe der anstehenden Aufgabe.

Als er ankam, vermied er jeden Blickkontakt. Hier war jeder Mann auf sich gestellt, und jede Frau auch. Keiner lächelte. Keiner nickte einem anderen zu. So war das. Die Schlacht hatte begonnen, und schon jetzt war ihm klar, dass sie durch psychologische Kriegsführung entschieden würde. Jawohl, der wachsamste, beharrlichste Verstand würde dieses Auto bekommen. Er hatte sich schlaugemacht, hatte recherchiert zu Fragen der Psyche bei solchen Wettbewerben. Der Verstand hielt die Belastungen des Schlafentzugs nicht lange aus, es kam zu Wahnvorstellungen, Zerstreutheit, negativem Denken. Kontrolle über die eigenen Gedanken, das war der Schlüssel zum Erfolg – wie gut man die Denkmuster beherrschte, Fehlfunktionen verhinderte, wie groß die Reserven an beruhigenden, ausgleichenden, stabilisierenden Gedanken waren. Und er konnte sich nicht vorstellen, dass es in dieser Menge einen zäheren, zielstrebigeren Verstand gab als seinen. Was immer man an Eigenschaften brauchte, um eine Sache länger durchzuhalten als ein Rivale, hatte er, und er hatte reichlich davon. Seine Gegenoffensive hatte begonnen.

Paul Flora

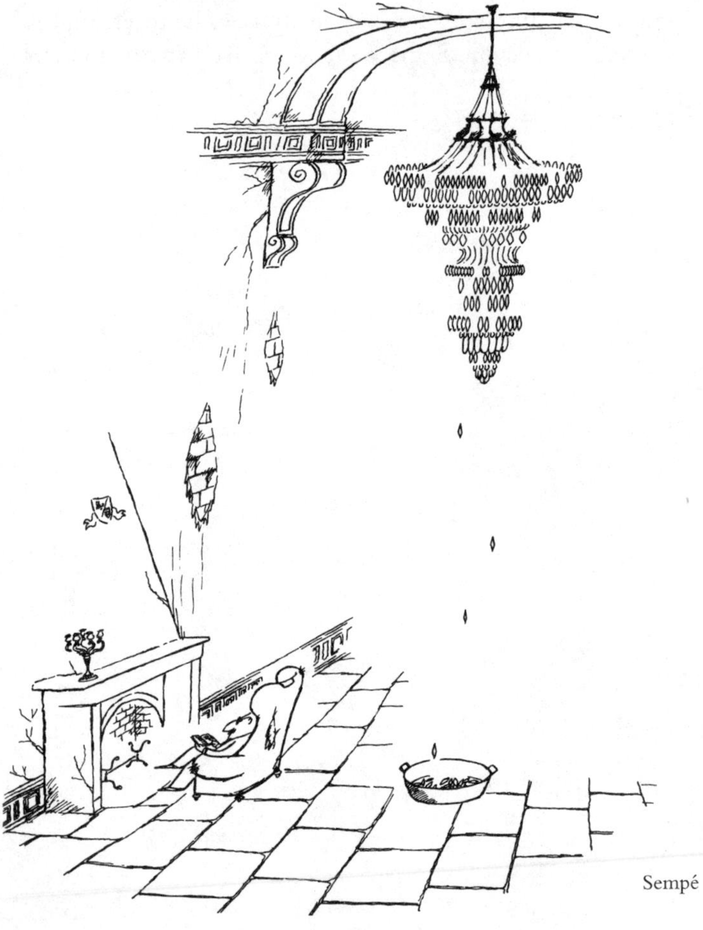

Ich werde ihn entlassen, dann klappt's.

Martin Suter

Die soziale Kompetenz

Wir trennen uns von Willimann.«

»Kommt nicht überraschend.«

»Für Willimann schon.«

»Glaubst du?«

»Der Bonus wiegt ihn in falscher Sicherheit.«

»Man hätte ihm keinen geben sollen.«

»Das hätte ausgesehen, als wolle man ihn loswerden.«

»Das will man ja auch.«

»Aber es hätte ihn demotiviert. Wir konnten uns so kurz vor Jahresabschluss keine demotivierten Leute leisten.«

»War er hoch?«

»Im üblichen Rahmen.«

»Hoppla. Das kann er allerdings schon falsch interpretieren.«

»Boni sind vergangenheitsbezogen. Mit der Zukunft haben die nichts zu tun.«

»Nicht ganz einfach zu kommunizieren.«

»Ist es nie. Nicht auf diesem Level.«

»Weiter unten ist es einfacher.«

»Weiter unten kannst du es an einen Humanresourceler delegieren. Der macht das einfach eleganter.«

»Ist ja auch sein Beruf.«

»Ich kenne Firmen, die arbeiten auch auf der Ebene Willimann ausschließlich mit dem HR. Ich finde, das ist auch dem Betroffenen gegenüber fairer. Er hat ein Anrecht auf den Fachmann. Wenn ich einen Bypass brauche, will ich ja auch nicht vom Spitaldirektor operiert werden.«

»Vielleicht sollte ich das auch Feller übertragen. Es würde die Sache etwas von der persönlichen Ebene abheben.«

»Persönlich nehmen wird er es so oder so.«

»Eben. Da kann ich es ja genauso gut delegieren.«

»Sag ich ja.«

»Solche Gespräche sind auch zeitlich eine Belastung. Ich muss dir ja nicht erzählen, wie es in meiner Agenda aussieht. Eigentlich müsste ich jede Minute zukunftsbezogen investieren.«

»Du kannst Feller ja wenigstens dabeihaben. Der strukturiert dir das Gespräch. Das spart viel Zeit.«

»Aber die persönliche Komponente kriege ich damit nicht raus. Mir kann das ja egal sein, aber wenn ich Willimann wäre, wäre mir der rein sachliche Approach lieber.«

»Und wenn er dann unbedingt dein persönliches Feedback braucht, kann er dich ja um einen Termin bitten.«

»Wie gesagt, meine Agenda ...«

»Das kann ja dann später sein. Wenn er es weiß, stehst du nicht mehr unter Zeitdruck.«

»Aber er wird natürlich ab sofort freigestellt.«

»Wenn Willimann ernsthaft an deinem persönlichen Feedback interessiert ist, wird er sich eben auf ein halbes Stündchen in die Firma bequemen müssen.«

»Hätte den Zusatzvorteil, dass nach ein paar Wochen auch die emotionale Distanz größer wäre.«

»Manchmal muss man die Leute vor sich selbst schützen. Willimann ist ja emotional nicht ganz unlabil.«

»Morgen sage ich Feller, er solle das abwickeln. Gleich im nächsten Monat.«

»Warum nicht mehr in diesem?«

»Willimann hat sich auch fürs Leadershipseminar Schönengrund am Wochenende angemeldet. Es würde unsere Begegnung unnötig belasten.«

»Das hatte ich ganz vergessen. Schon verrückt, was es alles abzuwägen gilt.«

»Und trotzdem wird es wieder heißen, der Alte hat es sich leichtgemacht.«

»Davon hat ja niemand eine Vorstellung, wie schwer unsereins mit diesen Entscheidungen ringt.«

Sempé

Chaval

Urs Widmer

Das Geld

Im Anfang war nicht das Geld. Im Gegenteil, es gab an manchen verborgenen Orten bis in unsere Jahre hinein Gesellschaften, deren Mitglieder sich alles, was sie benötigten, durch Tauschhandel beschafften. Ganz konkret, Topf gegen Huhn, Jacke für Hose, wie seit den Urzeiten. Ihre Welt war so konkret, dass sogar ihre Sprache keine Abstrakta enthielt, keine Begriffe, und jede Abstraktion – die Arbeit, die Angst, das Glück – durch eine Erzählung erläutert werden musste, so routiniert dann bald, dass diese Mini-Erzählung so etwas wie ein Begriff wurde, wiedererkennbar auf Anhieb.

Man schreibt den frühen Bewohnern Mesopotamiens, den Sumerern, zu, im 4. Jahrtausend die Schrift und das Rechnen erfunden zu haben. Sie machten das Tauschgeschäft, das bis dahin ein immer neues Feilschen gewesen war, zu einer mathematischen Aufgabe. Sie schufen Normen, nach denen der Wert einer Kuh oder einer Sandale benannt werden konnte. Und sie bezogen als Erste diese Norm auf ein Metall, auf Kupfer und, vor allem und immer mehr, auf Gold und Silber. Deren sakrale Aura – bei den Sumerern verwalteten die Priester die heiligen Metalle – ist uns bis heute erhalten geblieben, denn bis heute haben der Wert des Goldes und des Silbers nichts mit einem sozusagen natürlichen Wert zu tun, der aus ihrer realen Verwendbarkeit definiert wäre. Münzen allerdings, eigentliches Geld, hatten die Sumerer noch nicht.

Viele Kulturen an vielen Orten erfanden viele, zuweilen bizarre Tauschsymbole, Geld eben: Muscheln oder besondere Steine oder sogar Vogelfedern. Es waren dann die Lyder, die die eigentlichen Münzen erfanden, und bald dann auch, so ums Jahr 700 herum, die Griechen. (Homer, hundert Jahre älter, rechnete noch mit Ochsen. Ein Mann galt bei ihm hundert Rinder, eine Frau an einer Stelle zwanzig, an einer andern sogar nur vier. Es war schon wie heute.)

Und natürlich berührten und überlappten sich bald die verschiedenen Münzsysteme, je deutlicher sich die alte Welt globalisierte. Geldwechsler in einem Hafen der Antike zu sein, das war ein Traumjob. Währungen wie Sand am Meer, saftige Courtagen. Und damals begann bereits zu gelten, was die pragmatischen Engländer dann mit einer berühmten Definition des Geldes beschrieben, die just durch ihre tautologische Formulierung besticht: »Money is accepted because it is accepted.«

Alles in allem ist die Geschichte des Geldes eine Illustration der zunehmenden Abstraktionsfähigkeit von uns Menschen. Irgendwann mussten wir die Kuh nicht mehr mit eigenen Augen sehen, wir glaubten, dass wir für die Münze, die wir statt ihrer erhielten, dann schon eine kriegen würden. Noch später reichte, statt der Goldmünze, ein Stück Papier, das uns versicherte, dass das Gold, das es repräsentierte, vorhanden und sicher aufbewahrt sei. Dann existierte auch das Gold nicht mehr, jedenfalls nicht mehr so viel, wie Papierzettel im Umlauf waren. Heute genügen uns grüne Ziffern auf Bildschirmen und hie und da ein Bankauszug. Der letzte Schritt ist noch nicht getan: Dass wir auch auf diese Hilfen verzichten können und in einem Zustand perfekter Abstraktion jeder jederzeit über eines jeden Besitz unterrichtet ist. Wie einst am ersten Tag der Menschheit, als so wenige Menschen lebten, dass ein jeder alles vom andern wusste. Das Abstrakte hätte mit dem Konkreten gleichgezogen.

Ich hätte gern, zu Beginn meiner Überlegungen, mit einigen knallharten Fakten aufgewartet. Mit handfesten, unwiderruflich recherchierten Zahlen. Ich hätte zum Beispiel gern herausgefunden, wie viel Geld es auf der Welt eigentlich gibt. Alles Geld, alles – die Summe muss, da sie gewiss endlich ist, bezifferbar sein. Aber niemand weiß das, niemand auch nur annähernd. Keine Statistik, kein Ökonom, kein Mensch. Niemand auf dieser Welt hat – vollständig und genau – ein konkretes Wissen, was wie wo abläuft, gar warum. Das Geld bestimmt unsere Existenz wie nichts sonst auf Erden, aber keiner kann sagen, wie der Geldaustausch vor sich geht und was er bewirkt. Es ist wie ein Flug im Nebel, und die Instrumente sind ausgefallen. Die Piloten halten die Maschine in der Luft, mindestens solange der Sprit reicht, aber wie sie sie auf die Erde zurückbringen wollen, wissen sie nicht.

Deshalb, und wohl auch noch aus anderen Gründen, macht einen das Nachdenken über das Geld seltsam hilflos. Man geht den Spuren des Geldes nach, die bis ins hinterletzte Bergtal führen und noch den fernsten Sandstrand verwüsten, man schnüffelt seinem Geruch nach, der die Atemluft bis in alle Winkel füllt, und man wird immer ratloser. Dümmer. Über das Geld nachdenkend, wird man leer, gelähmt oder jäh aggressiv, weil das alles so entsetzlich undurchschaubar ist. Das Geld macht jeden klein, es macht sogar die Größten der Großen klein, weil da immer ein noch größeres Geld bleibt, über das der größte Große nicht verfügt und dessen Wirkung er nicht versteht. Das Geld, das doch wie das Objektive selber aussieht, bewirkt in uns nur allzu oft irrationales Verhalten. Jene Ökonomen, deren Verhalten und Sprache uns signalisieren, dass sie alles im Griff haben, glauben vielleicht selber, dass sie den Markt steuern, weil sie seine Logik verstehen und das Kommende prognostizieren können. Das ist aber nicht so. Es genügt, die Prognosen des vergangenen Jahrs mit den Wirklichkeiten von heute zu vergleichen. Der einzelne Ökonom mag sich und vielleicht sogar uns vernünftig vorkommen. Der Markt denkt nicht daran, sich vernünftig zu verhalten. Er reguliert sich nicht selber, schon gar nicht nach den Gesetzen irgendeiner ökonomischen Vernunft, und das aus einem ganz simplen Grund. Der simple Grund sind wir. Wir ökonomisch Handelnden, mit unserer Gier, unserer Machtlust, unserer Hoffnung, einen größeren Happen von der Beute als die andern zu kriegen. Immer, auch wenn längst alle Alarmglocken schrillen, findet sich noch einer, der sich, aufheulend vor Gier, doch noch ins Getümmel wirft. Und dadurch auch den letzten Rest von Rationalität im Markt über den Haufen rennt. Der Markt verhält sich irrational, weil die Menschen, die in ihm handeln, sich irrational verhalten. Sie können gar nicht anders handeln. Es gibt keine Objektivität im Umgang mit Geld.

Nämlich, es gibt im Umgang mit Geld längst keine sinnliche Vorstellung mehr für das, was unser Handeln mit Geld bewirkt. In dem Maße, in dem der Tauschprozess abstrakter wurde, haben wir den Bezug zu den Dingen verloren, die das Geld eigentlich repräsentieren sollte. Das System hat sich verselbständigt und ist für unsere sinnliche Vernunft undurchschaubar geworden. Logisch eigentlich, dass wir, wenn wir mit Geld umgehen, in Verhaltensweisen jenseits der Vernunft zurückfallen. In alte magische Muster. Wir verhalten uns wie Gläubige, einige natürlich auch wie Ungläubige, wie die trunkenen oder aber skeptischen Teilnehmer eines Kults. Wir sind alle, freiwillig-unfreiwillig, Mitglieder einer weltumspannenden Religion, und wir sind gezwungen, zu glauben oder wenigstens hinzunehmen, was uns die Priester verkünden, weil uns die rationale Erkenntnis verwehrt bleibt. Gewiss haben unsere Priester und Päpste in Fragen der Ökonomie einen größern Durchblick als wir Glaubensfußvolk, aber auch Herr Greenspan oder meinetwegen Herr Ospel haben ein Wissen von ihrem Gott, dem Geld, das auf der Auslegung ihrer Bücher – der Bilanzen – und auf dem Deuten von Zeichen gründet. Der wirkliche Papst, jener in Rom, weiß ja von seinem Gott auch nichts sonderlich Genaues und kennt das, was Gott bewirkt, auch nur vom Hörensagen. Er ist, wie die Großen der Finanzwelt, ein Vorbild des Glaubens, nicht des Wissens. Das Abstrakte gleicht dem Göttlichen in seiner Unverstehbarkeit durch unsere Sinne. Unser Geldsystem hat heute eine Abstraktionshöhe erreicht, in dem die Deuter und Propheten wieder die größte Macht haben. Wie, bizarrerweise, bei den Sumerern schon einmal, gleich bei den ersten zögernden Abstraktionsschritten, die man außerhalb der Tempel nicht zu tun wagte. Die Analysten von heute tragen immer noch Kultgewänder, keine Tücher und Turbane mehr, aber doch jene grauen Maßanzüge, ohne die das Zelebrieren des Kults des Gelds noch nicht möglich scheint. Den Vogelflug deuten sie nicht mehr, aber die Kurven, die der Dow Jones und der Dax und der Swiss-Market-Index und der Nasdaq fliegen, gleichen der Flugbahn von Bussarden und Geiern.

Es ist das Einfachste von der Welt, die Katastrophe zu prophezeien. Kassandra ist eine Rolle geworden, die jede und jeder spielen kann. Es liegt auf der Hand, dass das alles nicht gutgehen kann, die Erhitzung der Weltwirtschaft, die ungleiche Verteilung des Besitzes, der kriminelle Umgang mit unserer Natur, die zukunftsblinde Ausbeutung der Rohstoffe, das

Sempé

schier ungebremste Wachstum der Weltbevölkerung. Wer unsern Untergang voraussagt, hat beinah sicher recht.

Wann, wie und warum, da mag man noch ein bisschen drum rechten. Aber hier natürlich fangen die Fragen an, und es gibt beinah so viele Antworten wie Fragende. Es ist schwieriger, die diffuse Gegenwart auszuhalten und halbwegs rational zu betrachten, als auf die apokalyptischen Reiter zu deuten, die den Horizont entlanggaloppieren. Das nämlich tun wir sogar mit einer gewissen Lust. Die Apokalypse ist nicht nur schrecklich, sie ist auch großartig, allein schon, weil das eigene individuelle Sterben im allgemeinen Sterben ertragbarer wird. Es trifft alle, nicht nur mich.

Ist es ein Zufall, dass mir beim Nachdenken über das Geld das Weltende einfällt? Das Geld, selber so neutral, dass es Gutes wie Böses bewirken kann, scheint doch mehr Unheil zu stiften, als dass es Glück schafft. Es macht – Ausnahmen bestätigen die Regel – egoistisch, es vereinzelt die Menschen und hindert sie daran, sich als Mitglieder einer Gemeinschaft zu verstehen, in der keiner ohne den andern leben und überleben kann. Wir denken längst, wir können das allein, unser Leben leben, besser sogar als mit den andern; wir müssen dafür allenfalls noch irgendeinen Jackpot leerräumen. Geld ist, was es wirkt. Es schafft die Unterschiede. Die Unterschiede schaffen den Neid, der Neid schafft die Wut, die Wut schafft die Gewalt, die Gewalt heißt dann oft Mord, Massenmord, Krieg. Geld schafft den Tod.

In jedem und jeder von uns lebt deshalb der Traum, vom Geld unabhängig zu sein. Nicht viel zu haben, nein, gar nicht darauf angewiesen zu sein. Ein Leben ohne Geld zu leben. Mit andern Kriterien: Mit sich selber identisch eine Arbeit zu tun, die genau deshalb gar nicht mehr als Arbeit empfunden würde, mit Beziehungen zu Menschen, die nicht von Interessen geprägt wären. Manche, sogenannte Aussteiger, steigen auf einer einsamen Insel aus und winken dem davonfahrenden Boot nach und leben von Kokosnüssen und Krabbengetier. Es klappt, in der Regel, gerade bis zur ersten Magenkolik. Ein gebrochener Zeh reicht, und man gräbt nach seiner Versicherungspolice. Wenn ich mich in den letzten hundert Jahren umsehe, erkenne ich eigentlich nur einen, der die terroristische Macht des Geldes aufgehoben hat, indem er sich eine eigene Währung schuf: Pablo Picasso. Er lernte, sein eigenes Geld zu zeichnen. Wenn er in einem Restaurant aß, überließ er dem Wirt das Papiertischtuch, auf das er eine Taube oder einen liegenden Akt gezeichnet hatte, und der Wirt war überglücklich. Picasso war vom Geld so unabhängig, dass er in Schlotterhose und Matrosenleibchen lebte, von Käse und Brot, völlig anspruchslos, falls zur Anspruchslosigkeit ein Haus mit achtzehn Zimmern, ein Auto mit einem Chauffeur und ein parkgroßer Garten gehören.

Aber sogar Picasso umlauerte die Angst, ihn wohl noch mehr als uns. Eine Angst, einem Picasso angemessen. Archaisch, gewaltig. Unsere Ängste hingegen haben oft und nicht ohne Gründe mit den sozialen Bedingungen zu tun, in denen das Schicksal uns zu leben zwingt. Mit Geld eben. Die Geldgesellschaft ist, unausweichlich, eine Terrorgesellschaft. Die einen üben den Terror aus, zu ihrem Gewinn, die andern erleiden ihn. Wo Geld ist, ist auch Macht, und wo Macht ist, wird sie auch ausgeübt.

Urs Widmer

Reden wir über Geld

Ein Gespräch mit Alexander Mühlauer und Hannah Wilhelm

Reden wir über Geld.
Ja, das Geld. Habe ich welches, kümmert es mich nicht sonderlich. Habe ich aber keins, rotiere ich wild herum. Als Kind wusste ich nie, waren wir reich oder arm. Wir lebten mit Bauhaus-Möbeln, aber meine Mutter redete sich und uns ein, wir seien am Verlumpen. Der Crash von 1929 ist in unserer Familiengeschichte präsent geblieben.

Wie das?
Der Crash hat meinen Großvater getroffen. Er war gerade ein reicher Mann geworden – Villa am Rheinufer –, und schon war er wieder arm.

Was machte Ihr Großvater?
Er wuchs mausarm auf, in Norditalien, studierte Chemie und fing bei einer kleinen Klitsche an. Nach dem Ersten Weltkrieg war die Klitsche eine große Firma geworden, und mein Großvater einer ihrer Vizedirektoren. Er hatte eines der ersten Autos in Basel, einen Fiat, den er selber in Turin abholte.

Woran ist er gestorben?
Er hat sich umgebracht.

Wegen des Crashs?
Weiß ich nicht. Bald danach jedenfalls.

Und Ihre Mutter lebte stets mit der Angst vor dem plötzlichen Verarmen?
Ja, tat sie wohl. Völlig unbegründet: Mein Vater war Gymnasiallehrer und hatte einen redlichen Beamtenlohn. Ich habe die florierende Geld-Neurose meiner Eltern – Türenschlagen und Tränen – nicht geerbt. Das erstaunt mich selbst am allermeisten. Ich habe kein Chaos in meinen Geldgeschäften. Ich mache aber auch keine.

Noch nie?
Ich habe zweimal in meinem Leben Aktien besessen. Zuerst die Aktien meiner Mutter, die ich punktgenau an jenem Tag im Oktober 1987 verkaufte, da die Kurse so tief abstürzten wie erst heute wieder. Das zweite Mal war's ein

Erbe meines Cousins. Die verkaufte ich beim Höchststand 2006. Beide Male Zufälle. Aber ein Fall von ausgleichender Gerechtigkeit.

Gab es Zeiten, als Sie wenig Geld hatten?
O ja. In den ersten Jahren nach 1969. Da hatte ich nämlich meinen Brotberuf aufgegeben und beschlossen, vom Dichten zu leben. Meine Frau verdiente auch noch kein Geld. Komischerweise erinnere ich mich nicht, dass wir irgendeine Not hatten.

Nicht einmal Geldnot?
Wir flogen auf den Flügeln des Optimismus.

War es die beste Zeit?
Eigentlich ja. (Überlegt.) Ja. Ich war grad 30, voll im Schwung, hatte eine entzückende Frau, war weg aus meiner Heimatstadt, war Schriftsteller geworden - ja, das war wohl so was wie die blühendste Zeit.

Wie entdeckten Sie das Thema Geld für Ihre Theaterstücke?
Geld hat mit Macht zu tun, und Macht ist ein Kernthema des Theaters. Als wir 1996 *Top Dogs* machten, habe ich mich ins Thema verbissen.

Warum?
Wir wollten ein Stück über Ökonomie machen, denn so was gab's noch gar nicht. Damals war die Arbeitslosigkeit der höheren Etagen ein neues Phänomen. Rein theatralisch gesehen ist es viel spannender zu sehen, wie der König stürzt, als wenn der Stallknecht zum 1.1. gehängt wird.

Und wie haben Sie sich in die Bankenwelt eingearbeitet?
Ich habe mich kundig gemacht. Mit entlassenen Managern gesprochen, mit vielen.

Die haben offen mit Ihnen gesprochen?
Ja. Die haben mir die verrücktesten Geschichten erzählt. Da hatte sich einer, just vor seiner Entlassung, einen Porsche gekauft. Der stand nun in der Garage, mit 56 Kilometern auf dem Tacho. Der Mann setzte sich jeden Tag hinein, startete den Motor und trat aufs Gas. Brrrummmmm. Er ist nie aus der Garage hinausgefahren.

Warum gibt es kaum Theaterstücke über Wirtschaft?
Weil das Theater von Individuen handelt, von einzelnen Menschen mit ihrer Psychologie. In der Ökonomie aber sind die Protagonisten austauschbar. Einer ist wie der andere. CEOs machen alle die gleichen Scherze und haben die gleichen Hobbys. Auch die rituelle Verkleidung ist bei allen gleich, nur Kardinäle sind noch komischer angezogen. Machen Sie mal mit braunen Schuhen eine Bankkarriere (lacht).

Die Credit Suisse hat ihr eigenes Theaterstück ›Bankgeheimnisse‹ unterstützt. Sie leben vom Geld derer, die Sie kritisieren.

Paul Flora

Ich habe mein ganzes Leben nie um eine einzige Subvention angesucht. Aber das Theater hat damals von der Credit Suisse Geld bekommen. War dann auch ein schlechtes Stück.

Das auch noch.
Ja. Ganz mein Fehler.

Saßen Banker von Credit Suisse im Publikum?
Vielleicht. Bei *Top Dogs* jedenfalls haben mehrere Unternehmen ganze Vorstellungen gekauft und ihre Mitarbeiter reingeschickt. Vielleicht wollten sie denen ihre Zukunft zeigen (lacht). Es gab Manager, die sind tränenüberströmt aus dem Stück rausgelaufen.

Sie haben Manager zum Weinen gebracht.
Erkenntnis wäre noch schöner gewesen. Allerdings will ich nicht einer sein, der mit erhobenem Zeigefinger dasitzt und andere belehrt.

In Ihren Stücken gibt es keine Lösungsvorschläge. Sie machen es sich einfach.
Ein Stück bietet nie eine fixfertige Lösung an.

Warum?
Weil es Fragen stellt. Und weil es ein Spiel ist. Weil es die Ambivalenzen sichtbar macht, die in jedem Menschen leben.

Was machen Sie persönlich mit Ihrem Geld?

Ich habe es just eben von der UBS zur Zürcher Kantonalbank transferiert. Vom Teufel zum Beelzebub, kann sein (lacht). Im Übrigen fürchte ich mich weniger vor einem Crash der Bank als davor, dass uns die Inflation unser liebes Geld wegfrisst.

Also doch Ängste wie Ihre Mutter?
Nein. Wenn ich Ängste hatte und habe, sind die von einem andern Kaliber. Ängste mit Großbuchstaben, sozusagen. Sie haben mich zum Schriftsteller gemacht. Meine Literatur war zu einem bedeutsamen Teil Angstbewältigung. Und ich habe mir mit einer Psychoanalyse geholfen. Heute haben mich die Ängste mehr oder minder verlassen.

Sie als Moralist müssen es wissen: Gibt es Hoffnung, dass alles besser wird?
»Alles« ist wohl ein bisschen viel verlangt. Was die Ökonomie betrifft: Wenn wir es den Wahnsinnigen, die das derzeitige Desaster herbeigeführt haben, überlassen, ihr eigenes Wahnsystem zu stabilisieren, führt das in die nächste Katastrophe. Das Geld, das an der Börse gehandelt wird, muss wieder, wie einst, direkt auf real produzierte Waren bezogen sein. Alles andere, der Zocker- und Kasinoteil, muss ersatzlos gestrichen werden. Das können nur Leute von außen tun. Natürlich ist jetzt die Politik gefordert, und sie muss mehr tun, als einfach unser Steuergeld zu den Banken hinüberzuschieben. Mir gehört ja inzwischen die halbe UBS!

Und uns die Commerzbank.
Asylantenwohnungen sollten wir daraus machen (lacht).

Als die Investmentbank Lehman Brothers pleite ging, sprachen Banker von einem Blutbad und Massaker. Was bedeuten diese drastischen Worte?
Die Sprache der Ökonomie mag ein militärisches Vokabular. Sie ist auf Eindeutigkeit aus und verleugnet alle Widersprüchlichkeit. Sie errichtet eine Art Potemkinsches Sprach-Dorf aus lauter Euphemismen. Und sie will eine Sprache der Sieger sein. Wer sie spricht, gibt zu erkennen, dass auch er zu diesen Siegern gehören will.

Woher kommt diese Sprache?
So richtig in Schwung kam sie in der Zeit Reagans und Frau Thatchers. Es ist eine Sprache, die die Gefühle, die sich auch im Business nicht ganz ausschalten lassen, wenigstens in den Griff kriegen will. Wer den neoliberalen Jargon spricht, will den Schwächeren ausschalten.

Wie bei Darwin?
So was. Nur dass Menschen keine Schildkröten oder Salate sind. Manche Manager sprechen wie Faschisten. Das müssten sie spüren. Es müsste sie tief erschrecken.

Ist denn die Sprache der Banker immer brutaler geworden?
Wer triumphal von Sieg zu Sieg eilt, lässt seiner Sprache freieren Lauf. »Lead, follow or get out of

the way«: Das haben wir vor noch nicht allzu langer Zeit aus dem Mund eines der großen Banker gehört.

Jetzt ist das Modell der Investmentbank gescheitert – mit ihm auch die Sprache der Banker?
Die Sprache – diese Nebelwand, hinter der das reale Desaster verschwinden soll – wird jetzt noch mehr benötigt.

In Ihrem Theaterstück ›Top Dogs‹ kritisierten Sie bereits 1996 die verharmlosende Sprache der Manager…
Ich habe mich damals auch in die einschlägigen Bars rund um den Paradeplatz gesetzt und den Herren und Damen zugehört. Wenn sie den Feierabend genossen. Oder sich in Herzensangelegenheiten austauschten. Das Befremdliche war, dass sie auch dann keine andere Sprache hatten, auf die sie zurückgreifen konnten. Emotional war das alles doch sehr eng. Wenn du eine reiche Dame heiratest, die dich vergöttert, ist das eine Win-win-Situation.

Gibt es jetzt die Chance, dies zu ändern?
Schön wär's. Nochmals: Die bisherigen Teilnehmer am Spiel werden allein schon deshalb die Spielregeln nicht radikal ändern wollen und können, weil sie andere Regeln gar nicht kennen. Die Lotterie- oder Kasino-Börse muss verschwinden. Natürlich wird sie dadurch massiv kleiner.

Dann müssen Betriebe zusperren, weil sie keinen Kredit mehr bekommen.
Die Schraubenfabrik da vorn an der Ecke, die braucht einen Kredit, und die soll ihn kriegen. Normal investiertes Geld mit einer normalen Rendite. Heute! Die Börsensendungen im Fernsehen sind wie Berichte aus einem Tollhaus. Mit ernster Miene werden die neuesten Lottozahlen verlesen und analysiert – als hätten sie irgendetwas mit unserem normalen Leben zu tun, gar mit unseren Interessen.

Jetzt wird das Kasino zur Wirklichkeit. Die Konjunktur leidet, das Wachstum bricht ein, die Menschen verlieren ihre Arbeit.
Ja. Die virtuelle Welt ist nicht völlig abgekoppelt von der realen. Es leiden die, die mit der Wall-Street-Welt gar nichts zu tun haben. Wetten, dass genau jetzt irgendwo einer von den Haifischen irgendwelche Schrottpapiere kauft, mit denen er in einem Jahr ein Riesengeld zu machen hofft?

Guter Rat ist teuer

Krisenfeste Sprichwörter

Ach! reines Glück genießt doch nie, wer zahlen soll und weiß nicht wie.

Nach Golde drängt, am Golde hängt doch alles!

Es ist nicht alles Gold, was glänzt.

Gelegenheit macht Diebe.

Einmal ist keinmal.

Kommt Zeit, kommt Rat.

Zeit ist Geld.

Guter Rat ist teuer.

Der eine hat den Beutel, der andere hat das Geld.

Geld regiert die Welt.

Prahler sind schlechte Zahler.

Wer den Pfennig nicht ehrt, ist des Talers nicht wert.

Wer zahlt, befiehlt.

Befehlen ist schwerer als gehorchen.

Erst die Arbeit und dann das Vergnügen.

Man soll die Katze nicht im Sack kaufen.

Lieber den Spatz in der Hand als die Taube auf dem Dach.

Spare in der Zeit, so hast du in der Not.

Borgen macht Sorgen.

Eher kommt ein Kamel durch ein Nadelöhr als ein Reicher in den Himmel.

Der Mensch lebt nicht vom Brot allein.

Bosc

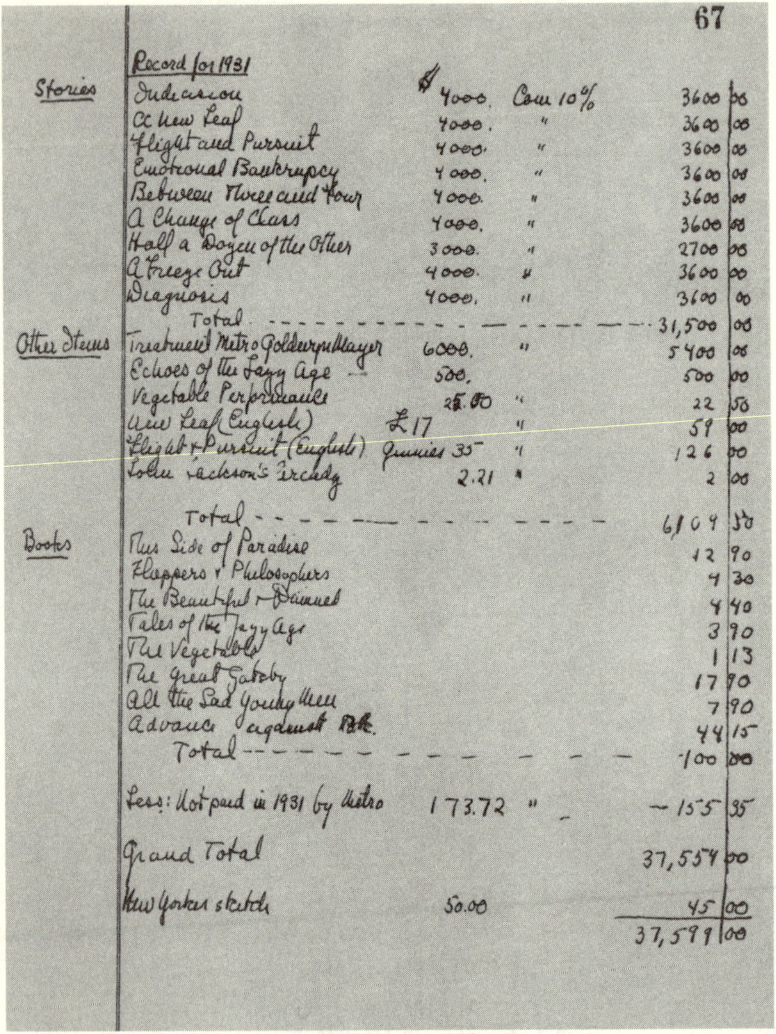

67

	Record for 1931				
Stories	Indecision	$ 4000.	Com 10%	3600	00
	A New Leaf	4000.	"	3600	00
	Flight and Pursuit	4000.	"	3600	00
	Emotional Bankrupcy	4000.	"	3600	00
	Between Three and Four	4000.	"	3600	00
	A Change of Class	4000.	"	3600	00
	Half a Dozen of the Other	3000.	"	2700	00
	A Freeze Out	4000.	"	3600	00
	Diagnosis	4000.	"	3600	00
	Total			31,500	00
Other Items	Treatment Metro Goldwyn Mayer	6000.	"	5400	00
	Echoes of the Jazz Age	500.		500	00
	Vegetable Performance	25.00	"	22	50
	New Leaf (English)	£17	"	59	00
	Flight & Pursuit (English)	Guinies 35	"	126	00
	John Jackson's Arcady	2.21	"	2	00
	Total			6,104	50
Books	This Side of Paradise			12	90
	Flappers & Philosophers			4	30
	The Beautiful & Damned			4	40
	Tales of the Jazz Age			3	90
	The Vegetable			1	13
	The Great Gatsby			17	90
	All the Sad Young Men			7	90
	Advance against Book			44	15
	Total			100	00
	Less: Not paid in 1931 by Metro	173.72	"	−155	35
	Grand Total			37,554	00
	New Yorker sketch	50.00		45	00
				37,599	00

Fitzgeralds Budgetbuch, Einnahmen im Jahr 1931

F. Scott Fitzgerald

Wie man Unsummen verprassen kann

Sie sollten langsam zu sparen anfangen«, versicherte mir erst neulich jemand vom Typus ›junger Mann mit Zukunftsaussichten‹. »Sie denken, es wäre schick, dass Sie Ihr ganzes Geld ausgeben. Aber irgendwann landen Sie im Armenhaus.«

Er ging mir auf die Nerven, aber ich wusste, dass ich keine Chance hatte, seinen Ratschlägen zu entgehen, und deshalb fragte ich ihn, was ich seiner Meinung nach tun sollte.

»Das ist ganz einfach«, antwortete er irritiert. »Sie müssen nur einen Treuhandfonds einrichten, auf den Sie keinen Zugriff haben.«

Das war mir nicht neu. Es war Trick Nummer 999. Mit Trick Nummer 1 hatte ich es vor vier Jahren am Anfang meiner literarischen Laufbahn probiert. Einen Monat bevor ich heiratete, hatte ich den Rat eines Börsenmaklers eingeholt, wie ich etwas Geld anlegen könnte.

»Es sind nur tausend Dollar«, hatte ich eingeräumt, »aber ich habe das Gefühl, dass ich endlich zu sparen anfangen sollte.«

Er dachte nach.

»Liberty Bonds sind nicht das, was Sie suchen«, sagte er. »Die kann man zu leicht einlösen. Sie suchen eine gute, zuverlässige und solide Geldanlage, die sich nicht im Handumdrehen in Bargeld umwandeln lässt.«

Zu guter Letzt wählte er Wertpapiere für mich aus, die sieben Prozent Zinsen einbrachten und nicht an der Börse gehandelt wurden. Ich zahlte meine tausend Dollar ein, und am selben Tag begann meine Karriere als Kapitalist.

Sie endete auch am selben Tag.

Meine Frau und ich heirateten im Frühjahr 1920 in New York, zu einem Zeitpunkt, als die Preise dort höher waren denn seit Menschengedenken. Im Licht späterer Ereignisse erscheint es mir nur folgerichtig, dass unsere eheliche Laufbahn zu genau diesem Zeitpunkt begann. Ich hatte kurz zuvor einen großen Scheck von einer Filmfirma erhalten und betrachtete die Millionäre in ihren Limousinen auf der Fifth Avenue mit einer gewissen Herablassung, weil mein Einkommen sich von nun an jeden Monat verdoppeln würde. Das war tatsächlich der Fall, und zwar seit Monaten: Im vergangenen August hatte ich nur fünfunddreißig Dollar verdient, während ich nun im April dreitausend Dollar verdiente – und es sah aus, als würde das für alle Zeiten so weitergehen. Bis zum Jahresende wäre ich bei einer halben Million angekommen. Unter solchen Umständen hielten wir Sparsamkeit für reine Zeitverschwendung. Wir wohnten im teuersten Hotel von New York und wollten dort abwarten, bis sich genug Geld für eine Auslandsreise angesammelt hätte.

Kurz und gut, nach drei Monaten Eheleben stellte ich eines Tages entsetzt fest, dass ich keinen Dollar in der Tasche hatte und dass die wöchentliche Hotelrechnung über zweihundert Dollar am nächsten Tag fällig war.

Ich entsinne mich der gemischten Gefühle, mit denen ich nach dieser Nachricht die Bank verließ.

»Was ist los?«, fragte meine Frau besorgt, als ich zu ihr auf den Gehsteig trat. »Du siehst niedergeschlagen aus.«

»Ich bin nicht niedergeschlagen«, antwortete ich munter, »ich bin nur verblüfft. Wir haben kein Geld mehr.«

»Wir haben kein Geld mehr«, wiederholte sie gelassen, und dann gingen wir die Avenue wie in Trance entlang. »Komm, lass uns ins Kino gehen«, schlug sie fröhlich vor.

Alles war so friedlich verlaufen, dass ich kein bisschen betrübt war. Der Kassierer hatte nicht einmal die Stirn gerunzelt. Ich war in die Bank gegangen, hatte ihn gefragt: »Wie viel Geld habe ich?«, und er hatte in einem großen Buch nachgesehen und geantwortet: »Keines.«

Das war alles. Keine Schimpftiraden, keine Schläge. Und ich wusste, dass wir uns keine Sorgen machen mussten. Ich war mittlerweile ein erfolgreicher Schriftsteller, und wenn erfolgreichen Schriftstellern das Geld ausgeht, müssen sie lediglich Schecks ausstellen. Ich war nicht arm – das konnte mir niemand weismachen. Armut bedeutet, traurig zu sein, in einem abgelegenen Zimmerchen zu hausen und in einer Rôtisserie an der Ecke zu essen, während ich – du lieber Himmel, völlig undenkbar, dass ich arm sein sollte! Ich wohnte schließlich im besten Hotel von New York!

Mein erster Schritt war der Versuch, meinen einzigen Besitz zu verkaufen, meine Tausend-Dollar-Aktie. Es war der erste von vielen fruchtlosen Versuchen. In jeder finanziellen Krise holte ich sie hervor und trug sie hoffnungsfroh zur Bank in der Annahme, dass sie im Lauf der Zeit einen greifbaren Wert erlangt haben musste, wenn sie ihre Zinsen so zuverlässig erwirtschaftete. Doch da es mir nie gelungen ist, sie zu verkaufen, hat sie nach und nach den weihevollen Status eines Familienerbstücks erhalten. Meine Frau bezeichnet sie immer als »deine Aktie«, und einmal wurde sie im Fundbüro abgegeben, als ich sie in der Subway auf dem Sitz liegen gelassen hatte!

Die oben erwähnte Krise war am Morgen darauf vorbei, als mir einfiel, dass Verleger bisweilen Vorschüsse auf Honorare zahlen, und ich mich stehenden Fußes zu meinem Verleger begab. Ich lernte also aus der Krise nichts weiter, als dass Geld sich immer irgendwie auftreiben lässt, wenn man es braucht, und dass man sich schlimmstenfalls welches leihen kann – eine Erkenntnis, bei der Benjamin Franklin sich im Grab umdrehen würde.

In den ersten drei Jahren unserer Ehe betrug unser Einkommen durchschnittlich etwas über zwanzigtausend Dollar im Jahr. Wir leisteten uns den Luxus eines Babys und einer Europareise, doch das Geld schien immer leichter und müheloser in unsere Taschen zu fließen, bis wir den Eindruck hatten, dass wir uns mit nur noch ein wenig mehr finanziellem Spielraum bald ans Sparen machen könnten.

Wir zogen aus dem Mittleren Westen in eine Stadt ungefähr fünfzehn Meilen von New York entfernt und mieteten dort ein Haus für 300 Dollar im Monat. Wir stellten ein Kindermädchen für 90 Dollar im Monat an, ein Ehepaar, das als Butler, Fahrer, Hausknecht, Köchin, Hausmädchen und Kammerzofe fungierte, für 160 Dollar im Monat, und eine Wäscherin, die zweimal wöchentlich kam, für 36 Dollar im Monat. In diesem Jahr 1923, so versicherten wir einander, würden wir mit dem Sparen Ernst machen. Wir würden 24000 Dollar verdienen, von 18000 Dollar leben und 6000 Dollar beiseitelegen, um einen ruhigen und gesicherten Lebensabend zu finanzieren. Endlich würden wir vernünftig sein.

Nun ist es kein Geheimnis, dass jeder, der endlich vernünftig sein will, als Erstes ein Haushaltsbuch ersteht und den eigenen Namen in Großbuchstaben auf der Vorderseite vermerkt. Folglich erstand meine Frau das Buch, und jede

Zelda und F. Scott Fitzgerald, 1921 in New York

Rechnung, die wir erhielten, wurde akkurat darin vermerkt, damit wir unsere Lebenshaltungskosten überwachen und bis auf ein Minimum senken konnten – wenigstens bis zum Betrag von 1500 Dollar im Monat.

Aber wir hatten die Rechnung ohne unsere Stadt gemacht. Sie ist eine der Städte, die rings um New York allenthalben aus dem Boden sprießen, eigens für Leute, die unversehens zu Geld gekommen sind und vorher nie welches hatten.

Meine Frau und ich gehören selbstverständlich zu dieser Klasse der Neureichen. Anders gesagt, hatten wir vor fünf Jahren kein bisschen Geld, und was wir heute verschleudern, wäre uns damals als märchenhafter Reichtum erschienen. Bisweilen plagt mich der Argwohn, dass wir die einzigen Neureichen in ganz Amerika sind, dass wir tatsächlich das Ehepaar sind, auf das die vielen Zeitungsartikel über Neureiche gemünzt sind.

Wenn man von Neureichen spricht, denkt man an einen korpulenten Mann mittleren Alters, der dazu neigt, bei förmlichen Gastlichkeiten den Kragen abzuknöpfen, und dem seine ehrgeizige Ehefrau und deren adeligen Freunde das Leben zur Hölle machen. Als Mitglied dieser Gesellschaftsschicht kann ich Ihnen versichern, dass dieses Bild eine böswillige Entstellung ist. Ich zum Beispiel bin ein sanftmütiger, leicht überarbeiteter junger Mann von 27 Jahren, und eine eventuelle Korpulenz geht bisher nur meinen Schneider und mich etwas an. Einmal haben wir mit einem echten Adeligen gespeist, doch wir waren beide viel zu eingeschüchtert, um unsere Kragen abzuknöpfen oder auch nur Cornedbeef und Kohl zu verlangen. Davon abgesehen wohnen wir in einer Stadt, die sich ganz besonders dazu eignet, das Geld in Umlauf zu halten.

Als wir vor einem Jahr herzogen, gab es alles in allem sieben Lebensmittelhändler – drei Gemischtwarenläden, drei Metzger und einen Fischhändler. Als sich jedoch in der Lebensmittelbranche herumsprach, dass die Stadt sich so schnell mit Neureichen füllte, wie Häuser für sie errichtet werden konnten, setzte ein gewaltiger Zustrom von Metzgern, Krämern, Fischhändlern und Feinkosthändlern ein. Täglich trafen sie in ganzen Wagenladungen ein, mit Ladenschildern und Waagen in Händen und mit der Absicht, einen Claim abzustecken und mit Sägemehl zu bestreuen. Es war wie der Goldrush von 1849 oder eine der Boomzeiten der siebziger Jahre. Ältere und größere Städte sahen sich ihrer Läden beraubt. Innerhalb eines Jahres hatten achtzehn Lebensmittelhändler an unserer Hauptstraße ihre Zelte aufgeschlagen und lauerten mit verführerischem Sirenenlächeln vor ihren Läden.

Da die früheren sieben Händler uns lange genug übers Ohr gehauen hatten, liefen wir wie ein Mann zu den Neuen über, die mit großen Zahlen in ihren Schaufenstern die Absicht verkündeten, für Lebensmittel fast nichts zu verlangen. Doch sobald sie uns erst eingefangen hatten, stiegen die Preise geradezu schwindelerregend, bis wir allesamt wie verängstigte Mäuse von einem Neuankömmling zum anderen huschten, auf der aussichtslosen Suche nach Gerechtigkeit.

Natürlich war nichts anderes geschehen, als dass es auf einmal zu viele Händler für die Bewohnerschaft gab. Achtzehn Lebensmittelhändler konnten unmöglich von uns leben und moderate Preise verlangen. Deshalb wartete jeder von ihnen darauf, das die anderen klein beigaben und wegzogen; unterdessen konnten die übrigen ihre Bankkredite nur tilgen, wenn sie ihre Waren für den doppelten bis dreifachen Preis dessen verkauften, was in der nächsten, fünfzehn Meilen entfernten Stadt verlangt wurde. So kam es, dass unsere Stadt zum kostspieligsten Pflaster der Welt wurde.

In Zeitschriftenartikeln schließen sich die Leute immer zu Kooperativen zusammen, die ihre eigenen Läden aufmachen, aber so ein Schritt war für uns alle ausgeschlossen. Er hätte unser Ansehen bei unseren Nachbarn ruiniert und ihnen Grund zu der Vermutung gegeben, dass Geld uns etwas bedeutete. Als ich eines Tages einer wohlhabenden Dame unserer Stadt – deren Ehemann nebenbei durch den Verkauf illegaler Flüssigkeiten sein Vermögen gemacht haben soll – erklärte, ich beabsichtige, einen Genossenschaftsladen zu eröffnen, den ich »F. Scott Fitzgerald – Frischfleisch« nennen wolle, war sie außer sich vor Entsetzen, und ich gab das Vorhaben auf.

Doch unabhängig von der Lebensmittelsituation begannen wir das Jahr mit hochfliegenden Hoffnungen. Mein erstes Theaterstück sollte im Herbst herausgebracht werden, und selbst wenn das Leben im Osten unsere Ausgaben auf etwas mehr als 1500 Dollar im Monat hochschraubte, würde das Theaterstück diese Mehrausgaben locker wettmachen. Wir wussten, welche Riesensummen mit Theatertantiemen verdient wurden, und nur um sicherzugehen, erkundigten wir uns bei verschiedenen Dramatikern, wie viel Geld maximal zu erwarten war, wenn ein Stück ein Jahr lang gespielt wurde. Milchmädchenrechnungen waren noch nie meine Sache. Ich veranschlagte eine Summe in der Mitte zwischen Maximum und Minimum als den Betrag, mit dem wir fest rechnen konnten. Ich glaube, meine Berechnungen ergaben an die 100 000 Dollar.

Es war ein schönes Jahr; wir konnten uns immer wieder auf das herrliche bevorstehende Ereignis meiner Theaterpremiere freuen. Sobald das Stück ein Erfolg war, könnten wir ein Haus kaufen, und dann wäre das Sparen ein Kinderspiel, das wir blind und mit auf den Rücken gebundenen Händen absolvieren würden.

Wie als Vorgeschmack hatten wir im März einen unverhofften kleinen Geldsegen aus Filmrechten, und fast zum ersten Mal in unserem Leben hatten wir genug Geld übrig, um ein paar Wertpapiere zu kaufen. Natürlich hatten wir ›meine‹ Aktie, und jedes halbe Jahr schnitt ich den kleinen Coupon ab und löste ihn ein, doch wir waren so daran gewöhnt, dass wir das nie für Geld hielten. Es war nur eine Warnung, Geld niemals so anzulegen, dass man in Zeiten der Bedürftigkeit nicht darauf zurückgreifen konnte.

Nein, die einzig sinnvolle Geldanlage waren Liberty Bonds, und wir kauften vier dieser Aktien. Es war sehr aufregend. Ich stieg in ein funkelndes und eindrucksvolles unterirdisches Gewölbe hinunter und hinterlegte unter Aufsicht eines Aufpassers meine 4000 Dollar in Liberty Bonds sowie ›meine‹ Aktie in einer kleinen Blechkiste, zu der nur ich den Schlüssel hatte.

Ich verließ die Bank mit einem entschieden kreditwürdigen Gefühl. Endlich hatte ich Kapital angehäuft – nicht im wörtlichen Sinn, aber es war vorhanden, und wäre ich am nächsten Tag tot umgefallen, hätte es für meine Frau künftig 212 Dollar im Jahr abgeworfen oder jedenfalls so lange, wie sie von diesem Betrag zu leben gewillt gewesen wäre.

»Das«, sagte ich mir nicht ohne eine gewisse Befriedigung, »ist es, was man darunter versteht, für Frau und Kinder zu sorgen. Jetzt muss ich nur noch die 100 000 Dollar Tantiemen anlegen, und dann haben wir für alle Zeiten ausgesorgt.«

Ich merkte, dass ich mir von da an zunehmend weniger Gedanken über die täglichen Ausgaben machte. Was konnte es schon ausmachen, wenn wir ab und zu ein paar hundert Dol-

Die Fitzgeralds in Paris, 1924

lar zu viel ausgaben? Was konnte es schon ausmachen, wenn unsere Lebensmittelrechnungen unerklärliche Schwankungen zwischen 85 und 165 Dollar im Monat aufwiesen, je nachdem wie viel Aufmerksamkeit wir auf die Küchenregion verwendeten? Hatte ich etwa keine Aktien auf der Bank? Beim gegenwärtigen Stand der Dinge wäre es bloße Pfennigfuchserei gewesen, die monatlichen Ausgaben unter 1500 Dollar drücken zu wollen. Wir würden bald in einem Maßstab Geld sparen, dass solche albernen Sparversuche sich daneben geradezu schäbig ausnehmen mussten.

Die Coupons von ›meiner‹ Aktie werden immer zu einem Büro am Lower Broadway geschickt. Wohin die Coupons von Liberty Bonds kommen, konnte ich leider nie herausfinden, weil ich nie das Vergnügen hatte, welche abzutrennen. Zwei der Aktien musste ich zu meinem Bedauern entäußern, nachdem ich sie einen Monat zuvor deponiert hatte. Ich hatte nämlich einen neuen Roman zu schreiben begonnen und hatte mir gedacht, dass es letzten Endes viel klüger wäre, den Roman nicht zu unterbrechen und von den Liberty Bonds zu leben, solange ich an ihm schrieb. Leider ging es mit dem Roman nur zäh voran, während die Liberty Bonds mit rasender Geschwindigkeit dahinschmolzen. Bei jedem Geräusch im Haus, das lauter war als ein Flüstern, kam der Roman zum Erliegen, während die Liberty Bonds keinen Stillstand kannten.

Und auch der Sommer schwand dahin. Es war ein wundervoller Sommer, und viele weltmüde New Yorker gewöhnten sich daran, das Wochenende auf dem Land bei den Fitzgeralds zu verbringen. Gegen Ende eines linden und hinterlistigen Monats August wurde mir voller Schrecken bewusst, dass ich erst drei Kapitel meines Romans vollendet hatte – und dass in der kleinen Blechkiste im Banktresor nur

›meine‹ Aktie übrig war. Dort lag sie und warf das Geld für ihre Aufbewahrung und ein paar Dollar mehr ab. Aber egal; bald genug würde die Kiste vor Ersparnissen überquellen. Ich würde nebenan ein Pendant mieten müssen.

Die Proben für das Stück würden in zwei Monaten beginnen. Um die Zwischenzeit zu überbrücken, hatte ich zwei Möglichkeiten: mich hinsetzen und ein paar Kurzgeschichten schreiben oder an dem Roman weiterarbeiten und das Geld für den Lebensunterhalt borgen. Durch unsere optimistischen Zukunftsträume in ein Gefühl der Sicherheit versetzt, entschied ich mich für letzteres Vorgehen, und meine Verleger liehen mir genug Geld, dass ich bis zum Premierenabend meine Rechnungen bezahlen konnte.

Ich setzte mich also wieder an meinen Roman, und die Monate vergingen, und das Geld schmolz dahin; doch eines Morgens im Oktober saß ich im kalten Zuschauerraum eines New Yorker Theaters und hörte die Schauspieler den ersten Akt meines Stücks lesen. Es war großartig; meine Kalkulationen waren zu bescheiden gewesen. Ich konnte fast hören, wie das Publikum sich um Plätze balgte, wie die Geisterstimmen der Kinogewaltigen um die Filmrechte wetteiferten. Der Roman wurde zur Seite gelegt; ich verbrachte meine Tage im Theater und meine Nächte damit, die zwei, drei Schwachstellen des Stücks, das der größte Erfolg des Jahres sein würde, auszubessern.

Der Zeitpunkt rückte näher, und das Leben wurde immer atemloser. Die Novemberrechnungen kamen, wurden mit einem flüchtigen Blick bedacht und auf den Stapel Rechnungen im Bücherregal gelegt. Wichtigere Fragen lagen in der Luft. Ein verärgerter Verleger schrieb mir, dass ich das ganze Jahr über nur zwei Kurzgeschichten geschrieben hätte. Aber was machte das schon aus? Worum es ging, war, dass der

Darsteller der zweiten komischen Rolle die Worte seines Abgangs im ersten Akt falsch betonte.

Das Stück hatte im November in Atlantic City Premiere. Es wurde zutiefst eisig aufgenommen. Zuschauer standen auf und gingen, andere raschelten mit dem Programm und unterhielten sich gelangweilt und irritiert in lautem Flüsterton. Nach dem zweiten Akt hätte ich die Aufführung am liebsten abgebrochen und erklärt, es sei alles ein Missverständnis, doch die Darsteller mühten sich heroisch bis zum Ende durch.

Eine Woche fruchtlosen Herumdokterns und Umschreibens folgte, und dann gaben wir auf und gingen nach Hause. Zu meinem ungläubigen Erstaunen war das Jahr, das große Jahr, fast vorbei. Ich hatte 5000 Dollar Schulden und zog ernsthaft in Erwägung, in Kontakt zu einem anständigen Armenhaus zu treten, wo wir für so gut wie kein Geld ein Schlafzimmer und ein Badezimmer mieten konnten. Doch ein Triumphgefühl blieb, das uns niemand nehmen konnte. Wir hatten 36 000 Dollar ausgegeben und für ein Jahr das Recht erkauft, Mitglieder der Klasse der Neureichen zu sein. Was kann man für sein Geld mehr verlangen?

Der erste Schritt bestand natürlich darin, »meine« Aktie hervorzuholen, sie zur Bank zu bringen und zum Verkauf anzubieten. Ein sehr netter alter Mann an einem spiegelglatten Tisch zeigte sich unerbittlich, was ihren Wert als Sicherheit betraf, bot mir aber an, mich anzurufen, sobald ich mein Konto überzog, damit ich für Deckung sorgen konnte. Nein, er ging nie mit Kontoinhabern zum Lunch. Schriftsteller hielt er, wie er sagte, für ein zielloses Völkchen, und er versicherte mir, dass die ganze Bank vom Keller bis zum Dach hundertprozentig einbruchsicher sei.

Ich war so entmutigt, dass ich die Aktie nicht einmal in

die gähnend leere Kiste zurücklegte; ich steckte sie mit düsterer Miene ein und ging nach Hause. Es gab keinen anderen Ausweg – ich musste mir Arbeit suchen. Ich hatte meine Geldquellen erschöpft, und Arbeit war die einzige Abhilfe. Im Zug notierte ich alle Besitztümer, die wir notfalls beleihen konnten. Hier ist die Liste:

1 Ölofen, beschädigt
9 elektrische Lampen jeder Art
2 Bücherregale mit passenden Büchern
1 Zigarettenhumidor, angefertigt von einem Gefangenen
2 gerahmte Bleistiftporträts, die meine Frau und mich darstellen
1 Mittelklassewagen von 1921
1 Aktie, Kaufwert 1000 Dollar, gegenwärtiger Wert unbekannt

»Lass uns gleich mit dem Sparen anfangen«, waren die Worte, mit denen meine Frau mich zu Hause empfing. »Es gibt einen neuen Lebensmittelhändler, wo man bar zahlt und alles halb so teuer ist wie in den anderen Läden. Ich kann jeden Vormittag mit dem Wagen hinfahren und –«

»Barzahlung!« Ich musste lachen. »Barzahlung!«

Eine Sache war in unserer Lage völlig ausgeschlossen: bar zu bezahlen. Dafür war es zu spät. Wir hatten kein Bargeld, mit dem wir hätten zahlen können. Eher hätten wir Metzger und Krämer auf den Knien dafür danken können, dass sie uns auf Pump einkaufen ließen. Ein überwältigender wirtschaftlicher Sachverhalt wurde mir in diesem Augenblick klar – die Seltenheit von Bargeld und die Bandbreite der Wahlmöglichkeiten, die Bargeld einem einräumt.

»Nun ja«, sagte meine Frau nachdenklich, »das ist Pech. Aber drei Hausangestellte brauchen wir nicht. Wir besorgen uns einen Japaner, der die Hausarbeit macht, und ich übernehme die Arbeit des Kindermädchens, bis du uns aus dem Gröbsten rausmanövriert haben wirst.«

»Wir sollen sie entlassen?«, fragte ich ungläubig. »Aber das können wir nicht! Wir müssten jedem von ihnen zwei Wochenlöhne zusätzlich zahlen. Wenn wir sie loswerden wollten, würde uns das 125 Dollar kosten – in bar! Außerdem ist es nett, einen Butler zu haben; wenn alle Stricke reißen, können wir ihn nach New York schicken, wo er ein bisschen Geld für uns verdienen kann.«

»Und wie sollen wir dann sparsamer leben?«

»Gar nicht. Wir sind zu arm, um zu sparen. Sparsamkeit ist Luxus. Letzten Sommer hätten wir sparen können, aber jetzt liegt unsere einzige Rettung im Geldausgeben.«

»Wie wäre es mit einem kleineren Haus?«

»Unmöglich! Umzüge sind kostspieliger als alles andere; außerdem könnte ich mich bei so viel Unruhe nicht konzentrieren. Nein«, fuhr ich fort, »ich muss uns auf die einzige Weise, von der ich etwas verstehe, aus diesem Schlamassel befreien, nämlich indem ich mehr Geld verdiene. Und wenn wir etwas Geld auf der Bank haben, können wir überlegen, wie es weitergehen soll.«

Über unserer Garage gibt es ein großes leeres Zimmer, wohin ich mich mit Bleistift, Papier und dem Ölofen zurückzog, und um fünf Uhr am nächsten Nachmittag kehrte ich mit einer Geschichte von siebentausend Wörtern zurück. Das war nicht schlecht; die Geschichte würde die Miete und die überfälligen Rechnungen aus dem Vormonat begleichen. Es dauerte fünf Wochen à zwölf Stunden täglich, aus abgrundtiefer Armut wieder in die Mittelschicht aufzusteigen, doch nach dieser Frist hatten wir unsere Schulden getilgt, und die schlimmsten Sorgen waren gebannt.

Ich war jedoch mit dem Verlauf der ganzen Geschichte nicht sonderlich zufrieden. Ein junger Mann kann wie ein Wahnsinniger arbeiten, ohne sich die Gesundheit zu ruinieren, aber leider ist die Jugend kein Dauerzustand.

Ich wollte herausfinden, was mit den 36 000 Dollar passiert war. 36 000 Dollar sind kein sagenhafter Reichtum – keine Yacht, kein Palm Beach –, aber sie sind eine Summe, mit der man sich meiner Ansicht nach ein geräumiges Haus voller Möbel, einmal im Jahr eine Reise nach Europa und daneben ein, zwei Aktien leisten können müsste. Doch mit unseren 36 000 Dollar hatten wir uns nichts dergleichen geleistet.

Ich förderte also meine diversen Haushaltsbücher zutage, meine Frau förderte ihre gesammelten Haushaltsaufzeichnungen aus dem Jahr 1923 zutage, und wir errechneten unsere durchschnittlichen monatlichen Ausgaben. Hier das Ergebnis:

Monatliche Haushaltsausgaben
Einkommensteuer 198.– Dollar
Lebensmittel 202.–
Miete 300.–
Kohle, Holz, Eis, Gas, Licht, Telefon, Wasser 114,50
Hausangestellte 295.–
Golfclub 105,50
Kleidung für drei Personen 158.–
Arzt und Zahnarzt 42,50
Medikamente und Zigaretten 32,50
Automobil 25.–
Bücher 14,50
Anderweitige Haushaltsausgaben 112,50
Gesamtbetrag 1.600.–

»Na, wer sagt es denn?«, dachten wir, als wir so weit gelangt waren. »Manche Posten sind ziemlich teuer, vor allem Lebensmittel und Hausangestellte. Aber alles ist erfasst, und es macht nur unwesentlich mehr als die Hälfte unseres Einkommens aus.«

Dann rechneten wir die durchschnittlichen monatlichen Ausgaben für Vergnügungen oder Unterhaltung aus.

Hotelrechnungen – Übernachtungen oder Essen in New York 51.–
Reisen – nur zwei, aber durch zwölf geteilt 43.–
Theaterkarten 55.–
Barbier und Friseur 25.–
Wohltätigkeit, Kredite 15.–
Taxi 15.–
Glücksspiel – diese finstere Abteilung umfasst Bridge, Würfeln und Footballwetten 33.–
Restauranteinladungen 70.–
Ausgehen 70.–
Verschiedenes 23.–
Gesamtbetrag 400.–

Manche dieser Posten waren ziemlich teuer, aber Leuten aus dem Westen werden sie teurer vorkommen als Leuten aus New York. 55 Dollar für Theaterkarten entspricht zwischen drei und fünf Theaterbesuchen im Monat, abhängig von der Art der Darbietung und davon, wie lange sie schon läuft. Footballspiele zählen ebenso dazu wie Sitze am Ring für den Kampf zwischen Dempsey und Firpo. Was den Betrag für Restauranteinladungen betrifft, kann man mit 70 Dollar vielleicht drei Paare in ein volkstümliches Kabarett ausführen, aber große Sprünge lassen sich damit nicht machen.

Wir addierten die Vergnügungsposten zu den Haushaltsposten und hatten unseren monatlichen Gesamtbetrag.

»Sehr gut«, sagte ich. »Genau 3000 Dollar. Jetzt wissen wir wenigstens, wo wir sparen müssen, weil wir wissen, wofür wir das Geld ausgeben.«

Meine Frau runzelte die Stirn; dann nahm ihr Gesicht einen ratlosen, erschrockenen Ausdruck an.

»Was ist los?«, fragte ich. »Stimmt es nicht? Stimmen irgendwelche Posten nicht?«

»Es sind nicht die Posten«, sagte sie stockend, »es ist die Summe. Es kommen nur 2000 Dollar im Monat heraus.«

Ich wollte es nicht glauben, aber sie nickte.

»Überleg doch mal«, widersprach ich, »aus meinen Kontoauszügen geht hervor, dass wir 3000 Dollar monatlich ausgegeben haben. Du willst doch nicht behaupten, dass uns jeden Monat 1000 Dollar durch die Finger rinnen?«

»Aber die Ausgaben ergeben nur 2000 Dollar«, widersprach sie, »also muss es so gewesen sein.«

»Gib mir den Stift.«

Eine Stunde lang beschäftigte ich mich schweigend mit den Aufstellungen, doch vergebens.

»Das ist ja nicht zu fassen!«, sagte ich ungläubig. »Man kann doch nicht 12 000 Dollar im Jahr verlieren. Einfach verlieren.«

Es klingelte an der Tür, und ich ging öffnen, noch immer ganz benommen von diesen Zahlen. Es waren die Banklands, unsere Nachbarn von gegenüber.

»Großer Gott!«, verkündete ich, »wir haben eben 12 000 Dollar verloren!«

Bankland trat schnell einen Schritt zurück.

»Einbrecher?«, fragte er.

»Geister«, antwortete meine Frau.

Die Fitzgeralds mit der Tochter Scottie, Weihnachten 1925 in Paris

Mrs. Bankland sah sich nervös um.

»Wirklich?«

Wir erklärten die Situation, das rätselhafte Drittel unserer Einkünfte, das sich in Luft aufgelöst hatte.

»Also wir machen Folgendes«, sagte Mrs. Bankland, »wir haben ein Budget.«

»Wir haben ein Budget«, wiederholte Bankland, »und das halten wir peinlich genau ein. Der Himmel kann einstürzen, aber unser Budget wird nicht überschritten. Das ist die einzige Chance, vernünftig zu leben und Geld zu sparen.«

»Das sollten wir auch tun«, sagte ich zustimmend.

Mrs. Bankland nickte begeistert.

»Es ist eine großartige Einrichtung«, fuhr sie fort. »Wir setzen jeden Monat einen bestimmten Betrag fest, und über alles, was ich spare, kann ich frei verfügen und kann damit machen, was ich will.«

Ich sah, dass meine eigene Frau lebhafter wurde.

»Das will ich auch«, rief sie plötzlich. »Ich will ein Budget haben. Jeder vernünftige Mensch hat ein Budget.«

»Mir tut jeder leid, der dieses System nicht benutzt«, sagte Bankland feierlich. »Denken Sie an den Nebeneffekt des Sparens – das zusätzliche Geld, das meiner Frau für Kleider zur Verfügung steht.«

»Wie viel haben Sie bisher gespart?«, fragte meine Frau neugierig Mrs. Bankland.

»Bisher?«, wiederholte Mrs. Bankland. »Oh, das war noch nicht möglich. Wir haben erst gestern mit dem System angefangen.«

»Gestern!«, riefen wir.

»Ja, gestern«, sagte Bankland finster. »Aber ich wünschte weiß Gott, ich hätte vor einem Jahr damit angefangen. Ich habe die ganze Woche über unseren Ausgaben gebrütet, und stellen

Sie sich vor, Fitzgerald, jeden Monat fehlen 2000 Dollar, und ich kann mir den Betrag partout nicht erklären.«

Unsere Geldsorgen gehören inzwischen zur Vergangenheit. Wir haben uns für alle Zeiten aus der Klasse der Neureichen verabschiedet und haben das Budget-Verfahren eingeführt. Es ist einfach und vernünftig, und ich kann es Ihnen in wenigen Worten erklären. Betrachten Sie Ihr Einkommen als einen riesigen Kuchen, der in Scheiben zerteilt ist; jede Scheibe steht für eine Art von Ausgaben. Alle nur denkbaren Ausgaben sind vorgesehen, und so weiß man, welchen Teil des Einkommens man auf jede Scheibe verwenden kann. Es gibt sogar eine Scheibe für das Gründen von Universitäten, falls einem der Sinn nach so etwas stehen sollte.

Beispielsweise wird der Betrag, den man für Theaterkarten ausgibt, auf die Hälfte dessen veranschlagt, was man für den Drugstore benötigt. Das wird uns erlauben, alle fünfeinhalb Monate eine Aufführung zu sehen oder zweieinhalb Aufführungen im Jahr. Die erste haben wir schon ausgesucht, und wenn sie in fünfeinhalb Monaten nicht mehr auf dem Spielplan steht, dann haben wir schon wieder Geld gespart. Unser Budget für Zeitungen soll nicht mehr als ein Viertel dessen ausmachen, was wir auf Weiterbildung verwenden, und wir überlegen, ob wir einmal im Monat eine Sonntagszeitung kaufen oder ein Jahrbuch subskribieren sollen.

Das Budget erlaubt uns nur drei Viertel eines Hausangestellten, und deshalb sind wir auf der Suche nach einem einbeinigen Koch, der sechsmal in der Woche kommen kann. Allem Anschein nach lebt der Verfasser des Budget-Buchs in einer Stadt, in der man heute noch für 5 Cent ins Kino gehen kann und für 10 Cent rasiert wird. Aber wir werden die Ausgaben für ›Auslandsmissionen usw.‹ streichen und das Geld der Welt des Verbrechens zukommen lassen. Alles in allem und wenn man davon absieht, dass keine Scheibe für die Rubrik ›verschwunden‹ vorgesehen ist, scheint das Buch alle Eventualitäten zu berücksichtigen, und wenn man den Stimmen glauben will, die auf den hinteren Seiten abgedruckt sind, haben wir gute Aussichten, mindestens 35 000 Dollar zu sparen, wenn wir dieses Jahr wieder 36 000 Dollar verdienen.

»Aber die ersten 36 000 sind und bleiben verschwunden«, beschwerte ich mich, an niemand Bestimmtes gewendet. »Wenn wir wenigstens irgendetwas damit erworben hätten, käme es einem weniger absurd vor.«

Meine Frau dachte lange nach.

»Das Einzige, was du tun kannst«, sagte sie zuletzt, »ist, einen Artikel für eine Zeitschrift zu schreiben und ihn ›Wie man von 36 000 Dollar im Jahr leben kann‹ zu nennen.«

»Was für ein alberner Vorschlag!«, erwiderte ich frostig.

F. Scott Fitzgerald

Wie man mit nichts über die Runden kommt

In Ordnung«, sagte ich freudig, »wie viel macht es für den letzten Monat aus?«

»2320 Dollar und 82 Cent.«

Es war der fünfte von fünf langen Monaten, in denen wir mit jedem uns bekannten Mittel versucht hatten, die Ziffer unserer Ausgaben in eine sichere Zone unterhalb der Ziffer unserer Einkünfte zu bugsieren. Es war uns gelungen, weniger Kleider zu kaufen, weniger Lebensmittel und weniger Luxusgüter – kurzum, uns war alles gelungen, nur nicht, Geld zu sparen.

»Lass es uns aufgeben«, sagte meine Frau missmutig. »Sieh nur, schon wieder eine Rechnung, die ich noch gar nicht geöffnet habe.«

»Das ist keine Rechnung – die Briefmarke ist französisch.«

Es war ein Brief. Ich las ihn laut vor, und als ich fertig war, sahen wir einander aufgeregt und erwartungsvoll an.

»Ich kann nicht verstehen, warum nicht alle hierherkommen«, stand in dem Brief. »Ich schreibe dies aus einem kleinen französischen Gasthof, wo ich soeben wie ein König gespeist habe, das Ganze üppig mit Champagner begossen und für den lächerlichen Betrag von 61 Cent. Das Leben hier kostet ungefähr ein Zehntel. Von dort, wo ich sitze, sehe ich die dunstigen Alpengipfel, die sich hinter einer Stadt erheben, die alt war, bevor Alexander der Große geboren wurde –«

Als wir den Brief zum dritten Mal gelesen hatten, saßen wir im Auto und waren auf dem Weg nach New York. Als wir eine halbe Stunde später in das Büro der Dampfschiffgesellschaft eilten und dabei ein Rollpult umwarfen und einen Büroboten an die Wand drückten, blickte der Verkäufer nicht allzu überrascht auf.

»Sagen Sie nichts«, sagte er. »Sie sind heute die Zwölften, und ich weiß Bescheid. Ein Freund in Europa hat Ihnen geschrieben, wie billig es dort ist, und Sie wollen auf der Stelle hinfahren. Wie viele?«

»Ein Kind«, sagten wir atemlos.

»Gut!«, rief er und fächerte ein Kartenspiel auf seinen Schreibtisch. »Die Karten sagen, dass Sie eine lange, unerwartete Reise antreten, dass Krankheiten auf Sie zukommen und dass Sie bald zahlreichen dunklen Männern und Frauen begegnen werden, die nichts Gutes im Schilde führen.«

Als wir ihn umständlich aus dem Fenster warfen, schwebte seine Stimme von irgendwo zwischen dem sechzehnten Stock und der Straße zu uns hinauf: »Sie reisen morgen in einer Woche ab.«

II

Wenn eine Familie ins Ausland geht, um zu sparen, dann fährt sie nicht zur British Empire Exposition in Wembley oder zu den Olympischen Spielen – ehrlich gesagt fährt sie weder nach London noch nach Paris, sondern sie macht, dass sie zur Riviera kommt, der Südküste Frankreichs, die den Ruf genießt, der billigste und zudem schönste Aufenthaltsort der Welt zu sein. Und wir fuhren außerhalb der Saison hin, was so ähnlich ist, als würde man im Juli nach Palm Beach fahren. Wenn im späten Frühjahr die Saison an der Riviera endet, ziehen alle reichen Briten und Amerikaner nach Deauville und Trouville um, und alle Spielcasinos und eleganten Modistinnen und Juweliere und Taschendiebe brechen ihre Zelte ab und folgen ihrer Beute nach Norden. Sofort fallen die Preise. Die Eingeborenen, die den ganzen Winter von Reis und Fisch gelebt haben, kommen aus ihren Höhlen hervor, leisten sich eine Flasche Rotwein und planschen zur Abwechslung selbst in ihrem blauen Meer herum.

Für zwei bekehrte Verschwender war die Riviera im Sommer genau das Richtige. Wir übereigneten unser Haus der Fürsorge von sechs Immobilienfachleuten und dampften nach Frankreich ab unter dem ohrenbetäubenden Beifall zahlloser Freunde am Kai, die uns beiden fleißig zuwinkten, bis wir außer Sichtweite waren.

Uns war bewusst, dass wir entkommen waren – der Verschwendungssucht und dem Getöse und allen ausschweifenden Überspanntheiten, die für fünf hektische Jahre den Rahmen unseres Lebens abgegeben hatten, den Händlern, die uns aufgelauert hatten, dem Kindermädchen, das uns herumkommandiert hatte, und dem ›Paar‹, das unseren Haushalt geführt hatte und uns besser kannte, als uns lieb sein konnte. Wir suchten die ›Alte Welt‹ auf, um einen neuen Rhythmus für unser Leben zu finden, in der ernsthaften Überzeugung, dass wir unser altes Ich für alle Zeiten über Bord geworfen hatten, und mit einem Kapital von nicht viel mehr als 7000 Dollar.

Eine Woche später weckte uns das Sonnenlicht, das durch hohe französische Fenster fiel. Von draußen hörten wir das klare und laute Hupen fremder Automobile, und uns kam zu

Bewusstsein, dass wir in Paris waren. Das Baby saß bereits in seinem Bettchen und betätigte die Klingeln, mit denen die verschiedenen *fonctionnaires* des Hotels gerufen wurden, als hätte es beschlossen, den Tag zu beginnen. Und es war sein Tag, denn wir waren in Paris aus keinem anderen Grund als dem, ein Kindermädchen zu finden.

»Entrez!«, riefen wir wie aus einem Mund, als an die Tür geklopft wurde.

Ein gutaussehender Kellner öffnete sie und trat ein, worauf unsere Kleine ihr Klingeln unterbrach und ihn mit merklicher Missgunst betrachtete.

»Iss Mademoiselle draußen, was wartet auf Sie«, bemerkte er.

»Sprechen Sie französisch«, sagte ich streng. »Wir sprechen hier französisch.«

Er redete eine Zeitlang auf Französisch.

»In Ordnung«, unterbrach ich seinen Redefluss. »Sagen Sie das jetzt noch einmal langsam auf Englisch. Ich bin nicht ganz mitgekommen.«

»Er heißt Entrez«, sagte die Kleine zuvorkommend.

»Von mir aus kann er heißen, wie er will«, sagte ich aufbrausend, »aber sein Französisch kommt mir nicht sehr gut vor.«

Zu guter Letzt fanden wir heraus, dass vor der Tür eine englische Gouvernante wartete, die sich auf unsere Zeitungsannonce hin eingefunden hatte.

»Sagen Sie ihr, dass sie hereinkommen soll.«

Nach kurzer Zeit schlenderte eine große, blasierte Person mit einem Hut aus der Rue de la Paix herein, und wir bemühten uns, so würdevoll auszusehen, wie mit dem Umstand vereinbar ist, dass man im Bett sitzt.

»Sie sind Amerikaner?« sagte sie, während sie sich herablassend und würdevoll setzte.

»Ja.«

»Und Sie suchen ein Kindermädchen. Ist das das Kind?«

»Ja, Ma'am.«

(Zweifellos eine hochadelige Dame des englischen Hofes in kurzzeitig bedrängten finanziellen Verhältnissen, dachten wir.)

»Ich habe ziemlich viel Erfahrung«, sagte sie, marschierte auf unser Kind zu und wollte seine Hand ergreifen, doch erfolglos. »Ich bin mehr oder weniger ausgebildetes Kindermädchen; ich bin eine Dame von Geburt und beklage mich nie.«

»Beklagen worüber?«, fragte meine Frau.

Die Bewerberin wedelte wegwerfend mit der Hand.

»Ach, zum Beispiel das Essen.«

»Warten Sie«, sagte ich misstrauisch, »bevor wir weiter verhandeln, wüsste ich gern, was Sie bisher verdient haben.«

»Für Sie«, sie zögerte, »100 Dollar im Monat.«

»Oh, kochen müssen Sie gar nicht«, versicherten wir ihr; »Sie wären nur für das Kind zuständig.«

Sie erhob sich und schüttelte ihre Federboa mit vornehmer Geringschätzung zurecht.

»Dann sehen Sie sich besser nach einem französischen Kindermädchen um«, sagte sie, »wenn Ihnen das mehr zusagt. So eine wird nachts nicht das Fenster öffnen, und Ihre Kleine wird nie das französische Wort für ›Badewanne‹ lernen, aber Sie müssen nur 10 Dollar im Monat bezahlen.«

»Auf Wiedersehen«, sagten wir wie aus einem Mund.

»Ich mache es für 50.«

»Auf Wiedersehen«, wiederholten wir.

»Für 40 – und ich wasche die Sachen der Kleinen.«

»Wir würden Sie nicht einmal für Kost und Logis nehmen.«

Das Hotel erbebte, als sie die Tür schloss.

Die Fitzgeralds auf den Weg nach Frankreich, 1928

»Wo ist die Dame hingegangen?«, fragte unser Kind.

»Sie ist auf der Jagd nach Amerikanern«, sagten wir. »Sie hat im Gästebuch nachgesehen und dachte, hinter unserem Namen stünde das Wort Chicago.«

Mit unserer Kleinen sind wir immer so geistreich, und sie hält uns für das unterhaltsamste Paar, das sie kennt.

Nach dem Frühstück ging ich zu der Pariser Niederlassung unserer amerikanischen Bank, um mir Geld zu besorgen, doch kaum war ich eingetreten, wünschte ich, ich wäre wieder im Hotel oder wenigstens durch den Hintereingang hereingekommen, denn offenbar war man auf mich aufmerksam geworden, und draußen ballte sich eine Menschenmenge zusammen. Die Menge wuchs unaufhörlich, und ich spielte mit dem Gedanken, ans Fenster zu treten und eine Ansprache zu halten, doch dann dachte ich, dass dies die Aufregung nur steigern würde, und ich sah mich nach jemandem um, der mir helfen konnte. Ich erkannte jedoch niemanden bis auf einen der Bankangestellten und das Ehepaar Douglas Fairbanks aus Amerika, das an einem Schalter im Hintergrund Dollar gegen Francs tauschte. Ich beschloss daher, mich nicht zu zeigen, und bis mein Scheck eingelöst war, hatte der Menschenauflauf sich verlaufen.

Inzwischen denke ich, dass wir gut daran taten, neun Tage darauf Paris zu verlassen – letzten Endes nur eine Woche nach dem ursprünglich vorgesehenen Termin. Jeden Vormittag ergoss sich eine neue Schiffsladung Amerikaner auf die Boulevards, und jeden Nachmittag füllte sich unser Hotelzimmer mit vertrauten Gesichtern, bis wir genauso gut in New York hätten sein können, abgesehen davon, dass es in Paris nirgends nach Methylalkohol roch. Doch zu guter Letzt stiegen wir in den Zug zur Riviera, zu dem heißen, süßen Süden Frankreichs, mit unseren restlichen 6500 Dollar und einem englischen Kindermädchen, das wir für 26 Dollar im Monat angestellt hatten.

Wer das Mittelmeer zum ersten Mal erblickt, der weiß auf der Stelle, warum der erste Mensch sich hier aufgerichtet und seine Arme der Sonne entgegengestreckt hat. Das Meer ist blau, besser gesagt zu blau für die abgedroschene Wendung, die für jeden trüben Tümpel auf dem Globus herhalten muss. Es ist das feenhafte Blau der Bilder von Maxfield Parrish, ein Blau wie blaue Bücher, blaues Öl, blaue Augen, und im Schatten der Berge verläuft hundert Meilen entlang der Küste ein grüner Gürtel Landes und lädt die Welt zum Spielen ein. Die Riviera! Die Namen ihrer Seebäder – Cannes, Nizza, Monte Carlo – wecken die Erinnerung an zahllose Könige und Prinzen, die ihren Thron verloren und herkamen, um zu sterben, an geheimnisumrankte Radschahs und Beys, die englischen Tanzmädchen blaue Diamanten zuwarfen, an russische Millionäre, die in den unwiederbringlich vergangenen Kaviarzeiten vor dem Krieg ganze Vermögen beim Roulette verloren.

Von Charles Dickens bis Katharina von Medici, von Prinz Edward von Wales auf dem Höhepunkt seiner Beliebtheit bis zu Oscar Wilde am Tiefpunkt seiner Erniedrigung ist alle Welt hierhergekommen, um zu vergessen oder zu genießen, sich zu verbergen oder sich zu verlustieren, um mit dem Profit der Unterdrückung weiße Paläste zu erbauen oder um die Bücher zu schreiben, die diese Paläste manchmal niederreißen. Unter gestreiften Markisen am Meeressaum rauchten Großherzöge und Spieler und Diplomaten und edle Kurtisanen und Zaren des Balkans gemächlich ihre Zigaretten, während 1913 unmerklich und ohne Erbeben des Kalenders zu 1914 wurde und sich im Norden der Zorn zusammenballte, der drei Viertel von ihnen auslöschen sollte.

Wir erreichten Hyères, die Stadt unserer Wünsche, in glühender Mittagshitze; der Tropenodem, der aus den dichten Pinienhainen strömte, war unverkennbar. Ein Droschkenkutscher mit einem großen eiförmigen Karbunkel mitten auf der Stirn stritt mit einem uniformierten Hoteldienstmann um den Zugriff auf unsere Habseligkeiten.

»Je suis a stranger here«, sagte ich in flüssigem Französisch, »and je veux aller to le best hotel dans le town.«

Der Dienstmann zeigte auf einen ehrfurchtgebietenden Autobus in der Einfahrt zum Bahnhof. Auf der Seite des Wagens stand GRAND HÔTEL DE PARIS ET DE ROME.

»Welches ist das beste Hotel?«, fragte ich.

Als Antwort ergriff er unser schwerstes Gepäckstück, balancierte es einen Augenblick, verpasste dem Droschkenkutscher einen dröhnenden Schlag gegen die Stirn – und ich begriff sogleich den Grund des stetigen Schwellens des Karbunkels – und scheuchte uns entschieden in den Wagen. Ich warf dem hilflosen Karbunkelträger ein paar Cents oder besser Francs zu.

»Ziemlich heißes Wetter«, bemerkte das Kindermädchen.

»Mir gefällt es sehr gut«, erwiderte ich, wischte mir die Stirn ab und bemühte mich um ein kühles Lächeln. Mir war klar, dass die moralische Verantwortung auf mir lastete – ich hatte Hyères aus keinem weitreichenderen Grund gewählt als dem, dass ein Freund dort einen Winter verbracht hatte. Außerdem waren wir nicht hergekommen, um es kühl zu haben, wir waren gekommen, um zu sparen, um von so gut wie nichts im Jahr zu leben.

»Aber es ist wirklich heiß«, sagte meine Frau, und im nächsten Augenblick rief das Kind in einem Ton, der keinen Widerspruch duldete: »Mantel aus!«

»Er denkt wohl, wir wollten eine Stadtrundfahrt machen«, sagte ich, als wir einer palmengesäumten Straße eine Meile lang gefolgt waren und auf einem uralten Platz anhielten, der mexikanisch anmutete. »Augenblick mal!«

Die letzten Worte sagte ich voller Unruhe, denn der Dienstmann lud unser Gepäck in alarmierender Geschwindigkeit vor einem verfallenen Schnellimbissladen ab. Ein zerlumptes Schild über der Tür trug die Aufschrift GRAND HÔTEL DE PARIS ET DE ROME.

»Soll das ein Witz sein?«, fragte ich. »Habe ich nicht verlangt, dass Sie uns zum besten Hotel der Stadt bringen?«

»Das ist es«, sagte er.

»Nein, das ist es nicht. Es ist das schlechteste Hotel der Stadt. Es ist das fürchterlichste Hotel, das ich je zu sehen bekommen habe.«

»Ich bin der Inhaber«, sagte er.

»Ich bedaure, aber wir haben ein Baby dabei« – das Kindermädchen war so freundlich, die Kleine hochzuhalten –, »und wir brauchen ein moderneres Hotel mit Badezimmer.«

»Wir haben ein Badezimmer.«

»Ich meine ein Gästebadezimmer.«

»Wir werden unseres nicht benutzen, solange Sie da sind. Alle großen Hotels sind den Sommer über geschlossen.«

»Ich glaube ihm kein Wort«, sagte meine Frau.

Ich sah mich ratlos um. Zwei abgerissene, verhungerte Frauen waren zur Tür herausgekommen und bedachten unser Gepäck mit gierigen Blicken.

Plötzlich hörte ich Pferdegetrappel, und als ich aufblickte, sah ich den Mann mit dem Karbunkel, der trübselig die staubige Straße entlangfuhr.

»Was ist le best hotel in der Stadt?«, rief ich ihm zu.

»Non, non, non, non!«, beteuerte er und wedelte aufgeregt mit den Zügeln. »Jardin Hôtel geöffnet!«

Während der Inhaber des Grand Hôtel von Paris und Rom sich meinem Griff entwand und auf den Droschkenkutscher zulief, wendete ich mich vorwurfsvoll an die zwei verhungerten Frauen.

»Schämen Sie sich nicht, so einen Bus zu betreiben?«, fragte ich.

Ich kam mir sehr amerikanisch und überlegen vor; ich gab zu verstehen, dass ich bedauern müsse, dass wir Amerikaner in den Krieg eingetreten waren, wenn die Moral der Franzosen sich in einem so heruntergekommenen Zustand befand.

»Daddy ist auch heiß«, bemerkte die Kleine unbekümmert.

»Mir ist nicht heiß!«

»Daddy hört besser zu reden auf und findet ein Hotel für uns«, bemerkte das englische Kindermädchen, »bevor wir alle zerfließen.«

Es dauerte nur eine Stunde, den Inhaber des Hôtel de Paris et de Rome auszuzahlen, eine Entschädigung für seine verwundeten Gefühle hinzuzufügen und das Hôtel du Jardin am Stadtrand zu beziehen.

»Hyères«, verkündet mein Reiseführer, »ist der wärmste und älteste Winterkurort an der Riviera und wird heute fast ausschließlich von Engländern besucht.« Als wir allerdings gegen Ende Mai eintrafen, waren sogar die Engländer mit Ausnahme der ältesten und wärmsten weitergezogen. Das Hôtel du Jardin zeigte Spuren früheren Bewohntseins – in den Salons lagen zahllose alte Ausgaben der ›Illustrated London News‹ herum –, doch übrig geblieben war nur, wie wir beim Abendessen feststellten, ein überaltertes Dutzend, ein vor sich hin verrottendes Dutzend, ein düsteres und trübseliges Dutzend von ihnen.

Fitzgerald mit seiner Tochter Scottie in Südfrenakreich, ca. 1924

Aber wir würden dort nur wohnen, bis wir eine Villa fänden, und es hatte den Vorteil, erstaunlich billig für ein erstklassiges Hotel zu sein; zu viert bezahlten wir inklusive der Mahlzeiten 150 Francs am Tag, keine 8 Dollar.

Der Immobilienmakler, ein energischer junger Herr, der seine Hose praktischerweise um den Brustkorb herum geknöpft trug, besuchte uns am nächsten Vormittag.

»Dutzende von Villen«, sagte er frohgemut. »Wir werden uns mit Pferd und Wagen aufmachen und sie besichtigen.«

Es war ein siedend heißer Morgen, doch auf den Straßen wimmelte es bereits von südfranzösischen Gesichtern, dunklen Gesichtern, denn an der Riviera haben bewegte und vergessene Jahrhunderte einen arabischen Einschlag hinterlassen. Einst plünderten die Mauren die Küste, um sich zu bereichern, und später, als sie ruhmestrunken durch Spanien fegten, gründeten sie an den Küsten Grenzstädte als Vorposten ihrer Welteroberung. Sie waren nicht die Ersten und auch nicht die Letzten, die versucht haben, Frankreich einzunehmen, doch alles, was heute an Nahrung für stolze moslemische Hoffnungen geblieben ist, sind vereinzelte maurische Türme und das tragische Glitzern schwarzer orientalischer Augen.

»Diese Villa ist für 30 Dollar im Monat zu haben«, sagte der Immobilienmakler, als wir vor einem kleinen Haus am Stadtrand anhielten.

»Was ist der Haken an der Sache?«, fragte meine Frau argwöhnisch.

»Es gibt keinen. Das Haus ist einmalig. Es hat sechs Zimmer und einen Brunnen.«

»Einen Brunnen?«

»Einen guten Brunnen.«

»Wollen Sie damit sagen, dass es kein Badezimmer gibt?«

»Nicht genau das, was Sie als Badezimmer bezeichnen.«

»Fahren Sie weiter«, sagten wir.

Gegen Mittag war klar, dass es in Hyères keine Villen zu vermieten gab. Sie waren alle zu heiß, zu klein, zu schmutzig oder zu trist, ein ausdrucksstarkes Wort, das beinhaltet, dass der geisteskranke Marquis noch immer in seinem Leichentuch durch die Hallen wandelt.

»Yes, we have no villas today«, bemerkte der Makler lächelnd.

»Das ist ein sehr alter und abgedroschener Scherz«, sagte ich, »und mir ist zu warm zum Lachen.«

Unsere Kleidung hing an uns wie feuchte Handtücher, aber als ich mich mittels einer Narbe an der linken Hand ausgewiesen hatte, gewährte man uns Einlass in das Hotel. Ich beschloss, einen der herumlungernden Engländer zu fragen, ob es in der Umgebung vielleicht eine zweite ruhige Stadt gebe.

Wenn man einen Amerikaner oder Franzosen etwas fragt, weiß man, worum es geht, und der einzige Unterschied ist, dass man die Antwort des Amerikaners verstehen kann. Aber einen Engländer zu einer Antwort zu bewegen, das ist ungefähr so umständlich, wie ein Streichholz bei einem Staatsminister auszuleihen. Der erste Engländer, dem ich mich näherte, ließ seine Zeitung fallen, sah mich entsetzt an und flüchtete überstürzt aus dem Raum. Das entmutigte mich kurzfristig, doch zum Glück fiel mein Blick auf einen Mann, der im Rollstuhl zum Essen hereingefahren worden war.

»Guten Tag«, sagte ich. »Könnten Sie mir sagen –« Er zuckte wie unter Krämpfen, war zu meiner Erleichterung aber außerstande, seinen Rollstuhl zu verlassen. »Ich wüsste gern, ob Sie eine Stadt kennen, wo ich für den Sommer eine Villa mieten könnte.«

»Ich weiß von keiner«, sagte er eisig. »Und wenn, würde ich es Ihnen nicht sagen.«

Den letzten Satz sagte er nicht laut, aber ich konnte die Worte unmissverständlich in seinen Augen lesen.

»Ich nehme an, Sie sind auch neu hier«, sagte ich versuchsweise.

»Ich komme seit sechzehn Jahren jeden Winter her.«

Das fasste ich als Einladung auf und rückte meinen Stuhl näher.

»Dann müssen Sie doch irgendwelche Städte kennen«, sagte ich zuversichtlich.

»Cannes, Nizza, Monte Carlo.«

»Die sind zu teuer. Ich suche einen ruhigen Flecken, wo ich arbeiten kann.«

»Cannes, Nizza, Monte Carlo. Im Sommer ist es da ruhig. Mehr kenne ich nicht. Und wenn, würde ich es Ihnen nicht sagen. Auf Wiedersehen.«

Oben zählte das Kindermädchen die Moskitostiche, die das Baby nachts erhalten hatte, und meine Frau trug sie in ein großes Buch ein.

»Cannes, Nizza, Monte Carlo«, sagte ich.

»Ich bin froh, dass wir diesen Glutofen von Stadt verlassen«, bemerkte das Kindermädchen.

»Ich glaube, wir versuchen es am besten mit Cannes.«

»Das glaube ich auch«, sagte meine Frau engagiert. »Ich habe gehört, dass man sich dort gut amüsiert – ich meine, wir können nicht vernünftig sparen, wenn wir dort wohnen, wo du nicht arbeiten kannst, und ich kann mir nicht vorstellen, dass wir hier eine Villa finden.«

»Wir fahren lieber mit dem großen Schiff«, sagte die Kleine unerwartet.

»Ruhe! Wir sind an die Riviera gezogen und bleiben hier.«

Wir beschlossen, Kindermädchen und Baby in Hyères zu lassen und nach Cannes zu fahren, eine elegantere Stadt weiter nördlich an der Küste. Allerdings benötigt man ein Automobil, um irgendwohin zu fahren, und deshalb kauften wir am nächsten Tag das einzige neue Automobil der Ortschaft. Es hatte sechs Pferdestärken – das Alter der Pferde war nicht angegeben worden – und war so klein, dass wir wie Riesen herausragten, so klein, dass man es abends unter der Veranda abstellen konnte. Es hatte keine Türschlösser, keinen Tachometer, keine Treibstoffanzeige und kostete einschließlich der Paketzustellgebühr 750 Dollar. Wir machten uns darin nach Cannes auf, und abgesehen von den warmen Abgasdünsten, wenn andere Autos über uns hinweg fuhren, empfanden wir die Fahrt als verhältnismäßig kühl.

Alle europäischen Berühmtheiten haben eine Saison in Cannes verbracht – sogar der Mann mit der eisernen Maske hat zwölf Jahre auf einer Insel vor der dortigen Küste totgeschlagen. Seine prachtvollen Villen sind aus so weichem Stein erbaut, dass er gesägt und nicht gehauen wird. Am nächsten Vormittag besichtigten wir vier davon. Sie waren klein, gepflegt und sauber und hätten in jeden Vorort von Los Angeles gepasst. Sie kosteten 65 Dollar Miete im Monat.

»Mir gefallen sie«, sagte meine Frau in entschiedenem Ton. »Lass uns eine mieten. Sie sehen aus, als wären sie wahnsinnig leicht zu bewirtschaften.«

»Wir sind nicht ins Ausland gefahren, um ein Haus zu suchen, das leicht zu bewirtschaften ist«, wandte ich ein. »Wie soll ich schreiben bei einer Aussicht – « Ich sah aus dem Fenster, vor dem sich ein herrliches Meerespanorama bot, »wo ich jedes Flüstern im Haus hören würde.«

Also machten wir uns auf zur vierten Villa, der herrlichen vierten Villa, bei deren Erinnerung ich noch heute keinen Schlaf finde und mich der Hoffnung hingebe, eines märchenhaften Tages dort zu wohnen. Ihr weißer Marmor erhob sich auf einem hohen Berg wie ein Schloss, wie eine Burg in uralten Zeiten. Sogar der Vordersitz des Taxis, das uns hinfuhr, kündete von Ritterromatik.

»Ist Ihnen der Fahrer aufgefallen?«, sagte der Makler und beugte sich zu mir. »Er war früher ein russischer Millionär.«

Wir beäugten ihn durch die Trennscheibe; er war ein dünner, trübsinniger Mann, der die Gangschaltung mit herrschaftlicher Nonchalance betätigte.

»In der Stadt wimmelt es von ihnen«, sagte der Makler. »Sie sind froh, wenn sie Arbeit als Chauffeur, Butler oder Kellner finden, und die Frauen arbeiten als femmes de chambre in den Hotels.«

»Warum betreiben sie keine Tearooms wie die Amerikaner?«

»Die meisten von ihnen taugen zu gar nichts. Sie tun uns schrecklich leid, aber –« Er beugte sich vor und klopfte an die Scheibe. »Könnten Sie bitte etwas schneller fahren? Wir haben nicht den ganzen Tag Zeit!«

»Sehen Sie nur«, sagte er, als wir das Schloss auf dem Berg erreichten. »Nebenan befindet sich die Villa des Großherzogs Michael.«

»Heißt das, er arbeitet dort als Butler?«

»O nein. Der hat Geld. Er ist für den Sommer in den Norden gereist.«

Als wir durch ein verschnörkeltes Messingtor eingetreten waren, das so imposant knarrte, wie Tore für einen König zu knarren haben, und als die Jalousien geöffnet worden waren, befanden wir uns in einem hohen Eingangsraum voller Ahnenbildnisse von Rittern in Rüstungen und von Höflingen in Satin und Brokat. Es sah aus wie eine Filmdekoration.

Marmortreppen strebten wuchtig und würdevoll zu einer prunkvollen Galerie empor, in die Licht durch blaugemustertes Glas auf einen Mosaikfußboden fiel. Und modern war das Schloss auch, mit großen sauberen Betten, einer Küche wie aus dem Bilderbuch, drei Badezimmern und einem ernsten, schalldichten Arbeitszimmer mit Blick auf das Meer.

»Es hat einem russischen General gehört«, sagte der Makler, »der im Krieg in Schlesien gefallen ist.«

»Wie viel kostet es?«

»Im Sommer – 110 Dollar monatlich.«

»Abgemacht!«, sagte ich. »Setzen Sie den Mietvertrag auf. Meine Frau fährt sofort nach Hyères und holt –«

»Einen Augenblick«, sagte sie stirnrunzelnd. »Wie viele Hausangestellte benötigt man für diesen Haushalt?«

»Na ja, ich denke –«, der Makler sah uns scharf an und überlegte sichtlich. »Etwa fünf.«

»Ich denke eher, etwa acht.« Sie wandte sich zu mir. »Lass uns lieber gleich nach Newport fahren und das Haus der Vanderbilts mieten.«

»Vergessen Sie nicht«, sagte der Makler, »dass Sie zur Linken den Großherzog Michael als Nachbarn haben werden.«

»Wird er uns besuchen?«, wollte ich wissen.

»Das würde er sicherlich tun«, sagte der Makler, »aber er ist nun einmal verreist.«

Wir berieten uns auf dem Mosaikfußboden. Meine Argumentation sah so aus, dass ich in den kleinen Häusern nicht arbeiten konnte und dass dieses Haus sich allein seiner romantischen Inspiration wegen lohnen würde. Meine Frau argumentierte dahingehend, dass acht Hausangestellte eine Menge Lebensmittel verbrauchten und dass wir uns das einfach nicht leisten konnten. Wir baten den Makler um Entschuldigung, schüttelten dem Millionär und Taxifahrer ehrfürchtig die Hand, gaben ihm 5 Francs und kehrten zutiefst niedergeschlagen nach Hyères zurück.

»Hier ist die Hotelrechnung«, sagte meine Frau, als wir trübsinnig zum Essen gingen.

»Gott sei Dank beträgt sie nur 55 Dollar.«

Ich öffnete sie. Zu meinem Erstaunen waren unterhalb des Rechnungsbetrags alle möglichen Steuern und Gebühren angefügt: Regierungssteuer, Stadtsteuer, zehn Prozent Trinkgeldsteuer für die Bedienungen sowie die Sondersteuer für Amerikaner, so dass die 55 Dollar zu 127 Dollar angeschwollen waren.

Schwermütig betrachtete ich ein undefinierbares Stück Fleisch auf meinem Teller, das in einer zähflüssigen Sauce schwamm.

»Ich glaube, das ist Ziegenfleisch«, sagte das Kindermädchen, das meinen Blick verfolgt hatte. Sie wendete sich an meine Frau. »Haben Sie schon einmal Ziegenfleisch gekostet, Mrs. Fitzgerald?«

Aber Mrs. Fitzgerald hatte noch nie Ziegenfleisch gekostet und hatte die Flucht ergriffen.

Als ich am nächsten Tag trübsinnig im Hotel herumwanderte und hoffte, dass unser Haus auf Long Island nicht vermietet worden sei und wir für den Sommer dorthin zurückkehren könnten, fiel mir auf, dass die Salons noch verwaister wirkten als zuvor. Es schienen noch mehr alte Ausgaben der ›Illustrated London News‹ herumzuliegen und noch mehr leere Sessel herumzustehen. Beim Abendessen gab es wieder Ziege. Als mein Blick durch den leeren Speisesaal wanderte, wurde mir mit einem Mal klar, dass der letzte Engländer seinen Gehstock und sein Gewissen gepackt hatte und nach London geflohen war. Kein Wunder, dass es Ziege gab – ein

Wunder wäre es gewesen, wenn es irgendetwas anderes als Ziege gegeben hätte. Die Hoteliers hielten ein Etablissement mit zweihundert Zimmern für uns ganz allein geöffnet!

III

Hyères wurde heißer, und wir verharrten in hilfloser Betäubung dort. Wir wussten nun, warum Katharina von Medici es zu ihrem Lieblingskurort erkoren hatte: Ein Monat Sommer in Hyères, und sie kehrte zweifellos mit einem Dutzend in ihrem Kopf brodelnder Bartholomäusnachtverschwörungen nach Paris zurück. Vergeblich machten wir Ausflüge nach Nizza, nach Antibes, nach Ste Maxime; inzwischen machten wir uns Sorgen, denn ein Viertel unserer 7000 Dollar war weggeschmolzen. Und keine fünf Wochen nach unserer Abreise aus New York stiegen wir eines Morgens in einer Kleinstadt namens St. Raphaël aus dem Zug, die wir bisher noch nie in Betracht gezogen hatten.

Es war eine kleine Stadt aus roten Häusern direkt am Meer, mit fröhlichen roten Dächern und einer Atmosphäre unterdrückten Karnevals, der sich vor Einbruch der Dunkelheit auf die Straßen ergießen würde. Wir wussten, dass es uns gefallen würde, in dieser Stadt zu wohnen, und fragten einen Bewohner nach dem Büro des Immobilienmaklers.

»Oh, da fragen Sie am besten den King!«, antwortete er vehement.

Ein Fürstentum! Ein zweites Monaco! Wir hatten nicht gewusst, dass es an der französischen Riviera zwei davon gab.

»Und eine Bank, wo man einen Kreditbrief einlösen kann?«

»Da müssen Sie sich auch an den King wenden.«

Fitzgerald mit seiner Tochter Scottie in Südfrankreich, ca. 1924

Er zeigte uns den Weg zu dem Palast, eine lange schattige Straße entlang, und meine Frau holte eilig einen Spiegel hervor und begann sich das Gesicht zu pudern.

»Aber unsere staubige Kleidung?«, sagte ich vorsichtig. »Denken Sie, der König würde –«

Er sah uns abwägend an. »Was Kleidung betrifft, bin ich mir nicht sicher«, antwortete er, »aber ich glaube, der King wird sich auch darum kümmern.«

Das hatte ich gar nicht wissen wollen, doch wir dankten ihm und machten uns nicht ohne bange Gefühle auf den Weg zur kaiserlichen Residenz. Nach einer halben Stunde, als weit und breit keinerlei Türme eines Königsschlosses in Sicht waren, hielt ich einen zweiten Passanten an.

»Können Sie uns den Weg zum kaiserlichen Palast sagen?«

»Den was?«

»Wir wollen um Audienz bei Seiner Majestät ersuchen, Seiner Majestät dem König.«

Das Wort »König« schien ihm etwas zu sagen. Er öffnete den Mund, als er begriff, und deutete auf ein Schild über unseren Köpfen:

»W. F. King«, las ich dort, »anglo-amerikanische Bank, Immobilienagentur, Bahnfahrkarten, Versicherungen, Ausflüge und Rundfahrten, Leihbücherei.«

Der Potentat entpuppte sich als lebhafter, tatkräftiger Engländer mittleren Alters, der sich im Verlauf von zwanzig Jahren allmählich ganz St. Raphaël angeeignet hatte.

»Wir sind Amerikaner und nach Europa gekommen, um zu sparen«, erklärte ich ihm. »Wir haben die Riviera von Nizza bis Hyères abgesucht, ohne eine Villa zu finden, und unser Geld schmilzt allmählich dahin.«

Er lehnte sich zurück und drückte einen Knopf, worauf fast sofort eine magere, hagere Frau in der Tür erschien.

»Das ist Marthe«, sagte er, »Ihre Köchin.«

Wir trauten unseren Ohren nicht.

»Soll das heißen, dass Sie eine Villa für uns hätten?«

»Ich habe schon eine für Sie ausgesucht«, sagte er. »Meine Leute haben Sie aus dem Zug steigen sehen.«

Er drückte einen anderen Knopf, und eine zweite Frau gesellte sich ehrerbietig zu der ersten.

»Das ist Jeanne, Ihre femme de chambre. Sie bessert auch Wäsche aus und trägt das Essen auf. Sie bezahlen ihr 13 Dollar monatlich und Marthe 16 Dollar. Marthe macht die Einkäufe und erwartet, dabei einen kleinen Profit herauszuschlagen.«

»Und die Villa?«

»Der Mietvertrag wird gerade aufgesetzt. Die Miete beträgt 79 Dollar im Monat, und Ihr Kreditbrief genügt mir als Sicherheit. Sie können morgen einziehen.«

Innerhalb einer Stunde hatten wir unser Haus besichtigt – eine saubere, kühle Villa in einem großen Garten auf einem Hügel oberhalb der Stadt. Genau das, was wir die ganze Zeit gesucht hatten. Es gab ein Gartenhaus und einen Sandhaufen und zwei Badezimmer und Rosen zum Frühstück und einen Gärtner, der mich Milord nannte. Als wir die Miete bezahlt hatten, blieben uns nur noch 3500 Dollar, die Hälfte unseres ursprünglichen Kapitals. Aber wir hatten das Gefühl, dass wir endlich anfangen konnten, von so gut wie nichts im Jahr zu leben.

IV

Am Spätnachmittag des 1. September 1924 konnte man einen vornehm aussehenden jungen Mann in Begleitung einer jungen Dame in beinlosem, leuchtend blauem Badeanzug an einem Sandstrand in Frankreich liegen sehen. Beide waren zu einem so tiefen Schokoladenton gebräunt, dass man sie auf den ersten Blick für Ägypter hätte halten können, doch bei näherem Hinsehen zeigten ihre Gesichter einen arischen Schnitt, und wenn sie den Mund aufmachten, hatten ihre Stimmen einen leicht näselnden nordamerikanischen Klang. In ihrer Nähe spielte ein kleines schwarzes Kind mit watteweißem Haar, das ab und zu mit einem Zinnlöffel gegen einen Eimer klopfte und in einem Ton, der keinen Widerspruch duldete, rief: »Regardez-moi!«

Aus dem nahen Spielcasino wehten bizarre antiquierte Klänge herüber – die Melodie eines Songs, in dem es um das Nichtvorhandensein einer bestimmten gelben Frucht in einem ansonsten untadeligen Sortiment geht. Senegalesische und europäische Kellner eilten mit vielfarbigen Getränken zwischen den Badenden hin und her und hielten ab und zu inne, um die Kinder der Armen zu verscheuchen, die sich ohne Scham und Schüchternheit auf dem Strand an- und auszogen.

»War das nicht ein herrlicher Sommer!«, sagte der junge Mann träge. »Wir sind richtige Franzosen geworden.«

»Und die Franzosen sind so ein ästhetisches Volk«, sagte die junge Dame, die für einen Augenblick der Bananenmusik lauschte. »Sie haben Lebensart. Denk nur an all die schönen Dinge, die es bei ihnen zu essen gibt!«

»Köstliche Dinge! Himmlische Dinge!«, rief der junge Mann, der gerade amerikanische Schinkencreme auf Cracker mit der Prägung »Springfield, Illinois« strich. »Aber sie haben sich mit diesem Thema seit zweitausend Jahren auseinandergesetzt.«

»Und alles ist hier so billig!«, schwärmte die junge Dame voller Begeisterung. »Denk nur an die Parfumpreise! Parfum, das in New York 15 Dollar kosten würde, bekommt man hier für 5.«

Der junge Mann zündete sich mit einem schwedischen Streichholz eine amerikanische Zigarette an.

»Das Problem mit den meisten Amerikanern in Frankreich«, bemerkte er im Brustton der Überzeugung, »ist, dass sie nicht wie Franzosen leben wollen. Sie klammern sich an die großen Hotels und tauschen Meinungen aus, die frisch aus den Staaten stammen könnten.«

»Ich weiß«, sagte sie zustimmend. »Genau das stand heute Morgen in der ›New York Times‹.«

Die amerikanische Musik war zu Ende, und das englische Kindermädchen stand auf, was hieß, dass es für das Kind Zeit war, zum Essen nach Hause zu gehen. Seufzend erhob sich auch der junge Mann und schüttelte sich heftig, wobei er ziemlich viel Sand verstreute.

»Wir müssen unterwegs anhalten und Arizon-Benzin tanken«, sagte er. »Das letzte Zeug war schauderhaft.«

»Die Rechnung, Sööh«, sagte ein senegalesischer Kellner mit einem hörbar südlich der Mason-Dixon-Linie beheimateten Akzent. »Macht 10 Francs für swei Glas Bier.«

Der junge Mann reichte ihm den Gegenwert von 70 Cent in den goldfarbenen Garderobenmünzen des lieblichen Frankreichs. Das Bier war vielleicht ein wenig teurer als in Amerika, doch andererseits war es ihm vergönnt gewesen, den historischen Bananensong von einer echten oder beinahe echten Jazzband gespielt zu hören. Und zu Hause erwartete ihn ein echt französisches Abendessen: Baked Beans aus der altertümlichen normannischen Stadt Akron in Ohio, ein Omelett, das nach le Speck de Chicago duftete, und eine Tasse englischen Tees.

Vielleicht haben Sie in den zwei kultivierten Europäern

Die Fitzgeralds, 1932

bereits die barbarischen Amerikaner wiedererkannt, die kaum fünf Monate zuvor Amerika verlassen hatten. Und vielleicht wundern Sie sich über die Schnelligkeit der Veränderung. Des Rätsels Lösung ist, dass die beiden sich vorbehaltlos dem Leben in der Alten Welt angepasst hatten. Statt ›Touristenhotels‹ zu bevorzugen, hatten sie Ausflüge zu altmodischen kleinen abgelegenen Restaurants gemacht, wo ein Abendessen für zwei Personen selten mehr als 10 bis 15 Dollar kostete. Sie zog es nicht in die glitzernden Hauptstädte Paris, Brüssel, Rom – nein, sie waren vollauf zufrieden mit Kurzreisen zu wunderschönen alten historischen Städten wie beispielsweise Monte Carlo, wo sie ihr Automobil einmal bei einem freundlichen Werkstattinhaber hinterließen, der ihre Hotelrechnung und ihre Rückfahrkarten bezahlte.

Ja, unser Sommer war ein voller Erfolg gewesen. Und wir hatten von so gut wie nichts gelebt, das heißt von so gut wie nichts neben unseren ursprünglichen 7000 Dollar. Die waren bis zum letzten Cent ausgegeben!

Das Problem ist, dass wir außerhalb der Saison an die Riviera gekommen waren – anders gesagt: außerhalb der einen Saison und mitten in der anderen. Denn im Sommer kommen jene, die ›zu sparen versuchen‹, in den Süden, und die schlauen Franzosen wissen, dass dieser Menschenschlag leichter zu übertölpeln ist als alle anderen – wie es bei Leuten der Fall zu sein pflegt, die versuchen, etwas für umsonst zu bekommen.

Was genau mit dem Geld geschehen ist, wissen wir nicht; das wissen wir nie. Da waren zum einen die Hausangestellten; ich hatte Marthe und Jeanne sehr gern (und später ihre Schwestern Eugénie und Serpolette, die als Aushilfen kamen), doch aus freien Stücken wäre ich nie auf den Gedanken gekommen, sie alle zu versichern. Aber das verlangten die

Vorschriften. Wenn Jeanne in ihrem Moskitonetz erstickte, wenn Marthe über einen Knochen stolperte und sich den Daumen brach, war ich dafür verantwortlich. Damit hätte ich mich abfinden können, wenn nicht ›der kleine Profit‹, den Marthe bei unseren Einkäufen für sich ›herausschlug‹, meiner Schätzung nach an die fünfundvierzig Prozent ausgemacht hätte.

Unsere wöchentliche Rechnung bei Lebensmittelhändler und Metzger betrug durchschnittlich 65 Dollar, mehr, als sie je auf einem teuren Pflaster von Long Island betragen hatte. Und unabhängig von seinem Preis war das Fleisch fast ausnahmslos ungenießbar, während jeder Tropfen Milch abgekocht werden musste, weil die Kühe in Frankreich Tuberkulose hatten. Als frisches Gemüse gab es Tomaten und ein wenig Spargel, mehr nicht – der einzige Knoblauch, mit dem man uns kommen kann, muss uns im Schlaf verabreicht werden. Ich habe mich oft gefragt, wie die Mittelschicht an der Riviera – beispielsweise ein Bankangestellter, der mit einem Einkommen von 40 bis 70 Dollar im Monat eine Familie ernähren muss – über die Runden kommen soll.

»Im Winter ist es noch schlimmer«, erzählte uns ein kleines Mädchen am Strand. »Die Engländer und Amerikaner treiben die Preise in die Höhe, bis wir nichts mehr kaufen können, und wir können nichts dagegen tun. Meine Schwester musste in Marseille Arbeit suchen, und sie ist erst vierzehn. Im nächsten Winter gehe ich auch dorthin.«

Es ist einfach nicht genug für alle da, und weil die Amerikaner an ihren hohen Lebensstandard gewöhnt sind und sich nur mit dem Besten zufriedengeben, müssen sie dafür entsprechend zahlen. Außerdem sind die geschäftstüchtigen französischen Händler nur zu gerne bereit, die Nachlässigkeit eines amerikanischen Kunden auszunutzen.

»Diese Rechnung gefällt mir nicht«, sagte ich zu dem Lieferanten, der uns die Lebensmittel und das Eis brachte. »Ich hatte mit Ihnen 5 Dollar am Tag ausgemacht, nicht 8.«

Er wurde für einen Augenblick unverständlich, um Zeit zu gewinnen.

»Meine Frau hat es zusammengezählt«, sagte er.

Diese unbezahlbaren Riviera-Ehefrauen! Immer zählen sie die Rechnungen ihrer Ehemänner zusammen, und die teuren Damen können die Zahlen einfach nicht auseinanderhalten. So eine Begabung wäre bei der Ehefrau eines Eisenbahnmagnaten ein Vorteil im Wert von vielen Millionen Dollar.

Ich schreibe dies in der Abenddämmerung, während draußen vor meinem Fenster dunkler werdende Baumgruppen, ein Gehölz hinter dem anderen in vielen Grünschattierungen, sich zum abendlichen Meer hinunterziehen. Die glühende Sonne ist hinter den Gipfeln des Estérel-Gebirges versunken, und der Mond hängt bereits über den römischen Aquädukten von Fréjus fünf Meilen von hier entfernt. In einer halben Stunde kommen René und Bobbé, zwei Fliegeroffiziere, in ihren weißen Segeltuchhosen zum Abendessen, und René, der erst dreiundzwanzig ist und nie verwunden hat, dass er nicht im Krieg war, wird uns romantisch davon erzählen, dass er in Peking Opium rauchen will und dass er das eine oder andere ›nur zum Vergnügen‹ schreibt. Später, wenn die wahre Dunkelheit hereinbricht, werden ihre weißen Uniformen im Garten immer schwächer zu erkennen sein, bis sie wie die schweren Rosen und die Nachtigallen in den Pinien wie ein wichtiger und unverzichtbarer Bestandteil der Schönheit dieses stolzen und fröhlichen Landes wirken.

Und obwohl wir nichts gespart haben, haben wir die Carmagnole getanzt, und bis auf den Tag, an dem meine Frau das Moskitomittel mit dem Mundwasser verwechselt hat, und das eine Mal, als ich eine französische Zigarette zu rauchen versucht habe und »in Ohnmacht fiel«, wie Ring Lardner sagen würde, haben wir nicht bereut, dass wir hergekommen sind.

Das dunkelbraune Kind klopft an die Tür, um mir gute Nacht zu sagen.

»Fahren wir mit dem großen Schiff weg, Daddy?«, sagt es in gebrochenem Englisch.

»Nein.«

»Warum?«

»Weil wir es noch ein Jahr länger versuchen wollen, und dann – denk an die Parfumpreise!«

Mit unserer Kleinen sind wir immer so. Sie hält uns für das geistreichste Paar, das sie kennt.

Henry Slesar

Genau die richtige Art von Haus

Der Wagen, der vor dem Büro des Grundstückmaklers Aaron Hacker hielt, hatte ein New Yorker Nummernschild. Aaron brauchte nicht erst das gelbe Rechteck zu sehen, um zu wissen, dass der Besitzer dieses Wagens in den von Ulmen beschatteten Straßen von Ivy Corners fremd war. Es war ein rotes Kabriolett; etwas annähernd Ähnliches gab es hier nicht.

Der Mann stieg aus.

»Sally«, sagte Aaron zu der gelangweilten jungen Dame am einzigen Tisch, der noch im Büro stand. Auf ihre Schreibmaschine hatte sie ein broschiertes Buch gestellt, und verträumt kaute sie vor sich hin.

»Ja, Mr. Hacker?«

»Anscheinend ein Kunde. Wir sollten uns lieber was zu tun machen.« Klingen tat es wie eine sanfte Frage.

»Sofort, Mr. Hacker!« Sie lächelte strahlend, legte das Buch weg und spannte einen leeren Bogen in die Maschine. »Was soll ich schreiben?«

»Irgendwas – irgendwas!« Aaron furchte die Stirn.

Tatsächlich schien es ein Kunde zu sein. Der Mann kam geradewegs auf die Glastür zu, und in seiner rechten Hand hielt er eine zusammengefaltete Zeitung. Aaron schilderte ihn später als massiv; in Wirklichkeit war er nur dick. Gekleidet war er in einen farblosen Anzug aus sehr leichtem Stoff, und der Schweiß hatte das Gewebe derart durchtränkt, dass sich unterhalb der Achseln große dunkle Kreise gebildet hatten. Er mochte etwa fünfzig sein, hatte jedoch volles Haar, das schwarz und lockig war. Die Haut seines Gesichtes war gerötet und heiß; die schmalen Augen dagegen blieben klar und eisig.

Er kam durch die Tür, blickte in die Richtung, aus der das Geklapper der Schreibmaschine kam, und nickte dann Aaron zu.

»Mr. Hacker?«

»Ja, Sir.« Aaron lächelte. »Was kann ich für Sie tun?«

Der dicke Mann wedelte mit der Zeitung. »Ich habe Ihren Namen in der Rubrik Grundstückmarkt gefunden.«

»Stimmt. Jede Woche setze ich ein Inserat ein. Hin und wieder inseriere ich auch in der ›Times‹. Eine Menge Leute in der Großstadt interessieren sich für Städte wie unsere, Mr. ...«

»Waterbury«, sagte der Mann. Er zog ein weißes Taschentuch hervor und fuhr sich damit über das Gesicht. »Heiß heute.«

»Ungewöhnlich heiß«, erwiderte Aaron. »Hier bei uns ist es selten so heiß. Durchschnittstemperatur ist im Sommer rund fünfundzwanzig Grad Celsius. Wir haben nämlich einen See. Stimmt's, Sally?« Das Mädchen war viel zu beschäftigt, um ihn zu hören. »Naja. Wollen Sie nicht Platz nehmen, Mr. Waterbury?«

»Danke.« Der dicke Mann setzte sich auf den angebotenen Stuhl und seufzte. »Ich bin schon durch die Gegend gefahren. Wollte mir alles erst einmal ansehen, bevor ich herfuhr. Nette kleine Stadt.«

»Doch, uns gefällt sie auch. Zigarre?« Er klappte eine Kiste auf, die auf seinem Tisch stand.

»Nein, danke. Ich habe nicht allzu viel Zeit, Mr. Hacker. Einverstanden, wenn wir gleich zum Geschäftlichen kommen?«

»Ist mir recht, Mr. Waterbury.« Er blickte zu dem klappernden Geräusch hinüber und runzelte die Stirn. »Sally!«

»Ja, Mr. Hacker?«

»Hören Sie doch endlich mit dem verdammten Geklapper auf!«

»Sofort, Mr. Hacker.« Sie legte die Hände in den Schoß und starrte auf das sinnlose Durcheinander von Buchstaben, das sie auf den Bogen gehämmert hatte.

»Also?«, sagte Aaron. »Ist es irgendein spezielles Grundstück, für das Sie sich interessieren, Mr. Waterbury?«

»Wenn Sie es genau wissen wollen – ja. Es handelt sich um ein Haus, das am Stadtrand liegt, genau gegenüber einem alten Bau. Was dieser Bau darstellt, weiß ich nicht – er steht leer.«

»Das Kühlhaus«, sagte Aaron. »Und war das andere vielleicht ein Haus mit Säulen?«

»Ja, das ist es. Wie steht es damit? Soweit ich mich erinnere, habe ich irgendwo eine Tafel ›Zu verkaufen‹ hängen sehen – aber hundertprozentig weiß ich es nicht.«

Aaron schüttelte den Kopf und kicherte trocken. »Doch, doch, Sie haben recht!« Er blätterte in einem Aktenordner und deutete dann auf einen mit Schreibmaschine beschriebenen Bogen. »Für längere Zeit kommt es wohl kaum in Frage, nicht?«

»Warum nicht?«

Er schob dem anderen den Ordner hin. »Lesen Sie selbst.« Das tat der Dicke.

Echter Kolonialstil. 8 Zimmer, Bäder, automatische Ölheizung, geräumige Veranden, Bäume und Sträucher. Geschäfte und Schulen in der Nähe. $ 75 000.

»Immer noch interessiert?«

Unruhig rutschte der Mann hin und her. »Und warum nicht? Hat die Sache einen Haken?«

»Naja!« Aaron kratzte sich an der Schläfe. »Wenn es Ihnen hier bei uns wirklich gefällt, Mr. Waterbury – ich meine, wenn Sie sich tatsächlich hier niederlassen wollen, hätte ich jede Menge Häuser, die für Sie besser geeignet wären.«

»Einen Moment bitte!« Der Dicke machte einen unwilligen Eindruck. »Was soll das eigentlich bedeuten? Ich habe mich bei Ihnen nach diesem Kolonialhaus erkundigt. Wollen Sie es nun verkaufen oder nicht?«

»Habe ich gesagt, dass ich es verkaufen will?« Aaron kicherte. »Mein lieber Mann, dieses Grundstück habe ich jetzt seit fünf Jahren an der Hand. Und mir wäre sehr viel wohler, wenn ich die Kommission einstreichen könnte. Bloß habe ich dieses Glück bisher noch nicht gehabt.«

»Was wollen Sie damit sagen?«

»Damit will ich sagen, dass Sie es auch nicht kaufen werden. Mehr nicht. Den Auftrag habe ich allein der alten Sadie Grimes wegen übernommen. Sonst hätte ich nicht mal dieses Stück Papier dafür geopfert – das können Sie mir glauben.«

»Ich verstehe Sie immer noch nicht.«

»Dann werde ich es Ihnen erklären.« Er nahm eine Zigarre aus der Kiste, rollte sie jedoch nur zwischen den Fingern. »Vor fünf Jahren, als ihr Sohn starb, entschloss sie sich, das Haus zu verkaufen. Den Auftrag dazu gab sie mir. Ich wollte ihn gar nicht – wirklich nicht, Sir. Das habe ich ihr auch mitten ins Gesicht gesagt. Der alte Kasten ist doch niemals das Geld wert, das sie dafür fordert. Das können Sie mir glauben! Keine zehntausend ist er wert!«

Das Gesicht des Dicken rötete sich. »Keine zehn? Und sie will fünfundsiebzig haben?«

»Ja, stimmt. Aber fragen Sie mich nicht, warum. Das Haus ist nämlich wirklich alt. Aber nicht so wie die anderen, die solide wie ein Fels gebaut sind. Einfach alt ist es, nichts weiter. Gegen Termiten ist nie was getan worden. In den nächsten paar Jahren kommen bestimmt einige Balken von oben herunter. Die Kellerräume stehen die halbe Zeit unter Wasser. Die erste Etage ist auf der einen Seite um gut zwanzig Zentimeter abgesackt. Und das Grundstück ist der reinste Urwald.«

»Warum verlangt sie denn dann so viel?«

Aaron zuckte die Schultern. »Fragen Sie mich nicht. Vielleicht aus Sentiment. Seit der Revolution ist das Haus im Familienbesitz – kann sein, dass das der Grund ist.«

Der Dicke betrachtete nachdenklich den Fußboden. »Das ist allerdings schlecht«, sagte er, »sehr schlecht!« Dann hob er den Kopf, sah Aaron an und lächelte einfältig. »Und dabei gefällt es mir so. Es war – ich weiß nicht, wie ich es erklären soll. Genau die richtige Art von Haus.«

»Ich weiß, was Sie meinen. Ein freundliches altes Haus. Und für zehntausend wäre es ein guter Kauf. Aber fünfundsiebzig?« Er lachte. »Trotzdem glaube ich, Sadies Gründe zu kennen. Viel Geld hat sie nicht. Ihr Sohn unterstützte sie und verdiente in der Stadt auch ganz ordentlich. Dann starb er, und sie wusste, dass es nur vernünftig wäre, wenn sie es verkaufte. Aber sie konnte es nicht über sich bringen, sich von dem alten Haus zu trennen. Und deswegen setzte sie den Preis so hoch, dass kein Mensch überhaupt auf die Idee kam, es zu kaufen. Aber ihr Gewissen hatte sie damit beruhigt.« Betrübt schüttelte er den Kopf. »Eine merkwürdige Welt ist das, nicht?«

»Ja«, sagte Waterbury zurückhaltend.

Dann stand er auf. »Ich will Ihnen was sagen, Mr. Hacker. Angenommen, ich führe mal hin und redete mit Mrs. Grimes? Angenommen, ich versuchte, ihr den Preis auszureden?«

»Machen Sie sich nichts vor, Mr. Waterbury. Genau das habe ich seit fünf Jahren versucht.«

»Wer weiß? Wenn ein völlig Fremder es versuchte...«

Aaron Hacker breitete die Hände aus. »Vielleicht haben Sie recht. Wir leben schon in einer merkwürdigen Welt, Mr. Waterbury. Wenn Sie sich also dieser Mühe unterziehen wollen, bin ich gern bereit, Ihnen dabei behilflich zu sein.«

»Gut. Dann werde ich gleich hinfahren...«

»Großartig. Aber lassen Sie mich lieber noch bei Sadie Grimes anrufen. Ich werde ihr Bescheid sagen, dass Sie kommen.«

Langsam fuhr Waterbury durch die stillen Straßen. Die schattigen Bäume, die die Straßen einsäumten, warfen friedliche gesprenkelte Schatten auf die Motorhaube des Kabrioletts. Der darunter liegende starke Motor lief leise flüsternd, so dass Waterbury das wellenweise Zwitschern der Vögel über sich hören konnte.

Das Haus der Sadie Grimes erreichte er, ohne einem anderen fahrenden Wagen begegnet zu sein. Er hielt vor dem verfallenen Holzzaun, der wie eine unordentliche Reihe von Wachtposten vor dem Haus stand.

Der Rasen war ein Gewirr aus Unkraut und Steppengras, und die Säulen, die auf der vorderen Veranda aufragten, waren von Kletterpflanzen umwickelt.

An der Tür befand sich ein Klopfer. Er ließ ihn zweimal gegen das Holz fallen.

Die Frau, die ihm öffnete, war klein und gedrungen. Ihr weißes Haar wirkte stellenweise leicht rosa, und die Falten ihres Gesichts verliefen abwärts in Richtung ihres kleinen störrischen Kinns. Trotz der Hitze trug sie eine dicke Wolljacke.

»Sie sind sicher Mr. Waterbury?«, sagte sie. »Aaron Hacker hat mir Bescheid gesagt, dass Sie kommen.«

»Der bin ich«, sagte der Dicke lächelnd. »Wie geht es Ihnen, Mrs. Grimes?«

»Ich bin zufrieden. Wahrscheinlich möchten Sie hereinkommen?«

»Schrecklich heiß hier daußen.« Er lachte leise.

»Na schön, dann kommen Sie. Ich habe schon Limonade in den Eisschrank gestellt. Nur bilden Sie sich bitte nicht ein, dass ich mich mit Ihnen auf einen Handel einlasse, Mr. Waterbury. Zu diesen Leuten gehöre ich nicht!«

»Das sieht man doch gleich«, sagte der Mann gewinnend und folgte ihr in das Haus.

Es war dunkel und kühl. Die Fensterläden waren undurchsichtig und heruntergelassen. Sie betraten ein viereckiges Wohnzimmer mit schweren barocken Möbeln, die phantasielos an den Wänden aufgereiht waren. Die einzige Farbe innerhalb des Zimmers kam von den verblichenen Farbtönen des Fransenteppichs, der in der Mitte auf dem kahlen Fußboden lag.

Die alte Frau ging sofort zu einem Schaukelstuhl und blieb dort regungslos sitzen, die runzligen Hände streng gefaltet.

»Also?«, sagte sie. »Wenn Sie etwas zu sagen haben, Mr. Waterbury, schlage ich vor, dass Sie es gleich tun.«

Der Dicke räusperte sich. »Mrs. Grimes, ich habe mich gerade mit Ihrem Grundstückmakler unterhalten …«

»Das weiß ich bereits«, fuhr sie dazwischen. »Aaron ist ein Dummkopf. Und zwar schon deshalb, weil er Sie hierher fahren ließ mit der Absicht, meinen Entschluss zu ändern. Für solche Sachen bin ich aber zu alt, Mr. Waterbury.«

»Ich, äh – ich weiß gar nicht, ob das in meiner Absicht lag, Mrs. Grimes. An sich wollte ich – äh – wollte ich mich nur ein bisschen mit Ihnen unterhalten.«

Sie lehnte sich zurück, und der Schaukelstuhl ächzte. »Reden Sie nur immer frei von der Leber. Genieren Sie sich nicht.«

»Ja …« Er wischte sich wieder das Gesicht ab und steckte das Taschentuch nur zur Hälfte wieder in die Tasche. »Ja, dann will ich es mal folgendermaßen ausdrücken, Mrs. Grimes. Ich bin Geschäftsmann – Junggeselle dazu. Ich habe lange Zeit gearbeitet und dabei ein hübsches kleines Vermögen zurückgelegt. Und jetzt möchte ich mich zur Ruhe setzen – am liebsten an einem Ort, wo es ruhig ist. Ivy Corners gefällt mir. Vor einigen Jahren bin ich einmal hier durchgekommen, und zwar auf dem Weg nach – äh, nach Albany. Und damals habe ich mir gesagt, dass ich mich hier einmal zur Ruhe setzen möchte.«

»Und?«

»Und als ich heute durch die Stadt fuhr und dieses Haus sah – da war ich begeistert. Es scheint für mich – genau richtig zu sein.«

»Mir gefällt dieses Haus auch, Mr. Waterbury. Deswegen verlange ich auch einen angemessenen Preis dafür.«

Waterbury zwinkerte mit den Augen. »Einen angemessenen Preis? Sie müssen doch zugeben, Mrs. Grimes, dass ein Haus dieser Art heutzutage nicht mehr als…«

»Jetzt ist aber Schluss!«, rief die alte Frau. »Ich habe es Ihnen vorhin schon gesagt – ich habe keine Lust, den ganzen Tag hier herumzusitzen und mich mit Ihnen zu streiten. Wenn Sie meinen Preis nicht zahlen wollen, brauchen wir gar nicht mehr darüber zu sprechen.«

»Aber Mrs. Grimes…«

»Auf Wiedersehen, Mr. Waterbury!«

Sie stand auf und gab damit zu verstehen, dass sie von ihm dasselbe erwartete.

Das tat er jedoch nicht. »Noch einen Moment, Mrs. Grimes«, sagte er, »nur noch einen einzigen Moment. Ich weiß, dass es verrückt ist, aber – ich bin einverstanden. Ich zahle Ihnen, was Sie verlangen.«

Sie blickte ihn eine ganze Weile an. »Haben Sie es sich auch genau überlegt, Mr. Waterbury?«

»Das habe ich. Geld habe ich genug. Wenn Sie unbedingt Ihren Willen haben wollen – bitte, ich bin einverstanden.«

Sie lächelte dünn. »Die Limonade ist jetzt bestimmt kalt genug. Ich hole Ihnen ein Glas – und dann möchte ich Ihnen einiges über dieses Haus erzählen.«

Er wischte sich gerade die Stirn ab, als sie mit dem Tablett zurückkam. Gierig goss er die eiskalte gelbe Flüssigkeit in sich hinein.

»Dieses Haus«, sagte sie und setzte sich wieder bequem in den Schaukelstuhl, »befindet sich seit achtzehnhundertzwei im Besitz meiner Familie. Rund fünfzehn Jahre vorher war es gebaut worden. Mit Ausnahme meines Sohnes Michael wurde jedes Mitglied meiner Familie in dem oben liegenden Schlafzimmer geboren. Ich war die Einzige, die eine Ausnahme machte«, fügte sie aufsässig hinzu. »Ich hatte neumodische Ideen im Kopf – mit Krankenhäusern und so weiter.« Ihre Augen zwinkerten.

»Ich weiß selbst, dass es nicht zu den solidesten Häusern von Ivy Corners gehört. Nachdem ich mit Michael nach Hause gekommen war, wurde der ganze Keller überschwemmt, und seitdem haben wir ihn nie mehr ganz trocken bekommen. Aaron meinte, Termiten wären ebenfalls im Hause, aber gesehen habe ich diese lästigen Biester noch nie. Und außerdem liebe ich dieses alte Haus – verstehen Sie mich?«

»Natürlich«, sagte Waterbury.

»Michaels Vater starb, als Michael neun war. Damals hatten wir es schwer. Ich übernahm Näharbeiten, und mein eigener Vater hinterließ mir die kleine Jahresrente, von der ich heute lebe – nicht gerade großartig, aber ich komme zurecht. Michael vermisste seinen Vater sehr, vielleicht sogar mehr, als ich es tat. Und im Laufe der Zeit wurde er – Gott ja, wild ist das einzige Wort, das einem dabei einfällt.«

Mitfühlend schnalzte der dicke Mann leise mit der Zunge.

»Als er das Examen an der High School gemacht hatte, ging er aus Ivy Corners weg und in die Stadt. Gegen meinen Willen, damit kein Irrtum entsteht! Aber er war genauso wie viele junge Leute, voller Ehrgeiz, wenn auch noch ohne jedes Ziel. Was er in der Stadt anfing, weiß ich nicht. Aber Erfolg muss er gehabt haben – er schickte mir nämlich regelmäßig Geld.« Ihre Augen verschleierten sich. »Neun Jahre lang sah ich ihn nicht.«

»Ach«, sagte der Mann betrübt.

»Ja, es war für mich nicht leicht. Aber noch viel schlimmer war es, als er wieder nach Hause kam – und zwar wegen irgendwelcher Schwierigkeiten.«

»Oh?«

»Ich hatte keine Ahnung, wie groß diese Schwierigkeiten waren. Mitten in der Nacht tauchte er plötzlich auf, und dazu sah er viel dünner und älter aus, als ich es jemals für möglich gehalten hätte. Gepäck hatte er keines bei sich, nur einen kleinen schwarzen Koffer. Als ich versuchte, ihm diesen Koffer abzunehmen, hat er mich fast geschlagen – mich, seine leibliche Mutter!

Ich brachte ihn gleich zu Bett, als wäre er wieder ein kleiner Junge. Und die ganze Nacht habe ich damals gehört, wie er weinte.

Am nächsten Tag schickte er mich aus dem Haus. Nur für ein paar Stunden – er hätte irgendetwas vor, sagte er. Was es war, verriet er nicht. Als ich dann aber gegen Abend heimkam, merkte ich, dass der kleine Koffer verschwunden war.«

Die Augen des Dicken, die über das Limonadenglas hinwegsahen, wurden groß.

»Was soll das heißen?«, fragte er.

»Damals wusste ich es noch nicht. Aber gar nicht viel später bekam ich es heraus – schrecklich schnell. In jener Nacht kam ein Mann in unser Haus. Ich weiß gar nicht, wie er überhaupt hereingekommen ist. Merken tat ich es erst, als ich in Michaels Zimmer Stimmen hörte. Ich schlich an die Tür und versuchte zu lauschen, versuchte herauszufinden, in welchen Schwierigkeiten mein Junge steckte. Aber ich hörte bloß Schreie und Drohungen, und...«

Sie verstummte, und ihre Schultern sanken hinab.

»Und einen Schuss«, fuhr sie fort, »einen Revolverschuss. Als ich ins Zimmer kam, stand das Schlafzimmerfenster weit offen, und der Fremde war verschwunden. Und Michael – der lag auf dem Boden. Er war tot.«

Der Stuhl knarrte.

»Das war alles vor fünf Jahren«, sagte sie. »Vor fünf langen Jahren. Und es dauerte eine ganze Weile, bis ich erfuhr, was passiert war. Die Polizei hat mir die ganze Geschichte erzählt. Michael und der andere Mann waren in Verbrechen verwickelt – in ein schweres Verbrechen. Viele, viele tausend Dollar hatten sie gestohlen.

Michael hatte das Geld genommen und war damit weggelaufen, weil er es für sich behalten wollte. Er versteckte es irgendwo in diesem Haus – wo, das weiß ich bis heute nicht. Dann kam der andere Mann zu meinem Sohn, um seinen Anteil abzuholen. Als er feststellte, dass das ganze Geld verschwunden war – brachte er meinen Jungen um.«

Sie blickte hoch. »Und deswegen habe ich dieses Haus zum Verkauf ausgeschrieben, für fünfundsiebzigtausend Dollar. Ich wusste, dass der Mörder meines Sohnes irgendwann hierher zurückkommen würde. Und irgendwann würde er dann dieses Haus zu jedem Preis kaufen wollen. Ich brauchte nicht mehr zu tun, als zu warten, bis ich den Mann fände, der für das Haus einer alten Dame viel zu viel Geld zahlen wollte.«

Sanft schaukelte sie hin und her.

Waterbury stellte das leere Glas hin und leckte sich die Lippen ab; seine Augen konnten nichts mehr genau erkennen, und sein Kopf rollte willenlos von einer Seite zur anderen.

»Bah!«, sagte er. »Die Limonade schmeckt aber bitter.«

DROGUERIE
FRUITS
LEGUMES
Die
IMMOBILIEN-
HAIE
von
WALL STREET

Sempé

Johannes Willms

»Es ging mir nicht mehr um Ruhm, sondern bloß um Geld.«

Balzac und das leidige Thema Geld.
Mit Vignetten von Tomi Ungerer

Die *Physiologie du mariage* machte Balzac schlagartig bekannt. Er war dreißig Jahre alt, aber den unbeschwerten Ausblick auf eine erfolgreiche Schriftstellerkarriere verstellte ihm bereits jetzt eine gewaltige Schuldenlast, die er auf 100 000 bis 120 000 Franc veranschlagte. René Bouvier und Édouard Maynial, die 1938 das einschlägige Standardwerk *Les Comptes dramatiques de Balzac* vorlegten, beziffern seine Schulden zwar auf nur 59 576 Franc, von denen er mit 50 300 bei der eigenen Familie in der Kreide stand, die an ihn und seine Zukunft als Schriftsteller geglaubt und deshalb mit Forderungen nicht bedrängt habe. Die große Differenz zwischen beiden Summen erklärt sich daraus, dass Bouvier und Maynial die Zuwendungen von Madame de Berny nicht berücksichtigten. Diese beliefen sich aber, wie Balzac der Hanska gegenüber im Juli 1837 beteuerte, auf wenigstens 45 000 Franc, eine Summe, die er ihr abgesehen von einem Rest von 6000 Franc bis 1836 zurückbezahlt habe. Ob das stimmt, lässt sich jedoch nicht überprüfen.

An der verzweifelten finanziellen Situation Balzacs seit der Liquidation seines Abenteuers als Drucker und Verleger änderte also der Erfolg nichts, den er mit der *Physiologie du mariage*, den *Scènes de la vie privée* oder seinem ersten großen Roman *La Peau de chagrin* erzielte. Diese Werke verschafften ihm zwar Prestige, aber keine nennenswerten Einnahmen. 1830 und 1831 verdiente er mit seinem Schreiben noch nicht einmal 10 000 Franc, während er gleichzeitig rund 18 000 Franc für die Tilgung von Schuldzinsen und die Bestreitung seines Lebensunterhalts brauchte. Damals, sagte Balzac, seien alle hochfliegenden Hoffnungen von der schieren Arbeitslast erstickt worden. »Es ging mir nicht mehr um Ruhm, sondern bloß um Geld.

Damals hatte ich nur Schulden und besaß selber nichts.«
Mitverantwortlich für seine finanzielle Misere war die damalige wirtschaftliche Krise des französischen Buchhandels. Die Bücher Balzacs zwischen 1828 und 1830 brachten kaum etwas ein. Dem Freund Victor Ratier bekundete er im Juli 1830 unumwunden: »Ich glaube, dass die Literatur augenblicklich dem Gewerbe einer Straßendirne gleicht, die sich für 100 Sou anbietet. Derlei führt zu nichts, und ich habe unbändige Lust auszubrechen, mich auf die Suche nach einem wirklichen Drama zu machen, mein Leben zu riskieren; was bedeutet es schon, ein paar elende Jahre mehr oder weniger zu leben! ... Ach, wenn man in einer schönen Nacht den bestirnten Himmel sieht, ist man sofort bereit, sich die Hose aufzuknöpfen, um allen Gekrönten aufs Haupt zu pissen.« Das waren natürlich Rodomontaden, deren forcierter Witz tiefe Verzweiflung überspielen sollte. In zwei Aufsätzen vom Frühjahr und Herbst 1830 analysierte er hellsichtig die Absatzkrise, an der besonders die Romanliteratur in Frankreich litt. Die Diagnose, das wusste er, würde das Übel nicht heilen. Daher teilte er Charles Sédillot, der sich um die Abwicklung seiner Schuldenlast kümmerte, mit: »Ich kann nur Geld verdienen, indem ich für die Journale schreibe, aber ich habe kaum die Zeit, alle ihre Wünsche zu befriedigen.« Diese Einsicht hatte Balzac bereits im April 1829 gegenüber seiner Vertrauten Zulma Carraud formuliert: »Um ihren Lebensunterhalt zu bestreiten, malen Künstler Bilder, die sie nicht signieren, im Unterschied zu den Werken, die sie im Salon ausstellen und mit denen sie berühmt werden wollen. Eben da bin ich jetzt angelangt.« Balzac beobachtete den Markt stets genau, und ihm entging nicht, dass Frankreich unmittelbar vor Ausbruch der Juli-Revolution 1830 eine Zeitungs- und Zeitschriftenblüte erlebte, die ihm ein neues Tätigkeitsfeld eröffnete. Bei den meisten damals gegründeten Organen wurde Balzac regelmäßiger Mitarbeiter: Die Zeitschriften honorierten aber die Beiträge sofort und im vollen, zuvor vereinbarten Umfang in bar.
Die neuen Publikumszeitschriften hatten großen Bedarf an kürzeren, literarischen Texten und schufen damit die Voraussetzungen für eine wahre *folie de conte,* eine Hochkonjunktur kurzer Erzählungen. Nach vergeblichen Versuchen, mit weitschweifigen historischen oder phantastischen Romanen erfolgreich zu sein, erwiesen sich die strengen formalen Anforderungen jener kurzen Erzählungen als eine nachhaltige Schule für Balzacs Talent: Zwischen 1829 und 1832 schrieb er für diese Zeitschriften gut die Hälfte jener Erzählungen, die später, oft in größere Handlungsrahmen eingefügt, in das Riesenbauwerk der *Comédie humaine* aufgenommen wurden.

Diese Leistung wurde schon allein wegen des schieren Umfangs von der Öffentlichkeit bemerkt und verschaffte Balzac einen Status, den er gegenüber den Verlegern auszunutzen suchte. Damit scheiterte er jedoch, wie er Charles Gosselin Ende Juli 1831 indirekt eingestand: »Ich werde mich mit den Zeitungen bescheiden, die mir augenblicklich mehr Honorar bieten, als ich je hoffte zu bekommen, zumal ich soeben zwei Vereinbarungen unterzeichnet habe, die mir 700 Franc monatlich für 56 Seiten einbringen, (...) und wenn ich dann ein Buch mache, werde ich mich nicht ärgern müssen, da ich meine Werke nicht so sehr für Geld als vielmehr um den Preis einer einvernehmlichen Zusammenarbeit zur Veröffentlichung geben werde.« Das Honorar, das Balzac hier nennt, wurde von der *Revue de Paris* angeboten, während Gosselin für das Meisterwerk *La Peau de chagrin* vertraglich lediglich 1125 Franc zu den damals üblichen und für Autoren notorisch nachteiligen Bedingungen zugesagt hatte.

Kunst geht nach Brot. Die Einsicht war für Balzac weder neu noch verstörend. Sein auf Reichtum und gesellschaftlichen Status fixierter Ehrgeiz war nicht nur ein Erbe nach dem Vorbild des sozial so überaus umtriebigen Vaters, sondern entsprach auch dem bürgerlichen, auf Gewinnstreben erpichten Geist der Zeit. Dass Geld die Welt beherrschte, die Gier, es zu erwerben, jene Dynamik freisetzte, von der die Gesellschaft im Innersten ergriffen war, ist nicht nur die zentrale Botschaft der *Comédie humaine*, sondern beherrschte auch zunehmend Balzacs Leben, ob es nun um seine politischen Ansichten ging, seine zahlreichen unternehmerischen Projekte und Aktivitäten oder nicht zuletzt um sein Streben nach literarischem Erfolg.

Derlei zielt keineswegs auf Denkmalsturz, zumal Balzac kein Hehl daraus machte, dass bei ihm das Materielle weit vor dem Ideellen rangierte. Ein Autor mit knurrendem Magen in zugiger Dachstube zu sein, dem allein der Geruch von in einer Schublade faulenden Äpfeln die Illusion von Wärme vermittelt und der ungeachtet solcher äußeren Misere Werke zu Papier bringt, deren Glanz sich in Jahrhunderten nicht trübt, strebte er nie an. Entbehrung war nicht der Preis, um Künstler zu werden. Wie seine Protagonisten verstand er sich zuallererst als Geschäftsmann, als Unternehmer, der aber nicht, wie César Birotteau durch ein huile céphalique, durch ein in die Kopfhaut einzumassierendes Öl, zu Reichtum und gesellschaftlichem Ansehen strebte, sondern durch die geradezu fabrikmäßige Fertigung von Literatur. Nicht zuletzt darin verbirgt sich das Geheimnis seiner verstörenden Modernität und staunenswerten Aktualität.

Der Schwester Laure teilte er bereits als Zwanzigjähriger mit: »Du weißt, wie sehr mich die Reichtümer verlocken«, ein Eingeständnis, das die Schwester dann in den Erinnerungen an ihren Bruder 1858 zu der zirkulären Aussage verharmloste: Er habe von früh an zu großem Wohlstand gelangen wollen, »darin aber nur ein Mittel zum Erfolg gesehen«. Freunden, Verlegern, ja, jedem, dem er begegnete, prophezeite er: »Ich werde reich sein.« Das war seiner Zeit und der in ihr tonangebenden Schicht, dem Bürgertum, ein selbstverständliches Credo, das von der Juli-Monarchie mit der Parole »Enrichessez-vous!«, »Bereichert euch!«, zum politischen Programm einer Ära und eines Regimes verklärt wurde. Ehe er ihr Chronist wurde, war Balzac Kind dieser Zeit und Klasse. Selbst die Aussicht auf »lebenslange Unsterblichkeit«, die mit der Aufnahme in die *Académie française* verknüpft war und die er zeitweilig anstrebte, bilanzierte er in einer nüchternen Gewinnrechnung: 2000 Franc per annum als einfacher académicien, weitere 5000 Franc als Mitglied der Wörterbuch-Kommission, zusätzliche Einnahmen, wenn er zum »secrétaire perpétuel« der *Académie des Inscriptions* gewählt werden würde.

Einer, der ihn gut kannte, aber nicht ausstehen konnte, Paul Lacroix, genannt le Bibliophile Jacob, hat geurteilt: »Er war entschlossen, als Romancier wie als Theaterautor berühmt, vor allem aber reich zu werden«; und aus der Distanz des unmittelbar Nachlebenden urteilte der Kritiker Ferdinand Brunetière, Balzac habe nie für sich beansprucht, ein Meisterwerk zu schaffen, noch habe er dem Verlangen Ausdruck verliehen, seinen Namen im Gedächtnis der Menschen unvergänglich zu machen; sobald er von Berühmtheit sprach, meinte er nur immer jene, die sich unmittelbar auszahlte.

Wer ein emphatisches Verhältnis zur Literatur unterhält, der wird solche Urteile gewiss als überzogen betrachten. Gefällt wurden sie jedoch von Leuten, die noch nicht die Kenntnis von Balzacs umfangreicher Korrespondenz besaßen, in der weitaus deutlicher als im literarischen Schaffen die Leitmotive seines Tuns und Lassens zum Vorschein kommen. Mitte Mai 1831 erläuterte Balzac, der damals bereits die ersten Sprossen auf der Leiter zu literarischer Anerkennung glücklich genommen hatte, Victor Ratier, mit dem er gemeinsam eine gewissermaßen nebenherlaufende Produktion von Theaterstücken ankurbeln wollte, wie er sich die Zusammenarbeit vorstellte: »Kurz, ich werde das zerstören, was Sie mir vorlegen, und dann auf Ihre Schultern steigen, um weiterzuschauen. Glauben Sie aber nicht, dass ich nicht wie Sie auch die ganze Lächerlichkeit eines solchen Handels verstünde. Sollten Sie darin aber für sich finanzielle Nachteile erkennen, steigen Sie sofort aus; zum anderen werde ich Ihnen aber auch nicht verschweigen, dass, wenn ich Ihren Einfall für den besseren halte, dieser durchaus bestehen bleiben soll, denn unsere Zusammenarbeit hat kein anderes Ziel, als unser finanzielles Wohlergehen zu befördern, weshalb es sich dabei mehr um eine Art von literarischem Gebaren handelt, das mit unserem Ansehen nichts zu tun hat. Sollten wir das Glück haben, einen guten Scribe [gemeint ist der erfolgreiche Theaterautor Eugène Scribe] in der Werkgemeinschaft Rathier [sic] zusammenzuschustern, dann wäre das umso besser, und ich könnte mir gar nicht mehr wünschen.«

Literatur war also für Balzac keineswegs ein Opfer um ihrer selbst willen, sondern lediglich Mittel zum schnöden Zweck, reich zu werden. Seiner Mutter versicherte er 1832: »Früher oder später wird mir die Literatur, die Politik, der Journalismus, eine Ehe oder ein großes Geschäft ein Vermögen verschaffen.« Als sich gegen Ende seines Lebens die fixe Idee einer vorteilhaften Heirat erfüllte, legte er sofort die Feder aus der Hand und wandte sich von der Literatur ab. Wäre der sehnliche Wunsch nach einem Leben in Wohlstand, ja Reichtum früher erfüllt worden, hätte er die *Comédie humaine*, dieses aus vielen Bruchstücken erst spät zu einer literarischen Konfession wachsende Riesengebäude, Knall auf Fall liegenlassen. Eine bloße Vermutung? Keineswegs. Im Januar 1847 schrieb Balzac der Hanska: »Wenn Du also (...) in Deiner Ukraine bleiben willst und wir uns dort vereinigen sollen, dann lass es mich wissen, überleg es Dir aber gut, denn ich werde nicht den millionsten Teil einer Sekunde zögern zu kommen, mich dort niederzulassen und zu leben. (...) Ich werde dann nicht einmal mehr *Les Paysans* vollenden; ich werde überhaupt nichts mehr schreiben, Herrgott noch mal, keine einzige Zeile. Ich werde als Träumer und als der Glücklichste unter allen Menschen auf Erden leben.« Im Lichte dieser Mitteilung muss man Eveline Hanska dankbar sein, dass sie Balzacs Werben erst so spät erhörte.

Vielleicht verhielt es sich aber auch genau umgekehrt, vielleicht brauchte Balzac Schulden oder das Sehnen nach Reichtum als Stimulans für seine Schreibmanie. Dass solche materiellen Zwänge und Hoffnungen ihn zur Arbeit anspornten, hat er der Hanska immer wieder bestätigt. Keine Rede davon, dass er sich etwa seinem Genie verpflichtet gefühlt habe. Das hat er einmal sogar ausdrücklich dementiert, als er vom Besuch des Künstlers Elschoët berichtete, »eines Träumers, der verdienterma-ßen in abgrundtiefem Elend lebt, der seit drei Monaten nicht mehr als 10 Sou verdient hat«. Er sei so arm, dass er nur noch dann zum Pinsel griffe, wenn er einen Auftrag habe. »Ist man erst einmal so weit gekommen, dann ist es nur noch ein kleiner Schritt, selbst dann kein Werk mehr in Angriff zu nehmen, wenn man dazu aufgefordert wird. Dahin die hehren Ansprüche auf Genie! … Ach! Das liegt einem allemal sehr fern, wenn es gilt, sich ein Vermögen aufzuhäufen, sein Brot zu verdienen! Hat etwa Rossini vom Ruhm geträumt, als er für hundert Écus den *Barbier* komponierte? Er machte es wie ich, als ich seinerzeit die *Physiologie du mariage* schrieb, er dachte an seinen Broterwerb, wie wir uns versicherten! Seine Habgier ist entschuldbar, blitzt in ihr doch die Erinnerung an seine Misere auf, die für jene ursächlich ist, hat er doch auch erkannt, dass Geld Unabhängigkeit verschafft und dass Unabhängigkeit das höchste aller Güter ist.«

Balzac wusste, dass die Sache mit dem Genie, das mit heiligem Feuer den Werkstoff zum großen Kunstwerk ausschmilzt und Inspiration in die einzig gemäße Form gießt, eine fromme Lüge ist. Das eigentliche Geheimnis seiner Schöpferkraft hat Balzac der in Paris lebenden Fürstin Belgiojoso, der er zwar vergleichsweise fernstand, die er aber als Frau von Geist schätzte, mit brutaler Offenheit entdeckt: »Ich habe den *César Birotteau* sechs Jahre lang angefangen auf meinem Schreibtisch liegen gehabt. Ein enormes Honorarangebot [20 000 Franc] hat mich dann dazu gebracht, das Manuskript in nur siebzehn Tagen mittels eines mir selbst nicht erklärlichen Wunders zu vollenden.« Das war der Preis seines Genies. Und seiner Schwester Laure, die ihn gefragt hatte, ob ein junger Autor aus ihrer Bekanntschaft Talent, gar Genie besitze, beschied er lapidar: »Was ist es, was Dich glauben lässt, Gaston [Gaston de Montheau, dessen Drama Jacques Martin im Januar 1849 in Paris Premiere hatte] besäße Genie oder nicht? (…) In der Literatur sind es die mittelmäßigen Begabungen, die einige Ausdauer zeigen und die deshalb ein Vermögen machen; sie bleiben zwar unbekannt, erhalten dafür aber eine Rente von 10000 Livre jährlich.«

10 000 Franc Rente als Dividende für eine nicht an sich selber verzagende Mittelmäßigkeit ohne allen Ruhm – war das Balzacs Traum vom Glück? Man muss es vermuten, denn mit Umsicht unterließ er es, die eigene Biographie zu pflegen, zu stilisieren, zu Lebzeiten jener »gekrönten Prostituierten« zu verfallen, wie Lousteau in den *Illusions perdues* den Ruhm voller Verachtung nannte. Überhaupt, was galt die Meinung der Nachwelt? Nichts, wie er der Hanska einmal versicherte, denn »der Ruhm erleuchtet allenfalls die Grabesgruft, aber die Nachwelt zahlt uns keine Rente.« Das war sein Realismus. Für ihn zählte die Gegenwart mit einem zahlenden Publikum, das sich um seine Werke riss. Daher machte er hemmungslos für sich selbst Reklame. In *La Caricature* ließ sich im August 1831 beispielsweise ein Comte Alexandre de B. in einer längeren Kritik über *La Peau de chagrin* mit Wertungen vernehmen wie: »... verblüffender Stil ... hoher moralischer Anspruch ... nur mit Rabelais und Sterne vergleichbar.« Der geheimnisvolle Graf, der solche Register zog, war kein anderer als Balzac selber.

Den Absatz seiner Bücher suchte Balzac noch auf andere Weise zu steigern. Wie gut er sich beispielsweise auf das literarische Marketing verstand, zeigen seine Ratschläge an den Verleger Louis Mame Ende September 1832, dem er die Zusendung des Manuskripts von *Le Médecin de campagne* in Aussicht stellte, obwohl er zu diesem Zeitpunkt noch keine Zeile zu Papier gebracht hatte: »Seit langem bereits bin ich (...) begierig nach wahrhaft populärem Ruhm, der sich darin zeigt, dass man Abertausende von Exemplaren eines Buchs in kleinem Format absetzt wie *Attala, Paul et Virginie, Le Vicaire de Vakefield* [sic], *Manon Lescaut, Perrault* etc. etc. (...) Allerdings gilt es dafür zu sorgen, dass das Buch in alle Hände gelangen kann, in die einer jungen Frau, eines Kindes, eines Alten und selbst in die einer Tiefgläubigen. Wenn dann erst einmal das betreffende Buch bekannt geworden ist (...), entwickelt es sich von alleine zu einem bedeutenden geschäftlichen Erfolg, wie die 40 000 Exemplare von *Lamartines Méditations* oder *Les Ruines* von Volney etc. zeigen. Mein Buch *[Le Médecin de campagne]* ist ganz in diesem Sinne angelegt, als ein Werk, das sowohl die Pförtnerin wie die Dame von Welt lesen kann. Zum Vorbild habe ich mir das Evangelium und den Katechismus genommen, zwei Bücher, die einen hervorragenden Absatz haben.«

Für Balzac war der Erfolg, das ganz große Los in der Lotterie des Lebens, stets in Griffweite. Mit jedem neuen Buch verband er die sichere Erwartung, es würde ihn seiner finanziellen Nöte entheben. Tatsächlich aber vergällte ihm die dette flottante, wie er laut Schwester Laure den mit den Jahren zu stetig neuen Höhen anwachsenden Schuldenberg nannte, oft sein Leben. Auch im Schuldenmachen war Balzac Genie, ein geradezu fröhliches Genie, auch wenn er oft genug klagte, wie viel Zeit und Kraft es ihn koste, vor seinen Gläubigern entweder zu fliehen oder sie zu vertrösten, ihnen durch meist falsche Versprechen eine Stundung der Wechsel, eine Verlängerung des Kredits abzuringen. Es war ein Leben auf Pump, eine dauernde Hetze, denn die einzige Sicherheit, die Balzac bieten konnte, war sein erzählerisches Talent, die titanische Arbeitsleistung, die er in seine berühmte weiße Mönchskutte gehüllt, Nacht für Nacht an seinem Schreibtisch und unter unmäßigem Kaffeekonsum vollbrachte.

Die Schulden, so versicherte Balzac immer wieder, seien eine Peitsche, die ihn zur Arbeit treibe. Das ist nur bedingt wahr. Balzac waren die Schulden zeitlebens zwar lästig wegen der Gläubiger, denen er sich bisweilen auf groteske Weise zu entziehen suchte. Doch sonst waren sie ihm herzlich gleichgültig. Tatsächlich hielt ihn zu rastloser Tätigkeit eine andere Not an, seine Verschwendungssucht, von der er eher beiläufig der Hanska erzählte: »Ich bin immer im Rückstand und muss deshalb ständig Geld verdienen, das ich bereits ausgegeben habe.« Je mehr er verdiente, desto größer wurde seine Verschwendung. Deshalb klammerte er sich an die Lebenslüge, eines nicht mehr fernen Tages endlich über unerschöpfliche Mittel zu verfügen. In einem vielfach bemerkenswerten Brief an seine Mutter, in dem er sie bittet, sich während einer längeren Abwesenheit von Paris um seine Belange, sprich, vor allem um die Abwehr seiner Gläubiger, zu kümmern, heißt es: »...ich werde den Marquis de Carabas [i. e. eine dem Verleger Gosselin im August 1831 versprochene, tatsächlich aber nie von ihm zu Papier gebrachte Novelle] und einen Band der *Contes drolatiques* schreiben; damit werde ich mich befreien und vielleicht auch etwas zustande gebracht haben, das meinen Ruf derart festigt und in solche Höhen hebt, dass Du jeden Tag aufs Neue Dein Glück daran hast. Meine liebe Mutter, ich muss Dich etwas trösten, so wie ich mir selber immer Trost zuspreche, mit Träumen! (...) Über kurz oder lang wird mir ein gütiges Geschick meine Anstrengungen lohnen, denn ich vermag heutzutage nur wenige Talente auszumachen, die nicht die ihnen gebührende Anerkennung fänden.«

Ähnliche Beteuerungen finden sich auch in Schreiben an seine Vertraute Zulma Carraud. »Jetzt bin ich mir eines großen Vermögens gewiss; ich muss aber noch drei Jahre warten und arbeiten; es gilt manches neu zu schreiben, zu korrigieren, alles ins Monumentale zu steigern; eine wahrhaft undankbare, unbezahlbare Arbeit, die keinen unmittelbaren Gewinn abwirft.« Ein Jahr später, Mitte

August 1834, verspricht er: »Noch sechs Monate Arbeit, dann werde ich frei sein und schulde niemandem weder eine Seite noch einen Sou.« Kaum jedoch ist die Hälfte dieser Frist verstrichen, muss Balzac sie schon wieder verlängern: »Nüchtern betrachtet, brauche ich noch ein Jahr, um alle meine Schulden abzutragen; aber diese glückliche Aussicht, schuldenfrei zu sein, die ich stets für ganz unmöglich hielt, ist jetzt keine Chimäre mehr für mich.« Ein neuerlicher Aufschub im Oktober 1835: »Endlich, meine Liebe, gewahre ich das Blau an meinem Himmel. Noch fünf Monate, und ich bin saniert. Während der letzten Monate hat meine Feder wahre Ströme von Gold abgesondert. Es war auch höchste Zeit. Ich drohte unterzugehen. (...) Im kommenden Jahr wird mir meine Feder 70000 Franc verdienen. 35000 bin ich noch schuldig; also werden mir 35000 bleiben, abzüglich der Aufwendungen für meinen Lebensunterhalt. Aber ich habe immer noch die Schulden bei meiner Mutter. Ein Theaterstück wird diese tilgen.«

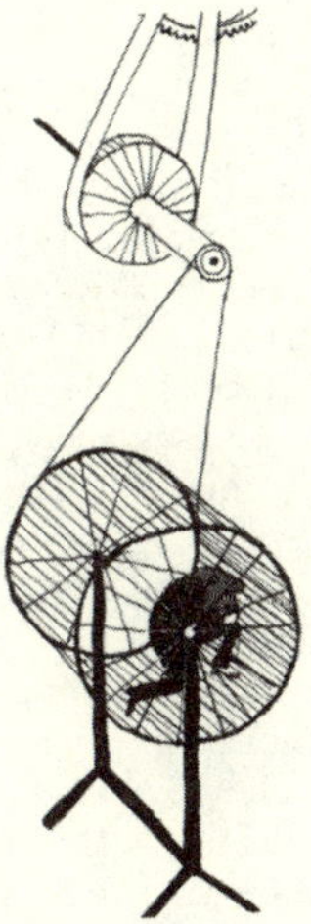

Das also verstand er unter Schulden: allein die fortlaufenden, durch keine entsprechenden Einnahmen gedeckten Ausgaben. Die Schulden bei seiner Mutter hat Balzac bis zum Tod nicht beglichen. Die musste sich immer nur mit Almosen und stetig erneuerten Versprechen abspeisen lassen wie jenem, das er ihr im Januar 1848 aus dem ukrainischen Wierzchownia, dem Schloss der Hanska, nach Paris übermittelte, als er keine Zeile mehr zu Papier brachte: »Alle meine Schulden werden von mir mittels meiner Feder bezahlt werden. Es wird deshalb bis 1850 dauern, bis ich mit dem Aufbau meines eigenen Vermögens beginnen kann.«

Es waren Illusionen, an die er vermutlich fest glaubte, wann immer er sie aussprach. Ohne dies je zu reflektieren, wurde Balzac so selber zu einer Romanfigur. Hätte er seine Biographie geschrieben, wäre sie der Schlussstein im unvollendeten Gebäude der *Comédie humaine* geworden. Das Leben eines Stehaufmännchens, eines Seiltänzers, der immer wieder abstürzt, sich aufrappelt, das Seil wieder betritt, um erneut zu stürzen. »Du machst Dir keine Vorstellung«, schrieb er der Hanska, »von dem Leben eines gehetzten Hasen, das ich zwischen 1836 und 1846 geführt habe.«

Die vielen Widersprüche in Balzacs Existenz haben schon die Zeitgenossen dazu verführt, sie durch allerhand Legenden um Person und Werk zu verdecken. Eine der hartnäckigsten ist die vom armen Poeten. Allein, arm war er nie. Balzac hatte Schulden, eben weil er nicht arm war. Ein Armer hat keinen Kredit. Das wusste Balzac. In seiner Novelle *L'Envers de l'histoire contemporaine* findet sich dazu die hübsche Maxime: »Die Unglücklichen haben keine Gläubiger; denn sie haben keinen äußeren Glanz.« Balzac sprach unmittelbar aus eigener Erfahrung, denn statt mit dem erhofften Reichtum beschied er sich lebenslang mit dessen bloßem Anschein. Was allerdings mit Glanz blendete, sollte keineswegs poliertes Kupfer, sondern musste echtes Gold sein. Vor allem dieser Anspruch ruinierte ihn.

Auch große Leidenschaften haben bescheidene Anfänge. Mit einem Spiegel und einer Pendule, mit denen Balzac seine erste elende Dichterstube schmückte, begann es. Es folgten Tapeten und Teppiche oder ein aus Mahagoni gefertigtes Bücherregal. Dann packte ihn die Manie, seine Bücher in Leder binden zu lassen. Schließlich seine Manuskripte, die er in eigens angefertigten Schatullen verschenkte. So entfaltete sich eine hemmungslose Verschwendungssucht, für die Balzac um Rechtfertigungen nie verlegen war. Als Schriftsteller brauche er einen opulenten Lebensstil, um die Verleger von seinem Wert zu überzeugen, die sonst nur versucht wären, ihn mit geringen Honoraren abzuspeisen. Das war die gängige, wieder und wieder variierte Ausrede gegenüber der Mutter oder Zulma Carraud, wenn sie die Ausgaben tadelten. In *La Peau de chagrin* lässt sich Rastignac mit der Einsicht vernehmen, die im Roman zwar implizit kritisiert wird, gleichwohl aber Balzacs Lebensmotto darstellte: »Die Verschwendung, mein Lieber, ist ein politisches System. Das Leben eines Mannes, der damit beschäftigt ist, sein Vermögen aufzuzehren, wird oft zu einer Spekulation; er investiert sein Kapital in Freundschaften, Vergnügungen, Beziehungen und Bekanntschaften.«

Balzac jedoch »investierte« ein Kapital, das er nicht hatte, sondern das er sich erst noch verschaffen musste. Um an dieses Ziel zu gelangen, galt es erst einmal, das Geld, das er nicht besaß, mit beiden Händen zum Fenster herauszuwerfen in der Erwartung, solche Verschwendung werde raschen Gewinn zeitigen. Nach seiner Logik verzinste der Schein sich im Sein, gelte es doch zuallererst, den Bürger gehörig zu verblüffen, wolle man ihn überzeugen. In *Le Cousin Pons* hat Balzac diese Einsicht bei der Schilderung der ärmlichen Praxiseinrichtung des Doktor Poulain schön exemplifiziert: »Welcher Kranke vermöchte der Kompetenz eines Arztes zu vertrauen, der nicht nur keinen Ruf, sondern auch keine Möbel besitzt, und das in einer Zeit, in der die Reklame allmächtig ist, in der selbst die Kandelaber auf der Place de la Concorde vergoldet werden, um dem Armen die Illusion zu verschaffen, er sei ein reicher Bürger? (...) In der Medizin ist das Cabriolet wichtiger als das Fachwissen.«

Doch auch ein Arbeitstier wie Balzac stieß an Grenzen. Einen ersten Beleg lieferte er, als er Ende Januar 1830 mit den Verlegern Mame und Delauney Verträge über vier historische Romane für je 2500 Franc Honorar abschloss. Drei davon, *Les Trois cardinaux, L'Evêque d'Agra* und *La Bataille*, hat er nie geschrieben. Als er sich nach dem Erfolg von *La Peau de chagrin* im August 1831 (mit dem sich das vorläufige Ende der Absatzkrise im Buchhandel anzukündigen schien) wieder längeren novellistischen Prosaarbeiten zuwandte, war auf einmal in seiner Korrespondenz von diesen Titeln oft die Rede. Immer wieder suchte er den Eindruck zu erwecken, dass er kurz vor der Vollendung stehe oder sogar das Manuskript bereits abgeschlossen habe. Zwischen Ende Juni und Oktober 1832 wird allein der Roman *La Bataille*, mit dem er am Beispiel der Schlacht von Essling ein großes napoleonisches Epos plante – »auf der ersten Seite rollt der Kanonendonner, der erst auf der letzten verstummen wird« –, sicherlich einige Dutzend Male erwähnt, bis er im Oktober 1832 Zulma Carraud gestand: »Sie haben gewonnen! Ich habe von der Bataille keine einzige Zeile geschrieben.« Das war nicht ganz richtig, denn tatsächlich hatte Balzac eine einzige Zeile von *La Bataille* zu Papier gebracht: »Am 16. Mai 1809 gegen Mitte des Tages ...«

Balzac litt an einem Leiden, um das ihn mancher Kollege beneiden dürfte: Er hatte weit mehr literarische Einfälle, als er trotz der ungeheuren Arbeitsleistung ausführen konnte, mit der wahrhaft paradoxen Folge, dass jedes von ihm geschaffene Werk das Grab mehrerer Ideen war, die diesem geopfert wurden. Diese schöpferische Verschwendung hat Balzac der Hanska einmal mit dem Bild illustriert: »Häufig vollende ich eine armselige Hütte im Feuerschein eines meiner Häuser, das abbrennt.«

Wie vergleichsweise lukrativ die journalistische Tätigkeit für Balzac war, erhellt ein einfacher Zahlenvergleich. An den Büchern, die er zwischen 1828 und 1830 einschließlich der *Scénes de la vie privée* veröffentlichte, verdiente Balzac nach eigenem Bekunden gerade einmal 3000 Franc, während er für die Beiträge, die er von Dezember 1829 bis August 1831 in Zeitungen und Zeitschriften veröffentlichte, die Summe von gut 5000 Franc erhielt. Diese Erfahrung legte Balzac in den *Illusions perdues* Étienne Lousteau gegenüber dem literarischen Adepten Lucien in den Mund: »Nach zahlreichen Versuchen, nach anonymer Veröffentlichung eines Romans, für den Doguereau, der nicht viel daran verdiente, mir 200 Franc gab, wurde mir bewiesen, dass allein der Journalismus mich ernähren könne.«

Die Aussage Lousteaus deckt sich nur bedingt mit der Erfahrung Balzacs. Als er dank der journalistischen Tätigkeit richtig gut zu verdienen anfing, setzten erst die Klagen in der Korrespondenz über seine chronischen Geldprobleme ein. Diese Beschwerden äußerte er aber vor allem in seinen Schreiben an Frauen, die ansonsten in einem monotonen Wechsel von Klagen über Arbeitsüberlastung oder exzessiven literarischen Plänen bestanden, von denen er sich den finanziellen Durchbruch und das Ende der Misere versprach. Dafür bietet das von Schloss Saché, wo er wieder einmal für Wochen bei den Margonnes als Gast logierte, auf November 1831 datierte Schreiben an Zulma Carraud ein nahezu vollständiges Muster: »Wenn Sie wüssten, welche Kraft das Schreiben kostet, wenn man bereits einen ganzen Tag damit beschäftigt war, und wie außerordentlich anstrengend das Leben in Paris ist! Man muss sich Theaterstücke ansehen, über die es zu berichten gilt, und man muss Einladungen, denen man sich nicht versagen kann, nachkommen, zumal die gesellschaftlichen Beziehungen für sich genommen einem eine Reputation verschaffen, die in meinem Fall gleichbedeutend ist mit barem Geld. Andauernd muss ich auf der Hut sein, Geschäfte machen ...! Ach, wie oft schon habe ich den Plan gefasst, mit einem bescheidenen Vermögen und einer Frau, die mich liebt, irgendwo auf dem Lande zu leben! Aber nie kann ich meine Schulden vergessen, was ich meiner Mutter schuldig bin, die sich ruiniert hat, um mein Ansehen zu retten. Ich lebe unter dem härtesten Regime, das man sich nur vorstellen kann: jenem, das man sich selber auferlegt hat. Ich arbeite Tag und Nacht. Ich habe mich hier in dieses Schloss [Saché] wie in ein Kloster geflüchtet. Sollte ich nach Angoulême [wo damals Frau Carraud lebte] kommen, dann nur, um auch dort zu arbeiten. Mein Hirn steht unter stetiger Arbeitsanspannung ...! Es gibt keine Ruhepause! Mein Leben ist ein einziger Kampf. Ich muss mir schrittweise die Anerkennung meines Talents erkämpfen, wenn ich denn eines habe. (...) Ich bin hier ausschließlich damit befasst, meinen Schatz zu mehren, um mich der beiden letzten finanziellen Verpflichtungen aus meinem Desaster [i.e. dem Bankrott von Verlag und Druckerei] zu entledigen. Ich arbeite an zwei Novellen gleichzeitig, und nebenher schreibe ich auch noch meine Artikel für die Zeitungen.«

Jeder Biograph ist versucht, sich von solchen scheinbar unmittelbaren, unverfälschten Äußerungen über Leiden und Größe des Meisters tief bewegen zu lassen. Allein, Balzac ist auch ein Meister der Täuschung und Selbsttäuschung; dies alles lässt sich in den Tausenden von Bruchstücken seiner Korrespondenz nachlesen. In Saché unweit von Azay-le-Rideau in der tiefsten Touraine weilend, plagte Balzac damals das stürmische Verlangen nach einem Dutzend jener strohgelben Glacéhandschuhe, von denen er Aberhunderte in seinem Leben verbrauchen sollte. Die musste ihm damals der Verleger Urbain Canel in Verrechnung mit einem Honorar verschaffen. Der entledigte sich dieses Ansinnens mit der ironischen Bemerkung: »Heute gegen 5 Uhr werden Ihre Handschuhe an der von Ihnen genannten Adresse eintreffen [d. h. bei Madame de Berny, 55, rue d'Enfer, wie von Balzac erbeten]. Ich wünschte, Sie hätten sie bereits, damit Ihre Hände darin geborgen wären und Sie sich an der bewundernswürdigen Wirkung erbauen könnten, die von ihnen ausgehen.« Wenige Tage später quittierte Balzac den Empfang dieser Sendung mit den Worten: »Ich danke Ihnen für die Handschuhe, und in fünfzehn oder zwanzig Tagen werde ich Ihnen bei meinem Besuch die Sparsamkeit eines Mannes schildern können, der hier mit nichts anderem befasst ist, als zu schreiben.«

Die luxuriösen Handschuhe, auf die Balzac selbst in arbeitsintensiver ländlicher Abgeschiedenheit nicht verzichten wollte, sind gewiss ein nebensächliches, aber aufschlussreiches Detail. Kaum nämlich verdiente er im Alter von über dreißig Jahren endlich einmal richtig gut, fing er sofort an, über seine Verhältnisse zu leben, ganz so, als sei er im Besitz jenes verführerischen und gefährlichen Talismans, dessen zerstörerischen Zauber er in *La Peau de chagrin* so anschaulich beschrieben hatte. Die Glacéhandschuhe, die er sich nach Saché schicken ließ, sind das erste deutliche Indiz für jene fiebrige Euphorie, die ihn ergriff und die nicht mehr von ihm weichen sollte. Darin lässt sich die Ursache für seinen Optimismus finden, mit dem er seine Kräfte stets überschätzte, der aber auch seine schöpferische Phantasie in geradezu vulkanischer Tätigkeit hielt, die in weniger als zwanzig Jahren die *Comédie humaine,* jenen mit über zweitausend Figuren bevölkerten Kosmos, erschuf. Andererseits macht die Episode auch deutlich, dass Balzac zur leichten Beute eigener Illusionen wurde, die zwar regelmäßig zerschellten, die aber ebenso regelmäßig wieder neu erblühten und ihn zu einem Lebenswandel verführten, in dem der Schein wichtiger war als das Sein.

Honoré de Balzac

Die Kunst, seine Schulden zu zahlen

I

Je mehr man Schulden hat, desto mehr Kredit hat man; je weniger Gläubiger man hat, desto weniger Hilfsmittel stehen einem zu Gebote.

II

Wer sich keinen Kredit schafft, muss unweigerlich Bankrott machen, denn je mehr Kredit man sich schafft, desto mehr Umsatz hat man auch. Je mehr Umsatz man hat, desto mehr Geschäfte macht man. Je mehr Geschäfte man macht, desto mehr Geld verdient man.

III

Schulden machen bei Leuten, die selbst nicht genug haben, heißt, die Verwirrung der Gesellschaft nur vergrößern, das Unglück vervielfältigen. Leuten aber, die zu viel haben, Geld schuldig sein, bedeutet im Gegenteil: für das Elend ein Gleichgewicht schaffen, sein Teil an der sozialen Nivellierung beitragen.

IV

Wer nur einigermaßen Grundsätze hat, muss seine Schulden, wenn er welche hat, zahlen. Auf die eine Art oder auf die andere. Das heißt also mit Geld oder ohne Geld.

V

Ein schlecht erzogener, ungestümer Gläubiger, der nur mit Unverschämtheiten auf die guten Gründe, die Sie ihm anführen, antwortet – vorausgesetzt nämlich, dass es gute sind und Sie ihm sonst nichts geben –, stellt Ihnen so, ohne es selbst zu wissen, eine vollgültige Quittung über jede Summe aus, die sie ihm nur irgend schuldig sein können.

VI

Selbst bei der besten Verwaltung scheidet sich eine Nation, sie mag so groß sein, wie sie will, so einig, wie sie nur kann, immer in zwei einander ganz entgegengesetzte Parteien.

Nämlich:

Erste Partei: Individuen, die stehlen. Das ist die stärkere Partei.

Zweite Partei: Individuen, die bestohlen werden. Das ist die größere.

Ich überlasse es dem Leser, die Partei herauszusuchen und in sie einzutreten, die ihm besser passt, denn er kann sich nicht für eine neutrale oder Übergangspartei entscheiden (wie man in der Politik tut); nach unserer Auffassung kann es nämlich eine solche gar nicht geben!

VII

Die Bevölkerung eines Kaiserreiches oder eines Königreiches besteht ebenso nur aus zwei Klassen: nämlich aus den Produzenten und den Konsumenten. Die Produzenten sind nichts anderes als – die Gläubiger. Die Konsumenten, die Geld ausgeben, sind die Schuldner. Also: gäbe es keine Leute, die Geld ausgeben, dann wären auch die Leute, die produzieren, Werte schaffen, überflüssig. Es sind also die ausgebenden Leute, die den Produzenten, den Werte Schaffenden, zu leben geben. Als Folge ergibt sich, dass so ein Werte schaffender Mensch, ein Produzent, ein Gläubiger also, zumindest den Verzehrenden, den Schuldnern, noch etwas schuldet, nämlich: ihm nicht zu zahlen, was er ihm eigentlich schuldig ist. Denn wenn der ihm nichts schuldig wäre, so würde er ja am Hunger zugrunde gehen.

VIII

Bekanntlich steht die glänzende Situation eines Staates immer in einem gerechten Verhältnis zur Höhe seiner Schulden (siehe England!). Machen Sie einen Analogieschluss auf die einzelnen Individuen, nun – was ergibt sich?

IX

Da der Besitz nur kraft der bloßen Tatsache des Besitzers existiert, so hat ein jeder, sowie er nur auf die Welt kommt, Recht auf irgendeinen Besitz.

X

Es ist evident, dass die Welt sich nur aus Leuten zusammensetzt, die zu viel haben, oder aus Leuten, die nicht genug haben. Ihre Aufgabe ist es, was Ihre eigene Person betrifft, das Gleichgewicht herzustellen.

XI

Es ist besser, hunderttausend Franken einer einzigen, und zwar derselben, Person schuldig zu sein als tausend Franken je tausend einzelnen Personen.

XII

Die Zahl der Individuen, die in Verlegenheit sind, weil sie zu viel Geld haben, mit dem sie nicht wissen, was anzufangen, ist genau so groß wie die Zahl jener Individuen, die in Verlegenheit sind, weil sie nicht wissen, was sie anfangen sollen, um etwas Geld zu haben.

XIII

Unter denen, die Schulden haben, sind nur die, die einmal den bösen Anfang gemacht haben, Schulden zu zahlen, dann ins Gefängnis von Sainte-Pélagie gebracht worden. Man würde sich wohl hüten, den dorthin zu stecken, der schon lange Schulden hat und noch nie was gezahlt hat.

XIV

Wer gut zu Fuß ist und ein gutes Auge hat, kann der Freiheit nicht beraubt werden, es sei denn, er will es selbst.

XV

Es gibt auf der Welt nur zwei Geißeln, vor denen alle Mächte der Erde einen nicht beschützen können: das sind die Pest und die Gerichtsvollzieher.

XVI

Sich umbringen, weil man seine Schulden nicht zahlen kann und trotzdem die Absicht dazu hat, ist von allem, was man tun kann, das Törichteste. Wenn es nämlich wahr ist, dass man Verpflichtungen gegen seine Gläubiger hat, so muss man vielmehr für sie leben, nicht für sie sterben.

XVII

»… Was ein anderer in der Tasche hat, wäre viel besser in der meinen! … Geh fort, damit ich mich auf deinen Platz setze! …« Das ist in kurzen Worten das Grundprinzip aller Moral.

Sławomir Mrożek

Bargeldloser Zahlungsverkehr

Eines Tages brachte mir der Postbote eine Karte folgenden Inhalts:

»Entweder du legst bis zum Donnerstag, unter den Stein, auf der Grünanlage, vor dem Wirtshaus, hunderttausend Mark, oder du wirst sehen!« Unterschrift: »Oswald.«

Ich rechnete aus, dass mein Gehalt dafür nicht reichte. Was sollte ich tun? Ich wollte in meinem Alter nicht umkommen. Ich setzte mich hin und schrieb folgenden Brief:

»Sehr geehrter Herr! Entweder ich finde bis spätestens Mittwoch, vor dem Wirtshaus, auf der Grünanlage, unter dem Stein, hunderttausend Mark, oder ich werde es Ihnen zeigen. Ihr Totenschädel. PS: Ich bitte nicht für mich, sondern für jemanden, der es braucht.«

Nach einigem Nachdenken strich ich ›hunderttausend‹ aus und schrieb ›hundertfünfzigtausend‹ darüber. Warum sollte ich bei dieser Gelegenheit nicht verdienen?

Jetzt musste man nur überlegen, wem ich diese Karte schicken sollte, da sowieso niemand Geld besaß. Ich schickte sie schließlich an einen Kollegen, mit dem ich seit der Kindheit befreundet bin. Er hat auch kein Bargeld, aber ich kenne wenigstens seine Adresse, und er ist in Ordnung.

Am Mittwoch ging ich zur Grünanlage und sah unter den Stein. Geld war keins da, nur ein Brief:

»Verehrter Herr Schädel! Ich kann nur fünfzigtausend bringen, und das auch erst frühestens Freitagmorgen.«

Auch gut, wenigstens so viel, dachte ich.

Im Übrigen, woher sollte der Kollege so viel Geld haben?

Es näherte sich aber der fatale Donnerstag. Da ich immer noch kein Bargeld hatte, schrieb ich einen kurzen Brief und legte ihn unter den Stein. Das Briefchen lautete:

»Herr Oswald! Es tut mir leid, aber ich kann nur fünfzigtausend geben, und das frühestens am Samstagmorgen.« Ich zeichnete: »Hochachtungsvoll – das Opfer.«

Nach kurzem Nachdenken strich ich ›fünfzigtausend‹ und schrieb ›fünfundzwanzigtausend‹. Warum soll ich bei der Gelegenheit nicht verdienen?

Am Freitag früh war kein Geld unter dem Stein, nur ein Brief:

»Lieber Herr Schädel. Ich bitte untertänigst für die Verspätung um Entschuldigung. Das Geld kommt, aber erst am Sonntag. Leider auch nur die Hälfte.«

Und dies sind die folgenden Briefe, meine an Oswald, und meines Opfers an mich:

»Herr Oswald, beenden wir das Ganze. Am Montag bringe ich hundert Mark.«

»Herr Schädel! Leider bekomme ich erst am Montag fünfzig Mark wieder von jemandem, der sie mir schuldet. Also frühestens am Mittwoch, okay? Ich küsse Sie auf die Wange.«

Und nach einer Woche, das war schon der nächste Freitag, fand ich unter dem Stein nur ein Päckchen Zigaretten. Wenigstens etwas.

Nur, dass es sowieso meine Zigaretten waren.

Das liebe Geld

Geld ist besser als Armut, wenn auch nur aus finanziellen Gründen.
Woody Allen

Reichtum macht das Herz schneller hart als kochendes Wasser ein Ei.
Ludwig Börne

Die Männer, die nach deinem Gelde trachten, sind noch weit zahlreicher als diejenigen, die nach deiner Frau trachten.
Honoré de Balzac

Wozu, in Teufels Namen, soll man denn sein Geld verwenden, als auf einen guten Tisch, gute Gesellschaft, gute Weine, schöne Weiber, Vergnügen von allen Farben, Unterhaltungen aller Art? Ebenso gerne möchte ich ein Bettler sein, als ein großes Vermögen ohne diese Genüsse zu besitzen.
Denis Diderot

Der wahrhaft Geldgläubige verehrt das Geld nicht, weil man sich damit alles kaufen kann, sondern weil es seine höchste Instanz, sein Polarstern, der Sinngeber seines Daseins ist.
Egon Friedell

Manche Menschen bleiben arm, weil sie alles daransetzen, als reich zu gelten.
Woody Allen

Chaval

Wenn ich ein wenig Geld bekomme, kaufe ich mir davon Bücher. Wenn dann noch etwas übrig ist, kaufe ich mir Essen und Kleidung.
Erasmus von Rotterdam

Geld ist eine Wohltat, die wir genießen, indem wir uns von ihm trennen.
Ambrose Bierce

Was ist Reichtum? Für jemanden ist ein altes Hemd schon Reichtum. Ein anderer ist mit zehn Millionen arm. Reichtum ist etwas ganz Relatives und Unbefriedigendes. Im Grunde ist es nur eine besondere Situation. Reichtum bedeutet eine Abhängigkeit von Dingen, die man besitzt und die man durch neuen Besitz, durch neue Abhängigkeiten vor dem Dahinschwinden schützen muss. Es ist nur eine materialisierte Unsicherheit.
Franz Kafka

Wer seine Schweißtropfen zählt, wird nie sein Geld zählen.
Christian Friedrich Hebbel

Nach den Vorstellungen einer amerikanischen Frau ist der ideale Ehemann ein Butler mit dem Einkommen eines Generaldirektors.
W. Somerset Maugham

An sich ist es ja gleichgültig, ob man sein Geld spart oder ausgibt; gut oder schlecht kann nur genannt werden, was wir damit wollen.
Michel de Montaigne

Ein Mann kommt in die Jahre, wenn seine Schulden immer älter und seine Freundinnen immer jünger werden.
Joachim Ringelnatz

Das Geld ist wie ein krankes Kind – man muss alles tun, um es durchzubringen.
Joachim Ringelnatz

Geld ist ein sechster Sinn, besitzt man den nicht, dann kann man mit den fünf anderen nicht sonderlich viel beginnen.
W. Somerset Mauhgam

Das Geld ist die menschliche Glückseligkeit in abstracto; daher, wer nicht mehr fähig ist, sie in concreto zu genießen, sein ganzes Herz an dasselbe hängt.
Arthur Schopenhauer

Der Reichtum gleicht dem Seewasser: je mehr man davon trinkt, desto durstiger wird man. – Dasselbe gilt vom Ruhm.
Arthur Schopenhauer

Kein Geld ist vorteilhafter angewandt als das, um welches wir uns haben prellen lassen: Denn wir haben dafür unmittelbar Klugheit eingehandelt.
Arthur Schopenhauer

Das ist das Problem am Kein-Geld-Haben. Es ist nicht nur peinlich, es ist auch wahnsinnig unpraktisch.
Martin Suter

Ein Mann ist reich im Verhältnis zur Zahl der Dinge, auf die er verzichten kann.
D.H. Thoreau

Wer seine Wünsche zähmt, ist immer reich.
Voltaire

Jeder Mensch kommt mit einer sehr großen Sehnsucht nach Herrschaft, Reichtum und Vergnügen sowie einem starken Hang zum Nichtstun auf die Welt.
Voltaire

Es gibt nur eine Klasse in der Gesellschaft, die mehr an Geld denkt, als die Reichen. Das sind die Armen.
Oscar Wilde

Nur Leute, die ihre Rechnungen bezahlen, brauchen Geld, und ich bezahle meine nie.
Oscar Wilde

Keine Frau heiratet des Geldes wegen: Sie alle sind nur klug genug, bevor sie einen Millionär heiraten, sich zunächst einmal in ihn zu verlieben.
Cesare Pavese

Ja selig ist der gute Christ, wenn er nur gut bei Kasse ist.
Wilhelm Busch

Es gibt dreierlei Menschen, die kein Geld haben: die Verschwender, die Geizigen und die Armen.
Peter Altenberg

Die jungen Leute stellen sich heutzutage vor, dass Geld alles ist. Und wenn sie dann älter geworden sind, wissen sie es.
Oscar Wilde

Wenn man genug Geld hat, stellt sich der gute Ruf ganz von selbst ein.
Erich Kästner

Es gibt sicher wichtigere Dinge als Geld; nur braucht man leider sehr viel Geld, um sie zu erwerben.
Prosper Merimée

Geld sollte man nur von Pessimisten borgen. Die erwarten sowieso nicht, dass sie es zurückkriegen.
Joachim Ringelnatz

In der ersten Hälfte unseres Lebens opfern wir die Gesundheit, um Geld zu erwerben, in der zweiten Hälfte opfern wir unser Geld, um die Gesundheit wiederzuerlangen.
Voltaire

Das größte Vergnügen aller Geizhälse besteht darin, sich ein Vergnügen zu versagen.
Gottfried Benn

Ein Bankier ist ein Mensch, der seinen Schirm verleiht, wenn die Sonne scheint, und der ihn sofort zurückhaben will, wenn es zu regnen beginnt.
Mark Twain

Sparmaßnahmen muss man dann ergreifen, wenn man viel Geld verdient. Sobald man in den roten Zahlen ist, ist es zu spät.
Paul Getty

Der Reichtum ist eine ununterbrochene Beschäftigung, irgendwie gleich einem vornehmen Amt; der Reiche verteidigt dauernd etwas, der Arme verschwendet unentwegt. Er verschwendet die Zeit und versäumt schrecklich wenig.
Sándor Márai

Ohne Geld können wir aus dem Leben nur ein Kunstwerk in Form von Kleinplastik schaffen.
Sándor Márai

Ein reicher Mann ist oft nur ein armer Mann mit sehr viel Geld.
Aristoteles Onassis

Es stimmt, dass Geld nicht glücklich macht. Allerdings meint man damit das Geld der anderen.
George Bernard Shaw

Ich kann nichts dafür, dass meine Bilder sich nicht verkaufen lassen. Aber es wird die Zeit kommen, da die Menschen erkennen, dass sie mehr wert sind als das Geld für die Farbe.
Vincent van Gogh

Dem Armen zur Sparsamkeit raten, ist ebenso grotesk wie beleidigend. Als würde man einem Verhungernden nahelegen, weniger zu essen.
Oscar Wilde

Alles, was die Sozialisten vom Geld verstehen, ist die Tatsache, dass sie es von anderen haben wollen.
Konrad Adenauer

Milliardäre sind Leute, die auch einmal als ganz gewöhnliche Millionäre angefangen haben.
Jerry Lewis

Geld allein macht nicht glücklich. Es gehören auch noch Aktien, Gold und Grundstücke dazu.
Danny Kaye

Ein Mann mit einem hohen Bankkonto kann gar nicht hässlich sein.
Zsa Zsa Gabor

In geborgtem Geld ist kein Segen.
Gottfried Keller

Schreiben ist der einzige Beruf, mit dem man, ohne lächerlich zu wirken, kein Geld verdienen kann.
Jules Renard

Mit dem Bezahlen wird man das meiste Geld los.
Wilhelm Busch

Ein großer Vorteil des Alters liegt darin, dass man nicht länger die Dinge begehrt, die man sich früher aus Geldmangel nicht leisten konnte.
Charlie Chaplin

Ich habe mich aus dem Nichts zu einem Zustand äußerster Armut emporgearbeitet.
Groucho Marx

Der Oktober ist einer der besonders gefährlichen Monate für Aktienspekulationen. Weitere gefährliche Monate sind Juli, Januar, September, April, November, Mai, März, Juni, Dezember, August und Februar.
Mark Twain

Wenn jemand sagt: Es geht nicht um Geld, dann geht es um Geld.
H.L. Mencken

Das organisierte Verbrechen in Amerika nimmt jährlich mehr als 40 Milliarden Dollar ein. Das ist eine ziemlich profitable Summe, wenn man bedenkt, dass die Mafia sehr wenig für Büromaterial ausgibt.
Woody Allen

Ich möchte wie ein armer Mann mit viel Geld leben.
Pablo Picasso

Ich schulde viel; ich habe nichts; den Rest hinterlasse ich den Armen.
François Rabelais

Herr Goldwyn, das Problem besteht darin, dass Sie nur an Kunst interessiert sind und ich nur an Geld.
George Bernard Shaw, Theaterschriftsteller, als er Samuel Goldwyns Angebot ablehnte, die Filmrechte an seinen Stücken zu kaufen

Wenn Sie wissen wollen, was Gott von Geld hält, sehen Sie sich einfach die Menschen an, denen er welches gegeben hat.
Dorothy Parker

Hinter jedem großen Vermögen steht ein Verbrechen.
Honoré de Balzac

Ich lebe so sehr über meine Verhältnisse, dass man sagen könnte, meine Verhältnisse und ich leben getrennt.
E. E. Cummings

Eine Bank ist eine Einrichtung, von der Sie Geld leihen können – vorausgesetzt, Sie können nachweisen, dass Sie es nicht brauchen.
Mark Twain

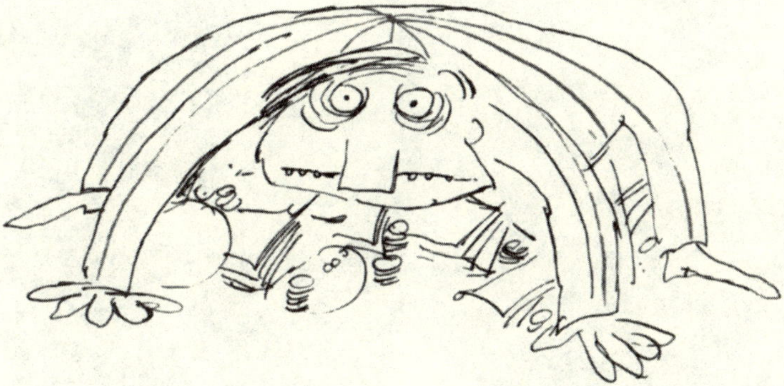

Tomi Ungerer

Fabio Volo

…mag ich, mag ich nicht

Mag ich: Rotwein, Erdbeeren, Holz, die Hände meines Vaters, Magrittes blaue Himmel, die Rolling Stones, die Kleider der Frauen, die Schuhe der Frauen, die Frauen, die Perlohrringe meiner Großmutter, Zeit mit meinen Freunden verbringen, die Filme von Truffaut, von Woody Allen, Wasser, Ventilatoren im Sommer, die ersten Zeichnungen von kleinen Kindern, Dostojewskij, *L'elisir d'amore* von Donizetti, Schokolade, Vanille, Pizza, Bier, jeden, der mit dem Rauchen aufhört (da musste ich auch durch), rote Dächer, das Geräusch der Fahrradkette, wenn man die Pedale rückwärts tritt, das Geräusch des Schlüssels in der Haustür, wenn mein Vater heimkam, Äpfel, Jeff Buckley, Nick Drake, Chet Baker, Lucio Battisti, Apfelkuchen, Frühling, und auch Vivaldi, im September braungebrannt zu sein.

Mag ich nicht: Jegliche Form von Gewalt, Machtmissbrauch, meine Zehen, Senffrüchte, den Geruch von Zigarren. Ich vergesse immer alles, was ich nicht mag, sofort, um nicht weiter darüber nachdenken zu müssen. Esswaren wegwerfen (als ich vorgestern von New York nach Mailand kam, hatte ich zu Hause noch einen Blumenkohl im Kühlschrank. Der wanderte von dort auf den Küchentisch, dann auf die Eingangskommode, dann überlegte ich, ob ich ihn einem Nachbarn schenken könnte, aber der wäre vielleicht beleidigt gewesen, also brachte ich ihn doch runter und warf ihn weg – im Flugzeug bereute ich es dann, dachte, ich hätte ihn doch einpacken und nach Mailand mitnehmen sollen). Leute, die immer von Fußball sprechen, eifersüchtige Menschen, feige Menschen, Leute, die schlecht über andere sprechen, den Tag vor Weihnachten.

Vladimir Nabokov

Die liebsten Hassobjekte

Hintergrundmusik, Musikkonserven, Musikberieselung, tragbare Musik, Musik nebenan, jede Art von aufgezwungener Musik

Primitivität in der Kunst: »abstrakte« Schmierereien, düstere symbolische Theaterstückchen, Schrottskulpturen, »avantgardistische« Gedichte und andere grobe Banalitäten

Die Art von Fernsehinterviewern (besonders französischsprachigen), einen mit Vor- und Nachnamen anzureden. *Je suis monsieur Nabokov* oder *cher maître,* wenn Sie das vorziehen, aber keinesfalls »Vladimir Nabokov«

Die Art gewisser Biographen, eine Nebenperson bei jedem Auftritt mit dem Spitznamen zu belegen, den der Biograph ihr gegeben hat (»Die Ränee [Rupert Brookes' Mutter] ärgerte sich natürlich...«)

Kursive Passagen in einem Roman, welche die Gedankenblitze der Hauptfigur darstellen sollen

Die fixe Phrase »Hiroshima und Auschwitz«: Das eine unterscheidet sich vom anderen wie »grausam« von »bestialisch«

Der Vorgang des Einschlafens

Alles, was mit der Post zu tun hat: Briefmarken, Umschläge, die richtige Adresse finden

Meine früheren Zähne; mein jetziges Gebiss

Die Übersetzung meiner alten Bücher nachzuprüfen – besonders die französischen

Wenn plötzlich der »Kinderbuch«-Teil die Literaturzeitschriften überflutet

Clubs, Vereine, Burschenschaften und so weiter (Im Lauf dieser letzten zwanzig Jahre habe ich bestimmt zwanzig Beitrittsangebote abgelehnt.)

Unterdrückung. Ich bin bereit, jedes Regime zu akzeptieren (sozialistisch, royalistisch, hausmeisterlich), wenn nur Geist und Körper frei sind.

Die Berührung von Satin

Zirkusse – vor allem Tiernummern und kräftige Damen, die an ihren Zähnen in der Luft hängen

In Lebensmittelläden: wenn Verkäufer oder Verkäuferin mit derselben Hand Geld und Schinken anfassen

Die vier Doktoren: Dr. Freud, Dr. Schweitzer, Dr. Schiwago, Dr. Castro

Anlässe (für kollektive Erregungen), Demonstrationen, Prozessionen

Schrumpfwörterbücher, gekürzte Nachschlagewerke

Journalistische Klischees: zum Beispiel »der Augenblick der Wahrheit« oder das abscheuliche »Dialog«

Dumme feindselige Gegenstände: das Brillenetui, das verlorengeht; der Kleiderbügel, der im Schrank hinunterfällt; die falsche Tasche

Einen Schirm zusammenklappen, den Geheimknopf nicht finden

Unaufgeschnittene Seiten, Knoten in Schnürsenkeln

Ein umgekrempelter Pullover oder Pyjama, der sich in der Eile oder im Dunkeln nicht zurückkrempeln lässt

Die Stachelaura des eigenen Gesichts, wenn man die Morgenrasur unterlassen hat

Babys in Eisenbahnzügen

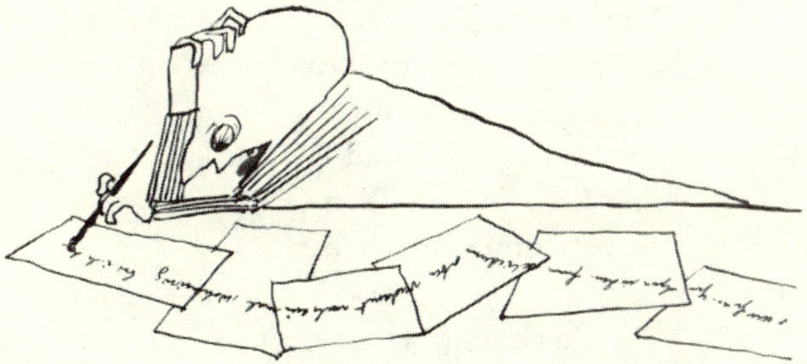

Tomi Ungerer

Erich Kästner

Bilanz per Zufall

Er hatte Geld. Und trank und aß
in dem Hotel, in dem er saß,
vom Teuersten und Besten.
Er war vergnügt und trank und aß
und winkte mit erhobnem Glas
den Kellnern und den Gästen.

Der Blumenfrau, die bei ihm stand,
nahm er die Blumen aus der Hand
und zahlte mit zwei Scheinen.
Die Rosen waren rot und kühl.
Er gab ihr dreißig Mark zuviel.
Da fing sie an zu weinen.

Die Hauskapelle, sechs Mann stark,
erhielt von ihm zweihundert Mark.
Sie konnte kaum noch spielen.
Er gab den Boys und Pikkolos,
den Fräuleins und den Gigolos.
Er gab, ohne zu zielen.

Die Rechnung sah er gar nicht an.
Er warf paar Scheine hin, und dann
verließ er jene Halle.

Bewundernd gingen, Schritt um Schritt,
die Tänzer, Boys und Kellner mit.
So liebten sie ihn alle!

Er freute sich und sprach: »Schon gut«,
und nahm den Mantel und den Hut.
Da rief die Garderobiere:
»Ich kriege dreißig Pfennig für
die Kleideraufbewahrung hier!
Nicht zahlen, wie? Das wäre!«

Da blieb er stehn. Da lachte er
und suchte Geld und fand keins mehr.
Und konnte ihr nicht geben.
Die Blumenfrau, die Gigolos,
die Kellner, Boys und Pikkolos,
die standen fremd daneben.

Er blickte sich, fast bittend, um.
Die andern standen steif und dumm,
als sei er nicht mehr da.
Da zog er schnell den Mantel aus,
gab ihn der Frau, trat aus dem Haus
und dachte nur: »Na ja.«

HOTEL DES ALPES

F. Scott Fitzgerald

Ein Diamant so groß wie das Ritz

Mit Zeichnungen von Paul Flora

John T. Unger stammte aus einer Familie, die in Hades – einer Kleinstadt am Mississippi – seit Generationen wohlbekannt war. Johns Vater hatte den hart umkämpften Titel des Amateurgolfmeisters in zahlreichen Wettspielen verteidigt, Mrs. Unger war »so weit die Sonne scheint«, wie man dort sagte, für ihre politischen Reden bekannt, und der junge John T. Unger, der gerade sechzehn geworden war, hatte schon alle neuen Tänze aus New York getanzt, noch bevor er lange Hosen trug. Jetzt sollte er das Haus für eine bestimmte Zeit verlassen. Seine Eltern hatten große Hochachtung vor einer schulischen Ausbildung in Neuengland - der Fluch aller Provinzstädte, der diese alljährlich ihrer vielversprechendsten jungen Männer beraubte. Keine andere als die St. Midas' School bei Boston durfte es sein. Hades war einfach zu klein für ihren geliebten, talentierten Sohn.

Nun bedeuten in Hades – wie Sie wissen, falls Sie einmal dort gewesen sind – die Namen der teuren Schulen und Colleges sehr wenig. Die Einwohner sind der Welt schon so lange entrückt, dass sie, obgleich sie so tun, als seien sie in Fragen der Mode, der Umgangsformen und des Literaturgeschmacks durchaus auf dem Laufenden, weitgehend auf

Hörensagen angewiesen sind, und ein gesellschaftliches Ereignis, das man in Hades glanzvoll fand, hätte eine Steakkönigin aus Chicago zweifellos als »na ja, ein bisschen provinziell« bezeichnet.

Es war der Abend von John T. Ungers Abreise. Mrs. Unger packte in törichter mütterlicher Sorge Leinenanzüge und elektrische Ventilatoren in die Koffer, und Mr. Unger überreichte seinem Sohn eine prall gefüllte Brieftasche aus Asbest.

»Du weißt, dass du hier immer willkommen bist«, sagte er. »Du kannst sicher sein, dass wir das heimische Feuer in Gang halten werden, mein Sohn.«

»Ich weiß«, antwortete John mit belegter Stimme.

»Vergiss nicht, wer du bist und woher du kommst«, fuhr sein Vater stolz fort, »dann kann dir nichts geschehen. Du bist ein Unger – aus Hades.«

Und so schüttelten der alte und der junge Mann einander die Hand, und als John sich zum Gehen wandte, rannen ihm die Tränen über die Wangen.

Zehn Minuten später hatte er die Stadtgrenze erreicht, blieb stehen und sah sich ein letztes Mal um. Das altmodische viktorianische Motto über dem Tor übte zum ersten Mal einen eigenartigen Reiz auf ihn aus. Immer wieder hatte sein Vater versucht, es durch ein zuversichtlicheres, schwungvolleres ersetzen zu lassen, zum Beispiel durch »Hades – Ihre Chance« oder ein schlichtes »Willkommen« über einem aus Glühbirnen bestehenden Bild eines herzhaften Händedrucks. Das alte Motto sei ein bisschen deprimierend, hatte Mr. Unger gesagt, doch nun…

John nahm das alles noch einmal in sich auf und setzte dann mit entschlossener Miene seine Reise fort. Und als er sich abwandte, schienen die Lichter von Hades den Nachthimmel mit einer warmen, leidenschaftlichen Schönheit zu durchdringen.

Die Fahrt von Boston zur St. Midas' School dauert in einem Rolls-Pierce eine halbe Stunde. Die tatsächliche Entfernung wird sich nie ermitteln lassen, denn außer John T. Unger ist niemals jemand in einem anderen Fahrzeug als einem Rolls-Pierce dort eingetroffen, und vermutlich wird das auch nie wieder vorkommen. St. Midas' ist die teuerste und exklusivste Jungenschule der Welt.

Johns ersten beiden Jahre vergingen recht angenehm. Die Väter seiner Mitschüler waren allesamt Finanzmagnaten, und John verbrachte die Sommerferien als ihr Gast in teuren Urlaubsorten. Die Freunde, die er besuchte, mochte er sehr, und er wunderte sich in seiner jungenhaften Art oft darüber, dass ihre Väter allesamt aus demselben Holz geschnitzt zu sein schienen. Wenn er sagte, woher er stammte, fragten sie jovial: »Ganz schön heiß da unten, was?«, und dann zwang sich John zu einem angedeuteten Lächeln und erwiderte: »Das kann man wohl sagen.« Seine Antwort wäre munterer ausgefallen, wenn er nicht immer denselben Witz zu hören bekommen hätte, allenfalls noch die Variante: »Und – finden Sie es heiß genug da unten?«, die er ebenfalls hasste.

In Johns zweitem Schuljahr wurde ein stiller, gutaussehender Junge namens Percy Washington in seine Klasse aufgenommen. Der Neue hatte angenehme Umgangsformen und war selbst für die dortigen Verhältnisse außerordentlich gut gekleidet, doch aus irgendeinem Grund hielt er auf Distanz zu den anderen Jungen. Der Einzige, mit dem er sich anfreundete, war John T. Unger, aber auch diesem erzählte er kein Wort über sein Elternhaus oder seine Familie. Dass er reich war, verstand sich von selbst, doch abgesehen von derlei Rückschlüssen wusste John kaum etwas von seinem

Freund, und daher versprach dessen Vorschlag, John solle doch den Sommer auf dem Familienbesitz der Washingtons »im Westen« verbringen, die angenehmste Befriedigung seiner Neugier. Er nahm die Einladung ohne Zögern an.

Als sie im Zug saßen, wurde Percy zum ersten Mal recht mitteilsam. Eines Tages, als sie im Speisewagen zu Mittag aßen und über die charakterlichen Mängel einiger Mitschüler sprachen, machte Percy unvermittelt und in verändertem Ton eine Bemerkung.

»Mein Vater«, sagte er, »ist der bei weitem reichste Mann der Welt.«

»Ach«, sagte John höflich. Ihm fiel keine Antwort auf diese vertrauliche Aussage ein. Er erwog: »Das ist schön«, doch das klang hohl, und er hätte beinahe: »Wirklich?« gesagt, tat es dann aber doch nicht, denn es hätte den Anschein erwecken können, als zweifle er Percys Behauptung an. Und eine derart erstaunliche Behauptung konnte man ja wohl nicht anzweifeln.

»Der bei weitem reichste«, wiederholte Percy.

»Ich habe kürzlich im World Almanac gelesen«, begann John, »dass es in Amerika einen Mann gibt, der mehr als fünf Millionen im Jahr verdient, und vier, die über drei Millionen im Jahr verdienen, und –«

»Ach, die sind gar nichts.« Percys Mund war ein Halbmond der Verachtung. »Zwergkapitalisten, Kleingeldsammler, Krämer und Geldverleiher. Mein Vater könnte sie aufkaufen und würde es nicht mal merken.«

»Aber wie kommt es –«

»Dass da nicht stand, wie viel Einkommenssteuer er zahlt? Weil er keine zahlt. Oder jedenfalls nur ganz wenig. Auf sein wirkliches Einkommen zahlt er keine Steuer.«

»Er muss sehr reich sein«, sagte John nur. »Das freut

mich. Ich mag sehr reiche Leute. Je reicher einer ist, desto mehr mag ich ihn.« Auf seinem dunklen Gesicht lag ein Ausdruck leidenschaftlicher Aufrichtigkeit. »An Ostern hab ich die Schnlitzer-Murphys besucht. Vivian Schnlitzer-Murphy besitzt Rubine, so groß wie Hühnereier, und Saphire, die wie von innen beleuchtete Globen aussehen –«

»Ich liebe Edelsteine«, stimmte Percy ihm begeistert zu. »Ich will natürlich nicht, dass sich das an der Schule herumspricht, aber ich habe eine ganz hübsche Kollektion. Ich habe sie früher anstelle von Briefmarken gesammelt.«

»Und Diamanten«, fuhr John eifrig fort. »Die Schnlitzer-Murphys haben Diamanten, so groß wie Walnüsse –«

»Das ist nichts.« Percy beugte sich vor und senkte seine Stimme zu einem Flüstern. »Das ist gar nichts. Mein Vater hat einen Diamanten, der ist größer als das Ritz-Carlton-Hotel.«

II

Die Sonne, die über Montana unterging, lag zwischen zwei Bergen wie ein gewaltiger Bluterguss, von dem sich dunkle Arterien über einen vergifteten Himmel ausbreiteten. Eine immense Weite lastete auf dem Dorf Fish – es war winzig, trostlos und vergessen. In Fish, hieß es, lebten zwölf Männer, zwölf düstere, unergründliche Männer, die eine dünne Milch aus den beinahe buchstäblich nackten Felsen sogen, auf denen eine geheimnisvolle bevölkernde Kraft sie gezeugt hatte. Sie waren zu einer besonderen Rasse geworden, diese zwölf Männer, als wären sie einer bereits lange vergangenen Laune der Natur entsprungen, dann aber sich selbst überlassen und dem Kampf ums Überleben und schließlich der Auslöschung anheimgegeben worden.

Aus dem fernen blauschwarzen Bluterguss kroch eine lange Reihe Lichter über das wüste Land, und die zwölf Männer von Fish versammelten sich wie Geister an dem heruntergekommenen Bahnhof, um den 7-Uhr-Zug, den Transkontinentalexpress aus Chicago, vorbeifahren zu sehen. Aufgrund eines unerforschlichen Ratschlusses hielt der Transkontinentalexpress etwa sechsmal im Jahr in Fish, und dann entstiegen dem Zug ein, zwei Gestalten, setzten sich in einen einspännigen Wagen, der stets aus dem dämmrigen Zwielicht auftauchte, und entschwanden in Richtung der sich ergießenden untergehenden Sonne. Die Beobachtung dieses sinnlosen und absurden Phänomens war für die Männer von Fish zu einer Art Kult geworden. Sie wollten es lediglich betrachten; keiner von ihnen verfügte über die unabdingbare Einbildungskraft, die ihn befähigt hätte, zu staunen oder zu spekulieren, sonst wäre aus diesen mysteriösen Besuchen eine Religion entstanden. Doch die Männer von Fish waren jenseits aller Religion – nicht einmal die rudimentärsten, primitivsten Sätze des christlichen Glaubens vermochten auf diesen nackten Felsen Fuß zu fassen –, und so gab es keinen Altar, keinen Priester, kein Opfer, sondern nur eine Gemeinde, die sich täglich um sieben Uhr zu einem schwachen, blutarmen Gebet an dem windschiefen Bahnhof einfand.

Der Große Bremser, den sie, wären sie dazu imstande gewesen, wohl zu ihrem himmlischen Hauptgott erhoben hätten, hatte an diesem Juniabend verfügt, dass der 7-Uhr-Zug seine menschliche (oder nichtmenschliche) Fracht in Fish abladen sollte. Um zwei Minuten nach sieben entstiegen Percy Washington und John T. Unger dem Zug, eilten unter den staunenden, gebannten, ängstlichen Blicken der zwölf Männer von Fish zu dem Einspänner, der scheinbar aus dem Nichts erschienen war, und fuhren davon.

Nach einer halben Stunde, als die Dämmerung zu Nacht geronnen war, sah der Neger auf dem Kutschbock in der Dunkelheit vor ihnen einen schwarzen Umriss und stieß einen Ruf aus, worauf ein rundes Licht aufleuchtete und sie aus der undurchdringlichen Finsternis wie ein böses Auge musterte. Als sie sich näherten, sah John, dass es sich um das Rücklicht einer Limousine handelte – sie war größer und prächtiger als alle, die er je gesehen hatte. Ihre Karosserie bestand aus einem schimmernden Metall, edler als Nickel und heller als Silber, und die Radnaben waren mit grün und gelb glitzernden geometrischen Mustern verziert – John wagte nicht zu raten, ob es sich um buntes Glas oder Juwelen handelte.

Zwei Neger in tressenbesetzten Livreen, wie man sie von Bildern königlicher Auftritte in London kennt, standen in Habachtstellung neben dem Automobil, und als die beiden jungen Männer aus dem Einspänner stiegen, wurden sie in einer Sprache begrüßt, die der Gast nicht verstand, die aber eine extreme Form des Dialekts zu sein schien, den die Neger in den Südstaaten sprachen.

»Steig ein«, sagte Percy zu seinem Freund, während ihre Koffer auf den elfenbeinernen Dachgepäckträger geladen wurden. »Tut mir leid, dass du so weit mit dem Pferdewagen fahren musstest, aber es wäre nicht gut, wenn die Leute im Zug oder diese gottverlassenen Burschen in Fish dieses Automobil sehen würden.«

»Donnerwetter! Was für ein Wagen!« Dieser Ausruf bezog sich auf das Innere der Limousine. John sah, dass die Bespannung der Polster aus einem mit zahllosen winzigen, zarten Seidenbildern durchwirkten und überdies mit Juwelen bestickten Goldstoff bestand. Die beiden jungen Männer ließen sich in Armsessel sinken, deren Polster mit einem

Stoff bezogen waren, der an Duvetin erinnerte, in Wirklichkeit aber aus dem in mannigfachen Tönen gefärbten Flaum von Straußenfedern bestand.

»Was für ein Wagen!«, staunte John noch einmal.

»Das Ding hier?« Percy lachte. »Das ist doch bloß eine alte Karre. Wir benützen ihn als Lieferwagen.«

Inzwischen glitten sie durch die Dunkelheit auf den Einschnitt zwischen den Bergen zu.

»In eineinhalb Stunden sind wir da«, sagte Percy mit einem Blick auf seine Uhr. »Ich sag's dir lieber gleich: Es ist anders als alles, was du je gesehen hast.«

Wenn der Wagen ein Vorgeschmack auf das war, was John zu sehen bekommen würde, durfte er gespannt sein. Der erste Artikel des in Hades vorherrschenden schlichten Verhaltenskodex fordert die aufrichtige, respektvolle Verehrung von Reichtum – hätte John sich ihm anders genähert als in froher Demut, so hätten seine Eltern sich, entsetzt ob dieser Lästerung, von ihm abgewendet.

Sie hatten den Einschnitt zwischen den Bergen erreicht. Sogleich wurde der Weg erheblich holpriger.

»Wenn das Mondlicht bis hier hinunter scheinen würde, könntest du sehen, dass wir durch ein breites ausgetrocknetes Flussbett fahren«, sagte Percy und spähte aus dem Fenster. Er sagte etwas in eine Sprechmuschel. Unverzüglich schaltete einer der Diener einen Scheinwerfer an, dessen gewaltiger Strahl über die Landschaft strich.

»Steinig, wie du siehst. Ein gewöhnlicher Wagen wäre nach einer halben Stunde nur noch Schrott. Wenn man den Weg nicht genau kennt, kommt man eigentlich nur mit einem Panzer durch. Jetzt fahren wir in die Berge.«

Tatsächlich ging es immer weiter hinauf, und nach wenigen Minuten hatten sie eine Anhöhe erreicht und sahen in der Ferne den soeben aufgegangenen bleichen Mond. Der Wagen blieb unvermittelt stehen, und rechts und links tauchten Gestalten aus dem Dunkel auf. Auch sie waren Neger und begrüßten die beiden jungen Männer in demselben kaum verständlichen Dialekt. Dann befestigten sie vier dicke, von irgendwo herabhängende Seile an den Naben der großen, juwelengeschmückten Räder. Ein »He-jaa!« erklang, und John spürte, dass der Wagen langsam abhob und höher und höher hinaufschwebte, höher noch als die Felsen rechts und links, bis man in ein sanft gewelltes, mondbeschienenes Tal sehen konnte – ein scharfer Kontrast zu der Steinwüste, die sie hinter sich gelassen hatten. Nur zu einer Seite befand sich noch eine Felswand, und dann verschwand auch sie. Offenbar hatten sie eine gewaltige, senkrecht aufragende Messerklinge aus Stein überquert. Schon senkten sie sich wieder hinab und setzten schließlich mit einem sanften Ruck auf.

»Das Schlimmste haben wir hinter uns«, sagte Percy und sah mit zusammengekniffenen Augen aus dem Fenster. »Jetzt sind es nur noch acht Kilometer, und zwar auf unserer eigenen Straße aus bunt glasierten Backsteinen. Das alles gehört uns. Vater sagt, hier sind die Vereinigten Staaten zu Ende.«

»Sind wir in Kanada?«

»Nein. Wir sind mitten in den Bergen von Montana. Aber du befindest dich auf den einzigen dreizehn Quadratkilometern amerikanischem Land, die niemals vermessen worden sind.«

»Warum nicht? Hat man es vergessen?«

»Nein«, sagte Percy grinsend, »sie haben es dreimal versucht. Beim ersten Mal hat mein Großvater eine ganze Abteilung des staatlichen Vermessungsdienstes bestochen; beim

zweiten Mal hat er an den amtlichen topographischen Karten kleine Veränderungen vornehmen lassen – das hat sie fünfzehn Jahre ferngehalten. Beim letzten Mal war es schwieriger. Mein Vater hat dafür gesorgt, dass ihre Kompasse in das stärkste jemals künstlich erzeugte Magnetfeld geraten sind. Er hat einen vollständigen Satz leicht fehlerhafter Vermessungswerkzeuge und Theodolite herstellen und mit den Instrumenten des Vermessungstrupps vertauschen lassen, so dass dieses Land nicht erfasst wurde. Dann hat er den Fluss umgeleitet und an seinem Ufer so etwas wie eine Siedlung bauen lassen, damit die Vermesser dachten, es sei ein Dorf, das in Wirklichkeit fünfzehn Kilometer weiter das Tal hinauf steht. Es gibt nur eines, das mein Vater fürchtet«, schloss er, »das Einzige, womit man uns finden könnte.«

»Und das wäre?«

Percy senkte die Stimme zu einem Flüstern. »Flugzeuge«, hauchte er. »Wir haben ein halbes Dutzend Flugabwehrkanonen, und bislang haben wir es immer ganz gut hingekriegt – auch wenn es ein paar Tote und viele Gefangene gegeben hat. Nicht dass das für Vater oder mich eine große Rolle spielen würde, aber Mutter und die Mädchen regen sich dann immer so auf, und es könnte ja sein, dass wir es eines Tages nicht so gut hinkriegen.«

Streifen und Fetzen aus Chinchilla, Zierwölkchen am Himmel, zogen am grünen Mond vorbei wie kostbare fernöstliche Stoffe, die einem Tatarenkhan zur Begutachtung präsentiert wurden. John stellte sich vor, es wäre heller Tag und er sähe über sich ein paar Flieger, die Flugblätter oder Werbezettel für irgendein Wundermittel abwarfen und so einen Hoffnungsschimmer in trostlose, von Bergen umschlossene Siedlungen brachten. Es schien ihm, als würde er selbst aus den Wolken herabsehen und erspähen, was immer es in diesem Ort, auf den er sich zubewegte, zu erspähen gab. Und dann? Wurden die Piloten durch einen heimtückischen Trick verleitet zu landen, um dann, fern aller Wundermittel und Flugblätter, bis zum Jüngsten Tag eingesperrt zu werden? Oder ließ sie, sollten sie nicht in die Falle gehen, ein von einem Rauchwölkchen begleitetes Splittergeschoss auf die Erde stürzen – was Percys Mutter und Schwestern »aufregte«? John schüttelte den Kopf, und seinem Mund entschlüpfte das lautlose Gespenst eines hohlen Lachens. Welche verwegenen Unternehmungen verbargen sich hier? Welches unmoralische Vorgehen eines bizarren Krösus? Welche schrecklichen, goldenen Geheimnisse?...

Die Chinchillawolken waren nun weitergezogen, und der Nachthimmel über Montana war taghell. Der Wagen fuhr am Ufer eines stillen, mondbeschienenen Sees entlang und rollte auf seinen großen Reifen glatt über die glasierten Backsteine. Für einen Augenblick tauchten sie in Dunkelheit ein und durchquerten einen kühlen, duftenden Kiefernhain, dann öffnete sich vor ihnen eine weite Rasenfläche, und Johns Ausruf der Freude erklang gleichzeitig mit Percys lakonischer Bemerkung: »Wir sind da.«

Im Sternenlicht erhob sich am Seeufer ein ausnehmend schönes Château, erklomm in marmornem Leuchten die halbe Flanke des aufragenden Berges und verschmolz in Grazie, in vollkommener Symmetrie, in durchscheinender femininer Mattigkeit mit der dunklen Masse eines Kiefernwaldes. Die vielen Türme, die schlanken Linien der Treppengeländer, das aus Stein gemeißelte Wunder tausend gelber Fenster mit ihren Dreiecken, Rechtecken, Vielecken, die gebrochene Zartheit der sich schneidenden Bahnen von Sternenlicht und bläulichen Schatten, all das brachte Johns Geist in Schwingung wie ein Musikakkord. An einem der

Türme, dem höchsten, dessen Fuß auch der dunkelste war, erzeugte eine kunstvoll an der Spitze angebrachte Beleuchtung den Eindruck einer Art schwebender Feenwelt – und während John in angenehmer Verzauberung hinaufblickte, trieb der leise, schmelzende Klang von Violinen an sein Ohr, eine Rokoko-Musik, die schöner war als alles, was er je gehört hatte. Gleich darauf hielt der Wagen vor einer hohen, breiten Freitreppe aus Marmor, wo die Nachtluft mit dem Duft zahlloser Blumen getränkt war. Zwei große Türen am Kopf der Treppe schwangen auf, und in dem bernsteinfarbenen Licht, das in die Dunkelheit flutete, hob sich die Silhouette einer sehr eleganten Dame mit schwarzem, aufgestecktem Haar ab, die sie mit ausgebreiteten Armen empfing.

»Mutter«, sagte Percy, »das ist mein Freund John Unger aus Hades.«

In Johns Erinnerung war dieser erste Abend ein Taumel aus vielen Farben, aus rasch aufeinanderfolgenden sinnlichen Eindrücken, aus Musik, so sanft wie die Stimme einer Liebenden, und der ausgesuchten Schönheit von Dingen, von Licht und Schatten, von Gesichtern und Bewegungen. Da stand ein weißhaariger Mann, der ein bunt schillerndes Getränk aus einem kleinen Kristallglas mit langem goldenen Stiel trank. Da war eine junge Frau mit einem Blumengesicht, die wie eine Titania gekleidet war und Saphire in ihr Haar geflochten hatte. Es gab einen Raum, dessen Wände aus purem, weichem Gold dem Druck seiner Hand nachgaben, und einen anderen, der der platonischen Vorstellung des vollendeten Gefängnisses entsprach: Boden, Wände und Decke waren dicht an dicht mit Diamanten in jeder Größe und Form besetzt – von großen violetten Lampen in den Ecken beleuchtet, blendeten die Steine das Auge mit einem weißen Glanz, der nur mit der reinen Essenz des Lichtes selbst vergleichbar war und jeden menschlichen Wunsch oder Traum überstieg.

Durch ein Labyrinth solcher Räume schlenderten die beiden jungen Männer. Zuweilen ließ eine unter dem Boden angebrachte Beleuchtung diesen in Mustern aus wild widerstreitenden Farben oder pastellener Zartheit erstrahlen, dann wieder schimmerte er in reinstem Weiß oder zeigte feine, verschlungene Mosaiken, die gewiss aus einer Moschee am Adriatischen Meer stammten. Manchmal sah John unter einer Schicht von Kristallen blau oder grün wirbelndes Wasser, in dem sich Fische tummelten und Pflanzen in allen Farben des Regenbogens wucherten. Anderswo schritten sie über Felle aller Farben und Beschaffenheiten oder gingen durch Korridore aus blassem, fugenlosem Elfenbein, so dass es schien, als wären diese aus den gewaltigen Stoßzähnen von Dinosauriern geschnitzt, die lange vor dem Aufstieg des Menschen ausgestorben waren...

Dann ein Übergang, an den er sich später nur verschwommen erinnerte, und sie nahmen zum Abendessen Platz. Jeder Teller bestand aus zwei hauchdünnen Lagen aus Diamant, in die ein filigranes Muster aus Smaragden eingebettet war – zarte, aus grüner Luft geschnittene Scheibchen. Aus fernen Korridoren erklang unaufdringliche Musik, und als John das erste Glas Portwein trank, schien der mit Federpolstern versehene Stuhl, dessen Lehne sich auf das angenehmste an seinen Rücken schmiegte, ihn zu umfangen und zu überwältigen. Benommen versuchte er, eine Frage zu beantworten, doch der Luxus, der ihn umgab, verstärkte die Illusion, er befinde sich in einem Traum – die kostbaren Juwelen, Stoffe, Weine und Metalle verschwammen vor seinen Augen zu einem angenehmen Nebel...

»Ja«, raffte er sich höflich auf zu sagen, »ich finde es dort unten allerdings heiß genug.«

Es gelang ihm noch, ein gespenstisches Lachen hinzuzusetzen, dann schien er ohne jede Regung, ohne jeden Widerstand davonzuschweben, fort von dem gekühlten Dessert, das so rosarot war wie ein Traum… Er schlief ein.

Als er erwachte, wusste er, dass mehrere Stunden vergangen waren. Er befand sich in einem großen, stillen, mit Ebenholz getäfelten Raum, dessen Beleuchtung zu schwach, zu unaufdringlich war, um die Bezeichnung Licht zu verdienen. Sein junger Gastgeber stand neben seinem Lager.

»Du bist beim Abendessen eingeschlafen«, sagte Percy, »und ich beinahe ebenfalls – es ist einfach zu schön, es nach einem Jahr Schule mal wieder bequem zu haben. Diener haben dich entkleidet und gebadet, während du schliefst.«

»Ist das ein Bett oder eine Wolke?«, seufzte John. »Percy, Percy, bevor du gehst, muss ich mich entschuldigen.«

»Wofür?«

»Dafür, dass ich an deinen Worten gezweifelt habe, als du gesagt hast, ihr hättet einen Diamanten, größer als das Ritz-Carlton-Hotel.«

Percy lächelte. »Ja, ich dachte schon, dass du mir nicht glaubst. Es ist dieser Berg, musst du wissen.«

»Was für ein Berg?«

»Der Berg, auf dem das Château steht. Für einen Berg ist er nicht sonderlich groß, aber bis auf eine fünfzehn Meter dicke Schicht aus Stein und Erde, die ihn bedeckt, besteht er aus einem Diamanten. Aus einem einzigen, vier Kubikkilometer großen, lupenreinen Diamanten. Hörst du mir zu? Sag mal –«

Doch John T. Unger war bereits wieder eingeschlafen.

Morgen. Als er erwachte, stellte er, noch vom Schlaf umflort, fest, dass der Raum sich im selben Augenblick mit Sonnenlicht füllte. Die Ebenholzpaneele der einen Wand waren auf Schienen beiseitegeglitten, so dass das Tageslicht hereinströmte. Ein hochgewachsener Neger in einer weißen Livree stand neben Johns Bett.

»Guten Abend«, murmelte John und mühte sich, seine Gedanken, die sich noch an wilden Orten herumtrieben, zu sammeln.

»Guten Morgen, Sir. Wäre Ihnen ein Bad recht, Sir? Nein, stehen Sie nicht auf – ich kümmere mich um alles. Wenn Sie nur den Schlafanzug aufknöpfen würden. Danke, Sir.«

John lag da und ließ sich den Schlafanzug ausziehen – er war amüsiert und entzückt, denn er erwartete, von diesem schwarzen Gargantua wie ein Kind aufgehoben und getragen zu werden, doch nichts dergleichen geschah. Statt dessen spürte er, dass das Bett sich langsam neigte – er rollte, zunächst erschrocken, in Richtung der Wand, wo sich ein Vorhang öffnete. Über eine etwa zwei Meter lange flauschige Rampe glitt er sanft in ein Becken voll Wasser, das genau Körpertemperatur hatte.

Er sah sich um. Die Rampe oder Rutsche war wieder eingefahren. Er befand sich in einem anderen Raum, in einer im Fußboden versenkten Wanne. Alle Wände sowie die Seiten und der Boden der Wanne bestanden aus Glas, und dahinter war eine blaue Aquarienwelt. Beleuchtet von warmem, bernsteinfarbenem Licht schwammen Fische umher und strichen ohne jede Neugier an seinen ausgestreckten Zehen vorbei, von denen sie lediglich durch das Glas getrennt waren. Durch meergrüne Fenster in der Decke schien die Sonne.

»Ich nehme an, Sir, Ihnen wäre heute Morgen warmes Rosenwasser mit Schaumzusatz recht, Sir – und als Abschluss vielleicht kaltes Salzwasser.«

Der Neger stand neben ihm.

»Ja«, sagte John mit einem geistlosen Lächeln, »wie Sie meinen.« Jeder Gedanke daran, das Bad nach seinen eigenen bescheidenen Ansprüchen zu bestellen, wäre ihm irgendwie pedantisch und zugleich ein wenig gemein erschienen.

Der Neger drückte auf einen Knopf, und sogleich fiel – scheinbar von der Decke – ein warmer Regen. In Wirklichkeit strömte das Wasser, wie John rasch feststellte, aus Düsen, die sich neben der Wanne befanden. Es nahm eine zartrosa Tönung an, und flüssige Seife spritzte aus vier Miniaturwalrossköpfen, die an den Ecken der Wanne montiert waren. Ein Dutzend in die Seiten der Wanne eingelassene Schaufelräder schlugen einen rosaroten Schaum, der John in köstlichen Wolken umfing. Hier und da platzten schimmernde, duftende Blasen.

»Soll ich den Filmprojektor einschalten, Sir?«, erkundigte sich der Neger ehrerbietig. »Eine kurze Komödie befindet sich bereits im Apparat – ich kann aber auch einen ernsteren Film einlegen, wenn Sie es wünschen, Sir.«

»Nein, danke«, antwortete John höflich, aber entschieden. Er genoss das Bad so sehr, dass er keinen Wunsch nach Ablenkung verspürte. Die gab es dennoch: Mit einem Mal erklang in unmittelbarer Nähe eine Flötenmusik, eine Melodie wie ein Wasserfall, so kühl und grün wie der Raum selbst, und die erste Stimme wurde von einer Piccoloflöte gespielt, deren Töne zarter zu sein schienen als die Seifenblasen, die John einhüllten und umschmeichelten.

Nach einem abschließenden kalten Salzwasserguss stieg er aus der Wanne und zog einen flauschigen Bademantel an. Dann legte er sich auf eine mit demselben Material bezogene Liege und wurde mit Öl, Alkohol und duftenden Essenzen eingerieben. Anschließend nahm er in einem weich gepolsterten Sessel Platz und ließ sich rasieren und die Haare schneiden.

»Mr. Percy erwartet Sie in Ihrem Salon, Sir«, sagte der Neger, als die Prozedur beendet war. »Mein Name ist Gygsum, Mr. Unger, Sir. Ich werde Mr. Unger jeden Morgen zur Verfügung stehen.«

John trat in den hellen Sonnenschein, der seinen Salon durchflutete. Dort stand ein Frühstück für ihn bereit, und Percy, der modische Knickerbocker aus weißem Glacéleder trug, saß in einem Sessel und rauchte.

IV

Den folgenden kurzen Abriss der Geschichte der Familie Washington erzählte Percy seinem Freund beim Frühstück.

Der Vater des gegenwärtigen Mr. Washington stammte aus Virginia und war ein direkter Nachfahre von George Washington und Lord Baltimore. Am Ende des Bürgerkrieges war er ein fünfundzwanzigjähriger Oberst mit einer zerstörten Plantage und etwa tausend Golddollar.

Fitz-Norman Culpepper Washington – so der Name des jungen Obersten – beschloss, die Plantage seinem jüngeren Bruder zu überschreiben und nach Westen zu ziehen. Er wählte zwei Dutzend seiner treuesten Schwarzen aus, die ihn selbstverständlich tief verehrten, kaufte fünfundzwanzig Fahrscheine und fuhr gen Westen, wo er in ihrem Namen

Land in Besitz nehmen und Rinder- und Schafzucht betreiben wollte.

Er war noch keinen Monat in Montana, und die Dinge entwickelten sich alles andere als erfreulich, als er seine große Entdeckung machte. Er hatte sich in den Bergen verirrt, und nachdem er einen ganzen Tag lang nichts gegessen hatte, wurde er hungrig. Da er kein Gewehr mitgenommen hatte, war er gezwungen, ein Erdhörnchen zu verfolgen, und dabei bemerkte er, dass das Tier etwas Schimmerndes im Maul trug. Kurz bevor es in seiner Höhle verschwand – die Vorsehung wollte offenbar nicht, dass es zur Stillung menschlichen Hungers diente –, ließ es seine Last fallen. Als Fitz-Norman sich auf die Erde setzte, um die Situation zu überdenken, stach ihm ein Blitzen ins Auge. Zehn Sekunden später war sein Hunger verflogen und er selbst um hunderttausend Dollar reicher. Das Erdhörnchen, das sich zu seiner Verärgerung so beharrlich geweigert hatte, gegessen zu werden, hatte ihm einen großen, lupenreinen Diamanten geschenkt.

Spätabends kam er zurück ins Lager, und zwölf Stunden später waren alle männlichen Schwarzen bei der Erdhörnchenhöhle und gruben wie verrückt. Er sagte ihnen, er habe ein Bergkristallvorkommen entdeckt, und da lediglich einer oder zwei von ihnen jemals auch nur einen kleinen Diamanten gesehen hatten, glaubten sie ihm aufs Wort.

Als ihm die Größe seiner Entdeckung bewusst wurde, stand er vor einem Dilemma. Der Berg bestand tatsächlich aus Diamant – er war buchstäblich ein einziger riesiger Diamant. Fitz-Norman füllte vier Satteltaschen mit glitzernden Proben und ritt nach St. Paul. Dort gelang es ihm, ein halbes Dutzend kleinerer Steine zu verkaufen – als er es mit einem größeren versuchte, fiel der Juwelier in Ohnmacht, und Fitz-Norman wurde wegen Störung der öffentlichen Ordnung festgenommen. Er floh aus dem Gefängnis und nahm den Zug nach New York, wo er einige mittelgroße Diamanten verkaufte und etwa zweihunderttausend Golddollar erlöste. Er wagte es jedoch nicht, irgendwelche wirklich außergewöhnlichen Steine anzubieten, ja es gelang ihm, New York gerade noch rechtzeitig wieder zu verlassen.

Die Juweliere waren in heller Aufregung, nicht so sehr über die Größe der Diamanten als vielmehr über die Tatsache, dass ihre Herkunft so geheimnisumwittert war. Es gingen wilde Gerüchte um: Die neue Diamantenmine befinde sich in den Catskills, an der Küste von New Jersey, auf Long Island, unter dem Washington Square. Mit Spitzhacken und Schaufeln ausgerüstete Männer verließen in stündlich verkehrenden vollbesetzten Sonderzügen die Stadt, unterwegs zu dem erhofften nahegelegenen El Dorado. Fitz-Norman war zu diesem Zeitpunkt bereits wieder auf dem Weg nach Montana.

Zwei Wochen später hatte er festgestellt, dass der Diamant unter dem Berg etwa so groß war wie alle bislang geschürften Diamanten der Welt zusammengenommen. Sein Wert ließ sich nicht regulär berechnen, denn es handelte sich um einen einzigen Stein. Sollte er zum Kauf angeboten werden, würde nicht nur der Marktpreis für Diamanten ins Bodenlose fallen – nein, sofern der Wert in der üblichen Weise mit der Größe stieg, würde alles Gold der Welt nicht ausreichen, um auch nur ein Zehntel davon zu bezahlen. Und was sollte jemand mit einem Diamanten von dieser Größe anfangen?

Er befand sich in einer verblüffenden Lage. In gewisser Weise war er der reichste Mann, den die Welt je gesehen hatte, und doch: Besaß er überhaupt etwas? Wer konnte wissen, welche Schritte die Regierung unternehmen würde, um eine Panik auf dem Gold- und Edelsteinmarkt zu verhindern, wenn das Geheimnis ans Tageslicht kam? Womöglich würde sie sogleich Anspruch auf den Stein erheben und ein Monopol einführen.

Ihm blieb nichts anderes übrig, als seinen Berg geheim zu halten. Er schickte nach seinem jüngeren Bruder und übertrug ihm die Aufsicht über seine farbige Gefolgschaft - Schwarze, denen gar nicht zu Bewusstsein gekommen war, dass man die Sklaverei abgeschafft hatte. Damit es auch so blieb, las er ihnen eine selbst verfasste Proklamation vor, nach der General Forrest die versprengten Truppen des Südens gesammelt und die Nordstaaten in einer entscheidenden Schlacht besiegt hatte. Die Neger glaubten ihm. Nach kurzer Abstimmung verkündeten sie, das sei eine gute Sache, und hielten einen Erweckungsgottesdienst ab.

Fitz-Norman machte sich mit einhunderttausend Dollar und zwei großen Koffern voller Rohdiamanten in allen Größen auf die Reise ins Ausland. Auf einer chinesischen Dschunke segelte er nach Russland und traf sechs Monate nach seinem Aufbruch in Montana in St. Petersburg ein. Er stieg in einer unauffälligen Herberge ab, suchte sogleich den Hofjuwelier auf und verkündete, er habe einen Diamanten für den Zaren. Zwei Wochen blieb er in St. Petersburg, in ständiger Gefahr, ermordet zu werden. Mehrmals wechselte er sein Quartier, und in der ganzen Zeit wagte er sich nicht mehr als drei- oder viermal zu seinen Koffern.

Nachdem er versprochen hatte, in einem Jahr mit noch größeren und schöneren Steinen zurückzukehren, ließ man ihn nach Indien ausreisen. Zuvor allerdings hatte ihm der Hof fünfzehn Millionen Dollar auf amerikanische, unter vier verschiedenen Namen eröffnete Konten angewiesen.

1868 kehrte er nach Amerika zurück – er war etwas mehr als zwei Jahre fort gewesen, hatte die Hauptstädte von zweiundzwanzig Ländern aufgesucht, mit fünf Kaisern, elf Königen, drei Prinzen, einem Schah, einem Khan und einem Sultan gesprochen und schätzte sein Vermögen auf eine Milliarde Dollar. Eine Tatsache sprach nach wie vor gegen eine Enthüllung seines Geheimnisses: Jeder einzige seiner größeren Steine verfügte kaum eine Woche nach seiner Präsentation über eine Geschichte so vieler durch ihn verursachter Katastrophen, Liebesaffären, Revolutionen und Kriege, dass es für die Zeit vom babylonischen Reich bis zur Gegenwart gereicht hätte.

Von 1870 bis zu seinem Tod im Jahr 1900 war Fitz-Norman Washingtons Geschichte ein einziges langes, in Gold geschriebenes Epos, das natürlich über gewisse Seitenstränge verfügte: Er sabotierte die Vermessung des Landes, heiratete eine Frau aus Virginia, mit der er einen Sohn hatte, und war aufgrund einer Reihe unglücklicher Komplikationen gezwungen, seinen Bruder zu ermorden, dessen unglückselige Angewohnheit, sich in einen Zustand trüber Redseligkeit zu trinken, die Sicherheit des Unternehmens mehrmals gefährdet hatte. Nur wenige weitere Morde warfen einen Schatten über diese glücklichen Jahre des Fortschritts und der Expansion.

Kurz vor seinem Tod änderte er seine Politik und wendete bis auf ein paar Millionen Dollar sein gesamtes offizielles Vermögen auf, um große Mengen wertvoller Mineralien zu kaufen, die er dann, als billigen Plunder getarnt, in den Schließfächern von Banken in aller Welt verwahrte. Sein Sohn Braddock Tarleton Washington ging sogar noch einen Schritt weiter: Die Steine wurden gegen Radium, das wertvollste Mineral der Welt, eingetauscht, so dass der Gegenwert von einer Million Golddollar bequem in einem Behälter von der Größe einer Zigarrenkiste Platz hatte.

Drei Jahre nach Fitz-Normans Tod fand sein Sohn Braddock, das Geschäft sei nun weit genug gediehen. Der Geldwert der Steine, die sein Vater und er aus dem Berg zutage gefördert hatten, ließ sich nicht mehr genau beziffern. Er machte sich verschlüsselte Notizen über die ungefähre Menge des Radiums, das er in Tausenden von Banken in aller Welt deponiert hatte, und vermerkte die Decknamen, die er dabei verwendet hatte. Und dann tat er etwas ganz Einfaches: Er schloss die Mine.

Er schloss die Mine. Was er ihr entnommen hatte, würde allen zukünftigen Generationen von Washingtons ein Leben in unerhörtem Luxus ermöglichen. Seine einzige Sorge galt der Bewahrung seines Geheimnisses, denn die Panik, die bei einer Enthüllung möglicherweise ausbrechen würde, konnte ihn und die anderen Besitzenden in aller Welt in bitterste Armut stürzen.

Das also war die Familie, bei der John T. Unger zu Gast war. Und das war die Geschichte, die er am Morgen nach seiner Ankunft in seinem mit Silber ausgeschlagenen Salon hörte.

V

Nach dem Frühstück begab sich John zu dem großen Marmorportal und betrachtete neugierig die Szenerie, die sich ihm darbot. Das ganze Tal, vom Diamantberg bis zu den acht Kilometer entfernten schroffen Granitwänden, schien noch einen zarten goldenen Hauch zu verströmen, der reglos über den gepflegten Rasenflächen, Seen und Gärten hing. Hier und da bildeten Ulmen elegante, schattenspendende Haine und standen in seltsamem Kontrast zu den dichten Fichtenwäldern, welche die Berge in ihrem blaugrünen Griff hielten. John sah drei Rehe hintereinander aus einer etwa fünfhundert Meter entfernten Baumgruppe treten und mit staksiger Ausgelassenheit in den schwarz geäderten Halbschatten einer anderen eintauchen. Es hätte ihn nicht gewundert, eine bocksfüßige, flötenspielende Gestalt unter den Bäumen einhertanzen zu sehen oder zwischen den grünsten der grünen Blätter einen Blick auf eine rosige Nymphe mit hellblondem Haar zu erhaschen.

In dieser unbestimmten kühlen Hoffnung schlenderte er die marmornen Stufen hinunter, schreckte am Fuß der Treppe zwei seidige russische Windhunde aus dem Schlaf und machte einen Spaziergang auf einem Weg aus weißen und blauen Backsteinen, der in keine bestimmte Richtung zu führen schien.

Er genoss das alles, so sehr er nur konnte. Das Glück wie die Unzulänglichkeit der Jugend ist es, dass sie nie in der Gegenwart leben kann, sondern diese stets mit der Vorstellung einer leuchtenden Zukunft vergleichen muss – Blumen und Gold, Mädchen und Sterne sind lediglich Vorboten, Prophezeiungen jenes unvergleichlichen, unerreichbaren Traums, den die Jugend träumt.

John folgte einer sanften Biegung, wo dichte Rosenbüsche die Luft mit ihrem schweren Duft erfüllten, und ging durch den Park auf ein bemoostes Fleckchen unter ein paar Bäumen zu. Er hatte noch nie auf Moos gelegen und wollte wissen, ob es tatsächlich so weich war, wie es die Redensart wollte. In diesem Augenblick bemerkte er ein Mädchen, das über den Rasen auf ihn zukam – das schönste Geschöpf, das er je gesehen hatte. Sie trug ein weißes Gewand, das gerade über die Knie reichte, und hatte das Haar mit einem von Saphirsplittern gehaltenen Resedenkranz aufgesteckt. Ihre nackten, rosigen Füße ließen Tautropfen aufstieben. Sie war jünger als John, nicht älter als sechzehn.

»Hallo«, rief sie verhalten. »Ich bin Kismine.«

Für John war sie bereits weit mehr als das. Er ging ihr entgegen und verlangsamte seine Schritte, um ihr nicht auf die nackten Füße zu treten.

»Wir sind uns noch nicht vorgestellt worden«, sagte sie. Ihre blauen Augen fügten hinzu: »Und da ist dir eine Menge entgangen!« – »Gestern Abend hast du nur meine Schwester Jasmine kennengelernt. Mir war nicht gut - eine Salatvergiftung«, fuhr sie mit leiser Stimme fort, und ihre Augen sagten: »Ich bin bezaubernd, wenn ich krank bin – und wenn ich gesund bin ebenfalls.«

»Ich bin unerhört beeindruckt«, sagten Johns Augen, »und auch nicht gerade langsam.« – »Hallo, wie geht's?«, sagte er. »Ich hoffe, ein bisschen besser.« – »Du Süße«, fügten seine beseelten Augen hinzu.

John bemerkte jetzt, dass sie weiter dem Pfad folgten. Auf Kismines Vorschlag setzten sie sich auf das Moos, wobei John zu prüfen vergaß, wie weich es war.

Was Frauen betraf, so war er kritisch. Der kleinste Makel – ein dicker Knöchel, eine belegte Stimme, ein starrer Blick – genügte, um ihn vollkommen gleichgültig zu machen. Hier jedoch befand er sich zum ersten Mal in seinem Leben in Gesellschaft eines Mädchens, das ihm wie der Inbegriff körperlicher Perfektion erschien.

»Stammst du von der Ostküste?«, fragte Kismine. Ihr Interesse bezauberte ihn.

»Nein«, antwortete er schlicht, »ich stamme aus Hades.«

Entweder hatte sie noch nie von einem Ort dieses Namens gehört, oder es fiel ihr keine verbindliche Erwiderung darauf ein – jedenfalls verfolgte sie das Thema nicht weiter.

»Ich werde im Herbst auf eine Schule im Osten gehen«, sagte sie. »Meinst du, es wird mir dort gefallen? Ich fahre nach New York zu Miss Bulge. Sie soll sehr streng sein, aber die Wochenenden werde ich bei meiner Familie in unserem New Yorker Haus verbringen. Vater hat nämlich erfahren, dass die Mädchen immer nur zu zweit ausgehen dürfen.«

»Dein Vater will, dass du stolz bist«, sagte John.

»Das sind wir auch«, antwortete sie, und ihre Augen glänzten würdevoll. »Keiner von uns ist je bestraft worden. Vater sagt, wir sollten niemals bestraft werden. Als meine Schwester Jasmine noch ein kleines Mädchen war, hat sie ihn mal eine Treppe hinuntergestoßen, und er ist einfach aufgestanden und weitergehumpelt.

Mutter war… nun ja, ein wenig überrascht«, fuhr Kismine fort, »als sie hörte, dass du aus… aus dem Ort stammst, aus dem du stammst. Sie sagte, dass sie als junges Mädchen… Aber sie ist spanischer Abstammung, musst du wissen, und sehr altmodisch.«

»Verbringt ihr viel Zeit hier?«, fragte John, um zu verbergen, dass ihre Bemerkung ihn ein wenig gekränkt hatte. Sie schien nicht sehr freundlich auf seine provinzielle Herkunft abzuzielen.

»Percy, Jasmine und ich sind jeden Sommer hier, aber nächstes Jahr wird Jasmine nach Newport fahren, und danach, im Herbst, wird sie in London in die Gesellschaft eingeführt. Sie wird bei Hof vorgestellt.«

»Weißt du eigentlich«, sagte John zögernd, »dass du viel weltgewandter bist, als ich zunächst gedacht habe?«

»Ach, nein, das bin ich nicht«, antwortete sie rasch. »Das will ich auch gar nicht sein. Weltgewandte junge Leute

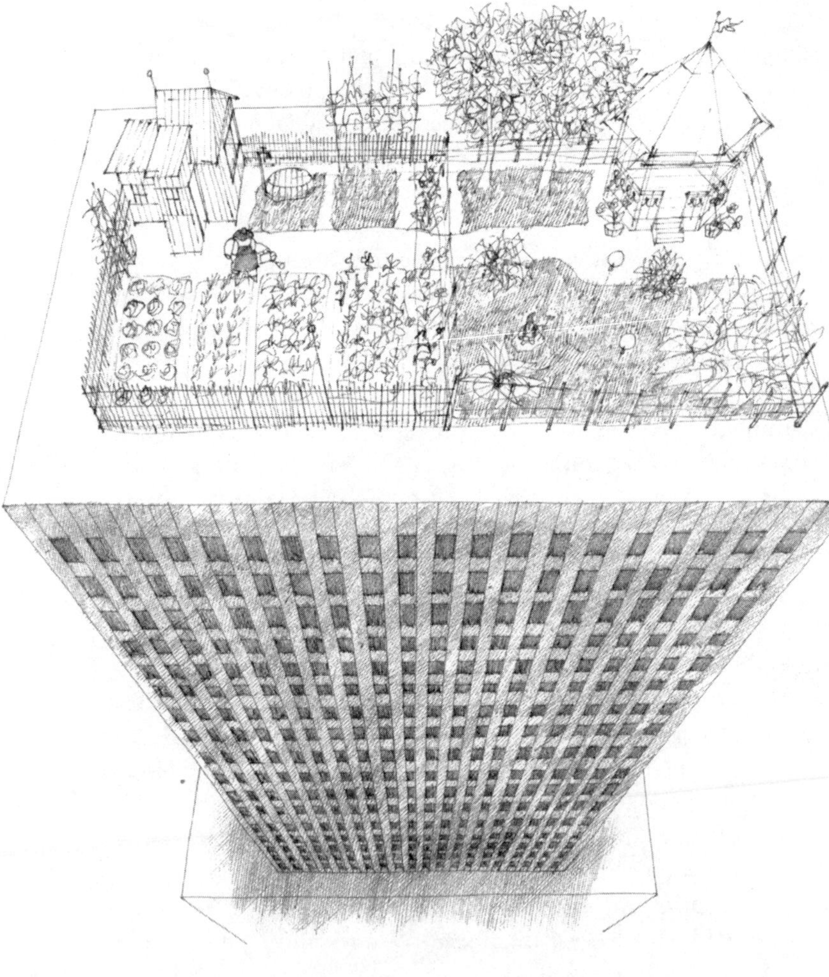

sind schrecklich gewöhnlich, findest du nicht auch? Nein, ich bin wirklich nicht weltgewandt. Und wenn du sagst, dass ich es doch bin, fange ich an zu weinen.«

Sie war so bekümmert, dass ihre Unterlippe bebte. John sah sich gezwungen zu sagen: »Ich habe es nicht so gemeint – ich wollte dich nur ein bisschen aufziehen.«

»Ich meine, es würde mir nichts ausmachen, wenn ich weltgewandt wäre«, fuhr sie fort, »aber ich bin es nicht. Ich bin ganz und gar mädchenhaft und unschuldig. Ich rauche nicht, ich trinke nicht, und ich lese nichts anderes als Gedichte. Von Mathematik und Chemie weiß ich so gut wie nichts. Ich kleide mich sehr schlicht – eigentlich kann man kaum von Kleiden sprechen. Ich glaube, man kann mir wirklich nicht nachsagen, ich sei weltgewandt. Ich finde, Mädchen sollten ihre Jugend auf gesunde Art und Weise verbringen.«

»Das finde ich auch«, stimmte John aus vollem Herzen zu.

Kismine war wieder fröhlich. Sie lächelte ihn an, und eine stille Träne rann aus dem Winkel eines ihrer blauen Augen.

»Ich mag dich«, flüsterte sie ihm vertraulich zu. »Wirst du die ganze Zeit, die du hier bist, mit Percy verbringen, oder wirst du auch nett zu mir sein? Stell dir vor: Ich bin absolut unschuldig. Noch nie in meinem Leben war ein Junge in mich verliebt. Ich durfte bisher nicht mal mit einem Jungen allein sein – außer mit Percy, natürlich. Ich bin extra hierhergekommen, weil ich gehofft habe, dich irgendwo zu treffen, wo niemand sonst dabei sein würde.«

Sehr geschmeichelt machte John eine tiefe Verbeugung, wie er es in der Tanzschule in Hades gelernt hatte.

»Wir sollten lieber gehen«, sagte Kismine freundlich.

»Ich muss um elf bei Mutter sein. Du hast mich nicht einmal um einen Kuss gebeten. Ich dachte, heutzutage hätten Jungen gar nichts anderes im Sinn.«

John richtete sich stolz auf.

»Manche vielleicht«, sagte er, »aber ich nicht. In Hades tun Mädchen so was nicht.«

Seite an Seite gingen sie zurück zum Château.

VI

Im vollen Sonnenschein stand John Mr. Braddock Washington gegenüber. Der Mann war um die vierzig und hatte ein stolzes, leeres Gesicht, intelligent blickende Augen und eine kräftige Statur. Morgens roch er nach Pferden – den besten Pferden. Er hielt einen schlichten Gehstock aus grauem Birkenholz in der Hand, dessen Griff aus einem großen Opal bestand. Er und Percy führten John herum.

»Hier sind die Sklaven untergebracht.« Er wies mit dem Stock auf einen klosterartigen Komplex aus Marmor zu ihrer Linken, der in elegantem gotischen Stil an der Bergflanke errichtet war. »In jungen Jahren habe ich mich durch einen absurden Idealismus von den wirklich wichtigen Dingen des Lebens ablenken lassen. Damals lebten die Sklaven in Luxus. So habe ich zum Beispiel jede Wohnung mit einem gekachelten Bad ausstatten lassen.«

»Ich nehme an«, sagte John mit einem schmeichlerischen Lächeln, »dass sie in den Badewannen ihre Kohlen gelagert haben. Mr. Schnlitzer-Murphy hat mir mal erzählt –«

»Die Ansichten von Mr. Schnlitzer-Murphy sind vermutlich nicht weiter berichtenswert«, unterbrach ihn Braddock Washington kühl. »Meine Sklaven haben in ihren Badewannen keine Kohlen aufbewahrt. Sie hatten Anweisung, täglich ein Bad zu nehmen, und daran haben sie sich auch gehalten, sonst hätte ich ihnen eine Behandlung mit Schwefelsäureshampoo verpassen lassen. Ich hatte andere Gründe, die Anordnung zu widerrufen: Mehrere von ihnen haben sich erkältet und sind gestorben. Für gewisse Rassen ist Wasser schädlich – es sei denn als Getränk.«

John lachte und beschloss, ihm mit einem nüchternen Nicken beizupflichten. In Braddock Washingtons Gesellschaft fühlte er sich unbehaglich.

»All diese Neger sind Nachkommen derjenigen, die mein Vater damals mitgebracht hat. Es sind inzwischen etwa zweihundertfünfzig. Sie sind schon so lange abgeschnitten vom Rest der Welt, dass ihr ursprünglicher Dialekt zu einer beinahe unverständlichen rudimentären Sprache degeneriert ist. Einigen von ihnen – meinem Sekretär und zwei, drei HausskIaven – bringen wir Englisch bei.

Und das ist der Golfplatz«, fuhr er fort, während sie über den samtigen Rasen schlenderten. »Es gibt nur Grüns - keine Fairways, keine Roughs, keine Hindernisse.«

Er lächelte John freundlich an.

»Sind viele Männer im Käfig, Vater?«, fragte Percy unvermittelt.

Braddock Washington strauchelte und fluchte unwillkürlich.

»Einer weniger, als es sein sollten«, antwortete sein Vater düster. »Es gab Probleme.«

»Mutter hat mir davon erzählt«, sagte Percy. »Der Italienischlehrer –«

»Ein schrecklicher Fehler«, sagte Braddock Washington aufgebracht. »Aber es kann durchaus sein, dass wir ihn erwischt haben. Vielleicht ist er im Wald oder auf den Felsen gestürzt. Und sollte er es geschafft haben, besteht immer noch die Möglichkeit, dass man ihm seine Geschichte einfach nicht glaubt. Trotzdem habe ich zwei Dutzend Männer ausgeschickt, die in den umliegenden Siedlungen die Augen nach ihm offen halten.«

»Und bisher ohne Erfolg?«

»Doch, ein wenig. Vierzehn von ihnen haben meinem Agenten berichtet, sie hätten einen Mann, auf den die Beschreibung passt, getötet, aber die wollten wahrscheinlich nur die Belohnung kassieren.«

Er hielt inne. Sie waren an einer tiefen Grube vom Durchmesser eines Karussells angelangt, die mit einem starken Eisengitter verschlossen war. Braddock Washington winkte John zu sich und wies mit dem Gehstock hinunter. John trat an den Rand und starrte hinab. Sogleich drang von unten wildes Geschrei an seine Ohren.

»Na komm, steig runter in die Hölle!«

»He, Jungchen, wie ist die Luft da oben?«

»Wirf uns ein Seil runter!«

»Du hast nicht zufällig einen alten Donut, Kumpel, oder ein paar Sandwiches, die du nicht mehr brauchst?«

»Wenn du den Typen da mal eben ein bisschen runterschubsen würdest, könnten wir dir zeigen, was ein schneller Abgang ist.«

»Au ja, tu mir den Gefallen und hau ihm eine rein!«

In der Grube war es zu dunkel, um etwas erkennen zu können, doch der vierschrötige Optimismus und die robuste Vitalität der Stimmen und Bemerkungen verrieten John, dass es sich bei den Sprechern um Mittelschicht-Amerikaner der beherzteren Art handelte. Mr. Washington drückte mit dem Stock auf einen im Gras verborgenen Knopf, worauf Scheinwerfer aufflammten und die Szene dort unten beleuchteten.

»Das sind einige abenteuerlustige Burschen, die das Pech hatten, El Dorado zu entdecken«, bemerkte er.

Bei der Grube handelte es sich, wie man jetzt sehen konnte, um eine große, schüsselartige Vertiefung, deren steile Wände offenbar aus geschliffenem Glas bestanden, und auf dem leicht konkaven Boden standen etwa zwei Dutzend Männer, die in ihrer Pilotenkleidung halb uniformiert, halb kostümiert wirkten. Ihre himmelwärts gerichteten Gesichter waren erfüllt von Zorn, Bösartigkeit, Verzweiflung und Zynismus. Sie hatten lange Bärte, und bis auf einige wenige, die sichtlich abgezehrt waren, wirkten sie gesund und wohlgenährt.

Braddock Washington zog einen Gartenstuhl an den Rand der Grube und setzte sich.

»Na, Jungs, wie geht's?«, erkundigte er sich leutselig.

Ein Chor, an dem sich alle außer den wenigen beteiligten, die zu demoralisiert waren, brüllte Verwünschungen in den Sommerhimmel, doch Braddock Washington blieb gelassen. Als das letzte Echo erstorben war, sagte er: »Ist euch etwas eingefallen, wie sich das Problem lösen ließe?«

Da und dort ertönte irgendeine Bemerkung.

»Wir haben beschlossen zu bleiben, weil's uns hier so gut gefällt!«

»Lassen Sie uns raus, und wir werden einen Weg finden!«

Braddock Washington wartete, bis sie wieder verstummten. Dann sagte er: »Ich habe euch die Situation geschildert. Ich will euch hier nicht haben. Bei Gott, ich wollte, ich hätte euch nie gesehen. Eure eigene Neugier hat euch hierher gebracht, und wenn euch eine Lösung einfällt, die mich und meine Interessen schützt, werde ich sie mit Freuden in Erwägung ziehen. Aber solange ihr eure Energie darauf verschwendet, Tunnel zu graben – ja, ja, ich bin über euer neues Projekt informiert –, werdet ihr nicht sehr weit kommen. Es alles ist ja nicht so schlimm, wie ihr behauptet, trotz des Geheuls über eure Lieben daheim. Wenn ihr Männer wärt, denen die Lieben daheim am Herzen liegen, wärt ihr gar nicht erst Flieger geworden.«

Ein hochgewachsener Mann löste sich aus der Gruppe und hob die Hand, um den Mann, der ihn gefangen hielt, auf sich aufmerksam zu machen.

»Ich möchte Ihnen ein paar Fragen stellen!«, rief er. »Sie tun so, als wären Sie ein anständiger, gerechter Mensch.«

»Absurd. Wie könnte ein Mann in meiner Position gegenüber Leuten wie euch anständig und gerecht sein? Das wäre ja gerade so, als würde man von einem Spanier erwarten, er solle seinem Steak gegenüber anständig und gerecht sein.«

Bei dieser groben Bemerkung verdüsterten sich die Mienen der zwei Dutzend Steaks, doch der hochgewachsene Mann fuhr fort: »Na gut. Darüber haben wir ja schon diskutiert. Sie sind kein Menschenfreund, und Sie sind nicht anständig und gerecht, aber Sie sind ein Mensch – jedenfalls behaupten Sie das –, und Sie sollten imstande sein, sich an unsere Stelle zu versetzen und zu sehen, wie … wie …«

»Nun?«, fragte Washington kalt.

»… wie unnötig –«

»Nicht für mich!«

»Dann eben: wie grausam –«

»Auch darüber haben wir schon gesprochen. Wo es um die Selbsterhaltung geht, ist Grausamkeit kein Kriterium. Das wisst ihr – ihr wart Soldaten. Du hast noch einen Versuch.«

»Na, dann eben: wie dumm.«

»Stimmt«, gab Washington zu. »Da habt ihr recht. Aber nennt mir eine Alternative. Ich habe euch angeboten, jeden, der es wünscht, schmerzlos töten zu lassen. Ich habe euch angeboten, eure Frauen, Liebsten, Kinder, Mütter entführen und hierher bringen zu lassen. Ich würde diese Grube vergrößern und ausbauen lassen und euch für den Rest eures Lebens kleiden und ernähren. Wenn es eine Methode gäbe, einen gezielten, dauerhaften Gedächtnisverlust herbeizuführen, würde ich euch allesamt dieser Prozedur unterziehen und irgendwo außerhalb meines Besitzes freilassen. Aber weiter sind meine Überlegungen nicht gediehen.«

»Wie wär's, wenn Sie uns einfach vertrauen würden?«, rief einer.

»Das kann nicht euer Ernst sein«, erwiderte Washington verächtlich. »Ich habe einen von euch heraufgeholt, damit er meiner Tochter Italienisch beibringt. Vorige Woche ist er geflohen.«

Aus den Kehlen der zwei Dutzend Männer erhob sich ein wildes Jubelgeheul, sie gerieten in einen regelrechten Freudentaumel. In einer plötzlichen Aufwallung animalischer Energie tanzten und jauchzten die Gefangenen und begannen spielerisch miteinander zu ringen. Einige rannten sogar an den Glaswänden hinauf, so weit es ging, und rutschten wieder auf den Boden der Schüssel. Der hochgewachsene Mann stimmte ein Lied an, in das alle anderen einfielen:

»Ja, wir werd'n den Kaiser hängen,
An einem Apfelbaum…«

Braddock Washington saß in undurchdringlichem Schweigen da, bis das Lied zu Ende war.

»Ihr müsst wissen«, sagte er, als er endlich wieder ein Minimum an Aufmerksamkeit hatte, »dass ich keinen Groll gegen euch hege. Ich sehe es gern, wenn ihr euch amüsiert.

Darum habe ich euch auch nicht gleich alles erzählt. Dieser Bursche – wie hieß er doch gleich? Critchtichiello? – ist von vierzehn meiner Agenten erschossen worden.«

Da die Männer nicht wussten, dass dies nur angeblich und an vierzehn verschiedenen Orten geschehen war, erstarb der Tumult augenblicklich.

»Aber«, rief Washington mit einem wütenden Unterton, »er hat versucht zu fliehen. Glaubt ihr vielleicht, dass ich mich nach einer solchen Erfahrung noch auf irgendwelche Experimente einlasse?«

Wieder ertönten Rufe.

»Na klar!«

»Vielleicht möchte Ihre Tochter Chinesisch lernen.«

»Ich kann auch Italienisch! Meine Mutter war aus Italien.«

»Vielleicht willse ja auch New Yorkisch lern'.«

»Wenn sie so eine kleine Blonde mit großen blauen Augen ist, kann ich ihr was Besseres beibringen als Italienisch.«

»Ich kenn' ein paar irische Lieder, und früher war ich Messingschmied.«

Mr. Washington beugte sich unvermittelt vor und drückte mit seinem Stock auf den Knopf im Gras, worauf die Szenerie dort unten sogleich in Dunkelheit versank und nur der finster gähnende, mit den abstoßend schwarzen Zähnen des Gitters bedeckte Schlund zu sehen war.

»He!«, rief eine Stimme von unten. »Soll das heißen, Sie gehen, ohne uns Ihren Segen gegeben zu haben?«

Doch Mr. Washington war, gefolgt von den beiden Jungen, bereits unterwegs zum neunten Loch des Golfplatzes, als wären die Grube und ihr Inhalt nichts weiter als ein Golfhindernis, das er mit seinen Eisenschlägern mühelos überwunden hatte.

VII

Im Schatten des Diamantenberges war der Juli ein Monat voller kühler Nächte und warmer, sonnendurchfluteter Tage. John und Kismine waren verliebt. Er wusste nicht, dass der kleine goldene Fußball (mit der Gravur PRO DEO ET PATRIA ET ST. MIDA), den er ihr geschenkt hatte, an einer Platinkette um ihren Hals hing. Doch da hing er. Und sie ihrerseits hatte keine Ahnung, dass John einen großen Saphir, der sich eines Tages aus ihrem schlichten Haarschmuck gelöst hatte, zärtlich in seiner Schmuckschatulle geborgen hatte.

Eines späten Nachmittags, als es im mit Rubinen und Hermelinpelzen versehenen Musikzimmer still war, verbrachten die beiden dort eine Stunde. John hielt Kismines Hand, und der Blick, den sie ihm schenkte, ließ ihn ihren Namen flüstern. Sie beugte sich zu ihm, zögerte dann aber.

»Hast du gerade ›Kismine‹ gesagt«, fragte sie leise, »oder…?«

Sie wollte sicher sein. Vielleicht hatte sie ihn ja falsch verstanden.

Weder sie noch er hatten je geküsst, doch nach einer Stunde war ihnen das nicht mehr anzumerken.

Der Nachmittag verging. Als am Abend die letzten Töne der Musik erstarben, die vom höchsten Turm erklang, lagen sie wach und durchträumten noch einmal die Minuten des Tages. Sie hatten beschlossen, so bald wie möglich zu heiraten.

VIII

Jeden Tag gingen Mr. Washington und die Jungen zum Fischen oder Jagen in den dichten Wald, spielten Golf auf dem einschläfernd unaufregenden Platz – wobei John so diplomatisch war, seinen Gastgeber gewinnen zu lassen – oder schwammen in dem kühlen Bergsee. John stellte fest, dass Mr. Washington ein recht schwieriger Mensch war und nur für seine eigenen Gedanken und Meinungen Interesse aufbrachte. Mrs. Washington wirkte stets reserviert und unbeteiligt. Ihre beiden Töchter schienen ihr gleichgültig zu sein; einzig Percy, mit dem sie bei Tisch lange Gespräche auf Spanisch führte, lag ihr am Herzen.

Jasmine, die ältere der Schwestern, ähnelte Kismine äußerlich – bis auf die Tatsache, dass sie leichte O-Beine und recht große Hände und Füße hatte –, besaß jedoch ein vollkommen anderes Temperament. Ihre Lieblingsbücher handelten von armen Mädchen, die ihrem verwitweten Vater den Haushalt führten. Von Kismine erfuhr John, dass Jasmine nie über den Schock und die Enttäuschung hinweggekommen war, die das Ende des Weltkrieges bedeutet hatte, da sie gerade im Begriff gewesen war, als Kantinenexpertin nach Europa zu reisen. Eine Zeitlang hatte sie sich so vor Kummer verzehrt, dass Braddock Washington erste Schritte unternommen hatte, einen neuen Krieg auf dem Balkan anzuzetteln, doch dann hatte sie ein Foto eines verwundeten serbischen Soldaten gesehen und das Interesse an der ganzen Sache verloren. Sowohl Percy als auch Jasmine schienen jedoch ihres Vaters Hochmut in seiner ganzen strengen Größe geerbt zu haben. Ein reiner, beständiger Egoismus durchzog wie ein eingewebtes Muster all ihre Gedanken.

John war verzaubert von den Wundern des Châteaus und des Tals. Braddock Washington, erzählte Percy, hatte einen Landschaftsgärtner, einen Architekten, einen Bühnenbildner sowie einen aus dem vergangenen Jahrhundert übriggebliebenen dekadenten französischen Dichter entführen lassen. Er unterstellte ihnen seine Sklaven, versicherte ihnen, sie könnten über alle Materialien verfügen, die es nur gab, und ließ sie Ideen entwickeln. Leider erwiesen sie sich allesamt als nutzlos. Der dekadente Dichter beklagte sogleich die Tatsache, dass er im Frühling nicht mehr auf den Boulevards schlendern konnte – er tat ein paar unbestimmte Äußerungen über Gewürze, Affen und Elfenbein, brachte aber nichts hervor, das von praktischem Nutzen gewesen wäre. Der Bühnenbildner wollte das ganze Tal in eine Szenerie aus optischen Täuschungen und spektakulären Effekten verwandeln, doch dessen wären die Washingtons wohl nur allzu bald überdrüssig geworden. Und die Pläne des Architekten und des Landschaftsgärtners bewegten sich stets innerhalb der Grenzen der Konvention: Dies oder das konnte nur so oder so gemacht werden.

Zumindest hatten sie schließlich das Problem gelöst, was mit ihnen geschehen sollte: Nachdem sie eine ganze Nacht in einem Raum verbracht und versucht hatten, sich auf die Platzierung eines Springbrunnens zu einigen, waren sie am Morgen allesamt verrückt geworden und führten nun ein beschauliches Leben in einer Heilanstalt in Westport, Connecticut.

»Aber«, erkundigte John sich neugierig, »wer hat dann all diese wunderbaren Salons und Hallen entworfen, die Zufahrten, die Badezimmer –«

»Tja«, antwortete Percy, »es ist mir ja regelrecht peinlich, es zuzugeben, aber das war einer vom Film. Wir konnten keinen anderen finden, der es gewohnt war, mit unbegrenzten Mitteln zu hantieren – auch wenn er sich die Serviette in den Kragen gesteckt hat und weder lesen noch schreiben konnte.«

Als der August sich dem Ende zuneigte, dachte John

mit Bedauern daran, dass er bald wieder zur Schule würde zurückkehren müssen. Er und Kismine hatten beschlossen, im kommenden Juni durchzubrennen.

»Es wäre schöner, hier zu heiraten«, gestand Kismine, »aber Vater würde mir natürlich niemals die Erlaubnis geben, dich zu heiraten. Nein, dann lieber durchbrennen. In Amerika ist es für reiche Menschen in letzter Zeit ganz schrecklich zu heiraten – immer müssen sie Pressemitteilungen verschicken, in denen steht, dass sie bei der Hochzeit uralte Erbstücke tragen werden, und damit meinen sie dann ein paar Perlen vom Trödelmarkt und Spitzen, die Kaiserin Eugénie einmal getragen hat.«

»Ich weiß«, pflichtete John ihr lebhaft bei. »Als ich bei den Schnlitzer-Murphys zu Gast war, hat ihre älteste Tochter Gwendolyn einen Mann geheiratet, dessen Vater halb West Virginia gehört. Sie schrieb ihren Eltern, wie schwer es sei, mit dem Gehalt eines Bankangestellten zurechtzukommen, und schloss mit den Worten: ›Gott sei Dank habe ich vier fleißige Dienstmädchen – das hilft ein wenig.‹«

»Es ist wirklich absurd«, bemerkte Kismine. »Denk nur an die Millionen und Abermillionen von Menschen – Arbeiter und so –, die mit nur zwei Dienstmädchen auskommen müssen.«

Eines Nachmittags im späten August veränderte eine beiläufige Bemerkung von Kismine die Situation grundlegend und erfüllte John mit blankem Entsetzen.

Sie waren in ihrem Lieblingswäldchen, und zwischen Küssen erging John sich in düster-romantischen Gedanken, die ihrer Beziehung, wie er fand, eine gewisse bittere Süße verliehen.

»Manchmal denke ich, wir werden nie heiraten«, sagte er traurig. »Du bist einfach zu reich, du bist unvergleichlich.

Ein Mädchen, das so reich ist wie du, kann nicht wie andere Mädchen sein. Ich sollte lieber die Tochter eines Eisenwarengroßhändlers aus Omaha oder Sioux City heiraten und mich mit ihrer halben Million zufriedengeben.«

»Ich kannte mal die Tochter eines Eisenwarengroßhändlers«, sagte Kismine, »und ich glaube nicht, dass du dich mit ihr zufriedengegeben hättest. Sie war eine Freundin meiner Schwester und hat uns mal besucht.«

»Dann hattet ihr also schon öfter Gäste?«, sagte John überrascht.

Kismine schien ihre Worte zu bereuen.

»Ja«, sagte sie rasch, »ein paar.«

»Aber seid ihr... ist dein Vater nicht besorgt, sie könnten draußen davon erzählen?«

»Na ja, irgendwie schon, irgendwie schon«, sagte sie. »Aber lass uns lieber von etwas Angenehmerem sprechen.«

Johns Neugier war geweckt.

»Von etwas Angenehmerem? Aber was ist denn daran unangenehm?«, wollte er wissen. »Waren es denn keine netten Mädchen?«

Zu seiner Verblüffung begann Kismine zu weinen.

»Doch...ja...das ist ja das Unglück. Mit einigen hatte ich...hatte ich mich angefreundet. Und Jasmine auch. Aber sie hat trotzdem immer wieder welche eingeladen. Ich konnte das gar nicht verstehen.«

In Johns Herz regte sich ein dunkler Verdacht.

»Du meinst, sie haben geredet, und dein Vater hat sie... wegbringen lassen?«

»Schlimmer«, sagte sie mit brüchiger Stimme. »Vater wollte kein Risiko eingehen – und Jasmine hat immer wieder welche eingeladen, und sie hatten so viel Spaß miteinander!«

Kismine war von Kummer überwältigt.

John saß mit offenem Mund da, entsetzt über diese Enthüllung. Er spürte seine Nerven flattern, als wären sie ein Schwarm Spatzen, der auf seinem Rückgrat saß.

»Jetzt hab ich's dir gesagt, obwohl ich es nicht hätte sagen sollen.« Mit einem Mal war sie ganz ruhig und trocknete ihre dunkelblauen Augen.

»Soll das heißen, dein Vater hat sie vor ihrer Abreise umbringen lassen?«

Sie nickte.

»Meistens im August – oder Anfang September. Natürlich wollten wir vorher noch so viel Spaß wie möglich mit ihnen haben.«

»Wie grässlich! Wie... Du liebe Zeit, ich glaube, ich werde verrückt! Hast du wirklich gesagt, dass –«

»Ja«, unterbrach ihn Kismine und zuckte die Schultern. »Wir können sie ja nicht einsperren wie diese Flieger – dann wären sie ein Vorwurf, dem wir täglich ausgesetzt wären. Und man hat es Jasmine und mir so leicht wie möglich gemacht, denn Vater ließ es immer ein wenig früher erledigen, als wir erwartet hatten. Auf diese Weise hat er uns irgendwelche Abschiedsszenen erspart...«

»Dann habt ihr sie also umgebracht!«, rief John. »Wie entsetzlich!«

»Man hat es aber immer sehr schön gemacht. Sie bekamen im Schlaf etwas gespritzt – und ihren Familien wurde gesagt, dass sie in Butte an Scharlach gestorben sind.«

»Aber ich verstehe nicht, warum ihr immer wieder welche eingeladen habt!«

»Hab ich ja gar nicht«, widersprach Kismine. »Jasmine hat sie eingeladen. Und alle haben sich sehr gut amüsiert. Gegen Ende ihres Besuchs hat Jasmine ihnen wunderschöne

Geschenke gegeben. Ich werde wahrscheinlich auch Gäste haben – ich werde mich schon daran gewöhnen. Man darf sich doch von etwas so Unausweichlichem wie dem Tod nicht davon abhalten lassen, das Leben zu genießen, solange es einem gegeben ist. Stell dir doch mal vor, wie einsam es hier wäre, wenn wir nicht hin und wieder einen Gast hätten. Vater und Mutter haben ein paar ihrer besten Freunde und Freundinnen geopfert, genau wie wir.«

»Du hast dich also von mir umwerben lassen«, rief John anklagend, »hast so getan, als würdest du meine Gefühle erwidern, hast sogar von Heirat gesprochen – und dabei die ganze Zeit gewusst, dass ich nicht lebend hier herauskommen würde!«

»Nein«, entgegnete sie heftig, »jetzt nicht mehr. So war es am Anfang. Du warst hier. Das konnte ich nicht ändern, und deine letzten Tage sollten für uns beide so schön wie möglich sein. Aber dann habe ich mich in dich verliebt, und es… es tut mir ehrlich leid, dass du… dass du weggebracht werden wirst. Obwohl mir das noch immer lieber ist als die Vorstellung, du könntest irgendwann einmal ein anderes Mädchen küssen.«

»Ach, tatsächlich?«, rief John aufgebracht.

»Ja, viel lieber. Außerdem habe ich gehört, dass ein Mädchen mehr Spaß mit einem Mann haben kann, von dem es weiß, dass es ihn nie wird heiraten können. Ach, warum hab ich dir das nur erzählt? Jetzt habe ich dir wahrscheinlich alles verdorben, und dabei hatten wir so viel Spaß, als du es noch nicht wusstest. Ich hätte mir doch denken können, dass es dich irgendwie bedrücken würde.«

»Ja, hättest du das?« Johns Stimme bebte vor Wut. »Ich habe genug gehört. Wenn du wirklich so wenig Stolz und Würde besitzt, dass du eine Beziehung mit einem Burschen anfängst, der, wie du sehr wohl weißt, schon so gut wie tot ist, dann will ich nichts mehr mit dir zu tun haben!«

»Aber du bist nicht tot!«, widersprach sie entsetzt. »Du bist nicht tot! Ich will nicht, dass du sagst, ich hätte einen Leichnam geküsst!«

»Ich habe nichts dergleichen gesagt.«

»Hast du wohl! Du hast gesagt, ich hätte einen Leichnam geküsst!«

»Hab ich nicht!«

Sie hatten die Stimmen erhoben, doch eine unvermittelte Unterbrechung ließ sie verstummen. Auf dem Weg näherten sich Schritte, und wenige Augenblicke später wurden die Rosenzweige auseinandergebogen, und da stand Braddock Washington. Die intelligenten Augen in seinem gutaussehenden, leeren Gesicht blickten sie an.

»Wer hat einen Leichnam geküsst?«, wollte er wissen. Er war offenbar ungehalten.

»Niemand«, beeilte sich Kismine zu sagen. »Es war nur ein Witz.«

»Was treibt ihr beiden hier überhaupt?«, fragte Braddock barsch. »Kismine, du solltest... solltest lesen oder mit deiner Schwester Golf spielen. Also lies! Spiel Golf! Wenn ich zurückkomme, will ich dich hier nicht mehr sehen.«

Er nickte John zu und entfernte sich.

»Siehst du?«, sagte Kismine verärgert, als er außer Hörweite war. »Du hast alles verdorben. Jetzt können wir uns nie mehr treffen. Er wird es mir nicht mehr erlauben. Er würde dich vergiften lassen, wenn er den Verdacht hätte, dass wir uns lieben.«

»Wir lieben uns nicht – jetzt nicht mehr!«, rief John erregt. »Er kann also ganz beruhigt sein. Und du brauchst dir keine Hoffnungen zu machen, dass ich noch länger hierbleibe. In sechs Stunden bin ich über die Berge da, und wenn ich mich mit den Zähnen hindurchgraben müsste, und dann geht's weiter in Richtung Osten.«

Sie waren aufgestanden, und bei seinen Worten trat Kismine auf ihn zu und hakte sich bei ihm unter.

»Ich komme mit.«

»Du musst verrückt sein, wenn du –«

»Aber natürlich komme ich mit«, unterbrach sie ihn ungeduldig.

»Bestimmt nicht. Du –«

»Na gut«, sagte sie leise. »Dann lass uns jetzt zu Vater gehen und die Sache mit ihm besprechen.«

John gab sich geschlagen und rang sich ein schwaches Lächeln ab.

»Also gut, Liebste«, sagte er in einer Anwandlung, die blass und wenig überzeugend wirkte, »dann werden wir also gemeinsam gehen.«

Seine Liebe zu ihr kehrte zurück und ließ sich sanft in seinem Herzen nieder. Sie war sein – sie würde ihn begleiten und die Gefahren mit ihm teilen. Er schloss sie in die Arme und küsste sie stürmisch. Immerhin liebte sie ihn – eigentlich hatte sie ihn gerettet.

Langsam gingen sie zurück zum Château und besprachen die Sache. Da Braddock Washington sie zusammen gesehen hatte, hielten sie es für das Beste, in der kommenden Nacht zu verschwinden. Beim Abendessen waren Johns Lippen ungewöhnlich trocken, und weil er so nervös war, landete ein großer Löffel Fasanenconsommé in seinem linken Lungenflügel. Er musste in das mit Türkisen und Zobelpelz ausgestattete Spielzimmer getragen werden, wo einer der Unterbutler ihm kräftig auf den Rücken klopfte, was Percy umwerfend komisch fand.

IX

Es war lange nach Mitternacht, als John zusammenzuckte und hochfuhr. Vom Schlaf umfangen starrte er in die Schleier aus Dunkelheit, die den Raum erfüllten. Durch die offenen, blauschwarzen Vierecke der Fenster hatte er ein leises, weit entferntes Geräusch gehört, das gleich darauf auf einem Bett aus Wind erstorben war, um dann wieder aufzuleben und sich ihm, halb verborgen hinter unruhigen Träumen, zu erkennen zu geben. Das scharf umrissene Geräusch, das darauf folgte, kam jedoch aus unmittelbarer Nähe, vom Korridor vor seinem Zimmer – das Klicken eines Türknaufs, ein Schritt, ein Flüstern. Er konnte es nicht genau sagen. In seiner Magengrube war ein harter Klumpen, und sein ganzer Körper schmerzte vor lauter Anstrengung, etwas zu hören. Dann schien einer der Schleier sich aufzulösen, und John sah einen Schemen an der Tür, eine von Finsternis eingerahmte Gestalt, die derart mit den Falten des Vorhangs verschmolz, dass sie so verzerrt wirkte wie eine Spiegelung in einer schmutzigen Fensterscheibe.

In plötzlicher Furcht und Entschlossenheit drückte John den Knopf auf dem Nachttisch, und im nächsten Augenblick saß er nebenan in der grünen, im Boden versenkten Badewanne. Das kalte Wasser, mit dem sie zur Hälfte gefüllt war, machte ihn hellwach.

Er sprang hinaus und rannte, in seinem nassen Pyjama große Pfützen hinterlassend, zu der Tür aus Aquamarin, hinter der, wie er wusste, der elfenbeinerne Treppenabsatz des ersten Stockwerks war. Sie öffnete sich geräuschlos. Eine einzelne rote Lampe hoch oben in der großen Kuppel verlieh der elegant geschwungenen, mit Schnitzereien verzierten Treppe eine überwältigende Schönheit. John zögerte für einen Augenblick, erschrocken über die stumme Pracht ringsum, die seine tropfnasse, zitternd auf dem Treppenabsatz stehende kleine Gestalt in ihre gigantischen Falten und Konturen zu hüllen schien. Dann geschahen zwei Dinge gleichzeitig: Die Tür zu seinem Salon flog auf, und drei nackte Neger stürzten heraus, und als John sich in wilder Angst zur Treppe wandte, glitt eine andere Tür auf der gegenüberliegenden Seite des Korridors zur Seite, und in dem beleuchteten Fahrstuhl erschien vor Johns Augen Braddock Washington in kniehohen Reitstiefeln und Pelzmantel, der den Blick auf einen glänzenden rosaroten Pyjama freigab.

Die drei Neger – John hatte sie noch nie zuvor gesehen, und ihn durchfuhr der Gedanke, dass sie vermutlich die Auftragsmörder waren – verharrten und wandten sich erwartungsvoll dem Mann im Fahrstuhl zu, der ihnen gebieterisch zurief: »Hierher! Alle drei! Schnell, verdammt!«

Unverzüglich sprangen die drei Neger in die Fahrstuhlkabine, das beleuchtete Rechteck verschwand, als die Tür sich schloss, und John stand wieder allein auf dem Absatz. Matt ließ er sich auf eine elfenbeinerne Stufe sinken.

Offenbar war etwas Bedeutsames geschehen, etwas, das ihm und seinem eigenen kleinen Verderben wenigstens vorerst einen kleinen Aufschub gewährte. Aber was? Hatten sich die Neger in einer Revolte erhoben? War es den Fliegern gelungen, die eisernen Gitterstäbe aufzubrechen? Oder waren die Männer von Fish blindlings durch die Berge gestolpert und starrten nun mit leeren, freudlosen Augen auf das prachtvolle Tal? John wusste es nicht. Er hörte ein leises Summen, als der Aufzug wieder hinauf- und kurz darauf abermals hinunterfuhr. Wahrscheinlich eilte Percy seinem Vater zu Hilfe. John kam der Gedanke, dass dies die Gelegenheit war, Kismine aufzusuchen und auf der Stelle zu fliehen.

Nachdem das Geräusch des Aufzugs verklungen war, wartete er einige Minuten. Da die nächtliche Kühle durch seinen nassen Pyjama drang und er zitterte, kehrte er in sein Zimmer zurück und kleidete sich rasch an. Dann stieg er die lange Treppe hinauf und ging auf einem Teppich aus Zobelpelz durch den Korridor, der zu Kismines Suite führte.

Die Tür zum Salon war offen, und drinnen brannte Licht. Kismine stand in einem Angora-Kimono am Fenster und schien angestrengt zu lauschen, und als John geräuschlos eintrat, wandte sie sich ihm zu.

»Ach, du bist es«, flüsterte sie und ging ihm entgegen. »Hast du sie gehört?«

»Ich habe die Sklaven deines Vaters in meinem –«

»Nein«, unterbrach sie ihn aufgeregt, »die Flugzeuge!«

»Flugzeuge? Dann war das vielleicht das Geräusch, das mich geweckt hat.«

»Mindestens ein Dutzend. Eben habe ich eins gesehen, als es vor dem Mond vorbeiflog. Der Wächter auf dem Grat hat einen Schuss abgefeuert, und das hat Vater aufgeweckt. Wir werden gleich das Feuer auf sie eröffnen.«

»Führen sie denn etwas im Schilde?«

»Ja. Dieser Italiener, der geflohen ist –«

Bei ihrem letzten Wort drang eine Folge scharfer Knalle durch das offene Fenster. Kismine stieß einen kleinen Schrei aus, nahm mit zitternden Fingern einen Penny aus einer Schatulle auf ihrem Frisiertisch und rannte zu einer der elektrischen Lampen. Im nächsten Augenblick erloschen alle Lichter im Château – sie hatte einen Kurzschluss erzeugt.

»Komm!«, rief sie John zu. »Wir gehen auf den Dachgarten und sehen es uns von dort aus an.«

Sie legte ein Tuch um die Schultern und nahm seine Hand. Gemeinsam tasteten sie sich zur Tür. Von dort waren es nur wenige Schritte bis zum Turmaufzug, und als sie auf den Knopf drückte, so dass sie in rasendem Tempo hinaufbefördert wurden, schloss er sie in der Dunkelheit in die Arme und küsste sie auf den Mund. Endlich erlebte auch John Unger die romantische Liebe. Kurz darauf traten die beiden auf die sternenweiße Terrasse. Unter dem verschleierten Mond glitt ein Dutzend geflügelter, stetig kreisender Schemen durch die Schatten der dahintreibenden Wolken. Von verschiedenen Stellen im Tal sprang Mündungsfeuer zu ihnen empor, gefolgt von scharfen Detonationen. Kismine klatschte vor Freude in die Hände, doch aus ihrem Entzücken wurde gleich darauf Entsetzen, denn auf irgendein verabredetes Zeichen begannen die Flugzeuge, Bomben auszuklinken, und das ganze Tal verwandelte sich in ein Panorama aus dumpfen Explosionen und grellen Lichtern.

Bald konzentrierten sich die Angriffe auf die Stellungen der Flugabwehrkanonen. Eine davon wurde getroffen und war kurz darauf nur noch ein zwischen Rosenbüschen lichterloh brennender Trümmerhaufen.

»Kismine«, begann John, »du wirst dich freuen zu hören, dass dieser Angriff gerade in dem Augenblick kam, als ich ermordet werden sollte. Wenn der Schuss des Wächters am Pass mich nicht geweckt hätte, wäre ich jetzt mausetot –«

»Ich kann dich nicht verstehen!«, schrie Kismine, die wie gebannt das Bild betrachtete, das sich ihren Augen bot. »Du musst lauter sprechen!«

»Ich habe nur gesagt«, rief John, »dass wir schleunigst verschwinden sollten, bevor sie anfangen, das Château zu bombardieren!«

Plötzlich brach der gesamte Säulengang vor der Behausung der Neger ein, ein Geysir aus Flammen schoss hoch, und riesige Marmorbrocken wurden bis zum Seeufer geschleudert.

»Das waren Sklaven für fünfzigtausend Dollar!«, rief Kismine. »Wenn man Vorkriegspreise veranschlagt. So viele Amerikaner haben einfach keine Achtung vor dem Eigentum anderer.«

John versuchte sie noch einmal zur raschen Flucht zu bewegen. Die Bomben der Flugzeuge fielen immer gezielter, und nur zwei Geschütze feuerten noch zurück. Es war offensichtlich, dass sich die Verteidiger nicht mehr lange würden halten können.

»Komm«, rief John und zog Kismine am Arm, »wir müssen fort! Ist dir nicht klar, dass diese Flieger dich töten werden, wenn sie dich kriegen?«

Widerstrebend folgte sie ihm.

»Wir müssen Jasmine wecken«, sagte sie, als sie zum Aufzug eilten. Und dann fügte sie mit geradezu kindlichem Vergnügen hinzu: »Wir werden arm sein, nicht? Wie die Leute in den Büchern. Und ich werde eine Waise sein und ganz und gar frei. Frei und arm! Das wird ein Spaß!« Sie blieb stehen und hob ihm ihre Lippen zu einem entzückten Kuss entgegen.

»Beides zusammen geht nicht«, sagte John grimmig. »Das ist erwiesen. Und ich würde die Freiheit der Armut vorziehen. Für alle Fälle empfehle ich dir, den Inhalt deiner Schmuckschatulle einzustecken.«

Zehn Minuten später trafen die beiden Mädchen John im dunklen Korridor und stiegen die Treppe hinab ins Erdgeschoss des Châteaus. Zum letzten Mal gingen sie durch die Pracht der herrlichen Hallen. Auf der Terrasse blieben sie einen Augenblick lang stehen und betrachteten die brennenden Unterkünfte der Neger und die glühenden Überreste zweier abgestürzter Flugzeuge auf der anderen Seite des Sees. Eine einzelne Flugabwehrkanone feuerte noch regelmäßig, und die Angreifer schienen nicht tiefer gehen zu wollen, kreisten die Stellung aber mit ihren Bomben ein. Irgendwann würde ein Zufallstreffer ihre schwarze Besatzung töten.

John und die beiden Schwestern eilten die Marmorstufen hinunter, wandten sich dann scharf nach links und folgten einem schmalen, ansteigenden Pfad, der sich wie ein Strumpfband an den Diamantberg schmiegte. Kismine kannte eine dicht bewaldete Stelle auf halber Höhe des Berges, wo sie sich verbergen und dennoch die Ereignisse dieser aufregenden Nacht verfolgen konnten – und von dort würden sie, sollte es sich als nötig erweisen, auf einem geheimen Weg durch ein steiniges Bachbett aus dem Tal fliehen können.

X

Als sie ihr Ziel erreichten, war es drei Uhr. Die fügsame, phlegmatische Jasmine schlief, an den Stamm eines großen Baumes gelehnt, auf der Stelle ein, während John seinen Arm um Kismine legte und sie sich gemeinsam setzten, um dem verzweifelten Aufflackern der längst entschiedenen Schlacht zuzusehen, die ein am Morgen noch blühendes Tal in Schutt und Asche gelegt hatte. Kurz nach vier gab das letzte noch feuernde Geschütz einen lauten, scheppernden Knall von sich, stieß eine Wolke aus rötlichem Rauch aus und verstummte. Obgleich der Mond inzwischen untergegangen war, sahen die beiden, dass die Flugzeuge nun tiefer kreisten. Sobald die Piloten sich davon überzeugt hatten, dass man keine Gegenwehr mehr leistete, würden sie landen, und die funkelnde, finstere Herrschaft der Washingtons würde beendet sein.

Nun, da das Feuer eingestellt war, wurde es still im Tal. Die Trümmer der beiden abgeschossenen Flugzeuge glühten wie die Augen eines Ungeheuers, das sich unter der schimmernden Oberfläche des Sees duckte. Das Château stand still und dunkel da und war unbeleuchtet ebenso schön wie in hellem Sonnenschein. Das Schnarren der Nemesis erfüllte die Luft mit einer an- und abschwellenden Klage. John stellte fest, dass Kismine ebenfalls eingeschlafen war.

Vier Uhr war längst vorüber, als er Schritte auf dem Weg hörte, den sie genommen hatten, und er hielt den Atem an, bis die Menschen, die diese Geräusche verursacht hatten, an dem Aussichtspunkt, wo er saß, vorbeigegangen waren. Es lag eine leise Regung nicht menschlichen Ursprungs in der Luft, und der Tau war kühl; John wusste, dass der Tag bald anbrechen würde. Er wartete, bis die Schritte sich weit genug den Berg hinauf entfernt hatten und nicht mehr zu hören waren, dann folgte er ihnen. Etwa auf halbem Weg zum schroffen Gipfel lichtete sich der Wald. Hier lag ein Sattel aus hartem Fels über dem Diamanten. Kurz bevor er diesen erreicht hatte, verlangsamte John seine Schritte, denn er spürte mit dem Instinkt eines Tieres, dass sich irgendwo vor ihm andere Lebewesen befanden. Vorsichtig spähte er über einen großen Felsen. Seine Neugier wurde belohnt.

Braddock Washington stand reglos, wortlos da – seine Silhouette zeichnete sich gegen den grauen Himmel ab. Als sich der Horizont im Osten aufhellte und die Erde in ein kaltes, grünes Licht tauchte, wirkte die einsame Gestalt immer kleiner und unbedeutender vor der Größe des neuen Tages.

Johns Gastgeber war in unergründliche Gedanken versunken, dann gab er den beiden Negern, die zu seinen Füßen kauerten, ein Zeichen, die Last anzuheben, die zwischen ihnen lag. Als sie sich mühsam aufrichteten, fiel ein erster gelber Sonnenstrahl auf die zahllosen Facetten eines riesigen, perfekt geschliffenen Diamanten und erweckte den Stein zu einem gleißenden Funkeln, als wäre er ein Fragment des Morgensterns. Sein Gewicht ließ die Träger kurz taumeln, doch dann spannten sich die scharf konturierten Muskeln unter ihrer feucht schimmernden Haut, und die drei Gestalten standen wieder in regloser, trotziger Ohnmacht unter dem weiten Firmament.

Nach einer Weile sah der Weiße auf und hob die Arme, als wollte er eine große Menschenmenge veranlassen, ihm zuzuhören – doch hier war keine Menschenmenge, nur die gewaltige Stille des Berges und des Himmels, die lediglich von leisem Vogelgezwitscher in den Bäumen durchbrochen wurde. Die Gestalt auf dem Felssattel sprach jetzt gewichtige, von ununterdrückbarem Stolz erfüllte Worte.

»Du da oben«, rief er mit bebender Stimme. »Du da!« Er hielt mit noch immer erhobenen Armen inne, das Gesicht aufmerksam himmelwärts gerichtet, als erwarte er eine Antwort. John versuchte zu erkennen, ob vielleicht jemand den Berg hinabkam, doch es war kein Zeichen menschlichen Lebens auszumachen – dort oben war nur der Himmel, und im Hintergrund erklang das spöttische Pfeifen des Windes in den Baumwipfeln. War es möglich, dass Washington betete? Für einen Augenblick war John sich nicht sicher. Doch das konnte nicht sein: Alles in der Haltung des Mannes stand in krassem Widerspruch zu einem Gebet.

»Du da oben!«

Die Stimme war jetzt kräftig und selbstbewusst. Nein, dies war kein flehentliches Bitten. Vielmehr lag darin eine monströse Herablassung.

»Du da!«

Worte reihten sich so schnell aneinander, dass John sie nicht verstehen konnte. Atemlos lauschte er und fing hier und da einen Satzfetzen auf. Die Stimme brach ab, fuhr fort und brach abermals ab, sie klang mal fest und streitlustig, dann wieder war sie mit einer leisen, verwunderten Ungeduld unterlegt. Dem einsamen Zuhörer dämmerte langsam eine Erkenntnis, bei der ihm das Blut rascher durch die Adern floss: Braddock Washington wollte Gott bestechen!

Das war es – kein Zweifel. Der Diamant, den seine Sklaven hochhielten, war eine erste Anzahlung, ein Versprechen, dass noch mehr folgen würde.

Das, merkte John nach einer Weile, war der rote Faden, der sich durch das Gesagte zog. Der zu Reichtum gekommene Prometheus griff auf vergessene Opfergaben, auf vergessene Gottesdienste und Gebete zurück, die schon lange vor Christi Geburt nicht mehr gesprochen worden waren. Seine Worte nahmen für eine Weile die Form jener Gebete an, die Gott diese oder jene Gabe, die der Himmel akzeptiert hatte, in Erinnerung riefen: große Kirchen als Gegenleistung für die Verschonung von der Pest, Myrrhe und Gold und Menschen, schöne Frauen und gefangene Armeen, Kinder und Königinnen, Tiere aus Wald und Feld, Schafe und Ziegen, ganze Ernten und Städte und eroberte Länder, die Ihm in lustvollen oder blutigen Ritualen dargeboten worden waren, um Ihn zu beschwichtigen und zum Lohn von Seinem göttlichen Zorn verschont zu werden – und nun bot er, Braddock Washington, Kaiser der Diamanten, König und Hohepriester des Zeitalters des Goldes, Gebieter über Pracht und Luxus, diesem Gott einen Schatz an, wie ihn sich kein Herrscher je erträumt hatte, und er kam nicht als Bittsteller, sondern stolz und hocherhobenen Hauptes.

Er würde Gott den größten Diamanten der Welt darbringen, fuhr er fort und erging sich in den Einzelheiten. Dieser Diamant würde tausendmal mehr Facetten haben als ein Baum Blätter, und dabei würde er mit derselben Perfektion geschliffen sein wie ein Stein, der nicht größer als eine Fliege war. Viele Männer würden viele Jahre daran arbeiten. Er würde in einem großen Dom aus getriebenem Gold aufgestellt werden, der reich verziert sein würde, mit Toren, die aus mit Saphiren besetzten Opalen bestehen sollten. In der Mitte würde eine Kapelle in das Gold eingelassen sein, beherrscht von einem Altar aus strahlendem, zerfallendem, sich unentwegt wandelndem Radium, das jedem Betenden, der den Blick hob, die Augen blenden würde, und auf diesem Altar würde zum Ergötzen des himmlischen Wohltäters jedes Opfer dargebracht werden, das Gott wollte, und sei es der größte und mächtigste Mann der Welt.

Als Gegenleistung erwarte er nur eine Kleinigkeit, etwas, das für Gott geradezu lachhaft leicht sei: Alles solle sein, wie es gestern um diese Zeit gewesen sei, und für immer so bleiben. Ganz einfach! Der Himmel solle sich auftun, diese Männer und ihre Flugzeuge verschlingen und sich dann wieder schließen. Und seine Sklaven sollten ihm gesund und munter zurückerstattet werden.

Es gab niemand anderen, den er je hatte besänftigen, mit dem er je hatte feilschen müssen. Er zweifelte nur daran, ob sein Bestechungsgeschenk groß genug war. Gott hatte natürlich Seinen Preis. Gott war, wie es hieß, nach dem Bild des Menschen erschaffen, also musste Er Seinen Preis haben. Und dieser Preis würde aus etwas ganz besonders Auserlesenem bestehen – keine Kathedrale, deren Errichtung sich über viele Jahre hinzog, keine Pyramide, für deren Bau man

Zehntausende brauchte, würde dieser Kathedrale, dieser Pyramide gleichkommen.

Er hielt inne. Dies war sein Angebot. Über die Einzelheiten konnte man verhandeln, und Washingtons Erklärung, die erwartete Gegenleistung sei letztlich klein, hatte nichts Unanständiges. Er ließ durchblicken, die Vorsehung könne auf das Geschäft eingehen oder es aber lassen.

Gegen Ende seiner Rede waren die Sätze unvollständig, kurz und unsicher, und sein Körper schien angespannt auf die kleinste Bewegung, das leiseste Flüstern in der Welt ringsumher zu lauschen. Während der Ansprache war sein Haar nach und nach weiß geworden, und nun reckte er den Kopf gen Himmel wie ein Prophet aus längst vergangenen Zeiten: Er war auf großartige Weise verrückt.

John starrte Washington erregt und fasziniert an, und es schien ihm, als ereigne sich irgendwo in der Nähe ein seltsames Phänomen. Es war, als verfinsterte sich der Himmel für einen Augenblick, als brächte ein Windstoß ein unvermitteltes Flüstern mit, den Klang weit entfernter Trompeten und ein Seufzen wie das Rascheln einer großen seidenen Robe. Für eine Weile wurde alles zu einem Teil dieser Verfinsterung: Der Vogelgesang verstummte, die Bäume standen reglos, und von weit hinter den Bergen ertönte das Gemurmel eines dumpfen, drohenden Donners.

Das war alles. Der Wind erstarb im hohen Gras des Tals. Die Morgendämmerung nahm ihren Platz in der Zeit wieder ein, und die aufgegangene Sonne sandte warme Wellen aus gelblichem Dunst aus, die ihren Weg hell erleuchteten. Die Blätter lachten im Sonnenlicht, und ihr Lachen ließ die Bäume erzittern, bis jeder Ast wie eine Mädchenschule im Land der Feen war. Gott hatte das Bestechungsgeschenk abgelehnt.

John betrachtete noch eine Weile den triumphierenden Tag. Dann drehte er sich um und sah ein braunes, geflügeltes Ding, das sich unweit des Sees niederließ, und dann noch eins und noch eins – es war wie ein Tanz goldener Engel, die aus den Wolken herabschwebten. Die Flugzeuge waren gelandet.

John löste sich aus der Deckung des Felsens und rannte den Berg hinunter zum Wald, wo die beiden Mädchen inzwischen aufgewacht waren und auf ihn warteten. Kismine sprang auf, wobei die Juwelen in ihrer Tasche klirrten. Sie hatte eine Frage auf den Lippen, doch John wusste instinktiv, dass jetzt keine Zeit für lange Worte war. Sie mussten auf der Stelle von diesem Berg herunter. Er nahm die Mädchen an der Hand, und gemeinsam liefen sie schweigend durch den Wald, wo die Bäume jetzt von Licht und aufsteigendem Nebel umspült wurden. Aus dem Tal hinter ihnen waren nur das entfernte Klagen der Pfauen und die angenehmen Untertöne des Morgens zu hören.

Nach etwa einem Kilometer bogen sie vor der offenen Parklandschaft ab und schlugen einen schmalen Pfad ein, der über die nächste Anhöhe führte. Auf deren Gipfel blieben sie stehen und sahen sich um. Ihre Blicke verharrten auf dem Berg, den sie soeben hinter sich gelassen hatten, bedrückt von einer dunklen Ahnung, dass etwas Tragisches bevorstand.

Vor dem Himmel zeichnete sich die Gestalt eines gebrochenen, weißhaarigen Mannes ab, der langsam den steilen Hang hinunterging, gefolgt von zwei riesigen, gleichmütigen Negern, die zwischen sich etwas trugen, das noch immer im Sonnenlicht blitzte und funkelte. Auf halber Höhe schlossen sich ihnen zwei weitere Gestalten an – es waren Mrs. Washington und ihr Sohn, und John sah, dass sie sich auf seinen Arm stützte. Auf dem glatten Rasen vor dem Château waren die Piloten aus ihren Maschinen gestiegen und machten sich, Gewehre in den Händen, daran, in lockerer Formation den Diamantberg zu besteigen.

Die kleine Gruppe über ihnen, auf die sich die ganze Aufmerksamkeit der Betrachter konzentrierte, hatte auf einem Felsabsatz angehalten. Die Neger bückten sich und öffneten etwas, das eine Falltür zu sein schien. Durch sie verschwanden nun alle, der weißhaarige Mann zuerst, dann seine Frau und sein Sohn, schließlich auch die Neger, deren juwelenbesetzte Kopfbedeckungen noch einmal in der Sonne glitzerten, bevor die Falltür sich über ihnen schloss.

Kismine packte Johns Arm.

»Oh«, rief sie, »wohin gehen sie denn? Was haben sie nur vor?«

»Es muss irgendein unterirdischer Fluchtweg –«

Der Schrei der beiden Mädchen unterbrach ihn.

»Verstehst du nicht?«, schluchzte Kismine außer sich. »Im Berg sind lauter Sprengladungen!«

Noch während sie das sagte, hob John die Hand schützend vor die Augen. Die ganze Bergflanke glühte mit einem Mal in einem blendenden Gelb, das durch die Erdschichten leuchtete wie ein starkes Licht durch eine Hand. Die unerträgliche Helligkeit hielt für einige Sekunden an und erstarb dann wie ein ausgeschalteter Glühfaden. Zurück blieb eine schwarze Ödnis, von der langsam blauer Rauch aufstieg und das mit sich trug, was von der Vegetation und den Menschen übrig war. Von den Piloten war keine Spur geblieben – sie waren so vollständig verbrannt wie die fünf, die im Berg verschwunden waren.

Zugleich bäumte sich das Château mit unerhörtem Getöse auf, zerbrach dabei in brennende Stücke und fiel dann zu einem rauchenden Trümmerhaufen zusammen, der zur Hälfte im See landete. Man sah kein Feuer – ein wenig Rauch trieb im Sonnenlicht davon, und einige Minuten lang stieg feiner Marmorstaub von dem gestaltlosen Schutt auf, der einst das Haus der Edelsteine gewesen war. Es war ganz still. Die drei waren allein im Tal.

XI

Bei Sonnenuntergang erreichten John und seine beiden Begleiterinnen den Felsgrat, der die Grenze des Besitzes der Washingtons bezeichnete, und als sie sich umblickten, lag das Tal im Abendlicht schön und friedlich unter ihnen. Sie setzten sich und aßen von dem Essen, das Jasmine in einem Korb mitgenommen hatte.

»So«, sagte sie, als sie die Tischdecke ausgebreitet und die Sandwiches in einem ordentlichen Stapel daraufgelegt hatte. »Sieht das nicht verführerisch aus? Ich finde, unter freiem Himmel schmeckt es einfach besser.«

»Und mit dieser Bemerkung«, sagte Kismine, »tritt Jasmine in die Mittelklasse ein.«

»Also«, sagte John eifrig, »dann dreht mal eure Taschen um und lasst sehen, was für Juwelen ihr mitgenommen habt. Wenn du einen guten Griff getan hast, haben wir für den Rest unseres Lebens ausgesorgt.«

Gehorsam griff Kismine in die Tasche und legte zwei Handvoll glitzernde Steine vor ihm auf den Boden.

»Nicht schlecht!«, entfuhr es John. »Die sind zwar nicht sehr groß, aber… Moment mal!« Sein Gesichtsausdruck veränderte sich, als er einen der Steine ins Licht der untergehenden Sonne hielt. »Das sind ja gar keine Diamanten! Da stimmt was nicht!«

»Ach je!«, rief Kismine erschrocken. »Ich bin aber auch zu dumm!«

»Das sind Bergkristalle!», sagte John.

»Ich weiß.« Sie brach in Gelächter aus. »Ich habe in die falsche Schublade gegriffen. Die waren auf dem Kleid von einem Mädchen, das Jasmine besucht hat. Ich habe ihr Diamanten dafür gegeben. Ich hatte bis dahin immer nur echte Edelsteine gesehen.«

»Und sonst hast du nichts mitgenommen?«

»Nein, leider.« Sie nahm wehmütig einige Kristalle in die Hand. »Aber die hier gefallen mir besser. Ich bin Diamanten irgendwie leid.«

»Tja«, sagte John düster, »dann werden wir also in Hades leben müssen. Und du wirst alt werden und fassungslosen Frauen erzählen, dass du in die falsche Schublade gegriffen hast. Leider sind die Bankbücher deines Vaters mit ihm verbrannt.«

»Und was ist an Hades so schlimm?«

»Wenn ich in meinem Alter als verheirateter Mann nach Hause komme, wird mein Vater mich wohl mit dem Schürhaken vor die Tür setzen, wie wir da unten sagen.«

Jasmine meldete sich zu Wort.

»Ich wasche gern«, sagte sie leise. »Alle meine Taschentücher hab ich immer selbst gewaschen. Ich werde eine Wäscherei eröffnen und für euch sorgen.«

»Gibt es in Hades denn Wäscherinnen?«, fragte Kismine unschuldig.

»Natürlich«, antwortete John. »Es ist ein ganz normaler Ort.«

»Ich dachte, vielleicht ist es dort zu heiß, um irgendwelche Kleider zu tragen.«

John lachte.

»Das kannst du ja mal versuchen! Die werden dich schneller aus der Stadt jagen, als du bis drei zählen kannst.«

»Wird Vater auch dort sein?«, fragte sie.

Er sah sie erstaunt an.

»Dein Vater ist tot«, sagte er düster. »Warum sollte er in Hades sein? Ich glaube, du verwechselst das mit einem anderen Ort, den es schon längst nicht mehr gibt.«

Nach dem Essen falteten sie das Tischtuch zusammen und breiteten die Decken aus.

»Was für ein Traum das war«, seufzte Kismine und sah auf zu den Sternen. »Wie seltsam, hier zu sein, mit nur einem einzigen Kleid und einem bettelarmen Verlobten! Unter den Sternen. Sie sind mir bisher nie sonderlich aufgefallen. Ich habe immer gedacht, es wären große Diamanten, die irgendjemandem gehören. Jetzt machen sie mir Angst. Wenn ich sie sehe, habe ich das Gefühl, dass meine ganze Jugend nichts als ein Traum war.«

»Es war tatsächlich ein Traum«, sagte John leise. »Die Jugend eines jeden Menschen ist ein Traum, eine Art chemischer Verrücktheit.«

»Wie schön ist es dann also, verrückt zu sein!«

»Das sagen viele«, erwiderte John traurig. »Ich bin mir da nicht mehr so sicher. Jedenfalls können wir uns für eine Weile lieben, du und ich, für ein Jahr oder so. Das ist eine Form göttlicher Trunkenheit, die wir versuchen können zu erlangen. Sonst gibt es auf der Welt nur Diamanten – und vielleicht das fadenscheinige Geschenk der Ernüchterung. Tja, die haben wir nun, und ich werde, wie üblich, nichts daraus machen.« Er erschauerte. »Schlag den Mantelkragen hoch, Mädchen – die Nacht ist kalt, und du wirst dir noch eine Lungenentzündung holen. Wer immer das Bewusstsein erfunden hat, war ein großer Sünder. Lasst es uns für ein paar Stunden verlieren.«

Er wickelte sich in seine Decke und schlief ein.

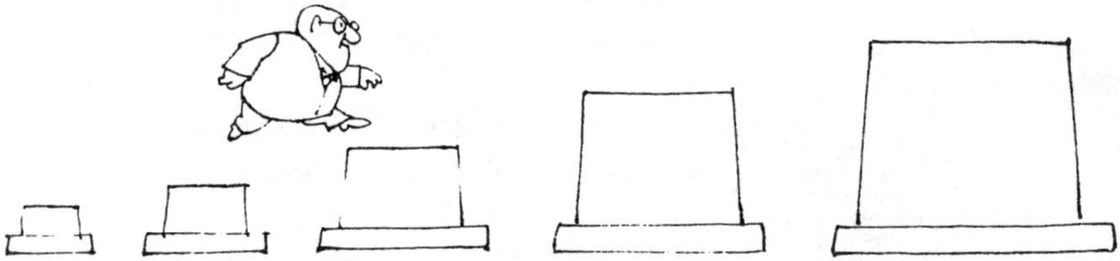

Paul Flora

Heinrich Heine
Zwei Gedichte

Weltlauf

Hat man viel, so wird man bald
Noch viel mehr dazubekommen.
Wer nur wenig hat, dem wird
Auch das wenige genommen.

Wenn du aber gar nichts hast,
Ach, so lasse dich begraben –
Denn ein Recht zum Leben, Lump,
Haben nur, die etwas haben.

Mensch, verspotte nicht den Teufel

Mensch, verspotte nicht den Teufel,
Kurz ist ja die Lebensbahn,
Und die ewige Verdammnis
Ist kein bloßer Pöbelwahn.

Mensch, bezahle deine Schulden,
Lang ist ja die Lebensbahn,
Und du musst noch manchmal borgen,
Wie du es so oft getan.

Anton Čechov
Eine grausame Lektion

Neulich bat ich die Gouvernante meiner Kinder zu mir ins Arbeitszimmer, um mit ihr abzurechnen.

»Setzen Sie sich, Julija Vasiljevna«, sagte ich zu ihr. »Wir wollen abrechnen. Sie brauchen bestimmt Geld, aber Sie genieren sich so, dass Sie selbst nicht danach fragen. Na ja ... Wir hatten dreißig Rubel im Monat vereinbart ...«

»Vierzig ...«

»Nein, dreißig ... Ich habe es mir aufgeschrieben ... Ich habe den Gouvernanten immer dreißig gezahlt ... Nun, Sie haben zwei Monate hier gelebt ...«

»Zwei Monate und fünf Tage ...«

»Genau zwei Monate ... so habe ich es mir aufgeschrieben. Es stehen Ihnen also sechzig Rubel zu ... Davon gehen neun Sonntage ab, denn Sie haben doch Kolja sonntags nicht unterrichtet, sondern sind spazieren gegangen ... und drei Feiertage ...«

Julija Vasiljevna wurde rot und zupfte an ihrem Ärmel, aber – sie sagte kein Wort!

»Drei Feiertage ... Folglich gehen zwölf Rubel ab ... Vier Tage war Kolja krank und ohne Unterricht ... Sie haben nur Varja unterrichtet ... Drei Tage lang hatten Sie Zahnschmerzen, und meine Frau erlaubte Ihnen, den Unterricht nach dem Mittagessen ausfallen zu lassen ... Zwölf und sieben macht neunzehn. Subtrahiert, bleiben ... hm ... einundvierzig Rubel. Stimmt's?«

Das linke Auge von Julija Vasiljevna rötete sich und füllte sich mit Tränen. Ihr Kinn begann zu zittern. Sie hüstelte nervös und schnäuzte sich, aber – sie sagte kein Wort!

»Zu Neujahr zerschlugen Sie eine Teetasse nebst Untertasse. Gehen zwei Rubel ab ... Die Tasse kostet mehr, sie ist ein Familienstück, aber ... meinetwegen. Ist schließlich auch nicht so schlimm. Dann kletterte Kolja, weil Sie nicht aufpassten, auf einen Baum und zerriss sich den Rock ... Zehn weniger ... Das Stubenmädchen hat, ebenfalls durch Ihre Unachtsamkeit, Varja die Schuhe gestohlen. Sie müssen auf alles aufpassen. Sie bekommen dafür Gehalt. Also gehen noch mal fünf ab ... Am 10. Januar haben Sie sich von mir zehn Rubel geliehen ...«

»Ich habe mir nichts geliehen«, flüsterte Julija Vasiljevna.

»Aber ich habe es mir doch aufgeschrieben.«

»Nun, dann ... gut.«

»Einundvierzig weniger siebenundzwanzig – bleiben vierzehn ...«

Beide Augen hatten sich mit Tränen gefüllt ... Auf das lange, hübsche Näschen trat der Schweiß. Armes Mädchen!

»Ich habe mir nur einmal etwas geliehen«, sagte sie mit bebender Stimme. »Ich habe mir bei Ihrer Gattin drei Rubel geliehen ... mehr nicht ...«

»Ja? Sieh mal an, und das habe ich nicht mal aufgeschrieben. Gehen von vierzehn noch drei ab, bleiben elf ... Hier ist Ihr Geld, meine Liebe. Drei, drei, drei, eins und eins ... Nehmen Sie!«

Und ich gab ihr elf Rubel ... Sie nahm sie und steckte sie mit zitternden Fingern in ihre Tasche.

»Merci«, flüsterte sie.

Ich sprang auf und lief durchs Zimmer. Mich packte die Wut. »Wofür denn merci?«, fragte ich.

»Für das Geld…«

»Aber ich habe Sie doch betrogen, zum Teufel, ausgeplündert habe ich Sie! Ich habe Sie doch bestohlen! Wofür dann merci?«

»In den anderen Stellungen hat man mir überhaupt nichts gegeben …«

»Nichts gegeben? Kein Wunder! Ich habe mit Ihnen gescherzt, eine grausame Lektion habe ich Ihnen erteilt… Ich werde Ihnen die ganzen achtzig geben! Sie liegen da im Kuvert für Sie bereit. Aber kann man denn so ein Duckmäuser sein? Weshalb protestieren Sie nicht? Weshalb schweigen Sie? Auf dieser Welt muss man Haare auf den Zähnen haben. Kann man denn solch ein Waschlappen sein?«

Sie lächelte sauer, und ich las auf ihrem Gesicht: Man kann!

Ich bat sie wegen der grausamen Lektion um Verzeihung und gab ihr, zu ihrer großen Verwunderung, die ganzen achtzig Rubel. Sie bedankte sich schüchtern und ging hinaus … Ich sah ihr nach und dachte: Es ist leicht, auf dieser Welt mächtig zu sein!

F.K. Waechter

F. K. Waechter

Geld oder Leben

Ein armer Wicht hat sein letztes Geld für eine Pistole ausgegeben, um mit ihrer Hilfe zum reichen Dieb zu werden. In dunkler Straße hämmert er sich noch einmal ein.

DIEB Geld oder Leben? Geld oder Leben? Geld oder Leben?
(Ein steinreicher Herr kommt die Straße herab. Der Dieb nimmt alle Kraft zusammen und tritt dem Herrn mit gezückter Pistole entgegen.)
Beld oder Legen?

HERR Wie bitte?

DIEB Ge-ge-geld oder Gegen. Geld regiert die Welt – ä – Welt oder Degen? Welt oder Regen? Welt oder Reben? Welt oder Leben? Oderleben? Überleben! Welt über Leben? – ä – Geld über Leben!

HERR Geld überleben?

DIEB Überlegen! – ä – nein. Ich meinte: Geld über – nein: Geld oder geben. Über, oder, unter, vor und zwischen regieren den Wem-Fall. Oder? Das ist es: Gelb oder Leben!

HERR Gelb?

DIEB O, Gott, was red ich. Gelb? Blau, rot, grün, braun, violett, orange – range? Ach was, *(Er konzentriert sich.)* Geld. Ich meinte Geld, nicht Gelb, ich meinte

Geld! Geld oder Beben. Geldbeben, Weltbeben, Erdbeben! Erdbeeren, entbehren – Ja, so ist es. Ich entbehre Geld – Geldes. Geld her! Geld will ich? Will ich. Und bist du nicht willig, so brauch ich Gewalt. Ich, – gewaltig – halt ich dich um Geld an – Geldhahn –! Dreh den Geldhahn auf, oder ich schieß dich übern Haufen. Geld oder Leben? Ist das deutlich? Ist das klar? Geld oder Leben? Toter Leben. Toter leben? Tot, toter, am totesten. Tot testen. Ich teste mich hier tot und Sie?

HERR Tut mir leid. Ich verstehe kein Wort. Meine Zeit ist außerdem knapp bemessen. Gute Nacht. *(Er geht.)*

DIEB Geld Toter Leben. Das heißt gleich Toter Leben, gleich Leben der Toten. Das heißt Tote leben weiter, indem sie als Geld, das sie mal erwirtschaftet haben, weiterfließen, zirkulieren, weiterhin im Umlauf sind. Doch immer vorbei an mir! Warum? Weil ich nicht klar, nicht deutlich laut genug bin! Das muss sich ändern. Das muss sich ändern. *(Er schreit in die Nacht hinaus.)* Geld oder Leben? Geld oder Leben? Geld oder Leben?

ICH ERGLÜHE IN LEIDENSCHAFT FÜR SIE –
MEIN GANZES VERMÖGEN FÜR EINE LIEBESNACHT
EINE NACHT MACHT 2500
2000?

Bosc

Bertolt Brecht

Vom Geld

Vor dem Taler, Kind, fürchte dich nicht.
Nach dem Taler, Kind, sollst du dich sehnen.
Wedekind

Ich will dich nicht zur Arbeit verführen.
Der Mensch ist zur Arbeit nicht gemacht.
Aber das Geld, um das sollst du dich rühren!
Das Geld ist gut. Auf das Geld gib acht!

Die Menschen fangen einander mit Schlingen.
Groß ist die Bösheit der Welt.
Darum sollst du dir Geld erringen
Denn größer ist ihre Liebe zum Geld.

Hast du Geld, hängen alle an dir wie Zecken:
Wir kennen dich wie das Sonnenlicht.
Ohne Geld müssen dich deine Kinder verstecken
Und müssen sagen, sie kennen dich nicht.

Hast du Geld, musst du dich nicht beugen!
Ohne Geld erwirbst du keinen Ruhm.
Das Geld stellt dir die großen Zeugen.
Geld ist Wahrheit. Geld ist Heldentum.

Was dein Weib dir sagt, das sollst du ihr glauben.
Aber komme nicht ohne Geld zu ihr:
Ohne Geld wirst du sie um deiner berauben
Ohne Geld bleibt bei dir nur das unvernünftige Tier.

Dem Geld erweisen die Menschen Ehren.
Das Geld wird über Gott gestellt.
Willst du deinem Feind die Ruhe im Grab verwehren
Schreibe auf seinen Stein: Hier ruht Geld.

Karl Marx
Geld

Das *Geld*, indem es die *Eigenschaft* besitzt, alles zu kaufen, indem es die Eigenschaft besitzt, alle Gegenstände sich anzueignen, ist also der *Gegenstand* im eminenten Besitz. Die Universalität seiner *Eigenschaft* ist die Allmacht seines Wesens; es gilt daher als allmächtiges Wesen … Das Geld ist der Kuppler zwischen dem Bedürfnis und dem Gegenstand, zwischen dem Leben und dem Lebensmittel des Menschen. Was mir aber mein Leben vermittelt, das *vermittelt* mir auch das Dasein der andren Menschen für mich. Das ist für mich der *andere* Mensch.

Was durch das *Geld* für mich ist, was ich zahlen, d.h., was das Geld kaufen kann, das *bin ich*, der Besitzer des Geldes selbst. So groß die Kraft des Geldes, so groß ist meine Kraft. Die Eigenschaften des Geldes sind meine – seines Besitzers – Eigenschaften und Wesenskräfte. Das, was ich *bin* und *vermag*, ist also keineswegs durch meine Individualität bestimmt. Ich *bin* hässlich, aber ich kann mir die *schönste* Frau kaufen. Also bin ich nicht *hässlich*, denn die Wirkung der *Hässlichkeit*, ihre abschreckende Kraft ist durch das Geld vernichtet. Ich – meiner Individualität nach – bin *lahm*, aber das Geld verschafft mir 24 Füße; ich bin also nicht lahm; ich bin ein schlechter, unehrlicher, gewissenloser, geistloser Mensch, aber das Geld ist geehrt, also auch sein Besitzer. Das Geld ist das höchste Gut, also ist sein Besitzer gut, das Geld überhebt mich überdem der Mühe, unehrlich zu sein; ich werde also als ehrlich präsumiert; ich bin *geistlos*, aber das Geld ist der *wirkliche Geist* aller Dinge, wie sollte sein Besitzer geistlos sein? Zudem kann er sich die geistreichen Leute kaufen, und wer die Macht über die Geistreichen hat, ist der nicht geistreicher als der Geistreiche? Ich, der durch das Geld *alles*, wonach ein menschliches Herz sich sehnt, vermag, besitze ich nicht alle menschlichen Vermögen? Verwandelt also mein Geld nicht alle meine Unvermögen in ihr Gegenteil?

Wenn das *Geld* das Band ist, das mich an das *menschliche* Leben, das mir die Gesellschaft, das mich mit der Natur und den Menschen verbindet, ist das Geld nicht das Band aller *Bande*? Kann es nicht alle Bande lösen und binden? Ist es darum nicht auch das allgemeine *Scheidungsmittel*? Es ist die wahre *Scheidemünze*, wie das wahre *Bindungsmittel*, die [...] *chemische* Kraft der Gesellschaft.

Die Verkehrung und Verwechslung aller menschlichen und natürlichen

Chaval

Qualitäten, die Verbrüderung der Unmöglichkeiten – die *göttliche* Kraft – des Geldes liegt in seinem *Wesen* als dem entfremdeten, entäußernden und sich veräußernden *Gattungswesen* der Menschen. Es ist das entäußerte *Vermögen* der *Menschheit*.

Was ich qua *Mensch* nicht vermag, was also alle meine individuellen Wesenskräfte nicht vermögen, das vermag ich durch das *Geld*. Das Geld macht also jede dieser Wesenskräfte zu etwas, was sie an sich nicht ist, d.h. zu ihrem *Gegenteil*.

Wenn ich mich nach einer Speise sehne oder den Postwagen brauchen will, weil ich nicht stark genug bin, den Weg zu Fuß zu machen, so verschafft mir das Geld die Speise und den Postwagen, d.h., es verwandelt meine Wünsche aus Wesen der Vorstellung, es übersetzt sie aus ihrem gedachten, vorgestellten, gewollten Dasein in ihr *sinnliches, wirkliches* Dasein, aus der Vorstellung in das Leben, aus dem vorgestellten Sein in das wirkliche Sein. Als diese Vermittlung ist es die *wahrhaft schöpferische* Kraft.

Die *demande* existiert, wohl auch für den, der kein Geld hat, aber seine demande ist ein bloßes Wesen der Vorstellung, das auf mich, auf den 3ten, auf die [anderen] keine Wirkung, keine Existenz hat, also für mich selbst *unwirklich, gegenstandlos* bleibt. Der Unterschied der effektiven, auf das Geld basierten und der effektlosen, auf mein

Bedürfnis, meine Leidenschaft, meinen Wunsch etc. basierten demande ist der Unterschied zwischen *Sein* und *Denken*, zwischen der bloßen in mir *existierenden* Vorstellung und der Vorstellung, wie sie als *wirklicher Gegenstand* außer mir für mich ist.

Ich, wenn ich kein Geld zum Reisen habe, habe kein *Bedürfnis*, d.h. kein wirkliches und sich verwirklichendes Bedürfnis zum Reisen. Ich, wenn ich Beruf zum Studieren, aber kein Geld dazu habe, habe *keinen* Beruf zum Studieren, d.h. keinen *wirksamen*, keinen *wahren* Beruf. Dagegen ich, wenn ich wirklich *keinen* Beruf zum Studieren habe, aber den Willen *und* das Geld, habe einen *wirksamen* Beruf dazu. Das *Geld* – als das äußere, nicht aus dem Menschen als Menschen und nicht von der menschlichen Gesellschaft als Gesellschaft herkommende allgemeine – *Mittel* und *Vermögen*, die *Vorstellung in die Wirklichkeit* und die *Wirklichkeit zu einer bloßen Vorstellung* zu machen, verwandelt ebensosehr die *wirklichen menschlichen und natürlichen Wesenskräfte* in bloß abstrakte Vorstellungen und darum *Unvollkommenheiten*, qualvolle Hirngespinste, wie es andrerseits die *wirklichen Unvollkommenheiten und Hirngespinste*, die wirklich ohnmächtigen, nur in der Einbildung des Individuums existierenden Wesenskräfte desselben zu *wirklichen Wesenskräften* und *Vermögen* verwandelt. Als diese *verkehrende* Macht erscheint es dann auch gegen das Individuum und gegen die gesellschaftlichen etc. Bande, die für sich *Wesen* zu sein behaupten. Es verwandelt die Treue in Untreue, die Liebe in Hass, den Hass in Liebe, die Tugend in Laster, das Laster in Tugend, den Knecht in den Herrn, den Herrn in den Knecht, den Blödsinn in Verstand, den Verstand in Blödsinn.

Da das Geld als der existierende und sich betätigende Begriff des Wertes alle Dinge verwechselt, vertauscht, so ist es die allgemeine *Verwechslung* und *Vertauschung* aller Dinge, also die verkehrte Welt, die Verwechslung und Vertauschung aller natürlichen und menschlichen Qualitäten.

Wer die Tapferkeit kaufen kann, der ist tapfer, wenn er auch feig ist. Da das Geld nicht gegen eine bestimmte Qualität, gegen ein bestimmtes Ding, menschliche Wesenskräfte, sondern gegen die ganze menschliche und natürliche gegenständliche Welt sich austauscht, so tauscht es also jede Eigenschaft gegen jede aus; es ist die Verbrüderung der Unmöglichkeiten, es zwingt das sich Widersprechende zum Kuss.

Eine Menge Geld, aber nicht teuer!

Doris Dörrie

Geld

Carmen Müller, 35 Jahre alt, seit 14 Jahren verheiratet mit Werner Müller, zwei halbwüchsige Kinder, Karin und Rainer, ein Eigenheim, ein Auto, Fernseher und Videorecorder, eine Tiefkühltruhe, seit fünf Jahren kein Urlaub und jede Menge Schulden. Carmen Müller, seit 14 Jahren Putzfrau, dachte bei sich, als sie morgens die Überschwemmung im Bad aufwischte, weil in der Nacht der Waschmaschinenschlauch gerissen war, und Karin ungerührt über sie hinwegstieg, um sich hingebungsvoll vor dem Spiegel zu schminken.

Ich bin die Angestellte meiner Kinder.

In der Küche war die Kaffeemaschine inzwischen übergelaufen, was Rainer, 13 Jahre alt, nicht im Geringsten zu bemerken schien. Er saß am Frühstückstisch, las und sagte, ohne aufzublicken: »Mama, zieh dir doch endlich mal was an.«

Ich bin eine Qualle. Fett und formlos. Meine Kinder schämen sich für mich. Ich weiß nicht, wie andere Frauen das machen. Ich bin gerne hässlich, wenn es meine Kinder schöner macht. Werner ist auch nicht gerade ein Adonis, aber wir haben zwei schöne Kinder zustande gebracht. Ist das nichts?

Werner lag immer noch im Bett. Seit 17 Jahren arbeitete er in einer Spielzeugfabrik als Werkmeister und überwachte die Fließbänder, und Carmen verstand gut, dass er allmählich die Lust daran verlor, er fand immer schwerer aus dem Bett. Sie schmierte ihm wie jeden Morgen drei Brötchen, eins zum Frühstück und zwei für die Arbeit, und bewunderte ihre schicken, makellosen Kinder, immer nach der neuesten Mode gekleidet, wie aus dem Ei gepellt, teuer und elegant, und da fiel auch schon der magische Satz: »Paps, alle in der Klasse haben jetzt diese Mokassins…«, und Carmen wusste, dass sie, obwohl sie ein schwaches »ihr habt doch erst letzte Woche neue Pullover gekauft« einwarf, nichts würde ausrichten können, und da zückte Werner auch schon sein Portemonnaie.

Werner konnte den Kindern nie etwas abschlagen, er hatte ein weiches Herz, zu weich, wie Carmen oft fand, aber sie liebte ihn, und das Einzige, was sie ihm jemals wirklich übelgenommen hatte, war sein Nachname. Carmen Müller, das klang einfach verkorkst, wie gewollt und nicht gekonnt.

»Ihr seid die verwöhntesten Kinder, die ich kenne«, sagte sie kopfschüttelnd.

»Und ihr«, erwiderte Karin, »könntet mal ein bisschen mehr auf euch achtgeben. Paps, du wirst fett, und du Mama, kriegst graue Haare. Warum färbst du sie dir nicht einfach?« Damit standen sie auf und rauschten davon.

Carmen sagte zu Werner, während sie die Brötchen in seine Aktentasche packte: »Manchmal wünsche ich mir, sie hätten auch mal einen Pickel auf der Nase oder fettige Haare…«

»Ja«, sagte Werner, »manchmal frage ich mich, ob sie wirklich von mir sind…«

Carmen nahm ihn in den Arm. »Fürs Alter und für die Schönheit kann man nichts.« Sie schob ihn zur Tür.

Das sind die schönsten Stunden am Tag, wenn sie alle weg sind und ich mit dir allein bin. Ich koche mir Kaffee, so wie ich ihn mag, ganz stark, nicht diesen Blümchenkaffee für Werner und sein schwaches Herz, und wenn ich mich dann wieder an den Frühstückstisch setze, abräumen kann ich ja später, sitzt eine ganz andere Familie da, mein Mann ist groß und schlank, er sieht so gut aus, dass alle Frauen hinter ihm her sind, aber ich brauche keine Angst zu haben, er liebt nur mich, seine bildhübsche Frau, die immer noch eine Figur hat wie ein junges Mädchen, eine Wespentaille trotz der zwei Schwangerschaften. Die Kinder sind wild und ziemlich verrückt, mein Sohn hat ganz lange Haare, die fallen ihm bis auf die Schultern, er will Musiker werden, künstlerisches Talent haben sie beide, sie sind anders als alle anderen Kinder, überhaupt sind wir alle ganz anders als die anderen. Ich weiß, du nimmst es mir nicht übel, wenn ich vor mich hinspinne. Rollbraten will ich heute machen, Werner soll essen, bis er platzt, er stopft das Essen nur so in sich hinein, wenn sein Teller leer ist, lege ich ihm sofort nach, bei uns ist es schließlich nicht wie bei armen Leuten. Der Waschmaschinenschlauch ist kaputt, einen neuen muss ich besorgen, ein Klempner kommt viel zu teuer, Handwerker hätte Werner werden sollen, die nehmen's ja heute von den Lebendigen. Mein Werner, der Traumtänzer, die Sorgen habe nur ich, ich kann rechnen. Karin musste letzte Woche einen Aufsatz über Sisyphus schreiben, da kann ich ja nur lachen, einen blöden Stein bergauf schleppen, der sollte mal eine Woche lang meinen Haushalt führen, da käme ihm sein Felsbrocken vor wie ein Kieselstein. Wahrscheinlich quält ihn, dass er jeden Tag dasselbe macht, so wie ich. Aber er hat wenigstens keine Schulden im Rücken, nur wenn wir endlich oben sind auf dem Berg, haben wir unser Eigenheim, und Sisyphus hat nichts. Meinen Werner muss ich jeden Tag schubsen, damit er weitergeht, Schritt für Schritt. Ich verstecke dich vor ihm, mein Tagebuch geht keinen etwas an.

Kaum war Werner aus dem Haus, fiel Carmen auf, dass er seine Aktentasche vergessen hatte. Sie rannte vor die Tür, sah noch die Schlusslichter des Autos (auch noch nicht bezahlt), winkte etwas hilflos mit der Aktentasche, überlegte einen Moment und fuhr ihm dann auf dem Fahrrad hinterher. Sie holte ihn nicht mehr ein, und so fuhr sie den ganzen langen Weg zur Fabrik, die auf der anderen Seite der Kleinstadt lag.

Sie ging durch die Hallen, die Aktentasche unter dem Arm, auf den Fließbändern rollten Spielzeugpistolen, Panzer, Roboter und Plastiksoldaten an ihr vorbei, aber Werner konnte sie nicht entdecken. Sie ging in das Personalbüro, lächelte der alten Sekretärin Frau Busch freundlich zu, fragte nach ihrem Mann, sie wolle nur seine Aktentasche bringen, und da sah sie Frau Busch sehr erstaunt und stumm an, bis sie endlich herausbrachte: »Ihr Mann? Wissen Sie denn nicht?« Carmen schüttelte den Kopf, und Frau Busch würgte am nächsten Satz wie an einem unverdaulichen Brocken: »Er arbeitet hier nicht mehr, seit zwei Monaten schon nicht... Die Auftragslage... mehr als 50 Leute sind entlassen worden... wussten Sie das denn nicht?« Carmen hörte sie nicht mehr, drehte sich wortlos um und ging durch die Hallen zurück. Sie zuckte zusammen, als sie von hinten an der Schulter gefasst wurde, Herr Fröhlich, der Juniorchef, machte entschuldigende Grimassen, ohne ein Wort herauszubringen, griff schließlich aufs Fließband und drückte ihr zwei Spielzeugpistolen in die Hand, die täuschend echt aussahen. »Für Ihre

Kleinen«, sagte er. »Die sind nicht mehr so klein«, antwortete Carmen abwesend. »Behalten Sie sie nur. Es tut mir so leid, aber was sollen wir machen. Wir sind nun mal auf Kriegsspielzeug spezialisiert, und die Auftragslage... da hat uns diese ganze Friedensbewegung übel mitgespielt. Wir müssen umdenken, hier sehen Sie...«, er deutete auf kleine Plastikmännchen, die offensichtlich Polizisten darstellen sollten, daneben rollten wilde Gestalten über die Bänder, »das sind die Demonstranten, und das die Polizei. Das Spiel wird heißen ›Schlacht um das Atomkraftwerk‹, und wenn das nicht läuft, können wir dichtmachen...« Carmen ließ ihn stehen, ging weiter, die beiden Pistolen in der Hand, die steckte sie schließlich, als sie schon draußen war, in ihre Handtasche.

Langsam radelte sie zurück, kam an ihrer Bank vorbei, hielt an und ging hinein. Mit zitternden Händen hielt sie die Bankauszüge in der Hand, und der junge, sehr gutaussehende Filialleiter Herr Fuchs schüttelte bedauernd den Kopf. »Wir können Ihnen beim besten Willen keinen weiteren Kredit einräumen. Jetzt kommen die Zahlungen für Ihr Haus und das Auto, ich weiß auch nicht, wie Sie das machen wollen...« Carmen sah ihn an, Tränen standen ihr in den Augen. »Helfen Sie uns, bitte.« – »Gute Frau, was soll ich machen?« – »Er wird wieder Arbeit finden, sehr bald, wir werden das alles wieder aufholen, bestimmt. Aber wovon sollen wir denn jetzt leben?« – »Sie müssen sich darüber klar sein, dass Sie, um 20 000 Mark Schulden abzubezahlen, mindestens 40 000 verdienen müssen. Ich schätze, dass Sie um den Kuckuck nicht herumkommen werden.« Carmen sah ihn stumm an und ging so aufrecht wie möglich aus der Bank.

Es war also alles umsonst. Vierzehn Jahre Arbeit umsonst. Alt und fett ist er darüber geworden, wir, nicht nur er, aber an ihm sehe ich es jeden Tag, wie er mir so gegenübersitzt, und sein Fleisch sackt immer mehr nach unten, es zieht ihn richtig nach unten, und dabei wollten wir doch immer hoch hinaus. Wir haben immer gedacht, wenn wir erst die Abzahlungen fürs Haus geschafft haben, dann… dann wird alles gut, dann haben wir's geschafft. Dass wir dabei älter und immer älter werden, haben wir irgendwie vergessen. Je älter man wird, desto glücklicher müsste man doch eigentlich werden, nicht? Es wäre nur logisch. Die Bank sagt das schließlich auch. Wenn man als Baby fünf Mark einzahlt, ist man mit vierzig reich und glücklich, dann sitzt man mit seiner Familie im Garten vorm Haus. Ich muss mir die Haare waschen. Dieser Schnösel von der Bank, Herr Fuchs, hat mich heute richtig angeekelt von Kopf bis Fuß gemustert. Wann bitte soll ich mich denn frisieren? Ich bin froh, dass Werner es mir nicht gesagt hat, so musste er sich wenigstens anstrengen, gute Laune an den Tag zu legen, denn wenn ich eins nicht haben kann, dann ist es düstere Stimmung.

Sie machte an diesem Tag mehrere Versuche, Werner zu sagen, dass sie Bescheid wusste, aber sie brachte es nicht übers Herz, besonders als beim Abendessen eine Diskussion zwischen Werner und Rainer über Berufswahl ausbrach, und Werner sagte: »Das Schlimmste im Leben ist, wenn man einsehen muss, dass man ein Verlierer ist, weil man keine Arbeit hat. Deshalb ist der Beruf entscheidend, damit später keiner auf einem herumtrampeln kann, denn wer keine Arbeit hat, der ist ein Nichts.« – »Wie du hundert Jahre in der Fabrik rumstehen? Immer dasselbe machen? Ne, das ist nix für mich«, sagte Rainer, »dann lieber gar nichts arbeiten…« Carmen ging wie ein Dragoner dazwischen und schrie: »Ihr könnt euch davon immerhin eure schicken Fummel leisten und neue Haarschnitte!« Karin lachte: »Mama, was schreist du denn plötzlich? Hättest du lieber zwei ungewaschene Punker?« »Vielleicht«, sagte Carmen sehr leise, und die ganze Familie verstummte und sah sie erstaunt an.

Die ganze Nacht habe ich am Fenster gesessen, und Herr Schirmer hat's wieder getan. Werner weiß davon nichts, er schläft ja immer wie ein Stein. Ich sitze oft so am Fenster nachts im Dunkeln, wenn ich vor lauter Rechnen nicht schlafen kann, und dann sehe ich manchmal Herrn Schirmer, wie er sich aus dem Haus schleicht, in der Unterhose kriecht er gebückt durchs Rosenbeet, das ist unseres, der Garten bis zum nächsten Haus gehört uns, und jedes Mal wieder kriege ich Herzklopfen, er läuft an der Buchsbaumhecke vorbei, und dann steht er vor seinem eigenen Schlafzimmerfenster, da brennt Licht. Das erste Mal hätte ich fast die Polizei geholt, da wusste ich nicht, dass es Herr Schirmer ist. Er steht da, und gestern war es kalt, aber er trägt immer nur eine Unterhose, die Vorhänge sind nicht zugezogen, ich kann alles genau sehen. Sie zieht sich aus, ganz langsam, sie dreht und wendet sich, so schön ist sie auch nicht, zu dünn für meinen Geschmack, und dann ist sie nackt, und dann fasst sie sich manchmal an den Busen, die Frau Schirmer, auch nichts Besonderes, da ist meiner größer. Dann macht sie das Licht aus und Herr Schirmer schleicht sich zurück ins Haus. Das Schwein. Irgendwann sage ich es ihr, wenn ich sie im Supermarkt treffe. Was hat sie denn schon, was andere Frauen nicht haben? Gestern Nacht, ich schäme mich ein bisschen, da bin ich dann auch raus in den Garten, als drüben bei den Schirmers alles dunkel war und er wieder im Haus, im Nachthemd habe ich vorm Fenster gestanden, aber da lag nur mein Werner im Bett, und das Mondlicht schien auf sein dickes Gesicht. Mein armer Werner. Ich stand so da und hatte kalte Füße, und ich habe gedacht, was wäre eigentlich, wenn ich jetzt gehe, die Siedlung runter, immer weiter,

Loriot

und alle schlafen, auch Herr Schirmer, das Schwein, und keiner merkt's.

Am nächsten Morgen behauptete Carmen, Werner sehe gar nicht gut aus und solle einfach zu Hause bleiben. Sie fasste ihm an die Stirn und konstatierte leichtes Fieber. Werner sah sie lange an und sagte dann: »Vielleicht hast du recht«, und er blieb im Bett.

Carmen kochte ihm eine Suppe, dabei fing sie an zu weinen, und die Tränen tropften in den Topf. Es klingelte, und ehe sie sich wehren konnte, drängte sich eine stark geschminkte Frau in die Wohnung, die sich als Kosmetikberaterin ausgab. Sie stellte ihren Metallkoffer auf den Küchentisch, klappte ihn auf, packte mit Windeseile unzählige

Dosen Schminke aus, sah Carmen scharf an und sagte: »Sie sehen aber gar nicht gut aus. Lassen Sie mich nur machen. Danach fühlen Sie sich wie ein neuer Mensch.« Sie forderte Carmen auf, sich hinzusetzen, und während sie in ihrem Gesicht herummalte, schnatterte sie unerträglich fröhlich immer weiter. »Je besser man aussieht, umso besser fühlt man sich. Sie werden erstaunt sein über Ihre Tatkraft, wenn Ihnen im Spiegel eine attraktive Frau entgegensieht und nicht eine abgearbeitete Hausfrau mit Problemen. Das Unmögliche ist möglich. Sie werden sehen.«

Sie toupierte Carmens Haare zu einer Hochfrisur auf, steckte ihr ein paar riesige Ohrclips an, forderte sie auf, sich doch etwas Hübsches überzuziehen, bevor sie sich jetzt im Spiegel ansehen würde. Carmen schlüpfte in Karins Tigermantel, der zwar aus Webpelz war, aber an Karin immer ungeheuer schick aussah, dann nahm die energische Kosmetikerin sie an die Hand und ging mit ihr ins Bad. Carmen fand, dass sie zwar nicht wie ein neuer Mensch aussah, jedoch ungeheuer verändert, nämlich teuer und elegant, wie die wirkliche Mutter ihrer Kinder. Sie lächelte, die Kosmetikberaterin nickte zufrieden, verkaufte ihr im Handumdrehen noch ein paar Cremes, Haarfärbemittel und Schönheitsampullen, präsentierte ihr eine saftige Rechnung über 250 Mark und entschwand mit dem guten Rat, Carmen solle mit ihrem neuen Gesicht einfach mal durch die Stadt gehen, dann werde sie schon merken, wie gut es tue, gut auszusehen.

Carmens Portemonnaie war nach diesem Überfall leer, und der Kühlschrank ebenfalls. Werner schlief, und als Carmen vorsichtig sein Portemonnaie aus seiner Jackentasche zog, sah sie, dass auch er restlos pleite war. Carmen schüttelte ungläubig den Kopf, machte den Kühlschrank auf und zu, als müsste er sich wie durch ein Wunder füllen, kramte in der Tiefkühltruhe, in der sich nur noch ein versteinertes Bund Suppengrün befand, ging in den Keller und fand als letzte Konserve eine Dose Himbeeren.

Liebes Tagebuch. Ich sehe aus wie schon seit fünfzehn Jahren nicht mehr, besonders schöne Augen hätte ich, hat die Kosmetikerin gesagt, die müsse ich betonen. Sie hat überhaupt alles an mir betont, was betonenswert ist, eine Diät könne mir nicht schaden, das weiß ich selbst. Ein günstiger Zeitpunkt, wir haben nämlich nichts mehr zu fressen. Wie die Afrikaner. Die können's nur leichter glauben, die haben keine Kühltruhe, kein Auto, keinen Fernseher, kein Eigenheim wie wir, es ist wirklich schwer zu glauben. Ich könnte heulen, aber meine betonten Augen haben das letzte Geld verschlungen, das wäre die reine Verschwendung, jetzt auch noch die schöne Schminke zu ruinieren, wo ich doch die letzten fünfzehn Jahre nicht mehr so gut ausgesehen habe. Werner will überhaupt nichts mehr sehen, er schläft wie ein Toter.

Sie fuhr mit dem Bus in die Stadt, ging zum Metzger, klappte die Handtasche auf, starrte die beiden Spielzeugpistolen an, die sie völlig vergessen hatte, klappte die Tasche wieder zu und sagte lächelnd: »Oh – jetzt habe ich doch tatsächlich mein Portemonnaie vergessen! Könnten Sie es vielleicht anschreiben?« Die Metzgerin sah sie scharf an: »Wenn ich Sie kennen würde, schon, aber…« – »Was?« Carmen dämmerte es nur langsam, »Sie erkennen mich nicht? Ich bin Frau Müller.« Jetzt nickte die Metzgerin bedächtig. »Als Sie reinkamen, habe ich gedacht, Sie sehen der Frau Müller ein bisschen ähnlich… wie die neue Frisur Sie verändert. Aber gut sehen Sie aus, doch, doch. Und natürlich

Loriot

schreibe ich es auf. Sagen Sie, haben Sie sich verändert? Ich meine finanziell..., weil Sie so... so anders aussehen als sonst...« – »Ja«, Carmens Lächeln verschwand, »das kann man sagen, wir haben uns finanziell dramatisch verändert.« – »Na, dann herzlichen Glückwunsch«, sagte die Metzgerin, und Carmen stolperte aus dem Laden ins Tageslicht. Sie setzte die Sonnenbrille auf und ging langsam die Straße entlang. Ein paar Geschäftsleute sahen sich nach ihr um, und Carmen dachte sofort, dass mit ihr etwas nicht in Ordnung sei, vielleicht stand der Reißverschluss offen oder der Saum hing raus, aber die Männer lächelten, und da erinnerte sie sich an etwas, was schon lange zurücklag, und sie lächelte zurück und ging ein paar Zentimeter größer weiter. Bis sie an ihrer Bank vorbeikam. Sie blieb stehen, sah durch die Glasscheibe. Die Bank war leer. Sie machte die Handtasche auf, holte ein Taschentuch raus und putzte sich die Nase. Die beiden Pistolen sahen sie unschuldig an. Sie sah sich um, ging in die Bank bis an die Kasse, richtete die Pistole auf den Kassierer, dann auf alle anderen Angestellten, die die Münder auf und zu machten wie Fische. Es fiel kein Wort. Stumm fing der Kassierer an, Geldscheine durch den Schlitz zu schieben. »Alles«, flüsterte Carmen, »ich will alles.« Sie sah Herrn Fuchs nicht kommen, weil er sich von hinten anschlich und ihr plötzlich die Hand auf die Schulter legte. Ganz leise sagte er: »Frau Müller, ganz ruhig, ganz ruhig. Geben Sie mir die Pistole.« Sie fuhr herum und drückte ihm die Pistole mitten auf die Brust. Sie schüttelte den Kopf, wusste, sie musste jetzt etwas sagen, aber was? Sie hatte es doch so oft im Fernsehen gesehen. Was kam nur als Nächstes? »Sie... Sie sagen jetzt allen...«, fing sie stotternd an, »Sie sagen jetzt, dass sich alle hinsetzen sollen, auf die Hände sollen sie sich setzen, sonst... sonst blase ich Sie um.« Herr

Fuchs wurde bleich, befahl tatsächlich seinen Angestellten, sich hinzusetzen. Mit der einen Hand bedrohte Carmen weiter Herrn Fuchs, mit der anderen stopfte sie das Geld in ihre Handtasche, in ihre Manteltaschen, in den Ausschnitt ihres Kleides. »Und Sie kommen jetzt mit. Sagen Sie den anderen, dass ich Sie umlege, wenn sie die Polizei holen.« – »Bitte«, sagte Herr Fuchs tonlos, »bitte, bitte nicht.« – »Tut mir leid«, erwiderte Carmen und lächelte sogar ein bisschen. Herr Fuchs befahl gehorsam den Angestellten, nicht die Polizei zu holen, denn sein Leben stehe auf dem Spiel, und Carmen stieß ihn mit der Pistole vor sich her aus der Bank, über die Straße zur Bushaltestelle. Ein Bus war nicht in Sicht. »Sie machen sich doch unglücklich. Lassen Sie mich gehen, bitte!« – »Da sind Sie selber schuld. Kein Mensch hat mich erkannt, nur Sie.« – »Ich schwöre Ihnen, dass ich nichts sagen werde. Wir sind ja sowieso versichert…« Seine Stimme zitterte. In diesem Augenblick fuhr gegenüber vor der Bank die Polizei vor. Carmen brach der Schweiß aus, bis jetzt hatte sie auch nicht eine Sekunde über ihr Handeln nachgedacht, alles war wie im Schlaf geschehen. »Ich kann nichts dafür, ich habe die Polizei ja schließlich nicht gerufen. Ich bin doch noch so jung. Bitte nicht«, jammerte Herr Fuchs. Glaubte er wirklich, sie würde ihn kaltblütig erschießen? Aber was sollte sie mit ihm anfangen, er mochte ihr zwar glauben und der lächerlichen Spielzeugpistole, aber sie glaubte ihm kein Wort. Ein Bus kam, und während sie ihm die Pistole in die Rippen bohrte, forderte sie ihn auf einzusteigen. Den Fünfhundertmarkschein, den sie aus der Handtasche fummelte, lehnte der Fahrer empört ab, und Carmen fragte Herrn Fuchs, ob er nicht vielleicht mit etwas Kleingeld aushelfen könnte. Er konnte und löste zwei Fahrscheine.

Eng aneinandergedrängt standen sie in dem überfüllten Bus, und Carmen wisperte Herrn Fuchs ins Ohr: »Wenn Sie irgendwelche Spierenzchen machen...« Herr Fuchs nickte ergeben, wandte sich jedoch nach wenigen Minuten an einen älteren Mann, der direkt neben ihm stand, und sagte laut: »Die Frau da bedroht mich mit einer Pistole. Helfen Sie mir.« Carmen stand der Schweiß auf der Stirn, und sie lächelte den alten Mann schwach an. Der grinste und sagte: »Mich müsste die Dame nicht erst mit einer Pistole bedrohen, ich tät's sogar freiwillig.« Die Umstehenden lachten. Der Bus hielt in ihrer Siedlung, Carmen schubste Herr Fuchs vor sich her aus dem Bus auf die Straße. Wie ein Liebespaar gingen sie engumschlungen auf ihr Eigenheim zu. »Können Sie vielleicht mal einen anderen Ort für Ihre Pistole suchen? Sie haben mir schon ein Loch gebohrt«, sagte Herr Fuchs, »je länger Sie das übrigens machen, desto länger kommen Sie auch hinter Gitter.« – »Halten Sie den Mund und denken Sie an Ihre eigene Gesundheit«, erwiderte Carmen barsch, schloss die Tür auf, stieß Herrn Fuchs ins Bad, fesselte ihn mit Leukoplast an die Dusche und schloss von außen ab.

Er riecht gut, nach irgendeinem teuren Parfüm. Ich musste mich ja ganz eng an ihn drücken wegen der Pistole. Seit meiner Hochzeit habe ich mich nicht mehr an einen andern Mann gedrückt, das ist mir aber erst aufgefallen, als ich im Bus so neben ihm stand und ihn gerochen habe, ein schönes Kinn hat er, so ganz scharf geschnitten, nicht wie bei Werner, der hat ja schon lange gar keins mehr, alles nur Hals, aber so ein markantes Männerkinn, frisch rasiert, Bärte mag ich ja überhaupt nicht, dieses Kinn so direkt über mir hätte ich am liebsten angefasst. Ich sage dir ja nur, was ich wirklich gedacht habe. Ich weiß, ich müsste jetzt zittern, um Himmels willen, ich habe eine Bank ausgeraubt und Herrn Fuchs im Bad gefesselt, aber so ist es nicht, ich hätte ihn gar nicht mitgenommen, wenn er nicht so verdammt gut aussähe. So wie früher immer ein Junge auf jeder Party und in der Tanzstunde, den ich nie abgekriegt habe, der mich nie auch nur angesehen hat, sie sahen alle immer gleich aus, schöner als gerecht, irgendwann habe ich dann kapiert, dass sie nie die pummelige, kleine Carmen Cordes ansehen würden, und dann kam eben Werner, schön war er nie, aber imposant. Damals. Und er hat mir gleich seine Handschuhe geliehen, auf dem Nachhauseweg, das hat mich überzeugt. Ich muss es ihm wohl sagen.

Werner schlief immer noch. Carmen weckte ihn vorsichtig mit einem Kuss. Er fuhr hoch, starrte sie an. »Wie siehst du denn aus?«

»Werner, hör mir zu. Ich habe die VG-Bank überfallen, Herrn Fuchs als Geisel genommen. Er ist im Bad.« – »Carmen, bitte. Was soll diese idiotische Frisur?« Carmen nahm die Haarnadeln aus ihrer Frisur, und ihre Haare fielen in ihre übliche Form zurück. »Werner! Hast du gehört, was ich gesagt habe?« – »Ja«, sagte Werner schläfrig lächelnd, »du hast die VG-Bank überfallen, und Herr Fuchs ist im Bad. Nimm diese entsetzlichen Ohrclips ab, bitte. Das steht dir nicht.« Gehorsam nahm Carmen die Ohrclips ab.

In diesem Moment brach ein gellender Schrei aus. Carmen rannte zum Badezimmer, fummelte lange mit dem Schlüssel. Werner kam weiß im Gesicht langsam hinter ihr her. Die Tür ging auf, und da stand Herr Fuchs klatschnass und bibbernd unter der Dusche. Bei dem Versuch, die Fesseln zu lösen, war er gegen den Hahn gekommen. »Bitte stellen Sie das Wasser ab. Es ist eiskalt«, sagte Herr Fuchs. Carmen stellte die Dusche ab, und sofort fing Herr Fuchs an, laut um

Hilfe zu schreien. Carmen stopfte ihm kurz entschlossen einen Waschlappen als Knebel in den Mund. »Glaubst du mir jetzt?«, sagte sie zu Werner. Er nickte stumm. Carmen zog Geld aus den Manteltaschen, aus ihrem Ausschnitt, hielt ihm wortlos die Handtasche entgegen. Werners Gesicht überzog ein seliges Lächeln. Er wühlte in dem Geld, warf es in die Luft. »Was machen wir mit ihm?« Carmen deutete mit dem Kopf auf Herrn Fuchs, der erbärmlich schlotterte. »Hat dich jemand erkannt?«, fragte Werner, plötzlich ernüchtert.

»Nur er. Deshalb ist er hier. Ich musste ihn mitnehmen.« Carmen steckte einen Föhn in die Steckdose. »Hier. Föhn ihn trocken. Die Kinder kommen gleich.« – »Und was erzählen wir ihnen?« Werner fing langsam an zu begreifen, und es packte ihn die Panik. Wortlos drückte ihm Carmen den Föhn in die Hand, und Werner richtete ihn gehorsam auf Herrn Fuchs.

Ich mache mir nichts vor, dazu bin ich zu alt. Mitgekommen ist er nur wegen der Pistole. Trotzdem, in seinem Blick lag Respekt vor dieser gutaussehenden Person, die ich heute Vormittag war. Werner hat das natürlich überhaupt nicht gemocht, er ist gegen jede Art von Veränderung, deshalb kann ich mir auch nicht die Haare färben, was ich manchmal wirklich gern täte, er würde mir so lange stumme Vorhaltungen machen, bis ich freiwillig zu meinem Mausgrau zurückkehren würde. Nicht nur Herr Fuchs hat mich anders angesehen als sonst, alle, sie erwarteten Befehle von mir, sie wollten mir gehorchen, weil man gutaussehenden Leuten in der Regel gehorcht, das war nicht nur die Pistole, bestimmt nicht. Es war auch eigentlich gar nicht Carmen Müller, die die Bank überfallen hat. Jetzt, wo ich die Haare ausgekämmt, die Schminke abgewaschen habe, jetzt bekomme ich Herzklopfen. Die Schnitzel sind durch. Die Kinder kommen.

Sie saßen am Mittagstisch. »Ich muss aber aufs Klo. Können wir die Tür nicht aufbrechen?«, sagte Rainer. »Schlüsseldienst. Wir holen den Schlüsseldienst, ich brauche meine Schminke.« – »Ich finde den Badezimmerschlüssel schon wieder«, sagte Carmen und zwang sich zu einem Lächeln. »Wir können doch nicht bei den Schirmers klingeln und sagen, entschuldigen Sie, wir müssen mal pinkeln, unsere Mutter hat in einem Anfall von geistiger Umnachtung das Klo von außen abgeschlossen und den Schlüssel verlegt.« – »Ich bin noch zu ganz anderen Dingen fähig«, sagte Carmen ruhig, »in meinen Anfällen von geistiger Umnachtung, wie ihr das nennt…« Karin und Rainer verstummten und sahen ihre Mutter besorgt an. Carmen stand auf und räumte den Tisch ab. Rainer machte das Radio an, eine Nachrichtensendung. Der Sprecher sagte gerade: »…von einer elegant gekleideten Frau überfallen. Sie ist etwa 1.58 groß, trug eine Hochsteckfrisur, eine schwarze Sonnenbrille und einen getigerten Mantel. Sie erbeutete 30 000 Mark und nahm den Filialleiter als Geisel. Sie konnte mit ihm entkommen. Sachdienliche Hinweise…« Carmen und Werner starrten sich ängstlich an. Rainer suchte einen anderen Sender mit Musik, Karin sagte missbilligend: »Alle Welt hat jetzt Tigermäntel an, ich mag meinen gar nicht mehr anziehen.« Und Rainer kommentierte: »Wegen 30 000 Mark, wie kann man nur so bescheuert sein. Das weiß doch jedes Kind, dass aus den Banken nichts mehr rauszuholen ist.« Carmen wusch weiter ab. »Habt ihr heute Nachmittag eigentlich was vor?«, fragte sie Karin und Rainer. »Nö, warum?« Carmen und Werner wechselten einen schnellen Blick, dann griff Carmen zu ihrer Handtasche, zog einen Fünfhundertmarkschein raus, gab ihn den Kindern und sagte: »So, den teilt ihr euch und dürft euch dafür kaufen, was ihr wollt. Allerdings sofort. Paps und ich haben etwas zu besprechen.« Rainer und Karin zögerten einen Moment, sahen ihre Eltern besorgt an, trollten sich dann aber. Kaum waren sie aus der Tür, sagte Werner: »Und wenn die Scheine nummeriert sind?«

Carmen nahm Herrn Fuchs den Knebel aus dem Mund, fuchtelte mit der Pistole vor ihm herum und fragte ihn, ob die Scheine nummeriert seien. »Bitte, machen Sie mich los.« Er klang erbärmlich. »Wenn Sie uns sagen, ob die Scheine nummeriert sind.« Er verneinte, Carmen entschuldigte sich, steckte ihm den Waschlappen wieder in den Mund und schloss die Tür. »Er tut mir leid«, sagte Werner. »Mir auch«, antwortete Carmen, »aber wir können ihn nicht gehen lassen.« Sie fing unvermutet an zu weinen. Werner nahm sie in

Loriot

den Arm. Ihm standen ebenfalls die Tränen in den Augen. »Wenn du mir gesagt hättest, dass du arbeitslos bist...«, schluchzte sie. »Ich konnte nicht. Ich habe mich so geschämt.« – »Aber vor mir musst du dich doch nicht schämen.« – »Ich schäme mich vor unseren Kindern...« Carmen nahm ihn in den Arm. »Werner, ich muss weg. Verschwinden. In den Untergrund, so nennt man das wohl. Du hast ja nichts getan. Aber ich.« – »Ich komme mit«, sagte Werner entschlossen. Carmen war dagegen, das sei nichts für ihn, aber als er darauf bestand und sagte: »Ich lass dich nicht allein«, war sie gerührt.

Carmen konnte sich nicht entscheiden, was sie für »den Untergrund« alles einpacken sollte. Sie stand vor ihrem Kleiderschrank. Sommersachen? Wintersachen? Gummistiefel? Stöckelschuhe? »Werner, meinst du, wir sollten unsere Badesachen mitnehmen?« – »Wir fahren doch nicht in die Ferien, Carmen!« – »Man kann ja nie wissen.«

Carmen schrieb den Kindern einen Brief, in dem sie behauptete, Werner müsse wegen seiner Gesundheit dringend zur Kur, sie begleite ihn, sie seien bestimmt bald zurück, das Geld, das sie ihnen dazulegte, sei fürs Essen, und sie sollten bitte brav weiter zur Schule gehen.

Sie schafften ihre Koffer und Herrn Fuchs, den sie mit einer Wäscheleine eingeschnürt hatten wie ein Paket, ins Auto und fuhren los. Nach wenigen hundert Metern fiel Carmen ein, sie habe ihren Lockenstab vergessen, und ob Untergrund oder nicht, sie sei nicht gewillt, herumzulaufen wie die letzte Schlampe. Werner stöhnte, fuhr aber zurück, und Carmen ging ins Haus und kam mit Lockenstab und einem dicken Aktenordner zurück. »So«, befahl sie, »wir fahren jetzt zur VG-Bank und bezahlen unsere Schulden. Du gehst rein, hier sind die Rechnungen, und machst die Überweisungen. Dann gehst du zur Kasse und zahlst das Bargeld ein.« Sie ordnete das Geld aus ihrer Handtasche sorgfältig zu einem Bündel. »Ich kann doch nicht das Geld wieder einzahlen, wo du es geklaut hast«, sagte Werner schwach.

»Wenn wir die Zahlungsaufforderungen jetzt nicht bezahlen, haben die Kinder in ein paar Tagen den Gerichtsvollzieher auf dem Hals. Willst du das?« – »Ich kann nicht«, sagte Werner, »ich habe Angst.« Carmen erinnerte ihn daran, die Kindersicherung einzuschalten, damit Herr Fuchs nicht einfach aussteigen konnte. Sie setzte sich zu ihrer Geisel auf den Rücksitz und warf eine Decke über sich und ihn. Werner ging mit zitternden Knien in die Bank.

Zwei Polizisten standen am Eingang. Der Kassierer, den Carmen vor wenigen Stunden bedroht hatte, war so deprimiert, dass er noch nicht einmal aufsah, als Werner ihm 28 000 Mark in die Schale legte und mit zitternder Stimme sagte, er wolle das Geld auf sein Konto einzahlen.

Carmen fragte unter der Decke Herrn Fuchs, ob er Familie habe, und als er den Kopf schüttelte, sagte sie, da sei sie aber froh, denn sie hätte sowieso schon ein sehr schlechtes Gewissen, nicht wegen des Banküberfalls, die Bank hätte ja jetzt ihr Geld wieder zurück, bis auf 2000 Mark, aber die Kinder brauchen ja was zu essen, nicht? Aber seinetwegen, das täte ihr wirklich leid, sehr, sehr leid. So sei sie nämlich sonst gar nicht, und erst Werner, der sei eine Seele von Mensch, das würde er schon noch merken. Werner kam zurück. Er zitterte wie Espenlaub und verursachte fast einen Auffahrunfall.

Als sie aus der Stadt heraus waren, stritten sie sich. Carmen wollte gern nach Süden, Werner lieber in den Norden. »Herr Fuchs soll entscheiden«, Carmen forderte ihn auf, mit dem Daumen nach unten zu zeigen für Süden und nach oben für Norden. Herr Fuchs wollte auch lieber in den Süden. Sie fuhren auf die Autobahn Richtung München.

»Werner, lach doch mal«, sagte Carmen, »das Wetter ist schön, wir fahren in den Süden, lach doch mal.« – »Meine Frau hat eine Bank ausgeraubt, wir haben eine Geisel auf dem Rücksitz, ich kann darüber nicht lachen.« – »Ach du«, sagte Carmen gutgelaunt.

Sie mussten tanken, dabei stellte sich heraus, dass sie bis auf zwanzig Mark kein Geld mehr hatten, was Carmen damit verteidigte, dass sie schließlich so wenig Geld wie möglich der Bank hatte wegnehmen wollen, sie hätte es ja eigentlich nur ›umgeschichtet‹. – »Meinst du, das macht es irgendwie besser, deine ›Umschichtung‹? Bankraub bleibt Bankraub, und wir haben jetzt noch nicht mal Geld zum Tanken.«

»Aber kaum noch Schulden. Was willst du eigentlich, Werner? Alles kann man nicht haben. Vielleicht hat er...?« Sie drehte sich zu Herrn Fuchs um, entschuldigte sich bei ihm, bevor sie ihm das Portemonnaie aus der Tasche zog. Er hatte immerhin fast 500 Mark dabei und einige Kreditkarten. »Wir werden Ihnen alles zurückzahlen«, versprach Carmen.

Werner tankt, ich habe wenig Zeit, er kommt gleich zurück. Erinnerst du dich an Sisyphus? Ich habe den verdammten Stein einfach fallen lassen, er rollt immer noch den Berg runter. Werner versteht das nicht, er sagt, ich habe alles noch schlimmer gemacht. Er wollte ja unbedingt mitkommen, mich beschützen. Ich frage mich, wer beschützt hier wen, aber er ist süß, wenn er das sagt, Carmen, ich beschütze dich. Herr Fuchs ist alleinstehend, ich habe ihn gefragt. Es ist schade, dass wir ihn fesseln müssen, das ist eigentlich das Einzige, was mich stört, dass er nicht ganz freiwillig hier ist. Werner macht sich Sorgen um mich, er meint, ich stehe unter Schock und sei deshalb so gut gelaunt. Ich muss mich zusammennehmen, ich könnte nämlich jubeln, alles ist plötzlich anders, jede Minute, nichts ist mehr vorhersehbar, so, als hätte ich mich mit einem Unbekannten verabredet, ganz kurz hat mich vorhin der Mut verlassen, und ich habe gedacht, das kann alles nur furchtbar enden, aber jetzt, wo wir uns auf den Weg gemacht haben, ist dieses ungute Gefühl wie weggewischt, und ich weiß, dass wir überhaupt keine Möglichkeit haben, das, was kommt, zu beeinflussen. Ich bin an nichts mehr schuld, verstehst du, was ich meine? So wie ›nach Diktat verreist‹.

Es wurde dunkel, und Werner müde. Sie fuhren von der Autobahn ab in die nächste Stadt. Carmen wedelte mit den Kreditkarten von Herrn Fuchs. »Ich habe mir schon immer gewünscht, mal in einem stinkvornehmen Hotel zu wohnen.« – »Aber was machen wir mit ihm?« – »Wir nehmen ihn mit.« – »Die Polizei hat doch längst durchgegeben, wie er aussieht. Und außerdem können wir ihn schlecht gefesselt durch die Hotelhalle führen«, sagte Werner. »Du denkst immer an alles«, Carmen sah ihren Mann bewundernd an. Der Portier brach unter dem Gewicht ihres Koffers fast zusammen und schleppte ihn zentimeterweise zum Fahrstuhl. »Darf ich fragen, was Sie da drinhaben?« Carmen sah ihn freundlich an und sagte: »Unsere beiden Kinder. Wir transportieren sie immer so.« Der Portier lächelte gequält.

Er stellte den Koffer im Zimmer ab, machte überall das Licht an, führte den Fernseher vor und die Minibar. Carmen und Werner starrten gebannt auf den Koffer, der jetzt anfing, sich zu bewegen, hin und her schaukelte, bis er schließlich mit großem Getöse umfiel. Der Portier zuckte zusammen, stellte ihn wieder auf und verließ fluchtartig das Zimmer.

Carmen bestellte über das Telefon etwas zu essen. Herr Fuchs saß wie ein Häufchen Elend gefesselt in einem Sessel. »Werner, nimm ihm mal den Waschlappen aus dem Mund und frag ihn, was er essen will.« Kaum hatte er Herrn Fuchs von seinem Knebel befreit, fing dieser an, laut um Hilfe zu schreien. Werner stand wie paralysiert vor ihm, Fuchs schrie wie am Spieß. Von nebenan klopfte jemand an die Wand und brüllte: »Machen Sie gefälligst Ihren Fernseher leiser.« Beherzt packte Carmen Herrn Fuchs am Genick und stopfte ihm den Lappen erneut in den Mund. Von nebenan hörte man ein lautes Danke.

Erschöpft sanken Werner und Carmen aufs Bett, Fuchs würgte an seinem Waschlappen. »Ich kann das gar nicht mehr mit ansehen«, sagte Carmen, »ich wünschte, ich hätte ihn gleich umgelegt.« – »Carmen, wie kannst du so was sagen?« – »Sagen die im Fernsehen doch auch immer. Es ist komisch, wenn du so eine Knarre in der Hand hast und plötzlich alle deshalb machen, was du willst, kannst du richtig auf den Geschmack kommen...« Sie schlenkerte die Spielzeugpistole wie in einem Western und flüsterte Werner ins Ohr: »Wir müssen ihn einschüchtern.«

Herr Fuchs würgte abscheulich an seinem Waschlappen, bis Werner es nicht länger ertrug. Er nahm Carmen die Pistole weg, hielt sie Herrn Fuchs an die Schläfe und nahm ihm den Waschlappen aus dem Mund. »So«, sagte er, »wenn Sie jetzt noch mal schreien, sind Sie hin.« – »Bestimmt nicht. Ich verspreche es. Ich muss aufs Klo.« Werner sah Carmen hilflos an, die aber auf ihn deutete. »Ne, ich halte ihm nicht auch noch sein... sein Ding«, sagte Werner. »Soll ich vielleicht?« Carmen musste kichern. »Wenn wir ihm die Hände vorne fesseln, kann er's selber...« – »Entschuldigen Sie, dass ich eingreife. Wie wär's, wenn Sie mich losbinden, ich gehe auf Klo, und dann fesseln Sie mich wieder.« – »Ich weiß nicht«, sagte Werner, »ich traue ihm nicht.« – »Bitte, ich mache mir gleich in die Hosen«, flehte Herr Fuchs. »Kein Risiko eingehen«, entschied Carmen, und sie begleitete ihn aufs Klo, machte ihm den Reißverschluss auf, drehte sich um und streckte mit geschlossenen Augen die Hand aus. »Das ist mir peinlich, so kann ich nicht«, sagte Herr Fuchs. »Stellen Sie sich nicht so an. Ich habe einen Sohn«, erwiderte Carmen kühl. Daraufhin konnte er, und Carmen war verletzt.

Ich habe mich im Bad eingeschlossen. Werner und Herr Fuchs unterhalten sich, er hat ihm den Knebel aus dem Mund genommen, darüber bin ich richtig froh, er sah so hässlich aus damit. Werner kann ihn nicht ausstehen, aber er sieht ein, dass wir ihn nicht einfach laufenlassen können. Mein Gott, ist er schön, nicht nur im Gesicht, das kann ich dir sagen. Ich hätte sonst was mit ihm anstellen können, allein auf dem Klo, und er gefesselt, völlig hilflos. Werner käme gar nicht auf so eine Idee, er traut es mir einfach nicht zu. Ich musste mich richtig zusammennehmen, sonst hätte ich ihn gestreichelt, ich glaube, er hat es sogar erwartet, aber ich bin doch nicht pervers, nicht mit einem Gefesselten. Leid tut er mir nicht, schöne Menschen tun keinem leid, wir nur ihnen, der dicke Herr

Müller und seine kleine, hässliche Frau, ich merke doch, wie wir ihnen leidtun, den Schönen und Erfolgreichen, sie lächeln dann immer so milde. Ich bin froh, dass meine Geisel so schön ist, nicht so aussieht wie wir, denn dann täte er mir leid, und es würde überhaupt keinen Spaß machen. Ich würde Herrn Fuchs gern von seinen Fesseln befreien, und dann müsste er sich ausziehen und sich nackt aufs Bett setzen. Ich würde ihn einfach nur bestaunen und mich an ihm freuen. Werner hat für so was leider überhaupt keinen Sinn.

Sie tranken zusammen die Minibar leer, und Herr Fuchs wurde zusehends betrunkener. »Wollen wir uns nicht duzen«, schlug er vor, »wenn wir schon zu dritt in einem Doppelbett liegen?« Er hieß Lothar. Sie prosteten sich zu, und Carmen sagte charmant, sie sei froh, doch eine relativ nette Geisel genommen zu haben. In der Bank habe er immer so entsetzlich arrogant gewirkt. »Wisst ihr«, sagte Lothar, »worüber ich einfach nicht hinwegkomme? Wie kann man eine Bank überfallen, in der man selber Kunde ist?« – »Weil die Metzgerin mich nicht erkannt hatte... und die kenne ich immerhin auch schon ein paar Jahre...« – »Werner«, sagte Lothar und stieß mit ihm an, »du hast eine Verrückte zur Frau, weißt du das?« – »Ich hatte es vergessen«, antwortete Werner, »aber eigentlich war sie immer so. Vor 14 Jahren hat sie mich überfallen. Da war ich auch noch schlank und schön.« – »Jetzt bild dir bloß nichts ein, Lothar«, Carmen puffte ihm in die Seite, »wegen deines Alabasterkörpers bist du nicht hier.«

»Wisst ihr«, Lothar sperrte den Mund auf und ließ sich von Carmen Whisky in den Hals gießen, »was mir gut gefallen würde? Wenn ich mein Glas selbst halten könnte und nicht wie ein Baby an der Flasche hängen müsste. Es ist erniedrigend, von einer Frau Whisky eingeflößt zu kriegen.

Ein wahrer Mann trinkt selbst. Ich bin doch viel zu besoffen, um die Flatter zu machen.« Carmen stand schwankend auf, schloss die Zimmertür ab und versteckte den Schlüssel hinterm Klo. »Bind ihn los, Werner«, sagte sie, »er soll auch nicht leben wie ein Hund.«

Lothar rieb sich die wundgescheuerten Handgelenke, grinste beide breit an, machte plötzlich einen Hechtsprung und hatte die Pistole in der Hand, die Carmen auf dem Fernseher abgelegt hatte. »So«, sagte Lothar kühl und plötzlich sehr nüchtern, »ihr seid ja wirklich ganz nett, aber auch selten bescheuert. Jetzt legt euch mal hübsch auf den Bauch und streckt die Arme aus. Los, los, wird's bald?« Werner, besoffen und erschrocken, drehte sich brav und blitzschnell auf den Bauch. Lothar setzte sich auf seinen Hintern und hielt Carmen die Pistole an die Schläfe. »Und du fesselst jetzt deinen Göttergatten, sonst hast du ein hässliches Loch in deinem Köpfchen, Carmencita.« Carmen sah Lothar entrüstet an, holte aus und schlug ihm ins Gesicht. Er ließ erstaunt die Pistole fallen, Carmen schnappte sie, richtete sie auf ihn, und Lothar nahm prompt die Hände hoch. »Entschuldigung«, sagte er, »ich hab's nicht so gemeint. Carmen, bitte.« – »Für Sie Frau Müller. Auf die Knie!« Lothar kniete sich mit hocherhobenen Händen vors Bett, Werner drehte sich langsam um. »Wie du das machst, mein Schatz…«, sagte er leise.

Lothar Fuchs lag gefesselt im Bett und schnarchte, Carmen ging im Zimmer auf und ab, Werner konnte ebenfalls nicht schlafen. »Dafür könnte ich ihn jetzt wirklich umbringen. Wenn du schnarchen würdest, hätte ich mich längst von dir scheiden lassen«, sagte Carmen. Sie spielte mit der Pistole, holte aus ihrer Handtasche die zweite, zog sie aus der Hüfte wie ein alter Cowboy. »Dass er auf diese Dinger reinfällt…« – »Die sehen schon nicht mehr so echt aus wie die erste Generation. Die durfte deshalb nicht ausgeliefert werden, das hat die Firma ruiniert. Deshalb bin ich entlassen worden. Sie konnten den Verlust nicht anders auffangen«, sagte Werner. »Und wir? Wie sollen wir das ›auffangen‹? Wegen ein paar verdammten Spielzeugpistolen muss ich eine Bank überfallen, damit wir nicht im Obdachlosenasyl landen?« – »Oder im Knast«, sagte Werner trocken. »Da sind wir ja schon. Mit ihm ist es doch wie im Knast. Wir haben ihn für immer am Hals, und er geht mir jetzt schon auf die Nerven! Wir können ihn doch nicht ewig im Koffer durch die Gegend tragen. Wenn er erkannt wird, ist es aus. Es ist sowieso aus. Wir machen uns nur was vor. Mit der Stütze wären wir auch irgendwie zurechtgekommen…« – »Ach ja?«, sagte Carmen scharf. »Ich möchte dich mal sehen, wie du den Kindern klarmachst, dass sie die nächsten drei Jahre dieselben Klamotten tragen sollen. Und das Haus. Davon haben wir 10 Jahre geträumt. Kannst du dir vorstellen, wie es sich anfühlt, aus unserem Haus wieder auszuziehen in eine Drei-Zimmer-Sozialwohnung?« – »Jetzt sind wir zu dritt in einem Zimmer, und der da gehört noch nicht mal zur Familie«, sagte Werner bitter.

Es endet immer damit, dass sie schnarchen und beim Frühstück Zeitung lesen. Ganz gleich, wie schön man es sich am Anfang alles vorstellt, damit endet es. Werner macht einen Spaziergang. Lothar schnarcht und hat wahrscheinlich auch noch schöne Träume, er grinst so komisch im Schlaf, sitzt vielleicht gerade mit einer nackten Blondine unter Palmen. Er hätte uns kaltblütig erschossen, wenn er gekonnt hätte. Und ich helfe ihm noch beim Pinkeln. Er hat überhaupt kein Interesse an mir, wir sind Idioten für ihn, das waren wir immer. Er verachtet uns. Ich könnte ihm ein Kissen aufs Gesicht drücken, bis er aufhört zu schnarchen, zu atmen. Ich wette, er wäre sehr erstaunt, dass eine Idiotin wie ich ihn, Lothar Fuchs, Filialleiter der VG*-Bank, umgebracht hat. Das würde ihn ziemlich ärgern, ausgerechnet von so einer. Vorhin habe ich mich kurz neben ihn gelegt, ganz dicht. Ich will ja nichts von ihm, ich wollte doch nur ausprobieren, wie es sich anfühlt, wenn der, den man sich immer so ein bisschen vorgestellt hat, wirklich neben einem liegt. Würde man sich mit so einem auch wieder jemand anders vorstellen? Ich weiß, dass Werner es nicht tut, dazu hat er viel zu wenig Phantasie. Ich wollte mich ja nur so ein bisschen an ihn kuscheln, was ist denn schon dabei, aber gegrunzt hat er, der Herr Fuchs, und sich weggedreht.*

»Er muss sich verändern!« Carmen wühlte in ihrem Kosmetikköfferchen und holte stolz eine Packung Haarfärbemittel Platinblond heraus. »Das hat mir diese Kosmetikberaterin aufgeschwatzt, gegen meine grauen Haare.«

Werner hielt den schlafenden und weiter schnarchenden Lothar in seinen Armen, während Carmen die braunen Haare mit Wasserstoffsuperoxid einschäumte. »Hoffentlich wacht er vom Gestank nicht auf«, flüsterte sie.

Selbst ein fürstliches Frühstück mit Champagner, das Carmen aufs Zimmer bestellt hatte, vermochte Lothar nicht zu trösten. Er lag stumm und gefesselt im Bett, reagierte nicht, wollte nichts essen, nichts trinken. Carmen redete mit Engelsgeduld auf ihn ein, aber es war nichts zu machen. »Schau mal, Lothar«, sagte Werner, »wir mussten es tun«, und hielt ihm die Zeitung, die mit dem Frühstück gekommen war, unter die Nase. Die Schlagzeile lautete: »Bankräuberin verschwindet spurlos mit Geisel.« Darunter eine Phantomzeichnung von Carmen, die ihr nicht im Geringsten ähnlich sah, und ein Foto von Lothar Fuchs, das ihm vor seiner Blondierung sehr ähnlich war. »Er hat eine Depression«, sagte Werner, »das kenne ich. So habe ich mich die letzten beiden Monate gefühlt.« – »Er weint ja«, Carmen beugte sich über Lothar. Stumm rannen ihm die Tränen übers Gesicht. Sie strich ihm über die Stirn und gab ihm einen Kuss. Entschuldigend sah sie Werner an. Der zuckte die Schultern. Carmen begann, Lothar den Zeitungsbericht vorzulesen. Sie erboste sich über das Wort »füllig« in ihrer Personenbeschreibung, und als sie zum letzten Satz kam: »Forderungen hat die Entführerin bisher nicht gestellt«, kam Leben in Lothar. Er richtete sich auf, wischte sich die Tränen aus dem Gesicht. »Forderungen«, sagte er langsam. »Warum stellt ihr keine Forderungen?« – »Was für Forderungen?«, fragten Carmen und Werner entgeistert. »Geld natürlich.« – »Ja, Geld...«, echote Carmen. »Wir könnten für dich Geld verlangen? Wie viel? Was meinst du, Lothar?« – »Blödsinn«, warf Werner ein, »kenne ich doch aus Fernsehkrimis, bei der Übergabe schnappen sie dich.« – »Wir machen halbe-halbe, und ich schweige wie ein Grab«, Lothar war plötzlich sehr munter. »Wenn ihr glaubt, dass ihr Schulden habt, dann müsstet ihr erst mal meine sehen. Natürlich nicht bei der VG-Bank. Heutzutage ist es auch völlig idiotisch, keine Schulden zu haben, frisst einem ja alles die Steuer weg...«

»Wie viel wärst du denn wert?«, fragte Carmen praktisch. »Naja... so eine halbe Million bestimmt.« – »250 000 für uns, Werner!« Carmen fing an zu strahlen. »Ich mache da nicht mit, die schmeißen doch nicht einfach eine halbe Million weg für so einen. Und wenn auch, das Geld kannst du nie wieder anrühren...« – »Er hat recht«, sagte Lothar und wollte in seine Depression zurückfallen, aber kurz davor kam ihm offensichtlich eine Idee. Bedeutungsvoll sagte er:

»Wenn ihr mir vertraut, mache ich uns drei zu reichen Leuten. Ihr müsst mir nur vertrauen. Ich habe eine geniale Idee.«

Er sieht ziemlich dämlich aus mit seinen blonden Haaren, wie ein Gigolo. Ich habe ihm verziehen. Eine geniale Idee hat er, will sie uns aber nicht verraten. Werner traut ihm nicht über den Weg, er macht mich wahnsinnig mit seiner misstrauischen Art. Nach Hause möchte er, zu den Kindern. Ich nicht. Werner sagt, ich sei herzlos. Vielleicht. Ich habe mein Herz beim Putzen verloren, sie alle haben es immer kleiner werden lassen, Werner und die Kinder mit ihrem Dreck, den sie jeden Tag hinterlassen haben, und nie gab es ein Wort der Anerkennung, wenn er abends wieder verschwunden war wie durch ein Wunder. Das Wunder war ich, ein stummes Wunder, wie Wunder so sind. Werner besteht darauf, dass er weiß, was kommt. Die Polizei und das Gefängnis. Dabei muss man doch wissen, dass man nie weiß, was kommt. Man tastet sich immer irgendwie voran. Manchmal ist es, als schaute ich in ein Kaleidoskop, ich schüttel es hin und her, aber es wird einfach nicht richtig. Ich denke immer, wenn ich es durchschütteln kann, wird es verschwinden, aber es kommt immer nur wieder ein neues Muster dabei raus, das nicht das richtige ist, aber wir müssen es befolgen. Ich bin froh, dass Lothar eine geniale Idee hat, und ich will gar nicht, dass er sie uns verrät, jetzt muss er bestimmen, was passiert, und ich werde ihm folgen wie eine treue Ehefrau. Ich habe ihn in Gedanken geheiratet, das ist weniger anstrengend, er ist dadurch lang nicht mehr so attraktiv, ich habe jetzt einfach zwei Ehemänner. Das gefällt mir nicht schlecht.

Lothar kniete vor Carmen und Werner, er war mit der einen Hand an den Bettpfosten gefesselt und hob die andere zum Schwur. Carmen sagte: »Ich werde Carmen und Werner

Müller niemals an die Polizei verraten, das schwöre ich bei… bei meinem Leben.« Lothar sprach ihr nach. Carmen fuhr fort: »Ich werde das Geld auf Mark und Pfennig mit Carmen und Werner Müller teilen…« – »Fifty-Fifty«, warf Lothar ein. »Warum dritteln wir es eigentlich nicht?«, fragte Carmen. »Wird doch eh nichts draus«, sagte Werner müde. Er warf sich aufs Bett. »Du bist immer so negativ«, Carmen band Lothar los. »Er hat schließlich geschworen.«

»Zu allererst brauchen wir Cash, durch die Kreditkarten können sie sofort unsere Spur aufnehmen«, Lothar war wieder der dynamische junge Mann wie vor seiner Gefangennahme. Er nahm die beiden Pistolen in die Hand: »Und Cash holen wir uns mit der Knarre.«

»Das sind gar keine echten Pistolen«, sagte Carmen grinsend. Lothar wurde bleich. »Und auf so was bin ich reingefallen?« – »Wegen so was bin ich entlassen worden…«, sagte Werner lakonisch.

Lothar nannte es »das System der Überforderung«. Damit meinte er, dass wenn man in kürzester Zeit so viele Banken wie möglich überfallen würde, der Polizeiapparat überfordert sei. Er suchte drei VG-Banken auf dem Land in allernächster Umgebung zueinander aus, die Namen der Orte entnahm er einer kleinen Broschüre, die er in seiner Brieftasche mit sich trug. »Um 11 ist die beste Zeit. Das tote Loch. Da sind die Banken am leersten, da kommen nur die Rentner. Ich fahre, und Carmen holt das Geld raus.«

Werner war nur schwer für diese Idee zu begeistern, aber Carmen machte ihm klar, dass die Strafe für einen Bankraub sich nicht von der für vier unterscheiden würde, und außerdem könnten sie froh sein, dass Lothar nicht mehr ihre Geisel sei.

Das erste Dorf wirkte verschlafen und vollkommen verlassen. Eine kleine, bucklige alte Frau ging am Stock auf die Bank am Marktplatz zu. Bis auf zwei Bankangestellte, die kaum aufsahen, als die alte Frau hereinkam, war die Bank leer. Die alte Frau trug unter ihrem Hut, den sie tief ins Gesicht gezogen hatte, eine schwarze Sonnenbrille. Sie ging zur Kasse, kramte in ihrer Handtasche, holte eine Pistole heraus, die sie auf den Kassierer richtete, einen Schreibblock, auf dem stand: »Geld her.« Sie blätterte um, da stand: »Sonst tot.«, und auf der nächsten Seite: »schnell«. Der Kassierer zögerte nicht lange.

Schweren Schrittes kam die alte Frau auf ihren Stock gestützt aus der Bank, um dann jedoch sehr behände auf einen grünen Ford zuzulaufen, der langsam vorgerollt kam. Die Reifen quietschten, das Auto schoss davon.

Im nächsten Ort betrat ein sehr kleiner Mann in einem zu großen Anzug und mit einem Filzhut auf dem Kopf die Bank, holte eine Pistole aus der Jacke und sagte mit tiefer Stimme: »Dies ist ein Überfall.« Erst dann fiel dem Mann auf, dass überhaupt kein Mensch in der Bank war. Erst auf sein lautes »Hallo« trat ein Angestellter, der gerade aus dem Klo kam, hinter die Theke, und der Mann wiederholte, was er gesagt hatte.

In die dritte Bank kam eine Dame in einem bis auf die Knöchel reichenden eleganten Kleid, sie trug einen Turban und eine getönte Brille. Sie holte aus einem winzigen Handtäschchen einen Lippenstift und aus ihrem Ausschnitt eine Pistole. Mit dem Lippenstift schrieb sie quer über das Glas der Kasse ÜBERFALL, was der Kassierer, der überdies eine dicke Brille trug, nicht gleich entziffern konnte. Während er sich noch darüber erboste, was der Dame einfiele, die Bank zu beschmieren, und die Pistole überhaupt nicht wahrzunehmen schien, versuchte es die Dame aufs Neue und schrieb es ihm spiegelverkehrt aufs Glas. Da verstummte er und beeilte sich, das Geld durch den Schlitz zu schieben.

Carmen saß auf dem Rücksitz inmitten eines Bergs von Klamotten und zählte das Geld. Sie kam auf 21 000 Mark und strahlte. »Drei Banken in 26 Minuten. Das ist ein Rekord, meint ihr nicht?« – »Mädchen, du warst Spitze«, sagte Lothar. Werner schwieg. »Gib mir wenigstens einen Kuss.« Carmen hielt ihm die Backe hin. Werner gab ihr keinen. »Was ist aus uns geworden?«, sagte er trübsinnig. »Und was waren wir vorher?«, fragte Carmen beleidigt. »Brave Bürger«, sagte Werner. »Ja, brave Bürger wären wir ja auch geblieben, wenn sie uns gelassen hätten...« Carmen war über Werners Reaktion zutiefst enttäuscht. »Es hat uns keiner dazu gezwungen, Banken zu überfallen!« Werner schrie, und das hatte er schon lange nicht mehr getan. »Das sind die Nerven«, sagte Lothar, »er hatte Angst um dich.« Carmen nahm Werner in den Arm und bedeckte sein Gesicht mit Küssen. Lothar betrachtete sie kopfschüttelnd und mit einer Spur von Neid. »Wir müssen dies Auto loswerden«, sagte er sehr nüchtern, »und ein anderes besorgen.«

Schweigend fuhren sie weiter, bis sie an einem Ausstellungsgelände von Wohnwagen vorbeikamen. Da sagte Werner leise: »Darf ich mir auch mal was wünschen? Ein Wohnmobil hätte ich immer gern gehabt... für die ganze Familie...«

Der Autohändler saß in seinem Büro und las ein Pornoheft, während ein riesiges Wohnmobil langsam von seinem Gelände rollte. Ein Dackel, der in einem Körbchen zu seinen Füßen lag, sprang auf und kläffte wie besessen. »Halt die Schnauze, Lumpi, und lenk mich nicht ab«, sagte der Autohändler und küsste das Playmate des Monats.

Die »Akquisition« des Wohnmobils, wie Lothar es vornehm ausdrückte, hatte Werner überzeugt, seine Laune besserte sich. »Wenn nur die Kinder auch dabei sein könnten«, wiederholte er mehrmals. Daraufhin wollte Carmen sie unbedingt anrufen. Sie hielten an einer Telefonzelle, und während Carmen telefonierte, sagte Lothar zu Werner: »Ich wette, du warst Carmen noch nie untreu, hm?« Werner schüttelte den Kopf. »Ich beneide euch«, fuhr Lothar fort, »so was wie euch gibt's eigentlich gar nicht. Aber du wirst ihr untreu werden müssen. Nur ein einziges Mal. Und für sehr viel Geld.« Werner sah ihn verblüfft an und verstand nicht.

Carmen war enttäuscht. »Die Kinder vermissen uns nicht besonders. Sie haben schon drei Partys gefeiert, und ich möchte nicht wissen, wie's zu Hause aussieht... wir sollen uns gut erholen, haben sie gesagt«, Carmen standen Tränen in den Augen. »Wie wär's, wenn wir ein bisschen Geld ausgeben gehen, hm?«, fragte Lothar, um Carmen zu trösten, »ich denke da an einen Pelz zum Beispiel.« Carmen hörte auf zu weinen.

In einem Kaufhaus kleideten sie sich funkelnagelneu ein. Carmen bekam einen Pelz, Lothar und Werner leisteten sich sündteure Anzüge. »Verbrechen verpflichtet«, sagte Lothar und überredete Werner zu einem ganzen Stoß seidener Hemden. Es machte ihm Spaß, das Ehepaar Müller glücklich zu sehen, und er war erstaunt über seine Wandlung.

Todschick sieht er aus, mein Werner, und dünner ist er auch geworden. Die Angst, sagt er, macht ihn dünner. Dabei hat er gar nicht mehr so viel Angst, seit wir das Wohnmobil haben. So stolz ist der da drauf, heute früh hat er es gewaschen und eingewachst. Ich hätte so gern ein Foto von uns beiden, ich im Pelz und Werner in seinem neuen Anzug, wie ein Chef sieht er darin aus. Dass man sich mit Geld so verändern kann, einfach anders sein kann, wenn einem danach zumute ist. Ich sitze im Pelz hinten auf der Couch im Wohnmobil, ich schminke mir die Lippen, ich bin Carmen Müller, die Bankräuberin. Bei Lothar ist das was anderes, er sieht immer teuer aus, ganz gleich, was er trägt. Ich möchte wissen, woran das liegt. Nicht an seiner Schönheit, so schön ist er inzwischen gar nicht mehr, wenn er isst, dann kaut er so komisch, da kann ich gar nicht hinsehen, nein, er hat so eine Art, die Welt zu benutzen, sie steht ihm zu Diensten, er braucht bloß zu pfeifen, und alles springt. Kämen wir auf die Idee zu pfeifen, würde man uns rausschmeißen. Es gibt Menschen, die bekommen ein versalzenes Schnitzel im Restaurant und lassen es zurückgehen, und die Kellner sind auch noch freundlich. Wir essen es, und die Kellner verachten uns. Ich weiß auch nicht, ich kann zwar Banken ausrauben, aber kein Essen zurückgehen lassen.

Sie übernachteten auf einem Campingplatz, saßen einträchtig bei Bier und Sauerbraten, den Carmen gekocht hatte, vor ihrem Wohnmobil, und Lothar reichte ein Foto von einer bebrillten Blondine Anfang dreißig herum. »Sie ist ein bisschen verklemmt«, erklärte er, »deshalb ist es zwischen uns auch nichts geworden. Aber eine Spitzen-Programmiererin. Sie hat das gesamte Computerprogramm für die VG-Bank entworfen. Im … naja, Liebestaumel hat sie mir mal erzählt, dass sie in alle ihre Programme ein geheimes Codewort einbaut, wie eine Unterschrift. Durch dieses Codewort kann sie in alle ihre Programme jederzeit wieder rein.« – »Und?«, fragten Carmen und Werner verständnislos. »Mir würde sie es niemals verraten... aber vielleicht dir, Werner... Sie mag dicke Männer.«

Lothar schnarchte unten im Wohnmobil vor sich hin, Carmen und Werner flüsterten leise miteinander. »Wernerchen, jetzt stell dich nicht so an. Für so viel Geld.« – »Ich habe seit 25 Jahren keine Frau mehr verführt, und wenn, würde ich mir gerne aussuchen, wer es ist.« – »Sie sieht doch ganz passabel aus«, sagte Carmen. »Du redest wie ein Zuhälter«, sagte Werner empört. »Wenn ich vier Banken überfallen kann, kannst du doch wenigstens ein Codewort klauen.« – »Die macht doch auf dem Absatz kehrt, wenn sie mich sieht.« – »Dann hätte sie aber nun wirklich überhaupt keinen Geschmack.« Werner war davon nicht überzeugt.

Ich erzähle es nur dir, seit Jahren haben wir es nicht mehr getan. Werner ist mein bester Freund, und wer geht schon mit seinem besten Freund ins Bett? Augen zu hilft da gar nicht, so ein bisschen Hass gehört vielleicht dazu, aber wie soll ich ihn hassen, ich kenne ihn doch viel zu gut. Er geht mir oft genug auf die Nerven, aber das ist nicht dasselbe. Wenn ich denken könnte, du gemeines Ungeheuer, du, ich werde es schaffen, dass du weich wirst, butterweich, dass du gar nicht mehr weißt, wer du bist, jetzt bist du mir ausgeliefert wie ein Baby, danach kannst du wieder das Ungeheuer sein, aber jetzt, jetzt hab ich dich, so ungefähr. Wie am Anfang, als wir uns noch fremd waren. Er soll ruhig mit dieser Programmiererin was anfangen, dann könnte ich ihn ein bisschen hassen, und es wäre vielleicht wieder so wie früher.

Sie fuhren in die Stadt, wo Gabriele Gessmann, die Programmiererin, wohnte, parkten das Wohnmobil vor ihrer Wohnung und warteten. Carmen schnitt die Artikel über die unglaublichen Banküberfälle und die vermisste Geisel Lothar Fuchs aus der Zeitung aus. Sie konnte sich eines gewissen Stolzes nicht erwehren.

Lothar erzählte Werner alles Wissenswerte über Gabriele Gessmann und fing sogar ein bisschen an, von ihr zu schwärmen. »Warum machst du es eigentlich nicht selber?«, fragte Werner muffig. »Weil eine Frau niemals einem Mann einen Gefallen tun würde, der sie danach nie wieder angerufen hat.«

Sie kam die Straße entlang, in beiden Händen Plastiktüten. »Die ist aber viel hübscher als auf dem Foto«, sagte Carmen und sah ihren Werner nachdenklich an. Lothar gab das Zeichen, die beiden Männer stiegen aus. Lothar lief auf Gabriele zu und rannte sie einfach über den Haufen. Werner ging ihr langsam entgegen, half ihr auf, sammelte ihre Lebensmittel, die aus den Tüten gerollt waren, wieder ein, und sie gingen zusammen ins Haus.

Lothar kam auf der anderen Straßenseite wieder zum Wohnmobil zurück. »Er hat's geschafft«, sagte Carmen. »Einfach so. Mein Werner hat eine Frau aufgerissen.« – »Da bist du platt, was?«, fragte Lothar. »Ihr beide seid mir manchmal richtig unheimlich. So lange verheiratet und nie fremdgegangen...« – »Glaub nicht, dass wir nicht auch manchmal davon träumen... aber es reicht, wenn man es träumt. Ist sowieso meistens besser als die Wirklichkeit.« – »Meinst du?«, fragte Lothar. »Darf ich dich küssen?« Carmen sah ihn erstaunt an. »Wenn wir alles dritteln, ja.« – »Einverstanden«, sagte Lothar und küsste Carmen.

Werner saß mit Gabriele auf der Couch, trank Cognac und spielte mit ihr ein Computerspiel. »Sie müssen schießen, immer schießen«, rief sie aufgeregt. »Gegen Sie kann ich doch gar nicht ankommen«, sagte Werner, »gegen einen Profi.« – »Ja, das ist das Einzige, was ich kann.« Gabriele verfiel unversehens einer trübsinnigen Stimmung. »Ich fahre fast jeden Tag in eine andere Stadt, programmiere, komme abends zurück, sitze hier allein und spiele Computerspiele. Ganz schön langweiliges Leben, was?« Sie fing an zu weinen. Werner legte ihr hilflos die Hand auf die Schulter.

Lothar lag mit Carmen auf dem Doppelbett im Wohnmobil und küsste sie. »Na, komm schon«, sagte er, »du hast es mir doch versprochen.« – »Ich habe Cellulitis und Schwangerschaftsstreifen.« – »Ist mir gleich.« – »Aber mir nicht. Und außerdem müsste ich an Werner denken dabei.« Lothar richtete sich stöhnend auf und knöpfte sich sein Hemd wieder zu.

»Oh, Gott«, sagte er, »manchmal hasse ich euch beide richtig. Ihr seid weder schön noch erfolgreich, aber so verdammt glücklich. Was mache ich denn falsch?« – »Vielleicht willst du zu viel«, warf Carmen vorsichtig ein. »Ja, ich will alles. Ihr beide, ihr seid so grauenhaft bescheiden, raubt 'ne Bank aus, um eure Schulden zu bezahlen! Ha! Ich will alles, hörst du?« Und nach einer Pause: »Ich will auch mal jemanden, der mich liebt.«

Er fing an zu weinen. Carmen nahm ihn in den Arm, tröstete ihn wie ein Kind und sagte: »Dazu musst du aber auch erst mal jemanden lieben. In der Bank warst du ein richtiges Schwein. Leute wie wir, die waren dir doch immer scheißegal. Kaltschnäuzig hast du uns Kredite abgelehnt, aber Millionären natürlich gegeben. Weil wir für deine Karriere unwichtig waren. Du bist kaltschnäuzig, Lothar.« Er schluchzte in ihrem Schoß: »Aber das musst du sein in meinem Beruf, sonst kannst du gleich wieder gehen.« – »Lohnt es sich denn, hm?«, fragte Carmen, und diese Frage führte nur zu erneutem Schluchzen von Lothar.

Gabriele und Werner waren schon etwas angetrunken. »Bitte, bitte, erzähl mir dein Geheimnis«, sagte Gabriele beschwipst. »Aber nur, wenn du nicht mehr weinst«, entgegnete Werner, und Gabriele warf sich an seine Brust, lächelte ihn an und sagte: »Versprochen.«

Carmen und Lothar spielten inzwischen Scrabble. Carmen war am Gewinnen. Lothar legte SEX, sah Carmen grinsend an und sagte: »Auf die einfachsten Möglichkeiten kommst du nicht.« »Wir haben doch auch so Spaß, findest du nicht?« Lothar gab ihr einen Kuss auf die Stirn. »Du bist die tollste Frau, die mir in meinem Leben begegnet ist«, sagte er. Carmen sah aus dem Fenster, um ihre Rührung zu verbergen – und stieß einen leichten Schrei aus. Werner kam mit Gabriele direkt auf den Wohnwagen zu.

»Ich habe ihr alles erzählt«, sagte Werner, »sie macht mit.« Lothar sah aus, als wolle er in Ohnmacht fallen. Gabriele lächelte ihn an und sagte: »Blond gefällst du mir auch nicht schlecht.« Lothar stotterte: »Entschuldige, dass ich dich damals nie mehr angerufen habe.« Schweigen. Bis Werner anfing zu lachen.

Natürlich ist sie groß und schlank und schön. Werner riecht nach ihr. Ich könnte ihn erwürgen. Er lacht. Ist völlig verändert, ganz selbstbewusst sitzt er da und grinst in sich hinein. Und ich hab's mit Lothar nicht gekonnt. Er war mir plötzlich ganz eklig. Wenn ich über Geld rede, hört er vielleicht auf, habe ich gedacht, aber da wurde er erst recht aufgeregt, von all den Millionen, die wir bald haben werden, hat er mir ins Ohr geflüstert, ist das nicht pervers, frage ich dich? Ich konnte mir alles genau vorstellen, wie seine Hände höher kriechen, wie er mir dann den Busen knetet und keucht, alles ziemlich unschön, so wollte ich ihn nicht sehen, wie er da wie ein Frosch auf mir hockt. Er hat's dann auch schnell gelassen, sehr schnell, wie ein Kind, das die Lust an einem Spielzeug verliert, so kann man mit mir nicht umgehen. Und dann hat er geweint, ganz klein und hässlich war er plötzlich, die Nase habe ich ihm geputzt, er sei so unglücklich. Das habe ich gerne, wenn die Prinzen Depressionen kriegen, das ist einfach nicht fair, ich habe ihn auch noch getröstet, damit er bloß aufhört zu weinen und wieder schön ist, wie es sich für ihn gehört. Jetzt haben wir auch noch eine Prinzessin dazu, eine Haut so weiß wie Schnee, wie hat Werner das bloß fertiggebracht, ich hasse ihn dafür. Er lacht.

Sie saßen in Gabrieles Wohnung vor dem Computer und Gabriele hämmerte auf der Tastatur herum. »So, jetzt kommt das Codewort für die VG-Banken«, sagte sie. Auf dem Monitor erschienen zwei Wörter: GELIEBTER LOTHAR. »Das ist das Codewort?«, fragte Lothar entgeistert. »Ich war damals ziemlich verknallt«, entgegnete Gabriele schüchtern, um gleich darauf kühl und generalstabsmäßig die Aktion in Angriff zu nehmen. »Wir haben hier alle Kontoinhaber der VG-Banken. Wir nehmen am besten einen Konzern, da tut es keinem weh. Hier zum Beispiel, dieser Chemiekonzern. Von dem können wir leicht vier Millionen abzweigen. Für jeden eine Million. Einverstanden?« Die anderen nickten stumm und ehrfürchtig. »Ich überweise diese vier Millionen jetzt auf ein Nummernkonto in der Schweiz. Für die habe ich auch mal gearbeitet, da komme ich mit dem Codewort MAERCHENPRINZ rein.« – »Ich wusste gar nicht, dass du so romantisch bist«, sagte Lothar. »Du weißt vieles von mir nicht«, sagte Gabriele kühl. »So. Das Geld ist damit in der Schweiz und verschwunden. Jetzt müssen wir es nur da wieder rausholen, und zwar schwarz, denn sonst haben wir die Steuer am Hals.« Sie lächelte in die Runde. »Jeder von uns eröffnet in vier verschiedenen Banken in der Schweiz ein Konto, ich überweise das Geld vom Nummernkonto auf diese Konten und damit fertig. Alles verstanden?« – »Nichts«, sagte Carmen. »Lothar, du packst den Computer ein und ich meine Reisetasche.« Gabriele entschwand aus dem Zimmer. Die drei waren völlig konsterniert. Werner flüsterte: »Sie will was erleben, ich hab's euch ja gesagt.« Und Lothar flüsterte zurück: »So war sie früher nie.« Carmen sagte: »Werner, sag mir die Wahrheit. Was hast du mit ihr gemacht?« – »Nichts, mein natürlicher Charme. Das ist alles.« Er grinste. Carmen war verunsichert. Plötzlich warf sie die Arme um Werners Hals und küsste ihn leidenschaftlich. Werner war verblüfft. »Das hast du jetzt davon«, sagte Carmen.

Um mit Lothar über die Grenze zu kommen, versteckten sie ihn im Kühlschrank des Wohnmobils, und als der Grenzer das Wohnmobil inspizieren wollte, ging Gabriele mit ihm hinein und fragte ihn, ob er was trinken wolle. Sie riss die Kühlschranktür auf, in dem Lothar schnatternd vor Kälte saß, nahm Limonade heraus und bot sie dem Grenzer an. Der war von Gabriele sehr angetan, nahm die Limonade und verzichtete auf eine Durchsuchung.

Ach, ich will nichts mehr hören von schön oder nicht schön. Gabriele findet sich ausgesprochen hässlich, sie meint, sie habe einen zu langen Hals und eine zu große Nase und deshalb keinen Erfolg bei Männern. Meinem Werner hat das nichts ausgemacht, aber danach will ich sie nicht fragen, will nicht hören, dass er bei ihr leidenschaftlich war und wild, geschnurrt hat wie ein Kater. Sie beneidet uns um unser »erfülltes Leben«, weiß der Teufel, was sie damit meint. Sie hat mir verraten, dass Lothar Komplexe hat, weil er keine Haare auf den Armen hat wie ein richtiger Mann. Werner hat sie überall, einen richtigen Urwald. Sie würden gut zusammenpassen, unsere Königskinder, aber Lothar will nichts von ihr wissen, du musst ihn zu seinem Glück zwingen, sage ich ihr. Sie weiß nicht wie, das könnte ich ihr schon sagen. Lothar ginge es nur ums Geld, und dann hat sie ein bisschen geweint mit ihren großen blauen Augen, es ging mir richtig ans Herz, obwohl ich das gar nicht wollte. Sie liebt ihn mit oder ohne Haare, sagt sie. Mit dem Geld will sie sich eine Nasenoperation leisten. Ich könnte mir das Fett aus den Oberschenkeln absaugen lassen, sagt Gabriele. Manchmal bin ich ganz deprimiert, weil es am Ende ja doch alles nichts nützt. Ich hatte immer so ein Bild von mir, wie ein Foto, kein wirkliches, nur im Kopf, wie ich gern geworden wäre, irgendwann, schön und schlank natürlich, aber da war auch noch etwas anderes, das kann ich nicht so leicht erklären. Als hätte ich den Gipfel erreicht und könnte alles überblicken, mit Geld, habe ich gedacht, schafft man das. Irgendwann war auch Werner auf diesem Bild und die Kinder, wir alle könnten es doch irgendwann schaffen, irgendwann, wenn alles abbezahlt ist, wenn nichts mehr vor uns liegt, wenn wir endlich oben sind. Aber wenn dann jemand ein Foto von uns machen würde, von zwei Millionären, ich im Pelz und Werner in seinem wunderschönen Anzug, dann würde man auf diesem Foto sehen, dass wir uns verkleidet haben, dass doch alles nicht stimmt, rührend sähen wir aus, genau das, rührend. Und das heißt nichts anderes als bescheuert, dämlich, zum Totlachen. Ich wäre so gerne jemand anders, kann das denn keiner verstehen?

Sie eröffneten ihre Konten in vier verschiedenen Banken und parkten im Sonnenuntergang das Wohnmobil auf einem Berg mit Alpenblick. Während Gabriele im Wohnmobil am Computer saß und die Millionen überwies, diskutierten Lothar, Werner und Carmen, was sie alles mit ihrem Geld anfangen würden. »Ich werde investieren«, sagte Lothar, »in Immobilien. Das geht mit Schwarzgeld hervorragend. Und ihr?« Wie aus einem Munde sagten Carmen und Werner: »Das Eigenheim abbezahlen.« – »O Gott«, stöhnte Lothar, »wie langweilig, fällt euch denn überhaupt nichts ein?« – »Ich würde gern wieder arbeiten…«, sagte Werner leise. »Mehr als alles andere auf der Welt.« – »Dann kauf dir doch diese Spielzeugfabrik«, sagte Lothar trocken. »Die sind doch marode, wenn du denen 500 000 schwarz auf den Tisch legst, freuen die sich ein Loch in den Bauch.« Werner fing ganz langsam an zu grinsen. »Meinst du, das geht?« – »Ja, natürlich. Was meinst du, wie oft die bei mir in der Bank waren und versucht haben, das Ding loszuwerden. Ist ein Pleiteunternehmen, aber haben kannst du es.« Werner fing so an zu strahlen, wie man ihn noch nie hatte strahlen sehen.

Gabriele kam aus dem Wohnwagen. »So. Fertig. Wir sind reich.« Sie umarmten sich. Dann sagte Gabriele: »Ich muss euch was sagen. Für eine Million Mark habe ich das nicht gemacht. An Geld liegt mir nichts. Ich habe eine winzig kleine Bedingung. Sonst lasse ich alles auffliegen. Und diese Bedingung bist du.« Sie zeigte auf Lothar. »Ich?«, sagte Lothar verdattert. »Ja. Dass du es mit mir probierst. Ein halbes Jahr. Ich kann dich nicht dazu zwingen, mich zu lieben. Aber es auszuprobieren, dazu kann ich dich zwingen.« Lothar sah sie entgeistert an. Dann sagte Werner: »Naja, Carmen hat mich auch zu meinem Glück gezwungen.« Lothar schwieg, schwieg, schwieg, dann fasste er sich ein Herz, ging auf Gabriele zu und gab ihr einen Kuss. Werner und Carmen sahen den beiden gerührt zu. Lothar flüsterte Gabriele ins Ohr: »Was bist du nur für ein gemeines Biest.« Sie lächelte.

Sie klapperten die vier Banken ab, und jeder kam mit einem großen Koffer wieder raus. Andächtig bestaunten sie im Wohnmobil das viele Geld, tranken zusammen eine Flasche Champagner und wurden rührselig. »Ich werde euch vermissen«, sagte Lothar. »Können wir uns denn nicht besuchen?«, fragte Carmen. »Ich glaube kaum. Man würde sich Gedanken über eure Beziehung zu Deutschlands berühmtester Geisel machen.« – »Ist doch ganz einfach«, sagte Werner, »wir sind schließlich Deutschlands berühmteste Bankräuber.«

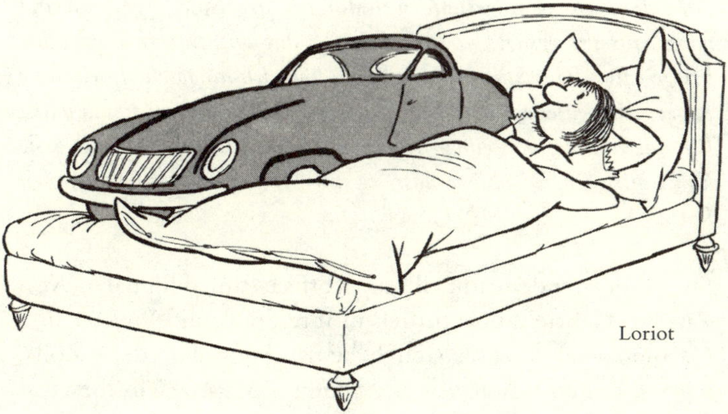

Loriot

Sie fuhren zu der nächsten Polizeiwache. »Denk dran, dass du die ganze Zeit über eine Augenbinde getragen hast«, sagte Gabriele. »Du weißt nicht, wo du die ganze Zeit gewesen bist. Auf dein Geld passe ich schon auf. Damit du auch wiederkommst.« Lothar stieg aus. Im Rückspiegel wurde er immer kleiner. Er winkte, ging dann in die Polizeiwache. »Ich hab ihn so richtig liebgewonnen, unseren Filialleiter«, sagte Carmen. Werner sah sie misstrauisch an. Sie spürte seinen Blick und stieß ihm in die Rippen. »Wir haben Scrabble gespielt.« – »Ha«, lachte Gabriele, »und Werner und ich Videospiele.« – »Ich glaube euch kein Wort«, sagte Carmen.

So wie ich wäre sie gern, stell dir vor. »Natürlich schön«, nennt sie das, »von innen heraus«. Ich sei so echt, bodenständig, uneitel und bescheiden. Klingt wie ein Kartoffelpuffer. Ganz ernst hat sie mich angesehen dabei, und für einen kurzen Moment habe ich gedacht, könnte es sein, dass sie auf dem Bild, das sie sich von sich macht, mir ähnlich sieht? Davon hätte ich gern einen Abzug, das würde ich mir gerahmt übers Bett hängen. Fast wäre ich drauf reingefallen. Aber dann ist sie aufgestanden und hat in den Spiegel gesehen und ganz entsetzt gesagt: »Jetzt schau dir das an, eine richtige Falte kriege ich auf der Stirn«, ganz genau habe ich hingesehen, ich hätte ja gern eine gesehen, aber da war nichts. Dabei mag ich sie, ja wirklich, sie hat was von einem Engel, schwebt so über einem. Aber sie kann mir nicht erzählen, dass sie mit Werner Videospiele gespielt hat.

Die drei standen mit ihren Koffern am Flughafen von Zürich. Gabriele flog zurück in ihre Stadt und Werner und Carmen nach Hause. »Ich habe so Angst vor dem Zoll«, sagte Carmen. »Ach was, da gehen wir ganz selbstbewusst durch. Ein gutaussehendes, solides Ehepaar wie uns, das durchsucht man nicht.« Carmen sah Werner erstaunt an. Sie umarmten Gabriele zum Abschied. Auf dem Weg zum Gate kamen sie an einem Zeitungsstand vorbei. Auf allen Magazinen waren Konterfeis von Lothar abgebildet, und fette Schlagzeilen kündeten von ihren Banküberfällen. »Werner, hättest du gedacht, dass wir mal so berühmt werden?«, sagte Carmen.

Sie gingen Hand in Hand mit ihren Koffern durch die Siedlung auf ihr Haus zu, und als Carmen aufschließen wollte, nahm Werner sie auf die Arme und trug sie über die Schwelle. »In unser neues Leben«, sagte er. Sie küssten sich lange, und als sie aufsahen, standen ihre Kinder vor ihnen. Sie waren völlig verändert, trugen abgerissene, schlampige Klamotten, Rainer sah aus wie ein Punk. Sie starrten ihre Eltern an, und Eltern wie Kinder sagten wie aus einem Mund: »Wie seht ihr denn aus?«

Ein paar Monate später ging Carmen durch die Spielzeugfabrik an den Fließbändern vorbei, auf denen jetzt Puppen vorbeirollten und phantastische Puppenhäuser, gigantische Plüschtiere und farbige Planschbecken. Man nickte ihr respektvoll zu. Sie ging ins Büro, setzte sich an den Schreibtisch, ordnete die Post, machte ein Tablett mit Kaffee zurecht und legte die Zeitung dazu. Ihr Blick fiel auf die Titelseite. Dort stand: DEUTSCHLANDS BERÜHMTESTE GEISEL HEIRATET. Darunter war ein Foto von Lothar Fuchs abgedruckt, und unter dem Foto stand: Der nach seinen traumatischen Erfahrungen zum Chef der VG-Banken avancierte Lothar Fuchs heiratet Gabriele Gessmann, Hausfrau.

Carmen trug das Tablett und die Zeitung ins Chefbüro. Werner sah imposant aus hinter seinem Schreibtisch. Er telefonierte. Carmen küsste ihn und hielt ihm die Zeitung unter die Nase.

Sie waren etwas zu spät dran. Lothar und Gabriele standen bereits vor dem Altar. Die Gäste wirkten samt und sonders teuer, in der Hauptsache wohl Banker mit ihren Gemahlinnen. Carmen flüsterte Werner ins Ohr: »Die beiden sind soooo schön.« Und als die Ringe getauscht wurden, weinte sie ein bisschen.

Orgelmusik brandete auf, und das frisch vermählte Paar kam langsam durch die Kirche auf sie zu. Sie entdeckten Carmen und Werner erst, als sie fast direkt vor ihnen standen. Erschrocken sahen sie sich um, als erwarteten sie, hier in der Kirche verhaftet zu werden. Als aber nichts geschah, fingen Lothar und Gabriele an zu lächeln, und drückten Carmen und Werner im Vorbeigehen unauffällig, aber fest die Hand.

Von ferne waren sie wirklich wunderschön, ein richtiges Traumpaar, die beiden, sehr romantisch. Aber dann kamen sie auf uns zu, und Gabriele hatte ganz tiefe Ringe unter den Augen, und ihre Haare waren nicht leuchtend blond wie sonst, sondern irgendwie gelb und stumpf, Lothar hat einen Bauch, das habe ich genau gesehen, und Geheimratsecken kriegt er auch. Besonders glücklich sahen sie nicht aus, überhaupt waren sie gar nichts Besonderes, das hat mich ein bisschen enttäuscht. Werner sagt, man könne es mir nie recht machen, Unsinn, ich wollte sie doch nur bewundern. Todschick sah Werner aus in seinem Smoking, die anderen Herren haben uns zugenickt, wir kannten ja überhaupt keinen, aber zugenickt haben sie uns, als gehörten wir dazu. Ich sollte zufrieden sein. Aber dann, gestern

Nacht, da konnte ich nicht schlafen, ich weiß auch nicht warum, Sorgen haben wir doch keine mehr, im Nachthemd bin ich durchs Haus gewandert und war plötzlich ganz unglücklich, ohne jeden Grund.

Schließlich bin ich in die Garage gegangen, da steht das neue Wohnmobil, das Werner gekauft hat, ich habe mich reingesetzt und gewartet. Aber es kam niemand. Ich wusste auch gar nicht, wer denn eigentlich kommen sollte, ich habe mir dann vorgestellt, ich wäre eine Akrobatin, und alle Artisten kämen nach der Vorstellung vorbei, um mir zu sagen, wie wunderbar ich gewesen sei da oben auf dem Seil, aber das hat mir auch keinen großen Spaß gemacht, dann war ich kurz eine Nutte, die arbeiten doch in so Wohnmobilen, aber alle Männer sahen aus wie Lothar, einfach nur groß und schön, ich habe sie alle weggeschickt, obwohl sie mich angefleht, mir viel Geld geboten haben.

Dann habe ich ein bisschen geweint, ganz ohne Grund.

Ich bin zurück ins Haus, ganz eng habe ich mich an Werner gekuschelt, er ist aufgewacht, und wir haben es getan. Das war schon schön.

Luigi Malerba

Brieftaschen und Geldbörsen

Gennarone hatte einen kleinen Laden auf dem Dorfplatz. Er verkaufte Brieftaschen und Geldbörsen, die er eigenhändig anfertigte. Abends schnitt er das Leder zu und nähte die Stücke mit Zwirn zusammen, tagsüber stellte er sich hinter den Ladentisch und wartete auf die Kunden, die indes nie kamen. Und dabei war das Leder von guter Qualität, die Modelle erschienen ihm elegant, die Nähte waren tadellos ausgeführt. Er konnte nicht verstehen, warum niemand kam und seine Brieftaschen und Geldbörsen kaufte. Wahrscheinlich weil die Leute kein Geld haben, um es hineinzutun, sagte er sich. Das Dorf war arm, und außerdem gab es die Wirtschaftskrise und die Inflation. Während er diesem Gedanken nachhing, fiel ihm ein, dass man bei einer Inflation sehr viel Geld braucht, um sehr wenig zu kaufen. Und wo tun die Leute das viele Geld hin? Vielleicht brauch ich eine Reklameidee, dachte er und schloss von Zeit zu Zeit die Augen, denn er hatte gehört, dass Ideen nur im Dunkeln kommen.

Eines Tages war die Idee dann endlich da, und sie schien ihm phantastisch: er entschloss sich, seine Brieftaschen und Geldbörsen in Zukunft nur noch mit Geldscheinen und Münzen gefüllt zu verkaufen.

»Diese Brieftasche ist für einen Verwaltungsbeamten

geeignet«, erklärte er einem Kunden, »und diese hier passt zu einem Firmendirektor. Das ist eine Geldbörse für eine Frau, die auf dem Markt einkauft, während diese hier eher der Frau eines Viehhändlers entspricht.«

Der Kunde sah, dass die Brieftasche mit Geldscheinen und die Börse mit Münzen gefüllt war und kaufte sie sofort.

»Das ist ein gutes Geschäft«, sagte Gennarone. Und es war in der Tat ein gutes Geschäft, seine gefüllten Brieftaschen und Geldbörsen zu kaufen.

Gennarones kleiner Laden war jetzt immer voller Kunden, die auch aus den umliegenden Dörfern kamen, um bei ihm zu kaufen. Man riss ihm die Brieftaschen und Geldbörsen förmlich aus der Hand – er hatte kaum Zeit sie herzustellen, schon waren sie verkauft.

Nach einem Jahr außergewöhnlicher Umsätze musste Gennarone seinen Laden schließen, weil er Bankrott gemacht hatte. Er vermochte nicht zu verstehen, wie ein so großer Erfolg zu einer so großen Pleite führen konnte.

Joachim Ringelnatz

Geld allein

Wie gut, dass alle einander nicht gleichen.
Wie recht, dass manche es erreichen,
Dass sie eines Tages reich sind.
Wie gut, dass auch diese einander nicht gleich sind.

Schlechte Menschen ohne Geist, ohne Geschmack,
Wenn sie noch so reich sind, bleiben nur Pack.

Loriot

Nach- und Hinweise

Honoré de Balzac (1799, Tours – 1850, Paris)
Die Kunst, seine Schulden zu zahlen. Aus dem Französischen von E. Fred. Auszug aus: Honoré de Balzac, *Die Kunst, seine Schulden zu zahlen.* Copyright der deutschen Übersetzung © 1969 by Langen Müller Verlag, München

Bosc (1924, Nîmes – 1973, Antibes)
Zeichnungen auf S. 110-114, 159, 334, 395-397 aus dem Band: Bosc, *Ich liebe dich.* Diogenes, Zürich 1969. Abdruck mit freundlicher Genehmigung von Alain Damman, Aigues Vives/Frankreich, auch für die Zeichnung auf S. 105

Bertolt Brecht (1898, Augsburg – 1956, Berlin)
Vom Geld. Aus: Bertolt Brecht, *Die Gedichte.* Copyright © 1997 by Suhrkamp Verlag, Frankfurt

Anton Čechov (1860 Taganrog – 1904, Badenweiler)
Eine grausame Lektion. Aus dem Russischen von Gerhard Dick und Ada Knipper. Aus: Anton Čechov, *Vom Regen in die Traufe.* Kurzgeschichten, Rütten & Loening, Berlin, 1964. Copyright © 1964 by Aufbau Verlag GmbH & Co. KG, Berlin

Chaval, eigentlich Yvan Francis LeLouarn (1915, Bordeaux – 1968, Paris)
Die Zeichnungen auf S. 142, 246-247, 400 aus dem Band: *Take it Easy.* Copyright © 2006 by Diogenes Verlag, Zürich. Abdruck mit freundlicher Genehmigung von Christian Dalmau, Bordeaux. Die Zeichnungen auf S. 41, 337-339: Abdruck mit freundlicher Genehmigung von Christian Dalmau

André Comte-Sponville (*1952, Paris, lebt in Paris)
Ist Börsenspekulation unmoralisch?, Ist der Kapitalismus unmoralisch und *Ist Arbeitsplätze schaffen moralisch?* Aus dem Französischen von Hainer Kober. Auszug aus dem im Herbst 2009 erscheinenden Buch *Kann Kapitalismus moralisch sein?* Copyright © 2009 by Diogenes Verlag, Zürich. Foto auf S. 76: © Laurence Jarousse / Opale

Doris Dörrie (*1955, Hannover, lebt in München)
Geld. Aus: Doris Dörrie, *Liebe, Schmerz und das ganze verdammte Zeug.* Copyright © 1987 by Diogenes Verlag, Zürich

Friedrich Dürrenmatt (1921, Konolfingen – 1990, Neuenburg)
Prolog und *Frank der Fünfte.* Aus: Friedrich Dürrenmatt, *Frank der Fünfte.* Copyright © 1998 by Diogenes Verlag, Zürich. Das Ge-

mälde auf S. 12, *Letzte Generalversammlung der Eidgenössischen Bankanstalt (1966)*, stammt von Friedrich Dürrenmatt, Abdruck mit freundlicher Genehmigung des Centre Dürrenmatt, Neuchâtel / Schweizerischen Literaturarchiv, Bern

F. Scott Fitzgerald (1896, St. Paul, Minnesota – 1940, Hollywood)
Wie man Unsummen verprassen kann und *Wie man mit nichts über die Runden kommt*. Aus dem Amerikanischen von Melanie Walz. Copyright © 2009 by Diogenes Verlag, Zürich. Foto auf S. 160, 179: © Bruccoli Collection of F. Scott Fitzgerald, University of South Carolina. Fotos auf S. 165, 170, 188: © Frances Scott Fitzgerald Smith. Fotos auf S. 194, 203, 208: The Arthur Mizener Collection
Ein Diamant so groß wie das Ritz. Aus dem Amerikanischen von Dirk van Gunsteren. Erzählung aus der im Herbst 2009 bei Diogenes erscheinenden Ausgabe der *Gesammelte Erzählungen* in vier Bänden. Copyright © 2009 by Diogenes Verlag, Zürich. Im Herbst 2009 erscheint bei Diogenes außerdem von Pietro Citati, *Schön und verdammt. Ein biographischer Essay über Zelda und F. Scott Fitzgerald*

Paul Flora (1922, Glurns – 2009, Innsbruck)
Die Zeichnungen stammen aus den folgenden Bänden: Seiten 11, 16, 19, 120, 125, 130, 220, 256, 293, 317: *Rückwärts in die Zukunft*. Copyright © 2007 by Diogenes Verlag, Zürich. Seite 118-119: *Der Zahn der Zeit*. Copyright © 1961 by Diogenes Verlag, Zürich. S. 258, 268-269, 286, 295, 302, 310-311, 319, 324: *Penthouse*. Copyright © 1977, 1986 by Diogenes Verlag, Zürich. Abdruck der Zeichnungen auf den Seiten 20, 35, 44-45, 50, 137, 155, 326, 390-391 mit freundlicher Genehmigung von Paul Flora. Zuletzt erschien von Paul Flora der Kunstband *Fauna, Fabeln und Figuren*

Arnon Grünberg (*1971, Amsterdam, lebt in New York)
Hedgefonds (Titel vom Herausgeber). Aus dem Niederländischen von Rainer Kersten. Auszug aus Arnon Grünberg, *Tirza*. Copyright © 2008 by Diogenes Verlag, Zürich

Lukas Hartmann (*1944, Bern, lebt in Spiegel bei Bern)
Über die Geheimloge der Banker. Zuerst erschienen im *Tages-Anzeiger*, Zürich, vom 5. Februar 2009. Abdruck mit freundlicher Genehmigung des Autors. Foto auf S. 46: Regine Mosimann / Diogenes Archiv. Von Lukas Hartmann erschien im Frühjahr 2009 bei Diogenes der Roman *Bis ans Ende der Meere*, im Herbst 2009 erscheint das Jugendbuch *Anna annA*, außerdem erhältlich die zwei Romane *Pestalozzis Berg* und *Die Seuche* als Diogenes Taschenbücher

Jaroslav Hašek (1883, Prag – 1923, Lipnice)

Bosc

Ein reelles Unternehmen. Aus dem Tschechischen von Grete Reiner. Aus: *Das Hašek Lesebuch,* Diogenes Verlag, Zürich 2008

Heinrich Heine (1797, Düsseldorf–1856, Paris)
Weltlauf und *Mensch, verspotte nicht den Teufel.* Aus: Heinrich Heine, *Gedichte.* Herausgegeben und eingeleitet von Ludwig Marcuse. Diogenes Verlag, Zürich 1977

Erich Kästner (1899, Dresden – 1974, München)
Auf einer kleinen Bank vor einer großen Bank, Hymnus auf die Bankiers und *Bilanz per Zufall.* Aus: *Kästner für Erwachsene.* Abdruck mit freundlicher Genehmigung des Atrium Verlags, Zürich

Loriot (*1923, Brandenburg an der Havel, lebt am Starnberger See)
Die Zeichnungen auf S. 349, 352, 359, 385, 392: Loriot, *Gesammelte Bildergeschichten.* Copyright © 2008 by Diogenes, Zürich

Anthony McCarten (*1961, New Plymouth/Neuseeland, lebt im englischen Gloucestershire)
Wettbewerb (Titel vom Herausgeber). Aus dem Englischen von Manfred Allié. Auszug aus dem im Herbst 2009 erschienenen Roman *Hand aufs Herz* (auch als Hörbuch, gelesen von Rufus Beck). Copyright © 2009 by Diogenes Verlag, Zürich. Im Frühjahr 2009 erschien der Roman *Englischer Harem* als Diogenes Taschenbuch

Luigi Malerba (1927, Berceto – 2008, Rom)
Brieftaschen und Geldbörsen. Aus dem Italienischen von Iris Schnebel-Kaschnitz. Aus: Luigi

Malerba, *Taschenabenteuer.* Copyright © 1985 by Verlag Klaus Wagenbach, Berlin

KARL MARX (1818, Trier – 1883, London)

Geld. Aus: Karl Marx, *Ökonomisch-philosophische Manuskripte.* Felix Meiner Verlag, Hamburg 2005

SLAWOMIR MROZEK (*1930, Borzecin bei Krakau, lebt in Frankreich)

Bargeldloser Zahlungsverkehr. Aus dem Polnischen von Christa Vogel. Aus: Sławomir Mrożek, *Das Leben für Fortgeschrittene.* © 2006 by Diogenes Verlag, Zürich. Im Frühjahr 2010 erscheint *Das Leben für Anfänger* als Diogenes Taschenbuch

VLADIMIR NABOKOV (1899, St. Petersburg – 1977 Montreux)

Die liebsten Hassobjekte. Aus dem Englischen von Dieter E. Zimmer. Aus: Vladimir Nabokov, *Eigensinnige Ansichten.* Copyright © 2004 by Rowohlt Verlag, Reinbek bei Hamburg

FERNANDO PESSOA (1888, Lissabon – 1935, ebenda)

Der anarchistische Bankier. Aus dem Portugiesischen von Reinhold Werner. Auszug aus: Fernando Pessoa, *Ein anarchistischer Bankier.* Copyright © 1986 by Verlag Klaus Wagenbach, Berlin. Als Diogenes Taschenbuch ist erschienen: *Denken mit Fernando Pessoa*

JOACHIM RINGELNATZ (1883, Wurzen – 1934, Berlin)

Geld allein. Aus: Joachim Ringelnatz, *Sämtliche Gedichte.* Diogenes Verlag, Zürich 1994, 1997. Bei Diogenes erscheint im Herbst 2009 *Weihnachten mit Ringelnatz*

JOSEPH ROTH (1894, Brody – 1939, Paris)

Hausse und Baisse. Aus: Joseph Roth, *Das journalistische Werk 1915-1931.* Herausgegeben von Klaus Westermann. Copyright © 1989 by Verlag Kiepenheuer & Witsch, Köln, und Allert de Lange, Amsterdam. Im Frühjahr 2010 wird die Hörbuchedition der Romane von Joseph Roth im Diogenes Verlag abgeschlossen. Im Februar 2010 erscheinen zwölf Werke von Joseph Roth als Diogenes Taschenbücher, außerdem der Materialienband *Joseph Roth – Leben und Werk*

JEAN-JACQUES SEMPÉ (*1932, Bordeaux, lebt in Paris)

Die Zeichnungen stammen aus den folgenden Bänden: S. 26, 148-149: *Alles wird komplizierter*, Diogenes, Zürich 1974. S. 60, 72: *Mit vorzüglicher Hochachtung*, Diogenes, Zürich 2008. S. 65, 341: *Heiter bis wolkig*, Diogenes, Zürich 2004. S. 71: *So ein Zufall*, Diogenes, Zürich 1982. S. 81, 106, 109, 225: *Unergründliche Geheimnisse*, Diogenes, Zürich 1995. S. 138, 141: *Sie sind entlassen!*, Diogenes, Zürich 1967. S. 38-39, 103: *Schöne Aussichten*, Diogenes, Zürich 2001. S. 30-31: *Sempés St-Tropez*, Diogenes, Zürich 1970, 1978. S. 96: *Bonjour Bonsoir*, Diogenes, Zürich 1976. S. 68, 91: *Stille, Sinnenlust und Pracht*, Diogenes, Zürich 1988. Im Herbst 2009 erscheint bei Diogenes der neue Bildband *Sempé in New York,* außerdem das Geschenkbuch *Sempé für Katzenfreunde*

HENRY SLESAR (1927, New York – 2002, ebenda)

Genau die richtige Art von Haus. Aus dem Amerikanischen von

Sempé

Günter Eichel. Copyright © 1964 by Diogenes Verlag, Zürich

MARTIN SUTER (*1948, Zürich)
Börsenkunde. Aus: Martin Suter, *Huber spannt aus*. Copyright © 2005 by Diogenes Verlag, Zürich. *Vorbild Burgener*, *Die soziale Kompetenz* und *Das Bonus-Geheimnis* aus: Martin Suter, *Das Bonus-Geheimniss*. Copyright © 2009 by Diogenes Verlag, Zürich. *Mich faszinieren Männer und Ihre Machtkämpfe*. Gespräch mit Tim Höfinghoff. Erstmals erschienen in der *Frankfurter Allgemeinen Sonntagszeitung* vom 22. Februar 2009. © Alle Rechte vorbehalten. Frankfurter Allgemeine Zeitung GmbH, Frankfurt. Foto auf S. 100: Isolde Ohlbaum. Im Frühjahr 2010 erscheint bei Diogenes sein neuer Roman

KURT TUCHOLSKY (1890, Berlin – 1935, Göteborg)
Kurzer Abriss der Nationalökonomie. Aus: *Das Tucholsky-Lesebuch*. Diogenes, Zürich 2007

TOMI UNGERER (*1931, Straßburg, lebt in Irland und in Straßburg)
Die Zeichnungen S. 25, 59, 75, 99, 229, 232, 231 und 255 stammen aus dem Buch Tomi Ungerer, *Der erfolgreiche Geschäftsmann*. Copyright © 1962, 1976 by Diogenes Verlag, Zürich. Im Herbst 2009 erscheint das neue Kinderbuch von Tomi Ungerer *Zloty* im Diogenes Verlag, außerdem als Neuausgabe der Grafikband *The Party*

FABIO VOLO (*1972, Brescoa, lebt in Mailand, Rom, Paris und New York)
...mag ich, mag ich nicht. Originalbeitrag für dieses Tintenfass. Aus dem Italienischen von Silvia Zanovello. Foto S. 252: Bastian Schweitzer / Diogenes Archiv. Von Fabio Volo erschien im September 2009 bei Diogenes der Roman *Einfach losfahren*

F. K. WAECHTER (1937, Danzig – 2005, Frankfurt am Main)
Geld oder Leben aus: F. K. Waechter, *Sehr witzig!* Philipp Reclam jun. Verlag, Stuttgart 2005. Die Zeichnung auf S. 331 stammt aus dem Buch: F. K. Waechter, *Alles klar?*, Diogenes, Zürich 2006

URS WIDMER (*1938, Basel, lebt in Zürich)
Das Geld (Titel vom Herausgeber). Aus: Urs Widmer, *Das Geld, die Arbeit, die Angst, das Glück*. Copyright © 2002 by Diogenes Verlag, Zürich. Abdruck mit freundlicher Genehmigung des Autors.
Reden wir über Geld. Gespräch mit Alexander Mühlauer und Hannah Wilhelm. Erstmals erschienen in der *Süddeutschen Zeitung* vom 23. Januar 2009. Abdruck mit freundlicher Genehmigung. Foto auf S. 152: Regine Mosimann/Diogenes Archiv. Von Urs Widmer erschien im September 2009 bei Diogenes der Roman *Herr Adamson*

JOHANNES WILLMS (*1948, lebt in Paris)
»Es ging mir nicht...«. Auszug aus: Johannes Willms, *Balzac*. Copyright © 2007 by Diogenes Verlag, Zürich. S. 226: Balzac, 1842, Daguerreotypie von Louis-Auguste Bisson

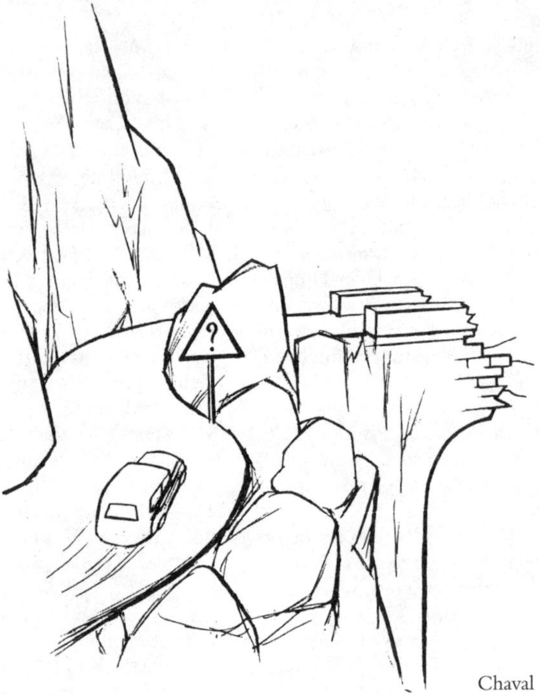

Chaval

TINTENFASS IMPRESSUM

Herausgeber:
Daniel Kampa, Winfried Stephan
Mitarbeit: Margaux de Weck,
Nicole Lisa Griessmann
Umschlaggestaltung:
Hans Höfliger, Monika Boss
Gestaltung und Herstellung:
Peter Frei

Herzlichen Dank an Ursula Baumhauer, Susanne Dorn, Cornelia Eberle, Ruth Geiger, Lisa Jordi, Tina Nart, René Niederer, Anna von Planta, Res Schenk, Angelika Schneider, Christine Stemmermann, Dominik Süess, Bettina Wunderli, Silvia Zanovello und besonders an Daniel Keel.

Über unverlangt eingesandte Manuskripte kann leider keine Korrespondenz geführt werden.